八犬传·壹

妖刀村雨

はっけんでん

Hakkenden

〔日〕曲亭马琴

李树果——译

Kyokutei
Bakin

きょくてい ばきん

浙江出版联合集团
浙江文艺出版社

犬冢信乃[孝] VS. 犬饲现八[信]—— 芳流阁两雄动（月冈芳年／绘）

犬川庄助⊗VS. 犬山道节⊕——圆冢山道节火遁（歌川国芳／绘）

译　者　序

　　《八犬传》，全称为《南总里见八犬传》，是日本江户文学名著，同时也是日本文学史上罕见的长篇巨著，至今尚有较深远的影响。曾被日本学者比作雨果的《悲惨世界》、托尔斯泰的《战争与和平》和曹雪芹的《红楼梦》。1990年，日本岩波书店与《红楼梦》的日译本同时推出了一套全十册的《八犬传》新版本，称这两部书是中日两大传奇小说巨著。

　　这部作品是江户时代著名小说家曲亭马琴（1767～1848），从文化十一年（1814）到天保十三年（1842），用了二十八年时间写成的。马琴本姓泷泽，曲亭是他以我国的"霸陵曲亭"典故所取的笔名，另有蓑笠渔隐，也是他的常用笔名之一。马琴是个多产作家，仅读本类小说就有四十多部，《八犬传》无疑是代表作，自问世后便受到广大读者的热烈欢迎。1883年出版的依田百川（号学海）的《谭海》中，对《八犬传》是这样赞誉的："文辞绝妙，引证精博，海内莫不读马琴之书焉，而《八犬传》最著云。书贾雕工，日踵其门，待一纸成刻一纸，一篇成刻一篇，万本立售，远迩争观。（当时发市之盛，闻之目击者，张灯彻夜云。）三都七道，边陬僻邑，公侯贵富，士女农商，道小说必称《八犬传》为巨擘。"《八犬传》之所以如此畅销,据认为是因其宏伟壮观的结构,波澜壮阔、惊心动魄的情节,以及瑰丽多彩的文字和寓意深刻的内容,再配以出自当代名画家之手的插图、绣像,以别具一格的图文并茂和雅俗共赏的大众形式,出现在江户末期文坛,博得了读者之好评,而被誉为江户小说之冠。

十九世纪初,在江户文坛曾出现模仿《水浒传》改编创作的"水浒热"。在此期间出现了不少改编水浒的读本类小说。马琴读过建部绫足的《本朝水浒传》,很受启发,便想写出一部能与《水浒传》、《三国志演义》、《西游记》等中国小说相媲美的小说,《八犬传》便是在他的这个愿望下所完成的作品。他在《八犬传》第九辑的附言中说,《水浒传》一百零八条好汉为数太多,而《西游记》只有师徒四人又为数太少;前者以虎头蛇尾而告终,后者又多重复。他所创作的这部《八犬传》,除八犬士外,再加上八犬女、里见侯父子与、大法师,主人公一共是十九名,他认为既不多也不少。但是出场人物达四百余人,描写的时代亘室町末期的六十余年,活动的舞台以近江附近和房总为中心,涉及越后、信州以至京都,规模是不算小的。《南总里见八犬传》这个书名中,南总是地名,是现今房总半岛南部,里见是诸侯家的姓氏,八犬是姓中有犬字的八名武士。这部书是以足利末期的战国时代为背景,以在嘉吉之乱中里见义实从结城逃至安房,最后平定安房并在那里繁衍后代的一段史实为依据,又借用了稗史中"里见八犬士"的名字,安排了八名英雄武士作为中心人物,以这八名犬士的出世及其邂逅离散和聚会团圆为内容进行设计的。其中提到了一部分真实人物,也穿插了某些史实,但绝大部分都是虚构的。马琴起初的设计似乎并没有这么庞大,而是在多年编写的过程中,不断添枝加叶,引伸完善,终于写成了长达二百万字,一百八十回的章回小说。

这部书开头的一段楔子，很明显是蹈袭了《水浒传》第一回"洪太尉误走妖魔"的情节。但是马琴引用了大量的史实为背景，就连伏姬和八房的一段情节，也援引了《后汉书》、《搜神记》中高辛氏将少女赐给畜狗槃瓠的故事。仅此一段就敷衍了十三回，其细心的铺陈设计，为故事的展开设定了绵密的结构和因果。作品中随处都可以看到《水浒传》的痕迹，但并不那么明显。它不是整段端来，生搬硬套，而是把它掰开揉碎了穿插在其间，既不显山也不露水，使之浑然成一体。若仔细对照则会发现，黄泥冈、二龙山；卖宝刀、劫法场和景阳冈武松打虎等许多情节，都被移植在这部作品中。又如母大虫、鲁智深等不少形象，也似乎在书中可以找到，但却似是而非，并不一模一样，乍一看好似毫无相同之处，这里表现了作者高超的改编技巧。在它的后编中，即在第一百三十一回之后，移植了不少《三国志演义》中的故事情节，如亲兵卫被扣留在京都，犹如关云长之被困曹营。管领政元赠给他金银美女他都不受，只要了匹名马，以备回归东国之用。最后以放他回国为条件，前去打虎。在单骑回国的途中，于关隘受阻，政元追来相送。这些情节都是模仿《三国志演义》中关云长的故事改编创作的。在与镰仓两管领的三浦海战中，则蹈袭了赤壁之战中的许多场面，如草船借箭、巧献连环、蒋干盗书、南屏借风等等，都被网罗穿插其中，作者以其高超巧妙的手法改编创作，不仅是改头换面，而且真正达到了脱胎换骨的程度，不愧为改编小说中的一部杰作。

关于这部巨著的创作思想，马琴在第七辑的序言中说："稗史虽无益于事，而寓以劝惩，则令读之于妇幼，可无害矣。"这是他所一贯坚持的创作态度和思想。他对《水浒传》也是以劝惩主义的观点进行评价的。他说："梁山的一百零八个义士多半阵亡,最后宋江和李逵等也服毒致死,虽然看官会感到遗憾,但这是劝惩之所致,这种悲惨的结局,乃是作者的用心。"他对《水浒传》的创作佩服得五体投地,认为它是小说中之巨擘,是古今无与伦比的杰作。但他认为《水浒传》对劝惩考虑得不够,是其最大的缺点。日本在古代物语中也不乏劝惩的短篇创作,但他的劝惩思想,似乎更受到《三言》、《二拍》等中国小说的影响,在他的作品中表现得十分突出。他在《八犬传》中所创作的八个英雄人物,可以说是仁义道德的化身,他们的一举手一投足无不合乎道义的行动。通过他们与邪恶的斗争,最后战胜了邪恶,是以小说的形式颂扬了儒家的道德精神,从而使没有读过圣人书的妇幼得到教育,即寓教于乐。他所采取的手法是使好人和坏人直接对立起来,在情节纠葛的发展过程中,引起读者的兴趣。其结果是坏人灭亡,好人昌盛,使读者从而去恶扬善,这便是作者的创作意图。但根据事实往往并不一定好人必然得到善果,恶人一定得到恶报。如伏姬本来是个好人却没有得到善报,是有悖劝惩之意的。因此又辅之以佛教的因果观,说这是由于玉梓的作祟而遭到的不幸,最后玉梓受到了应得的报应也就解决了这个矛盾。又如义实因口出戏言而得祸,但由于八犬士的出世,在犬士们的辅佐之下,里见家得以兴旺昌盛,岂非又因祸而得福? 即用塞翁失马的祸福转化观念与之相辅相成,使他的劝惩主义得以自圆其说。

马琴认为小说是供读者欣赏的玩物,他在第一辑的序言中说:"因为小说是玩物,所以要用华丽的词藻,或加些俗语俚谚,使之饶有趣味地敷衍成章。"从这里我们便可以知道,他的写作目的既然是寓教于乐,就不能使小说完全陷于说教,一定要在享乐中寓教训之意。所以在小说中夹杂了一些神奇怪诞的情节,这也无非是为了取得劝惩的效果。他很清楚,神奇怪诞的内容,会自然引起读者的兴趣。所以他认为在某些地方流之于荒诞,也是出于不得已。为达此目的,文字要通俗易懂,并且流畅悦耳。所以便如同中国六朝四六排联的骈俪体,不少是用五七调或七五调的韵文写成的。其中又多善于使用假借同音字的一语双关,而使之言外有意,充分发挥和运用了古代戏曲和诗歌中的传统技巧。但由于语言文字的障碍和译者的笔拙,未能在译文中充分表现出来,实乃一大憾事。其次马琴在小说的格式上也极力攀模我国的章回小说,如每回的标题都基本上是按作者的原词刊出的。又如开头和结尾的却说、话说、再说和闲话休提、话分两头、且听下回分解等等,都是原样照搬了中国的章回小说。另外有些在明清白话小说中常用的词,如:遮莫、这厮、这桩事、登时、当下等等,也都搬进了《八犬传》。他怕读者看不懂,便在字旁注上假名。关于此点他说:"至六、七辑于拙文中抄录唐山之俗语,以假名注之,使知其意。虽似乎多余之事,然而庶几可为世之独学寡闻,而想读唐山稗史诸生之筌蹄。此乃作者之亲切婆心也。"作者具有丰富的想象力和渊博的学识,他所设计的历史背景和地理环境,都是经过周密考证的。文中引用的许多典故,特别是许多中国的典故,充分表现了他汉文学的精博知识和渊深造诣,实令人咂舌惊叹。我国古代故事中,当一代真主出现,必伴之以龙,马琴也引用了这个情节,所以第一回"季基遗训死节,白龙挟云归南"中对龙的阐述,虽从小说的结构来看,似乎显得有些累赘,不无蛇足之感,但这也是出于他的考证癖,想炫耀自己的才华,而使一般作家对此感到望尘莫及。

马琴小说的另一个特点是,总结运用了我国稗史小说的许多创作方法。他归纳为稗史七原则,即:主客、伏线、衬染、照应、反对、省笔、隐微。他在《八犬传》的创作中，着重发挥了隐微的手法。隐微就是隐晦，不把作者的真意直接说出来，而让读者自己去琢磨、回味；也许读者一时琢磨不透，那就只好留待日后去觅知音了。在情节的设计上有隐微，在整个作品的寓意上也有隐微，即一个命题，或一个名字，几乎无不含有隐微。如开头的一段楔子，他说里见如无口出戏言之祸，怎有灭亡安西、成了安房一国之主的福？将爱女嫁给犬是祸，可是一变而出现了八犬士，成了辅佐里见的良将，犹如塞翁之失马。他把这个道理称之为倚伏，即老子所说的：“祸兮福之所倚；福兮祸之所伏。”祸福是可以相互转化的，有如事物之表里。他就是根据这个指导思想，对整个结构进行设计的。另外在人物的姓名中，也可借以示其将来的祸福。这种例子在我国的稗史小说中也是常见的。如在《三国志演义》中，凤雏死在落凤坡，被认为是犯了名实相副之讳。马琴蹈袭了这个情节，在第二回中设计了光弘在落羽冈（日文中“落羽”与“落马”同音）中箭落马身亡之事。他说在《水浒传》中也有许多这类的隐微之处，然而唐山的文人才子没有详细评论这一点，所以未能发现这个隐微的手法。如卢俊义最后落水身亡是因俊义这个名字，是将鷞鸡的鸟字旁去掉换成人字旁。鷞鸡乃是山鸡，因爱自己的影子往往落水被淹死。还有他的仆人浪子燕青，在《博物志》中有云：“人食燕肉不可入水，会为蛟龙所食。”卢俊义之溺水似乎也与用燕青这个仆人有关。这些虽似乎牵强附会，马琴却大量运用了这种手法。如伏姬这个名字，是因在三伏所生，所以取名伏姬，后来竟成了八房之妻，伏字岂非又意味着“人犬”？又如八房这个名字，因它身上长有黑白的八撮斑毛，因而叫八房（房有一撮之意），后来则可理解为一尸飞向八方。诸如此类的命名很多，虽近似一种智力游戏，但是这种别具匠心的创作也为小说增添了新的情趣。他把这种手法称之为名诠自性,即名实相副之意,通过它也可暗示这个人的因果。

一部作品的寓意也是隐微,他称之为"文外之深意"。讲究运用隐微手法的马琴写了这部巨著,那么它的寓意是什么呢?依田学海认为这部小说是寓意尊王斥霸。此书一开始,便是消灭了弑君的逆臣山下定包。里见将军平定一国后首先是施行仁政,然后遣犬江亲兵卫仁去京都朝贡勤王。击败了两管领之大军后,又入贡京师表示尊王。就连对八犬士的赐姓,都要请示京师照准,这在战国时期是很少见的,因此得知他的意向是暗示尊崇王室。这个推论还缺乏其他足够的证据。而现代的日本学者则有人认为,这部作品产生于德川幕府十一代将军的家齐时代,是对该时代腐败政治的抨击和讽刺。他之所以采取隐微的手法,是因为直接讽刺当代的政治会招致笔祸。所以他便用历史演义的形式,把时代背景推至室町末期足利将军的时代,以足利义政影射德川家齐。在我国的古代文学中有发愤著书之说,《忠义水浒传》的李贽序中说,《水浒传》是发愤之作,施、罗二公身在元而心在宋,虽生在元朝却实愤宋事,所以破辽和灭方腊都是为了泄愤。马琴深受《水浒传》的影响,因此认为他似乎也吸取了李贽所说的这种手法。德川家齐执政多年,隐退后仍执掌着幕府的实权,是一代骄奢淫逸、为所欲为的将军。其侧室有四十余人,所生子女五十五人,在宫廷里仅砂糖一天就消费一千多斤,只此一点就足以说明其骄奢的程度了。幕府的财政赤字年年超过五十万两,全国面临体制危机。在家齐执政的五十年间,发生过许多次百姓暴动,其中在天保年间所发生的大盐平八郎的暴乱事件是最有代表性的。大盐平八郎是有实践性的阳明学者,对农民因天保的严重灾荒和过重的租税、劳役盘剥等所遭受的苦难深表同情。他主张对农民应该轻租税、施仁政。在他领导下的农民暴乱,是以废除町奉行(地方一级的政府之长)所代表的由腐败的官僚所施行的腐败政治为斗争目标的,这和晁盖、宋江等梁山泊首领所打出的"替天行道"的旗号颇有相似之处。大盐之乱是执政者腐败政治的必然结果。马琴说:"国之将亡必有妖孽",所以才出现了妖虎,它是足利氏衰亡的前兆。现代的中日文学比较学家德田武先生认为,马琴是用隐微的手法,以妖虎影射了发动暴乱的大盐。妖虎既是足利氏灭亡的前兆,那么大盐之叛乱则是给执政者敲起了警钟。妖虎最后被犬江射死,大盐也终于遭到镇压。在他看来肇乱者必然要受到应有的惩罚,不然不足以达到劝惩的目的。他对《水浒传》也持同样的观点。他认为,《水浒传》如只有前七十回而无后五十回,梁山的一百零八名好汉,则只是占山为寇的强盗,而不是好人。待接受招安之后为朝廷效力才称得起忠义。最后受到奸臣们的陷害,多半遭到灭顶之灾,乃是作贼为恶的应得报应。

马琴把儒家的道德观念和佛教的因果观念融合在一起,建立了以劝惩主义为标识的小说观,写出了这部具有浓厚浪漫主义色彩的传奇小说巨著。他同施、罗二公一样,都因受到历史的限制而未能写出超越时空的作品来。尤其日本是个没有武装革命历史的国家,在那里不仅没有农民革命取得胜利的历史,甚至连梁山那样的局面也未曾出现过。所以《水浒传》和《八犬传》虽然有某些相似之处,而具体内容则显然有所不同。《水浒传》的结局是宋江等接受招安和遭到陷害致死,而《八犬传》的结局则是八犬士同侍仁君里见将军,得到大团圆。有人认为这便是马琴的理想世界。他奉行儒教,反对"作乱犯上",对面临的腐败政治,只是期待能出现个仁君,这便是里见将军。八犬士都是好人,而好人又都遭到不幸,这都是由于管领家的佞臣们加害,这些小恶通过八犬士的复仇都一一得到解决,而其根本问题是宠信佞臣的管领们。于是便在一百三十一回之后的后篇,安排了对管领之战,通过这个战斗,使施仁政的里见将军得胜,从而得以驱除邪恶,使好人得势,实现了作者的理想世界,这大概便是马琴的最大隐微,也是这部小说的寓意之所在。

《八犬传》产生在大约一百多年前的十九世纪初,因受时代的限制,如以现代文学的观点.自然可挑剔出不少缺点。就其主要者而言,在结构上由于在二十八年的写作过程中不断地敷衍延伸,自第八辑之后,在章回的设计上,大有滚雪球之势,从这点就可说明其结构并非十分严谨的。在思想内容上除宣扬了儒家的道德观和佛教的因果观为中心的劝惩思想之外,也夹杂了某些怪诞、迷信,这些都是可以历史地予以评价的。在文字叙述上马琴虽然字斟句酌,精益求精地下了很大功夫,但由于过分求细求全,显得有些过于冗长。在人物描写上因为想把八犬士写成完美无缺体现仁义八行的完人,所以在人物性格上写得不像《水浒传》中的许多人物那么栩栩如生,反而觉得坏人写得很生动。在故事情节上也总是好人得救,坏人最后遭殃,而与现代小说是大相径庭的。总之,《八犬传》这部巨著并非白璧无瑕,但瑕不掩瑜,它无疑是日本文学史上的一部不朽名著。

惩恶劝善的小说,无论在日本或是在中国,都是自古有之,并非始自马琴,但却没有马琴看得那么重。他说:稗史小说的些许可看处,即在于劝惩。劝惩失正则徒致诲淫导欲。他在二十多年间孜孜不倦地动笔戏墨,就是欲以惩恶劝善教育那些愚执之妇孺翁媪,而成为他们渡过迷津之善筏。所以惩恶劝善无疑是马琴稗史小说的精髓。时代不同,善恶之标准自然亦各异。但在真善美与假恶丑的斗争中,人们总是希望前者能够战胜后者,即使在今天也不难在戏剧或小说中找到劝惩的痕迹,从这个意义上讲,马琴的创作精神不是依然存在吗?

这次把《八犬传》翻译过来介绍给我国读者,是因为这部巨著是模仿我国的《水浒传》和《三国志演义》所创作的具有代表性的日本小说,不仅从其结构和内容可以看到不少模仿的痕迹,而且大量引用了中国的故事典籍,有浓厚的中国趣味。它是一部别开生面的日本小说,可以说是中日文化交流的结晶。我们读了不仅感到格外亲切,同时对我国古代的文学作品在海外所产生的影响,而感到自豪。另外日本人民之善于移植外国的东西使之化为己有,这种引进消化的学习精神,也是我们很好的借鉴。它不仅来自近代,而是从古代就早已得到发扬光大,所以在各个领域不断取得一个又一个的丰硕成果。

此译本根据1910年日本国民文库版四卷本译出,同时也参照了1990年岩波书店文库版十卷本。译文中〔〕内是原文夹注。因这部书尚无日语现代语译本和注释本可供参考,所以译文中的误译之处,希予以指正。

李树果

目 录

《八犬传》序

初，里见氏之兴于安房也，德谊以率众，英略以摧坚。平吞二总，传之于十世。威服八州，良为百将冠。当是时，有勇臣八人，各以犬为姓，因称之八犬士。虽其贤不如虞舜八元，忠魂义胆，宜与楠家八臣同年谈也。惜哉载笔者希于当时，唯坊间军记及槙氏字考，仅足识其姓名，至今无由见其颠末。予尝憾之，敢欲攻残珪。自是常畋猎旧记不已，然犹无有考据。一日低迷思寝，瞢瞆之际，有客自南总来，语次及八犬士事实。其说与军记所传者不同。敲之则曰：曾出于里老口碑，敢请主人识之。予曰：诺，吾将广异闻。客喜而退。予送之于柴门下，有卧狗在门旁。予忙乎踏其尾，苦声倏发于足下。愕然觉来，则南柯一梦也。回头览四下，茅茨无客，柴门无狗吠。言熟思客谈，虽梦寐不可舍，且录之。既而忘失过半，莫奈之何。窃取唐山故事撮合以缀之。如源礼部辨龙，根于王丹麓《龙经》。如灵鸽传书于泷城，拟张九龄"飞奴"。如伏姬嫁八房，仿高辛氏以其女妻槃瓠。其他不遑毛举。数月而草五卷，仅述其滥觞，未创八士列传。虽然，书肆豪夺登诸梨枣，刻成又乞其书名。予漫然不敢辞，即以八犬士传命之。

文化十一年甲戌秋九月十九日。洗笔于著作堂下紫鸳池。

蓑笠陈人解撰

世称之为八犬士者,则为犬山道节〔乳名道松〕、犬冢信乃〔乳名志之〕、犬坂上野〔乳名毛野〕、犬饲见八〔乳名玄吉〕、犬川庄助、犬江亲兵卫〔乳名真平〕、犬村大角〔乳名角太郎〕、犬田汶吾〔乳名小文吾〕也。其名略见之于军记,然始终不详其本贯,实乃憾事。故仿唐山高辛氏之皇女嫁槃瓠〔犬之名〕之故事,撰写是篇《八犬传》小说,推因说果,以警醒妇孺。

初辑五卷,叙里见氏之起于安房,亦为模拟唐山演义中之情节,与军记乃大同小异。且以狂言绮语,或间有俗语俚谚,谐而缀之,以玩物视之可也。

此书之第八回,从堀内藏人贞行于犬悬里获雏犬始,至第十回,义实之女伏姬进入富山,乃全传之开端。然其首尾俱全,完整无缺。至二、三辑,为八人各自之列传。拟于每年春续出一辑,全书完稿始需时二三年。

蓑笠陈人再识

第一回　**季基遗训死节**
　　　　白龙挟云归南

　　京都将军，镰仓副将，武威大衰，刚愎自用，致使群雄拥兵自立而进入战国时代。靖和天皇的后裔、源氏的正支、原镇守府将军八幡太郎源义家，在战国之际，避难于东海之滨，开辟领地，振兴基业，繁衍子孙及十世。现今的房总国主里见治部大夫义实，就是其十一世孙里见治部少辅源季基的嫡子。时值镰仓副将〔镰仓公方〕足利持氏，屡思自立，拒纳执权上杉宪实的忠谏，不顾嫡庶之义，与室町将军足利义教失和。京都军队骤然进讨，并与宪实协力，势如破竹。持氏父子被囚于镰仓报国寺，剖腹自尽。此乃后花园天皇永享十一年二月十日之事。

　　持氏的嫡子义成，与其父一同自尽，遗尸镰仓。其次子春王、三子安王，幸得突围逃至下总。当地诸侯结城氏拥戴二亲王为主君，不仅不听京都的军令，对管领〔上杉清方、上杉持朝〕的追剿大军也在所不惧。以仗义勇为、不计死生的里见季基为首，聚集受持氏恩的武士据守结城。虽受重兵围困，却坚守城池。从永享十一年春至嘉吉元年四月,被围困达三年之久。外无援军,粮矢断竭,已濒临绝境,只有突围决一死战。于是结城一族和里见主仆,打开城门浴血奋战,砍杀入城之敌,士卒皆战死,结城终于陷落。两亲王被擒,在美浓的垂井遇害。史称结城会战。

却说季基的嫡子里见治部大夫义实,当时被称作又太郎御曹司,年虽不满二十岁,武勇智略胜过其父祖,且举止文质彬彬。三年来与父亲相伴,不厌被围之困苦。突围之日也是身先士卒,杀敌十四五骑,还想与劲敌交锋,誓死向前。其父季基遥见而忙呼唤制止道:"义实,勇士不能忘身而逞一时之勇,今日死得其所,似乎无可非议。但是你我父子一同战死,则是对祖先莫大的不孝。与京都和镰仓为敌,一心奋战,已势竭力穷,今日城陷,父为尽节而死,子为父脱身,保存一条性命,何耻之有? 赶快杀出重围,等待时机重振家业。快逃走吧!"父亲如此催促,义实听罢,在鞍上低着头,没有立即从命,却说:"您说得虽是,但眼看父亲拼死而不顾,竟厚颜无耻地逃走,虽三岁之幼儿亦不为,何况生于武士之家者,儿今已十九岁,深通文武之道,顺逆邪正,古人之得失也大体知晓,只想同您共赴黄泉。死得其所而不死,遭人耻笑,身败名裂,有辱祖先,非儿之所愿。"季基注视着他的脸颊,频频点头,赞叹义实说得好,又说道:"尽管你说的也有一定道理,倘若我让你改换衣装,圆顶黑衣,出家为僧,你可以悖逆我的教导;如拒绝等待时机重振家业,则是不孝。难道你不知道,足利持氏并非吾家世代相传的主君。原来我们的先祖跟随同族的新田义贞,在元弘、建武时期曾立战功。从那时起即是新田的党羽、南朝的忠臣,但由于明德三年冬初南帝入都,便失掉了赖以遮雨的大树,因而不得不另受招募跟随镰仓的足利家。亡父〔里见大炊介元义〕伺候满兼主公〔持氏之父〕,我侍奉持氏,今为幼主已尽了忠心。连这个义理都分辨不清,只知去死,能说是好武士么? 学问也白学了! 你如此不听为父之言,吾非汝父,汝亦非吾子。"父亲焦急气愤的言词,使义实受到义理的苛责,不由得伏在马背上潸然泪下。他们父子执死执生,谁先谁后,也是未卜难知的。摇旗呐喊进攻的敌军如海上传来的惊涛骇浪。季基回头一看,已不能再犹豫,对早已心领神会的谱代家臣杉仓木曾介氏元、堀内藏人贞行等使了个眼色,两人一同起身道:"我们陪同小主人一同逃走。"说着木曾介忙为义实牵马,藏人在后边打马,向西逃去。季基心想,此时此际,与从前的楠木正成公在樱井驿将其子楠木正行打发回去,心境相同,其忠魂义胆也大概如此吧! 身边剩下的士卒凄然地在列队等待着。季基看了逃走的儿子一眼,现在好像松了口气,该是决一死战的时候了。他勒紧缰绳,重新骑好战马,带着不足十骑的残兵,慎防敌军从两翼包剿,直向密集进攻的敌军冲去。勇将手下无弱兵,主仆一骑又一骑地杀伤敌人,士卒们心里只想着让义实易于从后边逃脱,而不让占优势的敌军前进一步。他们踏越战友的尸体,挥戈制敌,与敌军拼杀、扭打在一起。大将季基更是异常骁勇,八骑随从均死在乱军之中。鲜血染红了野草,双方横尸遍野,虽被马蹄掀起的尘土埋没,但他们不朽的英名传至京师,表现了大丈夫壮烈牺牲的精神。

　　这时里见义实由杉仓、堀内领着已逃出二里之遥。严父的战况如何,着实放心不下。几次勒马回头张望,只听得喊杀声、利箭的鸣叫声,一片喧嚣嘈杂。心想大概城已陷落,只见火光冲天,说声:"糟啦!"便想立即勒马杀回。可是两位老臣从左右拉住马头,一动不动地说:"这可不妥,您莫非糊涂了么? 事已至此,无论如何也要听从老爷的教诲。现在回到城中,只有无谓地丧生,是比古歌中的飞蛾扑火还轻率的行动。夫大信不信,大孝似不孝,这些古人的金玉良言,您不是平素常背诵么?不论贵贱,忠孝之道只有一条,怎能迷惑了呢?"紧拉住马头又说:"请您往这边走。"孝子的悲伤使义实方寸已乱,频频焦急地喊叫:"放开我,贞行!氏元,不要管我!你们的忠言虽合父亲的心意,在此生死关头如能忍受的话,我还能叫为人子者么?放开!放开!"扬起鞭子无论怎样抽打或镫马,两位忠臣双拳坚如金石一点也不放松,任凭鞭子怎么抽打还是牵着往前走。走过马坛、鞍悬、柳坂,烽烟已离得很远。来到火退林附近,洋洋得意的镰仓军二十余骑从后边追来,呼喊道:"不愧是英勇的武士,跑得真快呀!那个穿绯红色铠甲,头戴五块瓦头盔,中间闪着银光家徽的,定是一员大将。卑鄙!回来迎战。"义实毫没犹豫,心想,你们这些讨厌的喽罗,我并非惧敌而逃,回头迎战又有何难?立刻调转马头,挥舞太刀杀向前去。心想不能伤着大将,杉仓、堀内两人并排挡住敌人的进攻,挥枪冲了过去。义实唯恐老臣受伤,便驰马向前,主从三骑争先恐后,冲入敌群之中。他们十字阵穿过去,又圆形阵杀回来;一会儿鹤翼阵左右联防,忽而又鱼鳞阵品字队形,东挡西杀,南击北奔,马不停蹄。他们深得《三略》之传,八阵之术,瞻之在前,忽焉在后,施展了奋力迎击的秘法。千变万化的太刀如风驰电掣,使敌人乱作一团,一窝蜂似地退了回去。敌人退走后,杉仓等劝主公徐徐逃走,对又追来的敌兵放箭射杀。在灌木林中且战且走,跑了二十几里,终于日落西山,旧历十六的一轮圆月当头升起。

　　此时已没有敌人追赶,主仆们奇迹般地逃脱了虎口。当晚借宿在一间草屋里。次日清晨,把马具留给了主人作谢礼。他们化了装,深深戴着斗笠,虽然东西都是敌人的地方,但不能只顾盲目逃走,朝相模路走了两天,第三天到达三浦的矢取海岸,带的粮食已经用尽,囊中也没了盘缠,主仆已成江湖沦落之人。他们饿得四肢无力,坐在松树下,等着遥遥落后的堀内藏人贞行,准备一同去安房国。辙鲋之急,刻不容缓。遥望前方,沧海一片,碧波荡漾,白鸥安眠。时值旧历四月夏初,面对好似劈开的锯山,这里如用凿子凿的、那里又好像用刀削的陡峭石壁,令人望而生畏。长汀曲浦的旅程,使人心碎。含雨的渔村杨柳,送晚的远寺钟声,倍增凄凉。如果不是这般风云变幻,何至落到这般境地。急忙奔往渡口,可是没有一艘渡船。当下杉仓木曾介氏元召唤在茅屋门前收干鱼的渔家孩子们,向这些垂髫小孩问道:"有往对岸去的渡船么? 流落在这陌生的海岸,饥饿难忍,我怎样都可以,无论如何也得给主人找点吃的。"其中一个年约十四五岁的顽童,脸被海风吹得黑黑的,用手理了理披散到额头上的红头发,抽了抽进去又流出来的清鼻涕,看着有点傻呵呵的,说:"这年头不断地打仗,船大半被掠走,连打鱼都不够用,哪还有船往对岸渡人? 在这个海湾,日子很苦,自己的肚子还填不饱,哪有粮食救济外人? 如果饥肠难忍,就吃这个吧!"抓起土块当蓟菜扔了过来。氏元赶忙躲开,土块飞到义实的胸前。他不慌不忙地将身子往左边一闪,用右手接住了。对这种恶作剧,氏元再也不能忍受,睁大眼睛厉声喝道:"休得如此无礼! 你这个坏蛋,我们是出门在外之人,所以才向尔等讨碗饭吃。没粮就说没粮,哪里那么多废话? 看我把你下巴给砍下来,让你知道知道厉害。"氏元怒气冲冲地攥着刀把,跑过去要砍他。义实赶忙制止说:"木曾介,你太没大人气概了。骐骥老了,不如驽马,鸾凤穷途,为蚁螂所苦。今非往日,不要忘记我们已经没了依靠。他们不是你我的敌人。试想,土地乃国之根本。吾今能去到安房,岂非是得到天国之兆? 看到他们这般无礼是很可恨,但如果把它看作是吉祥之兆,又岂非是可喜之事。昔日晋文公在五鹿〔曹国地名〕的故事，颇似今日的情况。值得庆贺呀。"他握着土块拜了三拜，就势揣在怀里。氏元这才省悟，手从刀把上松开，怒气也自消了，祈祷主君未来大业得成。渔家孩子拍着巴掌笑了起来。

这时岸边山上乌云升起，霎时间海面晦暗，海水上下翻腾，如磁石吸铁一般，风飒飒作响，下起了倾盆大雨。电光交加，雷声隆隆，天好像要落下来似的。吓得孩子们赶忙跑到草屋里去，关上门，怎么敲打也不开。义实主仆只好站在岸边的松荫下，戴着斗笠遮雨。这时风雨更加猛烈，忽明忽暗，在惊涛骇浪翻卷的乌云之中，忽然现出一条耀眼夺目的白龙，大放光芒，卷起波涛，向南飞去。顷刻间雨霁云敛，落日的余晖照得海面波涛闪出五光十色。风吹松枝上的雨滴如同散玉，滚落在沙石之中。远山碧透，岩石青翠，雨后未干。久看不倦的绝景佳境，在此身遭不幸之际，也无心浏览。氏元为义实拍打身上的水珠。贞行至今还没有随后赶来。义实指着海面问木曾介道："方才风雨大作之时，在翻腾的波浪间，乌云滚滚，从那块岩石旁升起了一条白龙，你见到了么？"木曾介赶忙跪下说："虽然没有认出是龙，但略微看到一点，好似怪物之股，闪闪发光如鳞。"义实点头说："就是你说的那个。我们仅仅看到它的尾巴和脚，未能看到全身，十分遗憾。龙乃神物，变化无穷。古人有云：龙俟立夏之时，分界行雨，其名曰分龙。现正值此季节。龙之灵昭昭然近显，隐隐然深潜。龙实乃鳞虫之长。故周公系《易》时，将龙比作圣人。虽说如此而龙有欲，不及圣人之无欲。是以或为人豢养之、或驾御之、或屠杀之，今其术已失传。另在佛经中有《龙王经》，凡祈雨者必诵此经。另外在《法华经》的《提婆品》中有八岁龙女成佛之说。虽说是善巧方便，也有祈祷灵验的。故龙名曰雨工，或称之为雨师。辨其形状：

角似鹿、头似驼、眼似兔、颈似蛇、腹似蛟、鳞似鱼、爪似鹰、掌似虎、耳似牛，这叫作三停九似。含珠在颔，司听以角。喉下长径尺，这里曰逆鳞，误触此处一定发怒。故惹天子动怒时称之曰'触逆鳞'。雄龙叫时上边有风，雌龙叫时下边有风。其声如吹竹筒，其吟如戛金钵。它不轻易众行群处。合而成体，散而成章。乘云气，养阴阳，或明或幽。大时徜徉于宇宙之间，小时隐于拳石之中。春分时升天，秋分时入渊。入夏后凌云振鳞，此时最乐。到冬天则沉于泥中，潜蟠弗出，以避其害。龙之种类甚多，有飞龙、应龙、蛟龙、先龙、黄龙、青龙、赤龙、白龙、玄龙、黑龙。白龙吐物，入地为金。紫龙垂涎，其色透明如玉。紫稍花乃龙之精，蛮貊鬻之可入药。有鳞者是蛟龙；有翼者是应龙；有角者曰虭龙，也叫虬龙；无角者曰蚮龙，又叫螭龙；苍龙乃是七宿；斑龙有九色；目可见百里之外，名曰骊龙；游乐自在者名曰福龙；不得自在者是薄福龙；为害者是恶龙；杀人者是毒龙；又有苦行雨者是垂龙；病龙所降之雨，其水必腥；尚未升天者《易经》中谓之蟠龙，蟠龙长四丈，其色青黑，赤带如锦纹；火龙高七尺，其色深红，如聚集之火炬；另有痴龙、懒龙。龙性淫，无所不交：与牛交生麒麟；与豕合而生象；与马交生龙马。又有龙生九子之说：第一子曰蒲牢，好鸣，钟之龙头即模仿之；第二子曰囚牛，好音，用作琴鼓的装饰；第三子曰蚩吻，好饮，所以杯盏饮具皆画之；第四子曰嘲风，好险，堂塔楼阁之瓦，皆仿之；第五子曰睚眦，好杀，用作太刀的装饰；第六子曰负屃，好文，古之龙篆、印材纽、文章星之下，画如飞龙者皆是；第七子曰狴犴，好讼；第八子曰狻猊，狻猊乃狮子，好坐，有模仿作靠椅的；第九子曰霸下，好负重，鼎之足、火炉之下，凡以物作枕，如鬼头者则为此。此外还有子，宪章好囚、饕餮好水、蟋蜴好腥、蟒蛇好风雨、螭虎好文采、金猊好烟、椒图好闭口、蚪蛥好立险、鳌鱼好火、金吾不眠等等,全是龙的种类。龙之德甚多,在《易经》中是乾道,在物中是神圣。其种类之多,如人之有上智、下愚,天子和匹夫。龙以威德伏百兽,天子亦以威德率百官,故天子有衮龙御衣。天子之颜曰龙颜,其形体曰龙体,发怒曰逆鳞,全是模仿龙的形象。其德不胜枚举。今白龙南去,白乃源氏的服色。南即房总,房总是皇国的尽处。我见其尾未见其头,是仅能领有该地。汝见龙之股,当是我的股肱之臣。你不认为是这样么?"认真地引证和汉之书,陈述古代典章,对未来的事业如此深思熟虑,氏元对这种俊才睿智十分钦佩。出身于武士之家者,一般多夸耀匹夫之勇,而通晓兵书兵法的,现今都很罕见。他这点子年纪,什么时候读了这么些人所未读之书? 否则便是生而知之。这样天赐的主君,实是一代良将。氏元这才吐露对在结城未能殉节深以为憾;同时却又对今日能得生而不胜欢喜,感到前途大有可为。时已日暮黄昏,怎能在此湾岸徒然地过夜? 想陪同主君去安房,怎奈又无船只。天气晴朗,而黄昏后却是一片漆黑,在月出之前行路不便,心里十分焦急,但是水路急有何用? 堀内贞行至今还没赶来,不知是何缘故。木曾介道:"富贵时外人来聚会,落魄时妻子也离散。贞行不是持之以诚者,说不定他已经半路逃跑了。"说着便紧锁双眉。义实莞尔笑道:"木曾介,你不必怀疑。在众多青老年的侍臣之中,他和你是不同一般的。因为你们的忠贞,家严才选了你们跟随我。我知道贞行的人品,他不是临难脱逃的人。可在此稍待,月亮就要出来了。"言语是那样的和蔼,心胸也十分开阔。旧历十八的月亮从海上升起,拍打海岸的波浪洒下了零金碎玉,美丽景色宛如龙宫。主仆以手加额,不由自主地离开树下,走近海滨。这时恰好有一艘快船,从水崎的方向划过来。往那边望去,舟行似箭,瞬间已来到眼前。船中有人在高声吟诵:

茅屋虽陋前缘在,海王龙女思下凡。

吟诵的是首古歌〔仲正家集〕。艄公好似没有听见一样,将船划到了岸边,将缆绳扔在沙滩上,跃身跳下船来。一看竟是堀内贞行。"这究竟是怎么回事儿呢?"先来的主仆没有忙着问个明白,领着他回到原来躲雨的树下落座后,贞行把松叶垫在膝下,跪着说:"原先走到相模路时就多少听到过海很困难。于是就抄捷径先到这里,到处找渔户求他们摆渡过海,可是都不肯出船。终于走到水崎借得一条渔船。但是总不能让您饿着肚子,在做饭时,雷雨大作,就不觉到了天黑,所以来迟一步。因为事先没和您打招呼,一定对我产生怀疑了吧!"义实听了赶忙说:"因此才没事先对我说,对么? 我和木曾介都未曾想到这一带没船。若没有藏人你呀! 今宵怎能去安房?真是卓越的才智。"在主君这样一味地夸奖下,氏元抚额笑道:"人的才智大小竟有这般差别? 藏人,在这种困境下我曾对你产生了怀疑。我的心胸狭窄,小看了你这个深思远虑的人,说了你的坏话。"逗得贞行捧腹大笑:"真是毫无隔阂的武士之交啊!"义实也一起笑了起来。义实又对藏人贞行道:"没能到对岸去,在此等你时,有人赏给我土块,又有白龙出现的吉兆,这些等到船上再细说吧!"艄公好似听到谈话的声音,举手打招呼说:"乘此月明风顺,赶紧上船吧!"在艄公的催促下,主仆三人上了摇摇晃晃的无篷小船。艄公捎起缆绳,重新拿好篙,望安房划去。

第二回　飞一箭侠者误白马
　　　　夺两郡贼臣倚朱门

　　安房原在总国南边，上古时总国无上下之分，后分开取名为上总、下总。这里土地宽阔多桑，便于养蚕。用蚕丝做的缨叫作总，当时把总当作贡品，所以其国便称之为总。总的南端居民甚少，所以将南海道阿波国之民迁到这里，不久便称之为安房。即《日本书纪·景行纪》中所说的淡水门。安房仅有平郡、长狭、安房、朝夷四郡。从前仁安、治承年间，平家兴盛之际，这里有三个武士，就是在《东鉴》中有记载的御厨麻吕五郎信俊、安西三郎景盛、东条七郎秋则。治承三年秋八月，源赖朝在石桥山之战中败北逃赴安房时，这几个武士最先跟随着他。安西三郎景盛做向导，麻吕信俊和东条秋则等端茶送饭，忠心不二。所以源氏统一天下后，将安房四郡分给这几个人，传了十几代子孙，历经北条时代，到了足利氏之时，也从未失掉这块领地。景盛的十二世孙安西三郎大夫景连，领有安房郡馆山城。信俊的后裔麻吕小五郎兵卫信时，领有朝夷郡平馆城。长狭郡则由东条的氏族神余长狭介光弘领有，他作为秋则的后代，驻在平郡的泷田城。虽说都是世家，但神余吞并了东条的领地后,管领长狭、平郡两郡,成了安房的半个国主。他的家臣和仆从众多,人马装备自不待言,一切充足,使安西和麻吕站到下风,便推他为国主。光弘骄奢淫逸,耽溺于酒色,在众多妻妾之中,尤宠爱淫妇玉梓,内外赏罚都由她来决定。贿赂玉梓的,有罪而得赏;不巴结玉梓的,虽有功而不得重用。自是家规大乱,良臣退去,佞人得势。其中有个叫山下栅左卫门定包的,其父是看管青滨草料场的庸庸碌碌之辈。定包长大成人,相貌不似其父,面色洁白,眉清目秀,鼻高唇红,言语柔和悦耳,光弘用他为近侍。通过女眷内奏实乃佞人晋升之资。栅左卫门定包,表面上谨言慎行,暗中使阴谋诡计,是个贪图名利的小人。一开始他就百般地谄媚玉梓,凡是她喜爱之物,不惜重金购以赠之。因此他逐渐出人头地,说话使主君喜欢,摆酒宴、劝淫乐,并与玉梓私通,卑鄙无耻的勾当虽多,而光弘却半点也不知晓。没多久光弘就把定包摆在老臣之上,藩屏的赏罚无论大小,皆由他掌管,从此山下定包大权独揽,而主君虽有却若无。于是忠君之士谏主不从则隐退,趋炎附势者大多讨好定包,他则利用别人的阿谀奉承,结党以御讥。陈利害、改旧法、重税敛、累课役,不顾万民之恨,山下定包实已成为神余家的安禄山。他每天骑着白马出仕,侧目视之者偷偷给他起个浑名叫啖人马,偶在途中遇到则躲而避之。

这且不提,却说泷田的近村有个叫苍海巷的地方,有一庄客叫杣木朴平。按战国时代的习俗,击剑和拳法自不待言,且膂力过人,胆大强悍,临难不惧,是个侠义之士。神余的家规已乱,民不堪其苦。这一切都是山下栅左卫门的所作所为,实在忍无可忍。于是他秘邀与自己志同道合的朋友洲崎的无垢三来家商议道:"未知尊意如何? 当今啖人马弄权虐民,祸害田园有甚于蝗虫;屠杀无辜无异于瘟神。让这小子如此横行下去,我们靠什么来养活妻子老小？遵守苛法,无非是惜命。如此年年被搜刮,连免受饥寒都难保,还怕什么法律和报应？莫如你我二人舍身杀了啖人马,将众多人解救出来,岂非一大快事?"无垢三听了毫无异议,点头称赞道:"您说得十分勇敢,我并非没想过此事。然而这小子的势力胜过国主,出入时有数十人跟随。如果草率行事,岂不弄巧成拙？眼下不少人是笑里藏刀,很不可靠,所以我沉默到今天。您今日突然向我透露了心中的隐秘,你我志同道合,胜过得到许多人的帮助。然而,因此便匆忙定夺,会徒丧性命。莫如待他游山,或随从不多的微行之时下手,我想不会不成功的。尊意以为如何?"朴平听了非常高兴,说:"那么就这样吧!"二人如此这般地相互交头接耳,密谈了数次。诚如杨震的四知之戒,隔墙有耳,这件事很快就有人禀报给栅左卫门。定包听了不动声色,想立即召集众兵逮捕朴平和无垢三,但又好像忽然想起什么另外的阴谋,于是佯装若无其事的样子。只是将随从加倍,早晚不出门。他这样地严密防范,而主公长狭介光弘,却长夜淫乐,不顾自己的身体。这样一来,光弘日久生病,美酒珍馐食不甘味,郑声艳曲亦不悦耳。于是想派人去蓬莱寻找长生不老之药,或请方士授以不死之术,真无异于秦皇汉武的想法,光弘整日枕着玉梓的大腿,不愿出帐。定包认为机会难得,一日进见主君道:"时值夏初,山野新绿,十分美丽。落羽畷的野鸡,青麦村的云雀,群聚于彼。您这样闭门不出反而增病,莫如前去驰狗放鹰,才是养生之道。某愿伴主公前往,您想去么?"他如此引诱,玉梓又从旁怂恿。在二人的劝说下,光弘慢慢起身说:"我总是十分懒惰,久未出城。今日你们这样苦口相劝,有如良药。就先传旨明日清晨去狩仓打猎,做好准备。"定包把扇子当作象笏,别有用心地奏道:"虽然您的命令不能违抗，但近年赋役日繁，民疲于课役。不仅如此，现正值耕地撒种之时，宜悄悄出行。有某相伴，万无一失。如此不误民时，不久百姓知道，谁不称赞您是仁君？这不也是使民之术么？"这一番花言巧语，使光弘感叹不已，道："你说得甚有道理。家中的老臣真都应该像你这样。就依你所奏。"因此就减少了助猎的人数，只让那古七郎和天津兵内等八九名近侍作随从的准备。次日清晨光弘骑着菊花青马，牵着狗，驾着鹰，悄悄出去打猎。

　　却说山下栅左卫门定包，因是预谋，在前一天自城中退出后，便紧急召集落羽和青麦的村长说："我偶得休假，明日想到此地放鹰。你们要小心伺候。"他很严肃地晓谕后，村长们赶紧跑回去驱使庄客们打扫街道。这样一嘈闹，柚木朴平和无垢三等得到消息后说："明天达成宿愿的时机来了。"二人窃窃私喜，打扮成助猎的士兵，手里拿着弓箭，那夜从丑时三刻就来到落羽畷的东北，躲在草深的山冈下，以古松为盾，等着定包。夏季夜短，不多时便到了雄鸡报晓的时候。长狭介光弘腰间围着鹿皮行滕，深深戴着绫蔺笠。马前有助猎的士兵，那古和天津等八九名近侍分列左右，出了泷田城。山下栅左卫门为了预防万一，便派了许多兵将，而他自己却骑着白马，稍迟一点儿策马前进。自然事先已经策划好了，连马夫等都参与预谋，清晨喂马时，在草料中掺了毒药。所以光弘所乘的马，走了二里多路就忽然得病，怎么打也不走，前足无力突然倒下。主公也头朝下滚鞍落马。那古七郎和天津兵内慌忙将他扶起。光弘叫道："赶快再牵匹马来！"他这样地高声喊叫，随从们就更慌作一团。忙向后队传报，栅左卫门扬鞭跑来，翻身下马对光弘说："因是微行出城打猎，没做这个准备，如等待换马则徒费时间。某有马在此，经多年驯养，骑着很舒适，就请您骑这匹吧！"他就势将马牵过来。光弘立即转怒为喜，离开马扎说："那就按你的意见办吧！你在这里休息，我骑你的马去。随从们赶快跟上！"说着扶鞍上马，坐骑甩动着尾巴，如同破晓扬帆的快船，在东方发白的时候，光弘已经接近树叶茂密的落羽畷。这天陪同他射猎的只有那古和天津两位家臣，也没有抬头看山上的树荫处。他们一片赤诚，自感侍奉主公责任重大。这时似乎想起了什么，告诉先头的助猎士兵，向青麦村去。由于突然改变了前进的方向，光弘惊讶道："汝等往哪里去？今天的围场是落羽冈。你们近来贪睡，还没睡醒么？"这一动怒，七郎和兵内从左右悄声奏道："主公您知道么？坐骑暴毙乃是不祥之兆。落羽与落马音训相同，名诠自性①，甚是可忌。不仅如此，室町幕府的武威已不振，兵乱不休。安房是东南的尽处，幸免无事。但国内并非无野心之人。这样地微行出城已甚是危险，何况又不避忌讳，故冒不祥呢？人无远虑则必有近忧，因此才骤然改变了去向。"光弘听了冷笑道："尽是妇人之见。活物必死，死匹马又有何妨？焉能因此便忌讳今天的围场与落马同音？落羽是落鸟之意，岂非猎获甚多的祥兆？往那里去！"马镫作响，催马向前。那古和天津等毫无办法，只好又让先头士兵按原路，沿着野草繁密的田边小道，来到落羽畷边的落羽冈。

从夜里就躲藏在此的杣木朴平和洲崎无垢三，从树林缝隙看到骑白马的，便认为定是山下栅左卫门定包无疑。于是便持弓搭箭，把弓拉得满满的，等到进入射程，确定一二的先后，便"嗖"地放箭。箭不虚发，第一箭就射中了光弘的胸膛，光弘大叫一声，仰面朝天滚鞍落马。大吃一惊的天津兵内，被第二箭射中了咽喉，也同样倒下了。随从们不知有多少敌人，惊慌失措，并未立即还击。那古七郎

---

① 名诠自性，乃顾名思义，或名实相副之意。

瞪着眼睛厉声骂道："你们这些无用之辈，现今主君被击倒，还犹豫什么？这座树林纵深不过几百米，就是将山上的树都伐了，草割尽了，也要把歹人搜出来。"说着拔刀割下已离开主公坐骑的鞍鞴来做盾牌，顶在头上冲过去。士卒们在他的带动下，虽然未见敌人，却也争先恐后地杀上前去。朴平和无垢三看到这种情况，心想不能让他们靠近身边。于是从树荫里露出身来，纷纷射箭。在前边的士兵十余人，立即被射死。二人的箭已用尽，就把弓扔掉，拔出太刀，居高临下地砍杀下来。被他们的威风吓倒，剩下的士兵多半逃跑。还有近侍七八人，虽合力奋战，终因山路不熟，或被残株绊倒，或被藤蔓缠住脚，不是跌倒，便是被击中，几乎没有不受伤的。那古七郎心想且以逸待劳，把贼人引到平坦的地方，就且战且走。无垢三在前，朴平在后，紧追过来，不让敌人脱身，不觉下了山坡。七郎回头看了一下，"嗖"地掷出一只飞镖，伤了无垢三的上额，使他眼前一黑，步态踉跄。那古从右侧跑过来，一刀正好砍中无垢三的肩头直到前胸。他登在被砍倒的无垢三的背上，割下头颅。正待站起的时候，朴平提着带血的刀，如飞鸟一般跑了过来，咔嚓一下砍掉了七郎的右臂。就势将吓破了胆的七郎刺倒，又接连刺了二三刀。正在啜血润喉的时候，听到前边树荫下有弓弦声，不知是谁放的箭，射中了朴平的大腿。眼看要倒，就用小腿撑住，攥着箭杆想把箭拔出来。这时喊声震耳，在山谷中回荡，士兵数十人赶来，将他团团围住。当下山下栅左卫门，背箭挟弓，驰马来到山冈的柏树下说："杀了立国数代的一国之主和为民父母的殿下的叛贼们，还认得俺山下定包么？方才若一箭将你射死，比用铁锤击卵还容易。没有射中要害是想生擒你。"接着又大喊一声："把他捆起来！"命令一下，众多兵丁吵吵嚷嚷地准备动手捉拿。朴平听到报名者是定包，大吃一惊，原来被箭射倒的并非咬人马。策划的事情未能如愿,杀害了国主,叛逆之罪难逃,应该想办法杀掉积恨如山的山下定包。于是他退到稍高一点的地方,伏在草中,或躲在树下。忽而在这里出现,忽而又在那里藏起,且防且战。因受箭伤进退不如方才灵便,虽然连刺带砍,作了种种努力,但是捕捉的官兵越来越多,难以接近定包。心想只好如此了,正打算剖腹之际,先上来的两三个人,从左右将他捉住,用绳子捆了起来。定包不失时机地分兵到处搜索贼人的同伙,但是除掉这两个人外,并没人潜藏。这时老少臣仆数十人从城中抬着轿子,来迎接主公。待定包告知事情的经过后,先将光弘的尸体装入轿中,然后牵着被五花大绑的朴平,拎着无垢三的首级,跟在主公尸体的后边,回到泷田城,大家都十分吃惊。连家中的老臣都慑于定包的淫威,一句也不敢指责,只就当场擒贼之事倍加赞赏。从此定包更加傲慢,不管诸司或近侍,也都如同奴仆一般使唤。次日将光弘的棺材,送往香华院。罪人杣木朴平,伤痛难忍,又遭受毒打,这一天就死在狱中。定包下令枭首,与无垢三的首级一起都用青竹丝穿起来,吊在树上示众。不仅如此,定包更将平日讥讽自己的人,都视作朴平的同党,一个不剩都抓起来,一同杀戮。朴平和无垢三虽武艺和力量过人,想杀掉神余的家臣,除掉贼臣定包,其志虽刚,但未能战胜定包的枭雄之智,反而无端地助长敌人作恶,连累了许多人。

却说山下定包,凡事都深思熟虑。一日在城中召集老臣、近臣等议事,无一人缺席,都应命而来。定包穿着长裙服,黑纱帽的帽带垂得长长的,横佩太刀,端坐上座,另选了十二名力士,礼服内穿铠甲,侍立左右。他对众人说:"不料先君去世,身下无子。虽想从邻郡他家,选一位立作世子,但馆山的安西和平馆的麻吕,都是只有女而无男。这便如何是好!"这样询问后,环顾四座,无一人敢抬头,都

说:"山下大人德高望重,对先君有功,胜过镰仓执权北条氏。与其
寻找世子,莫如亲自治理两郡。我们奉您为君,竭尽忠诚,又有何
妨?"这种极尽谄媚的回答,使定包莞尔笑道:"吾虽无德,今如不从
众议,是有失所望,焉能久保此城?吾无任何野心,今暂领此二郡,将
来再让给有德之士。"说罢在誓书上沃血,更大张酒宴,加官进禄,众
皆欢呼万岁。此后,定包将泷田城更名为玉下。收玉梓作嫡配,册
封于后堂。其余的光弘之妾轮流侍奉枕席,极尽富贵欢乐。为了威
示邻郡,定包派使者去馆山、平馆说:"定包不才,不料为众人推尊为
长狭、平郡之主,是以想与二君进一步修好。是我方去贵国造访,抑
或贵方光临,希深思定夺。"言词温和,而态度傲慢无礼。麻吕和安
西不知如何是好,虽很气愤,但只得回复说:"此非一朝之议,待另行
答复。"这样便将来使打发回去。

再说馆山城主安西三郎大夫景连,力刚性悍,且擅长谋略,但临
机却又优柔寡断。平馆城主麻吕小五郎信时,依恃匹夫之勇,是个
好利欺人的贪婪之辈。他想与安西商量讨伐定包。一日只带近臣,
悄悄来到馆山城与景连晤面,密谈对付定包之策。麻吕说:"我与阁
下同心协力率安房、朝夷之军,攻打泷田城,定胜无疑。定包授首
后,你我分得两郡,岂非一大快事?"尽管如此直言相劝,景连却摇头
说:"畿内、坂东多受兵乱之苦,安房近年平安无事,士卒不谙军马。
那山下是个身份高贵的人,不费吹灰之力得了主公的领地,其才智
是不可低估的。众人推尊他为主,而无二心,其德其义可知。天时
不如地利,地利不如人和。定包既得时、得地又得人和。不权衡敌
我的力量,势均力敌地战斗,定无必胜的把握。可暂且顺从他,诱敌
进入我郡,以伏兵突然袭之,岂不可使之就擒?然而倘如楚汉的鸿
门之会,范增之计不成,不仅徒劳而无功,反会打草惊蛇,后悔莫及。

不如且待时机,等到泷田一旦生变,而至众叛亲离时,攻之必溃。不可操之过急。"景连如此制止。信时则认为他迂远,正在议论分歧之际,安西的近臣匆忙绕廊而来,轻轻拉开门,暂且窥视他们谈话的光景。主公景连一眼看见,问道:"做什么?"那人迈步向前说:"有位声称里见又太郎义实的武士,年约十八九岁,仅带两名侍从,想谒见主公。问其来历,说是从下总结城逃来的。其父季基战死,他和杉仓、堀内两位老臣,逃往相模路,从三浦渡海,来到我国的白滨。至于来访的目的,他对传话者难以奉告。只望直接进见,看如何回复是好?"说得很快。因不明来意,景连一时难以回答。倾首皱眉,陷入沉思。

第三回　景连信时暗阻义实
　　　　氏元贞行厄从馆山

　　却说安西三郎大夫景连,听到近侍的报告,虽然大体上猜到从结城逃出来的里见义实主仆三人从水路来到这里的目的,但是考虑到后患莫测,所以没立即答复,看看麻吕信时,说:"义实来此的真正用意如何,阁下有何高见?"信时听了赶忙答道:"里见系出名门源氏,与这里既无血缘,又无交往,里见和足利持氏关系密切,所以被结城氏朝拉拢过去,与京都、镰仓为敌,被围困了三年之久,早就该一命呜呼了。但他于城陷之日,见父亲战死而不顾,竟厚颜逃走流浪至此。怎能见这种人见人弃的不肖之徒,赶快轰走算了。"面对信时轻蔑的说谕,景连歪歪头说:"我虽然也这样认为,但他并非毫无用处。他们被围困三年,有丰富的战场经验。义实虽年幼,如果不从数万敌军中杀出重围,焉能来到这里? 让他进来一见,试试他的胆量,倘若可用,岂不得到一员讨伐定包的大将? 如不能用,不必赶走他,立即杀死,以铲除后患。您看此议如何?"二人这样地低声交谈,信时频频点头说:"此计甚好,赶快准备,我也见见。"景连立即召集老臣如此这般地进行部署，让他们将意图传达给武功和膂力兼备的壮士，老臣遵命匆忙地退下去。信时也召唤带来的家臣，让他们知照此事，然后与景连一同来到客厅。会见的场面完全是显示威风，安西的家臣二十人，麻吕的随从十余人，都打扮得威风凛凛，分列两旁。摆设的数张弓弦，犹如画在墙壁上的瀑布；挂着的枪和薙刀，好似春天近山的彩霞。走廊内帷幕低垂，身着铠甲的力士十余人，一声令下就能跑出来将里见主仆拿下。

里见义实已在外面站了半晌，随着"请进！"声被让到一间屋子里。从纸屏风的背面走出身着藏青色衣裳的四个壮士，说："请吧！我们带路。"他们前后站着，弯弓搭箭，把弓拉得满满的。杉仓和堀内稍稍跟在后面，一看这种险境，倒吸了一口凉气，一同跑步向前。这时又跑出六个士兵，身着黑色短褂，系着束袖带子，裙子开口提得高高的，都把短枪的枪尖冲着外边，在前面的倒退着，送他们前进。但是义实泰然自若，毫无惊慌神色，自言自语地说："这真是盛情的款待。三年来在结城也曾与敌人对垒，不知多少次从敌人的枪尖下突围了出来。听说此地风平浪静，除了大海别无他物，不分贵贱都能安居乐业。但事实远非耳闻啊！"后边的老臣也站住说："兵书中有句话：'治而不忘乱，小敌不可侮'，我们主仆不过三人，就以箭镞作羹汤，弓弦作面条，真是特殊的款待。那么还得尝尝你家主人亲手用刀做的菜了，就请带路吧！"主仆被"护送"着，很快来到会见的地方。壮士收弓提枪进入东西的帷幕之中。当下里见义实遥望着景连和信时，毫无媚谀的神色，在客位落座，右手取出腰间的扇子道："结城的败将里见又太郎义实，遵照亡父治部少辅季基的遗训，奋力杀出敌人重围，流落至此。所以，哪管是渔家茅屋，能得以栖身，既不听令京都，也不依从镰仓管领，做个升平之国的良民，则至感幸甚。但是这已是昔日之愿,现在街谈巷议皆说这里也并不安定,本想仗义尽一臂之力,因此才冒犯虎威,前来进见。阁下不嫌某是败军之将,得谒尊颜,尽诉衷肠,于愿足矣。同来的是亡父的爱臣杉仓木曾介氏元、堀内藏人贞行,请多关照。"很有礼貌地自我介绍后,慢慢回顾身后,氏元和贞行也都鞠躬致意。但景连却觉得义实甚是年幼可欺,只是注目却不还礼。信时不等主人开口,瞪大眼睛,高声说道:"我是麻吕小五郎,因另有琐事,今从平馆而来,得以在席上列座。你这个能言善辩的后生小子,我们安房国虽小,却是东南的尽处,三面环海,既不受室町将军的军令,也不听从镰仓两位管领的吩咐,就是邻国的强敌也不敢犯境。你和我素不相识自不必说,和安西阁下也没什么交情。你们与京都和镰仓为敌,以致无存身之处,想凭着乳臭未干的二片嘴唇游说利害,太不识时务了。虽然可怜别人的落魄,如慈眼视众生之佛;容纳一棵草芥,犹如无量福寿之海,可是谁能收留你这个罪人遭惹祸害? 真是多余接见。"信时抚摸着下巴,轻蔑地漫骂讥笑。义实莞然笑着说:"说话的这位是早就闻名的麻吕阁下吧? 麻吕、安西和东条都是此国的世家,可是英勇和韬略,却远不似我想象的那样! 可惜家父季基,一生唯义是从,虽知结城难以持久,但还是固守不息。抗击京都、镰仓的大军达三年之久,临死而不悔。某虽不及家父,但并非惧敌惜命而逃走,而是亡父的遗训难违,只想凭天由命等待时机而已。镰仓的持氏起初兴盛之际,不用说安房、上总,关东八州武士无人不衷心尊敬,竭力侍奉。但是当持氏灭亡后,为了幼主忘家舍身,与氏朝同心协力固守结城者却寥寥可数。如今世人多趋炎附势,看到大势已去,就连这里的麻吕和安西阁下都忘掉了持氏之恩。现管领权高威重,各国武士俯首听命。如果怕两管领降罪,不能相容,某则当拂袖而去。恕我冒昧直言,我们主仆不过三人,为何对义实如此害怕,竟由手持器械的壮士带路。虽然口说这里平安无事,却戒备森严。在会见席上悬挂弓箭,刀剑出鞘,甚至在帷幕内藏着许多力士,这是何故?"这义正词严的指责,使信时立即面红耳赤,注视着安西。景连不由得长出了一口气说:"你说得极是。弓箭乃武士之翼,刀剑等于爪牙,坐卧不离是为了防身,并非威吓阁下。但是带路的士兵手持兵器,如此对待武士,景连毫无所知。汝等为何如此无礼,还不赶快退下!"这样一斥退,装点威风的枪和薙刀用屏风藏起来了。一切准备落空,令人十分扫兴。安西、麻吕的家臣有的到远处的哨所去了,多数则退到屏风背后擦汗。

这时信时向前凑了凑,对义实说:"方才你所说的似乎并不完全是假话,既不畏敌,也不惜死,欲凭天由命等待时机。可是你为何不去坂东?那里多是源氏一族,投靠之处甚多。这里既非一国之主,一向又无什么交情,真不明白你为何要把船靠到这里来,求救于安西?如果不是饥不择食,不是怕敌人追杀慌不择路,不知逃到哪里是好,那又为什么厚颜来此?不要掩饰你这个没骨气的过失,一五一十明明白白地说出来,也许还可得到别人的怜悯。谁让我也在场了,会为你斡旋的。你就赶快实说吧!为什么不说个明白呢?"这样地再三相逼,贞行听了实在忍无可忍,拉拉氏元的袖子一同向前说:"以己之心去揣度别人是徒劳的。恕我们冒犯,麻吕大人所推想的是那些无名小卒,而源氏一族并没有那样的大将。再说义实并非惜命,被敌人追得无路可走,才不得不来到贵国,而是一心欲援先例。从前源赖朝公在石桥山之战兵败赴安房时,您的祖先信俊、安西的祖先景盛和东条等,是最早跟随赖朝公而忠心耿耿的。所以赖朝公命他们带路到了上总。上总广常和千叶常胤来迎,很快成了一支大军,进而占据镰仓为基地,终于灭了平家。里见也同是源氏的正支,八幡将军的后代。既有这样的先例可援,尔等竟信口雌黄予以贬低,令人忍无可忍,我才将所知的一一道出,请恕我多言。"回答得智勇兼备。信时被这一对老臣说得怒不可抑,但又无言以对。义实看到这种情景,马上厉声喝道:"贞行、氏元,休得无礼。我有何德能敢比赖朝?太放肆,太不知分寸了。"义实严加斥责让他们退下。客人这种不卑不亢的态度,使信时目瞪口呆,气得一句话也说不出来。景连晃晃肩膀,忍无可忍地冷笑说:"足矣,休再自卖自夸喋喋不休了。里见的随从你们听着!赖朝之父义朝,是十五国的节度使,如果不是成了国贼,大概平清盛对他也没办法。因此赖朝公虽被流放,可一旦起义兵,则念其旧恩的坂东武士会不招自来。里见氏与此不同,起初太郎义成,因为侍奉赖朝公只不过得到一乡的领地,部卒还不足百骑。到了中叶是属吉野朝那方的人,无立锥之地,不得不归降镰仓。虽然有了领地,但仅是短暂的一时,现在尔等是逃亡之人。连主人都闭口不谈,汝等家臣还有何可说的。如果改换门庭,侍奉我景连,那就有你们可夸耀的了,难道不知道你们现在的处境么?"完全是轻蔑的口吻。但是氏元和贞行不了解主人心里作何打算,所以也就默默不语了。义实微笑着说:"安西阁下,您说得极是。但是人的嘴是堵不住的。某来到此地,到处都听到相同的街谈巷议,民之诽谤无一时休止。但是家臣堵塞主君的耳朵,既不告之,更不谏诤,岂非不忠么?氏元和贞行没想到将会有丰厚的俸禄,但是他们不愿和那些不忠之人为伍,侍奉耳聋的主君。"这样一说,景连变了脸色,问:"他们诽谤我什么?你所说的街谈巷议又是什么?"义实把扇子放在腿上说:"您还不知道么?不仅是您,麻吕大人也如此,神余、安西、麻吕三家旧交匪浅,如同手足一般互相帮助,所以才国运长久,相安无事。但是神余手下的佞人山下定包,使奸计、戕主君,忽而侵吞二郡,并被推尊为国主。不为神余讨伐他,反而厚着脸皮甘居下风,共受其害,民之诽谤不亦宜乎？略陈此事,是想如有用某之处,愿效犬马之劳,看来这只是痴心妄想而已。既未见出征的准备,也不提此事,可见连聊表心愿的机会都没有。我们主仆是刚勇还是胆怯,虽然受到您的批评,但是不为神余讨伐定包,是无勇又不义,这样还配称什么武士？那么即日就此告辞了。"说罢就待退席,景连赶忙挽留说："你不倾心相告,以至造成误解,请多包涵。暂且落座。"右侧坐着的信时也挽留说："我一点疑议也没有,义实你不知道,我今天到这里来正是为了商议军情。但事关机密,不能一见面就轻率对你说什么。你想知道我们有勇还是没勇,就先问问这口刀吧！"他气势汹汹地说着,挺起胸脯,手握着刀把。即使不如此也不放松警惕的氏元和贞行,突然向主公身边靠近,眼观六路谨防有变。麻吕的随从看到,也顾不得摩拳擦掌,频频跪着向前移动。这时主人景连,慌忙从旁边把信时抱住了。附耳说了些话,然后回顾左右,颐指示意。安西的近臣和麻吕的随从赶忙站起来到另一间屋子去了。尽管在这风云突变的情况下,义实却玩着扇子,只是看着而不和他们争执。席间更显得非常扫兴。

当下安西景连又回到旧座上说："未知义实作何想法。因为一句话而争得你死我活,虽是武士的常情,麻吕是在开玩笑,切莫往心里去。况且识时务者,以忍耐而御险。这点我虽时常努力为之,但你才真正是这种人。好了！你虽是结城的守将,但是今天流落在此,要想归附我们一方讨伐定包,就不能违背我的军令。如能和士卒们一起忠心耿耿,在战场上立大功,怎会得不到恩赏呢？若恃才任性,感到归我手下为可耻,则是违背军令,那就决不能重用。只好以你一己之力,灭彼贼子去收复泷田城! 你即使当了二郡之主,我一点也不恨你。因此,或去或留只有这一点可以商量。三思后再回答我。"话说得甚是严肃。义实回答说:"困难是有,但我一点也不想拒绝。与其到处漂流,不如有个靠山。今承蒙您庇护,可以有用武之地,任何调遣都在所不辞,您就毫不客气地吩咐吧!"景连点头说:"那么就从现在开始,可千万不能违背承诺哟! 根据我家的先例,在出征之前,要祭军神,得准备一条大鲤鱼作供品。为我垂钩钓条鲤鱼来,如同与劲敌交锋取得首级一般,你知道么?"义实听后毫不拒绝道:"遵命。"将待退下,这时在主公后边侍立的氏元和贞行,从左右拉他袖子示意不让他走。二人一齐向前对安西言道:"您虽说是先例,生活在船上,垂钓捕鱼,这是渔夫所干的事情,非武士之所为,更不适合让义实去干,古人有云,在主君受辱之际,臣宁愿去死,就拿你们的脑袋作供品吧!"不等他们说完,景连瞪着氏元等说:"尔等休得这般无礼。义实惧怕法度,业已承担之事,你们白长了耳朵,怎么听的? 作为其家仆,擅自违反我的军令,其罪不轻,把他们拉出去斩了。"对他的暴跳如雷,氏元和贞行却若无其事地还要再上前分辩。义实严厉斥责道:"你们给我远远退到后边去!"义实为他们赔礼道歉后,景连才稍稍息怒说:"那么在见到鲤鱼之前,就将他们交给你了。限你三天亲自钓鱼来见,倘如马马虎虎误了期限,不仅说明你们是蠢货,而且还要受到惩处,要记住了!"他这样说着,义实则毕恭毕敬地遵命道:"我们到旅店去了。"就急忙带着面带怒容的老臣走了。

　　在另一个房间窃听的麻吕小五郎信时,拉开麻布拉门,冷笑着看了一会儿,来到主人身旁说:"安西阁下,您太宽洪大量了,您为什么帮助里见主仆让他们走了? 我正等着杀义实呢。有您给他做后盾,所以才让网里的鱼跑掉了。"嘟哝着抱怨。景连听了微笑说:"我在一开始就有思想准备,义实是名门世家之子,虽年纪尚幼,却颇有韬略学识,非凡庸之辈,而且随从们的面貌凶猛,似乎可一以当千。如草率动手,咱们也要伤不少人,兽穷极必啮,鸟穷极必啄,何况勇将猛卒呢? 他们不会束手受刃,不是说穷鸟入怀猎师不捕吗? 现在不伐定包,却杀了无仇无恨的人,民之诽谤日甚,终误大事。但是因此便将义实留在这里,犹如豢养猛兽,早晚痦寐难安。所以才采取犹疑观望的态度,先压压他们主仆的傲气,让他们去找祭祀的供品,其实这是制造了一个陷阱。他们有所不知,安房全国不产鲤鱼,是这里的风土。临渊近水去涉猎,徒费时光,等到空手而归时,则以军法处置。这样杀之有其罪名,不能说我另有私心了。我岂是救了他呢?"他用得意的神情解释着。信时眉开眼笑地拍着巴掌说:"这个计策实在高妙,倘若真的贸然动手,让义实跑了,到泷田去投靠了定包,则犹如猛虎添翼。但是因此便重用他,将来恩将仇报,则后悔莫及。都不如留下来然后杀之这个主意好,真是妙极,妙极。"他一味地赞叹不已。

　　这时义实正急忙赶回白滨的旅店,但是路途遥远,行在途中天已经黑了。安房的白滨在朝夷郡内,在《和名钞》中有它的名字,是个古乡,靠着泷口村。现在只叫七浦,是这个海滨的总称。这里有里见家的旧址及其寺院等。所谓安房的七浦是:川下、岩目、小户、盐浦、原、乙滨和白间津。闲话不提,却说义实在那天拂晓时回到白滨,没顾得上睡觉,就准备出去打鱼。氏元和贞行很不高兴,对主公义实说:"您还不知道么? 信时是匹夫之勇,景连忌能妒才,怀有偏见,见了我们如同仇人,为何要为这种不可信赖的人捞鲤鱼呢? 赶快去上总,躲开这些恶毒的人。"二人一齐苦谏。义实摇头说:"不,我和你们的看法不同。麻吕和安西的为人,亲利疏义,口是心非,很怕定包。他们无意讨伐泷田,我并非不知。但是为了躲开他们而去上总,如果那里也是如此,下总则成了敌地,那时还到哪里去?君子得时乐,失时亦乐。吕尚,世人称之为太公望,但他年近七十世间无人知之,后在渭水之滨垂钓遇到文王,讨灭纣王立了大功,封在齐国,传子孙数十代。太公望况且如此,吾今时势两失,还嫌垂钓之事吗?而且鲤是吉利的鱼。据闻,安南龙门之鲤,溯游瀑布时可化为龙。吾在三浦曾见到龙尾,今来到白滨,有人又叫我钓鲤鱼?这种前象后兆,不是预示很有希望么?钓到了鱼带回去,满足景连的要求,姑且在这里看看情况。拂晓咱们就出发。"义实耐心地说服他们。氏元和贞行钦佩他的高见,买鱼钩,备钓竿,腰间带上饭盒,主仆三人,在寻找不知名的水潭时,乌鸦已飞出树林,天朦胧发亮了。

第四回　小凑义实聚义
　　　　芭内孝吉逐仇

却说义实主仆从这个池塘到那条河流,临渊涉水,一天从这里走到那里,也不回白滨的旅店,信路涉猎到了长狭郡的白箸河时,已将近三天,限期只有最后一天了,心里非常焦急。捕到的鱼虽然很多,但是连条小鲫鱼那么大的鲤鱼都没有上钩。昔日在神代,彦火火出见尊为了寻找丢失的鱼钩游到了海龙宫,还有浦岛太郎为钓鲣鱼和鲷鱼七天没回家,想起他们,对今天垂钓的这种困苦光景,主仆们不由得面面相觑,一同嗟然长叹。这时从很远的下游有人高声吟着歌往这边走来。主仆回头一看,是个很脏的乞丐。看他那奇怪的扮相:蓬松的头发,如春天烧焦了的芒草;搭拉着的衣裳如秋天岸边聚集的水松,无论手上还是脸上,都生着讨厌的毒疮,没有一寸好皮肤。即便是熟了的荔枝,裂了的石榴,或是蟾蜍的背脊也没有这样难以入目的。他也惜命么? 被世间抛弃,受众人厌恶,而未能得死。看着就令人讨厌,可他却像毫不在意似的,敲着斜底儿的饭盒,用走调的声音唱着歌:

里见、里见①，顺风送着白帆。停靠安房港的船，不怕风吹浪打，不怕海潮蚀穿。它在载人，愿把我也载在船间。

他反复地吟唱，不久便站在河边，仔细观看这几个人垂钓。流的脓血奇臭难闻，主仆们捂着鼻子，希望他赶快躲开。可是这个乞丐站了好久，并且靠近身前，从斗笠下窥视每个人的脸，似乎看清了这几位老爷钓鱼的情况，这才开口问道："无论鲫鱼，还是虾米，凡是吞了钩的，你们都扔掉，你们想要什么呢？"这样地再三询问，氏元不得已，回头说："我们想要鲤鱼，其他鱼都不喜欢，不想无故杀生，所以一个不留都放了。"乞丐听了捧腹大笑说："在这里钓鲤鱼，比在佐渡捉狐、在伊豆大岛寻马还劳而无功。你们没听说么？安房全国不产鲤鱼，另外甲斐也没有鲤鱼，大概是由于地方的风土所致吧！另有一种说法，不是一国有十郡，就没有鲤鱼，因为鲤是鱼类之王。要那种没有的东西，实际就是无谓地杀生。"一边嘲讽一边鼓掌，还哈哈大笑。义实惊叹不已，不觉得弃竿说道："我为什么这样委曲求全尚不为安房的一郡之主所容？我把自己比作龙，现在又把自己的未来寄托在鲤鱼身上，真是太愚蠢了。原来他知道这个地方没鲤鱼，才让我来钓鱼，人心虽是浊江也能见影，这才知道他的诡计。如果不是遇到这个乞丐，险些中了他的奸计。"乞丐安慰他说："不要这么后悔，陆奥有五十四郡，但也没有鲤鱼。因为产不产鲤鱼并非根据国的大小。说一国不足十郡就没有鲤鱼，那是一种牵强附会的臆测。十室之邑必有忠信，譬如您里见御曹司②，出生在上野国，连治

① 看着家乡之意，与里见氏同音。
② 御曹司是尚未继承家业的贵族子弟，或武士的嫡出子弟。

理一个国都有些屈才,现在漂泊到这里,竟无一间可容膝之室,太不合情理了。"主仆都一齐盯着乞丐的脸。义实非常惊讶,一边听着一边叹气,真是人不可貌相,便问道:"听你的谈论不像个乞丐,莫非是楚国的狂人接舆,或是光明皇后身边满身污垢一类的高僧?你早就知道我的名字么?请问尊姓大名?"乞丐莞然笑着说:"这里往来行人甚多,请跟我来!"他在前边走,主仆们惊疑未定地急忙收起鱼竿在后边紧跟着。到了小松原乡,主仆们被带到一座山的背后,乞丐把肩上披的草席脱掉,掸掸上边的灰尘,铺在树下,让义实落座。氏元和贞行铺了点草,坐在主公的左右。

当下乞丐往后退了退,恭恭敬敬地叩头说:"尚未正式拜见您,一定见怪了吧!我是神余长狭介光弘的家臣,大家都叫我金碗八郎孝吉。金碗是神余一族赫赫有名的武士,因是庶子而成了家臣,但位列老臣之首。某早年丧父,年纪还不满二十,不能世袭官职,所以那时俸禄甚微,仅是一名近侍。主君行为不端,酗酒好色,沉溺侧室玉梓的姿色,终日不出后堂,重用佞人定包,委以赏罚,自是家规紊乱,神怒人怨,其危无异累卵。但是老臣为了固守利禄,知其非而不谏,民惧之而不敢诉。君主昏庸无道而不自知。所以某多次不惮冒犯,但是力谏而无功,如同比干以刀尖刺肝,伍子胥将眼睛挂在东门上,那样地不断谏诤都不被采纳,心想不如死去。但又仔细一想,臣说君之非,其罪不轻,大厦之将覆,一木何能支撑,只好隐退。我打定主意后,只告诉了那古七郎和天津兵内这两位同僚。因无妻子牵挂,便乘夜逃走,先赴上总,再去下总,莫说上野、下野,就连陆奥的尽处都走到了。终日在旅途中漂泊,靠着教授剑术拳法赖以为生。在这里半年,在那里一季,流光易逝,已经过了五年。不知故主安否,所以如今悄悄来到上总,归程打算去甲斐,近闻主家之亡皆因定包的谋反而引起的。当听到主公因中枞木朴平和无垢三的猎箭殒命时,肝肠寸断,痛入骨髓。那朴平和无垢三,是我从家父时一手培养大的多年的步卒。他们也大致得到了我家剑法的传授,有侠义气概。虽生长在农家,却不好务农。他们想永远跟随我,可是被我抛弃,又当了平民百姓。因受苛法之苦,想射死主仇、身仇的定包,却中了敌人的奸计,做出那种可悲的事情。我想起来就愤恨,想狙击那个逆贼,但是人们都认得我的面孔,无法靠近他。所以就学三晋的豫让,身上涂漆,化了装,每天在泷田徘徊,无时无刻不在窥探,但是一点下手的机会也没有。怕有人怀疑,暂且离得远一点,就来到这里。街头巷尾有这样的传闻,说里见冠者义实逃出了结城之围,来投靠麻吕和安西,可是这两个人忌能妒才不肯收用,并且想设计杀之。虽然意外地听到了,却又没法告诉您。久闻您的大名,就如同婴儿之慕母亲,可是到哪里去找呢？又不能随意问人,心想怎么就会遇不到呢？心里异常苦闷,就到处流浪,今天来到白箸河边,知道老爷们是外乡人,从仪表风度看异乎常人,仔细端详文质彬彬,看样子是主仆关系。心想大概就是那位主君吧！但又不好贸然动问。于是就把您的情况作了一首渔歌,比作一只在岸边荡漾的渔船,看您听了有什么反应。'里见,里见'是表示民心,为得到里见君而欢喜。'顺风送着白帆'是隐藏着这样的意思:白帆是源氏的旗帜,在这里树起了义旗,没有不风靡的民草。'停靠安房港的船,不怕风吹浪打,不怕海水蚀穿。它在载人,愿把我也载在船间',是根据《荀子》所云:君者舟也。君今流离失所,为麻吕和安西所忌恶,虽蒙受灾难,但是国人都爱戴您,您终会平安地荡平泷田、馆山、平馆之敌。是祝贺您才这样歌唱的。如今您若仗义举旗,去到泷田,数定包之罪,短兵急攻,城可一举攻陷。那贼若伏诛,再取平郡、长狭,麻吕、安西将不攻自倒。先发制人,迟则受制,宜早下决心。"那个城如何,这个城如何,他对地理要害了如指掌。氏元和贞行也不断地侧耳倾听,心里感到豁亮。

但是义实毫无同意的神色,他说:"汝之所见,远胜于我,计是好计,但是寡不敌众。何况我是个流浪之人,靠什么来聚集同伙? 现今只有主仆三人,如果攻打泷田城,无异螳臂当车,非力之所及。"义实表示拒绝。金碗八郎坐着往前凑身说:"您认为我说的没用么? 大约二郡的百姓,都受那个逆贼的迫害,虽说是怨彻骨髓,但因惧其权威,只是暂且从他。人要靠义气,犹如草木之向太阳。主君今若不辞孤独,为神余讨逆,救民于涂炭,一旦举旗,如蚁之聚蜜,立即响应,皆乐而来归,谁不愿为仁义之师献身,生啖定包之肉呢? 孝吉虽不足道,出谋献策,聚集群众,易如反掌。可以用如此这般的计策。"往前凑身密谈后,义实轻轻点头说:"有道理。"在旁边听着的氏元等也赞叹说:"妙哉! 妙哉!"然后反复端详孝吉道:"可惜呀,金碗君! 虽说是为忠义,满身是疮,一点儿人的模样都没有了。这样地去招募伙伴,认得你的,就是报了名字,恐怕都不敢相认。如无立即治愈毒疮的良药,太不方便了。有药该多好啊?"氏元、贞行不时在安慰他。孝吉听了挽起袖子说:"为故主而献身,即使终成废人,如能灭了逆贼,吾愿足矣。士兵既不是为我而来,容貌变了又有何妨? 不必为此担心。"说着摸摸胳膊,义实略微沉思一会儿说:"你的志气可嘉,但是能够治愈之疮,还是治好为佳。漆怕螃蟹,因此使用漆的人家,一煮螃蟹,漆就流了。现在你的疮是感染了漆毒,不是从内里生出来的。我想用蟹解其毒,说不定立即会好的,不妨一试!"孝吉很钦佩他的智慧,也就不再推辞,说:"这个海湾盛产螃蟹,何不试试看呢?"正在说着,恰好过来个渔家孩子,头上顶着个鱼篮子。贞行和氏元急忙喊："过来！过来！"问："篮子里是什么？"回答说："是螃蟹。""这太好了。"便笑着全部都买下了，一数有三十多个。义实看到后教给他怎么用。孝吉学会了就将其中一半鲜活的砸碎盖，涂遍全身。这时贞行等取出腰间的火石打火，点燃了干松树枝，烤剩下的螃蟹。去掉盖和腿给了孝吉，一个没剩都吃了。方才还臭得要命的脓血干了，疮也结了痂，一搔就脱落，彻底痊愈。真是灵丹妙药，好像神佛可怜他的孤忠，才显示这个奇效。氏元和贞行横看竖看不住称赞："奇哉！妙哉！"用手指着说："你看看那里。"孝吉把马蹄印里的积水当作镜子，仔细看着自己的面孔，不禁感激得流下眼泪："皮肤上到处被搔破了的脓疮，现在立即痊愈了。这是能文善武的良将赏给我的恩惠。据说名医能治国，救活我一个人微不足道，如能治理好动乱的国家，拯救出苦难深重的民众，那才真是仁术呢。这里不是麻吕和安西的领地，过了时限他们也莫可如何了。因此不能再犹豫，按方才密语时所说的，赶快到那里去。"一边恳切地劝说，一边理理蓬松着的头发，打了个短髻。把隐藏的匕首插在腰间的绳带上，领着义实等前往小凑的浦曲。

金碗八郎孝吉为里见主仆做向导赴小凑，虽说夏季日长，但已近傍晚。旧历二十几的月亮还没有出来，只听到诞生寺的晚钟，数了数已是亥时。小凑高光山的诞生寺在敢川村，因是日莲上人的出生地，由日家上人奠基，建立了一座庙舍，命名为诞生寺，贵贱共仰，都是这个庙的施主，因而法门长久兴旺，俗称上总的七里法华，安房七浦的经宗①，大多是题目宗②，但是其中长狭郡大概因是祖师的诞

---

① 经宗是日莲宗的别名，强调诵《法华经》故曰经宗。
② 日莲宗只念《南无妙法莲华经》七个字的题目，故曰题目宗。

生地,决不掺杂其他宗的教义,多是虔诚的信者。所以金碗孝吉预
先想好,先在诞生寺附近的竹丛中放火,以便将村人召集来。因是
漆黑的夜晚,立即火光冲天,树上的宿鸟噪叫,和尚们赶紧拿起钟槌
不住地撞钟。于是四方的村人被惊醒,推门往远处一望,"啊?"是自
己的庙宇出事了,大喊:"起来! 救火去!"村人提着棍子,庄客带着
农具,渔夫、船夫、神官、僧侣,都争先恐后,气喘吁吁地跑来一看,寺
庙安然无恙,只是距那里一二百米处,没人到的竹丛,转眼被烧光
了。夜静无风,离村较远又无房舍,等人都跑来时,火已大体上熄
灭,庙里的钟声也不响了。众人感到十分困惑不解,为什么这里突
然起火? 有人解开头巾擦着汗说:"是何歹徒干下这种事情? 是野
火引起来的么? 大家睡得好好的被轰了起来。近的二三里,远的二
三十里,飞也似地赶来,却无事可干,跑饿了肚子还让人生气。"有的
接着说:"没事儿干,不是很庆幸么?"说得人们哄堂大笑起来。执拗
地在骂着的人也凑到一起休息。这时金碗孝吉,从烧光的竹丛中咳
嗽着走了出来。大家一看都吓得目瞪口呆,不知是人是鬼。孝吉抬
手对众人说:"莫要吃惊,我从晚间就在这里等你们。"听他说罢大家
又重新看看他说:"原来干这种坏事骗我们的,是这个坏蛋,打他!
把他捆起来!"大家吵嚷着,孝吉却不慌不忙地向前凑身说:"没把事
情的缘由告诉大家,你们肯定会怪我的。但是我能无故地随便放
火,把大家召集来么? 让我自报名字。"先稳住大家后接着说:"国乱
出忠臣,家难出孝子。因另有志才隐姓埋名,改容变装,你们大概想
不到吧! 我是侍奉旧国主的金碗八郎孝吉。前因谏君不从,才不得
不隐退。经年在旅次漂泊,然而焉能忘掉旧恩? 为了杀掉逆臣定包
潜来故乡,更名改装窥伺时机。但是人多才能够胜天,敌人在方圆
二十多里的城中,手下有万人。即使效豫让之磨剑于桥下,或有时

如忠光之以鱼鳞遮目，也莫奈他何。再说那平馆、馆山的麻吕和安西，心地肮脏，倒行逆施而不知耻。他们与故主虽有旧交，但不能向他们透露机密。只恨人世之无情和自己的无能，这样活着报仇无术，莫如死后变作幽灵，也许终能大仇得报。正想剖腹自杀，就在此时，里见冠者义实主公，杀出结城的重围漂泊到白滨，想投靠安西等。然而他们忌妒他，不肯收留，并设下种种圈套想杀他，不过时期还未到。不期在白箸河畔遇到了他。与他坦率交谈，加以试探，那位主君年纪虽幼，言语应对却有仁有义，实是文武双全的一员良将。凡在结城被围困的武士，不是身亡便是被擒，很少安然无恙的。他们主仆奇迹般地脱离虎口，漂泊至此，并非我一人之幸，岂不是多年来在逆贼定包的虐政之下，忍无可忍的你们大家之福么？快同我一起去见那位主君，不灭定包乃是贼民，一国将受余殃。为国讨逆，仗义者乃是良民，一旦脱离长期涂炭，子孙必受余庆。我想把这件事告诉大家，一是很容易泄露；二又无法一一告知，所以不得已才放火，把大家聚集到这竹林中来。这并非轻率的行动，请诸位鉴谅。"他这样亲切地加以说明，大家都高兴得拍手称快。因为装化得很巧妙，认得他面孔的赶忙上前赔礼道："没想到您是金碗，方才说了些不该说的话，请恕我等无礼。我们虽无才无智，如同一堆蠹虫，但谁能忘记国主的旧恩？谁不痛恨定包？恨是恨，然而力不能及，难挡他的势力，所以常常悲叹，为何日月之光照不到这里呢？至于里见主君之事不知从哪里传开了，他的出身是源氏的嫡门正支，世上少有的良将。从听到的那一天起就十分敬慕，无不翘首期待。受伪郡司苛政之苦的草民，如同夏日骄阳下的萎草，主君怜悯民众之苦，在这里起兵，实是国之大幸。谁能惜命呢？希望金碗您将这些情况奏明主君。"大家都异口同声地这样表示。孝吉回头看着后边说："那边的主君听着！已经大事告成。"这样大声一喊，义实带着氏元和贞行，从竹林中慢慢走出来，对众人说："我就是里见义实，乱世之人，尤其是武士，应驰骋厮杀在战场上，虽然我犹如身受箭伤之鸟，但也不愿栖于恶树之下。是以我虽无为民父母之德，但人倘不弃我，我怎能不从其议。譬如日行千里的骏马，无足难跑；展翅万里的大鹏，无翼难飞。我这孤独的逃亡武士，今得众人之助，怎能不终成大事。但是泷田是个劲敌，我们军马不齐，兵粮也无贮备，不能轻率进军。这该如何是好？"问得众人都面面相觑，认为说得是，却一时回答不出来。其中有两三个老者，好似村长，站出说："诚如您所说，但愿聊表愚见。我长狭一郡，由定包的股肱老臣菱毛酷六掌管，驻在东条城，去这里不远，若先同心协力击败酷六，武器装备不用说，一郡也可立即到手。然后再攻泷田，岂不可进退自如了么？"一经这样详细陈词后，义实大为赞许，频频回顾左右说："你们都听见了么？常言道，野夫也不乏能立功者，这几位老叟不就是这样么？出奇制胜，莫贵于神速。今晚就赶到那里去，攻其不备，如此这般。"策划既定，孝吉等马上领悟，与氏元、贞行一同数了数集合的村民，有一百五十余人。立即编成三队，传达了计划，众皆乐意听令。手里没有武器的就伐巨竹做竹枪挟在腋下。其中的一队四十余人由堀内贞行率领，按照义实的计策，假装把金碗孝吉捆起来，作前队。后队五十人由杉仓氏元做大将。中军六十人由义实亲自率领。两队由小路绕过去，到了城池的正门附近再合成一队，火速进发。

　　这时，在东条城定包的目代①菱毛酷六郎元赖，为救小凑之火，深夜派兵，可是听说火已扑灭，离村子很远，又是野火，兵丁从原路

① 江户时代幕府直辖地的地方官。

回来,又重新入梦时,已将近破晓。这时有许多人敲打城邑的正门,门卒吃惊一问,是小凑敢川的村长等押解捉拿的盗贼前来。问其缘由,回答说:"是夜间在诞生寺的竹林中扑灭野火时捉到的坏人。膂力武艺和狰狞的面孔都非同一般,审问他的身世,只大骂而不吐实情。认识他的人说,他是侍奉旧国主的金碗八郎孝吉。为报故主之仇,变貌更名,一个月来在泷田一带徘徊。事情非常明显,此非一般罪人,如失误而让他逃跑,后患无穷。因此不等天亮,由众人押解前来。"这样高声报告后,门卒推开窗户,仔细看了看说:"稍等一会儿,我去报告。"然后把窗户关上,大概是向长官进行了报告。不一会儿功夫,哗啦、哗啦地开门,推开角门说:"进来吧!"一说让进,孝吉装作被捆绑的样子先进去了,一下子把绳索挣开,拔出左边士兵的刀,喀嚓一声砍下去,刀光闪处头飞落地。事情来得过于突然,守城士兵慌作一团。赶来的贞行与孝吉合力,连杀带砍如入无人之境,很快攻到了第二道城门。在此期间,庄客们与氏元合成一队,来到护城河附近,推开了大门,齐声呐喊。义实听到后说:"时机已到,不可错过,前进!"命令一下,个个奋勇当先。喊杀声如同汹涌的骇浪,长驱直入,打开了第二道城门。义实大声喊道:"狗党菱毛,赶快出来!里见冠者义实,游历至此,被众人推举为主君。因此要消灭逆贼定包,为国扫除污秽,仁义之师,谁敢阻挡?所过之处男女老弱箪食壶浆,夹道欢迎。如今初次交锋,你们先献出此城。痛悔前非者投降可免死,执迷不悟的话,将玉石俱焚。赶快出来!"所向披靡进行追击,守城兵卒更加畏缩,无人想防守,丢盔弃箭,皆伏首求饶。

这样,里见义实兵不血刃,便夺取了东条城。一问贼将菱毛酷六,说早已逃跑不知去向。义实闻听紧皱眉头道:"他如忏悔改过,从今就归顺我们,可以不咎旧恶;若冥顽不灵,率先逃跑,固不足惜。

然而他逃回泷田报告定包,一定纠集安西和麻吕,定会不失时机地前来攻打。吾今新得城池,虽有士卒二三百人,但多半是降兵,敌我的实力有一定差距。如策划不周,则三面受敌,将如何抵挡?情况十分严重。酷六虽已逃跑,还不会跑远。氏元和贞行分作两队,赶快追捕。"命令一下,立即行动,将待出发。金碗八郎孝吉带着十九名兵丁不知从什么地方回来,对大将义实说:"今天这一仗每人都立了功劳。我对此城很熟悉,因此身先士卒击毁了第三道城门,想生擒贼将萎毛酷六,但不知他的去向。一想城西北有条活路,前面是桧山,右边是深林,左边是悬崖,下边是千寻的溪流,是城中唯一的要害,名曰笆内,隐秘不为人所知。心想这厮一定从那里跑了。于是找了几个聪明伶俐的士兵,爬悬崖、抓蔓草、走捷径,追上前去一看,有主仆八九人把妇女小孩乘在竹舆上,向东南跑去。仔细一看正是酷六,这小子最初也是神余的老臣,地位尚在我之上,很受主君的器重。'尔身受厚禄,养育着妻子老小,不但未能为忠义而死,反而媚谀逆贼,驻守东条,虐待百姓,天理难容。如今城陷,还想逃跑么?有金碗八郎在此,赶快回来!'我这样喊着紧紧追赶,轿夫们害怕,跑得跌了一跤,竹舆掉了下去。女人和孩子们'哎呀'地大叫一声,滚落到千寻的山谷中,被残株挂,石头砸,粉身碎骨死于非命。萎毛眼看着妻儿横死而不能救,拄着武器伫立岸边,往这边看看,似乎感到无法脱逃。主仆七人便排成鱼鳞阵,等待迎击我们。我们则展开由两翼包剿的鹤翼阵,犹如鸷鸟之捉燕雀,旋风之卷砂石,大喝一声冲杀过去。此地名副其实是险要之处,天虽已亮,但云层很深。悬崖背后的树下阴暗,进退只能容一骑。为使互相都能认识,我等脱下铠甲的袖子,在个个奋勇当先的锐气之下,徒步逃跑的小兵,不大功夫便被冲散,被追得无路可逃,全被生擒。贼将萎毛也终被击

杀。"言词急促地报告后,把俘虏拉上来,与酷六的首级一齐进行了
鉴定。义实不觉叹息说:"夫兵乃凶器,德衰尚武,泽不足则以威制,
是不得已而为之。攻城争地是为了救民,我不乐意杀人。从定包者
并非都是恶人,或怕一旦受害,十之八九因时势而志移。故如能痛
改前非,愿意到我方来,为何不可饶他们性命并收容他们呢? 姜毛
为何丧生,甚至连妻子也粉身碎骨随溪流一起消逝,其随从也被生
擒? 他们是因时势移易而变节,且不肯归顺,所以是天理难容的穷
凶极恶。其他人即使从了恶,但并非自作恶,要尽力说服教育。把
金碗带来的俘虏都放了,凡是新来的,根据军功多少日后定有恩
赏。"诚恳地告诫之后,俘虏们感激得不禁落泪说:"真是罪该万死,
为何不早归顺这位明君呢?"众俘虏后悔莫及,惭悔得无地自容。于
是义实又对孝吉等说:"想到酷六如果逃回泷田,定包一定火速来
攻,因此心急如焚。孝吉今天的行动,好似知道我的心田,虽说守城
之兵没有逃散,从明天起三日内,消息必然传出去,那样麻吕和安西
就一定因忌妒而帮助定包。先发制人,迟则受制。今日黄昏出发,
连夜快速进军攻下平郡,敌人能不闻之胆寒么? 初次会战我方得
利,麻吕、安西则闻而丧胆,绝不敢出头。为了打好这一仗,首先要
论功行赏。"第一个受赏的是金碗八郎孝吉,虽赐以很多庄园,孝吉
却因另有考虑辞而不受。第二个召唤在小凑建议取东条的三位老
者,问其名字,回答是三平、四治郎、仁总。义实听了微笑说:"这真
是可喜可贺的名字。三平岂非是平定山下、麻吕、安西三雄的前兆?
四治是治理四郡之兆。二总(日语中二与仁同音)则是上总和下总,
日后也必将纳入我的掌中。因此把这三个名字合在一起,在三四一
十二村的基础上再增加两倍,你们就是三十六村的村长了。"赐予了
任命状。众皆欢呼万岁,退了出去。第三个得到恩赐的是氏元和贞

行。其他泛泛之辈就无暇详录了。有的得了俸禄,有的得了赠品,均一同拜舞①。合奏今样歌②,为主君祝福:

　　重赏轻罚,死而得生,生者更加荣耀。如同还江之辙鱼,雪中之松柏。愿主君寿比南山,与世长存。

　　义实宽法度、抚民众、正军令、奖士卒,不招而自来者达数百人。他将其过半留下与杉仓氏元共同守城,仅带二百余骑由孝吉作先锋,贞行断后,向平郡进发。氏元谏曰:"攻打平郡的兵太少。守此城有二三百士兵就足够了。"他再三地小声对义实说。义实摇头道:"不,此城乃我之巢。倘若这里被攻破,将归何方? 打仗并非必须靠兵之多寡,若于我有利,二百骑可当一千骑、二千骑。不要惦着我,你要好好守城。还有一事要说,你要与麻吕和安西等和睦相处,切不可与之争雄。泷田的敌兵若来,要竭力防守,不可出击追赶。此乃安全之良策,切不可有所松懈。"这样叮咛过后,令前军赶紧出发,立即出征。

　　里见之师,这一夜在渡前原浦和滨荻的堺桥时,附近仰慕义实之德,忽然望风投诚的野武士和乡间武士率领一百或二百骑,赶到这里。这样军队很快就达到千余骑,所以后人把这座桥就叫作千骑桥。不仅如此,这里是从前源赖朝公到此国去上总时,在河边等待后军的地方,所以又叫待崎③。旁边有座插白旗的神祠,义实下马,奉献了两支箭,进行了祈祷。于是这天夜里有两只白鸽,从祠前的树梢上,展翅向平郡飞去。看见这种情况的士兵们都说,这一仗必胜无疑,因而无不奋勇当先。

────────

① 在加官晋爵时的叩拜大礼。再拜后左右拂袖,手舞足蹈,站着或坐着左、右、左地转动上身。
② 平安时代流行的由四句五七调组成的歌曲。
③ 待崎的读音,有前军等后军之意。

第五回　　**良将退策众兵知仁**
　　　　　　　灵鸽传书逆贼授首

　　山下定包派往麻吕和安西处的使者回到泷田禀告说："他们没有说立即归降,但是很害怕,不久就会亲自前来请罪归顺麾下。"如此这般若有其事地添枝加叶,详陈了一番,尽拣定包爱听的说。从此定包益发骄横,夜以继日地游乐,不顾士卒们的怨恨。他不是和玉梓共辇去后园观花,便是聚集众多美女在高楼赏月。昨天狂饮于酒池,今日又饱餐于肉林。主君如此,老臣们也耽于酒色,贪而无厌,耗费无度。在王莽执掌朝纲、禄山颠覆唐祚之时,似乎天日只照他们个人。岂不知逆臣不长命,定包不久也必将灭亡。有心人多侧目盼定包速亡。

　　一日,突然城内外骚动不安,大肆吵嚷敌军就要攻打进来。定包正在后堂摆筵,听到喧哗,毫不惊慌地说:"这有何妨,他们岂敢来拔虎须! 不是安西和麻吕等,就是劫夺民财的山贼。去探探敌情!"不大功夫,派去的探子气喘吁吁地跑回来报道:"敌人并非安西和麻吕等,也不是山贼。不知是哪路人马,有千余骑,整整齐齐密密麻麻,排列的队形严整,合乎兵法,中军打着一面白旗,非同寻常之敌。

在距离四里多路的地方，人马暂时休息，大有向前推进之势。不可小看这支敌军。"定包听了紧皱眉头说："白色是源氏的服色。安房、上总是不用白旗的。这也许是迷惑人，是敌人的奸计吧！不管怎样，敌长途跋涉一定疲惫不堪，估计拂晓会到这里。我们以逸击劳，能不取胜么？速将他们击退！"传令给他的心腹老臣岩熊钝平、锴冢几内五百军兵。二人欣然受命，立即率众兵从前门上马英勇驰去。

岩熊和锴冢都是万夫难挡的力士，武艺超群，但心地奸诈，做事无不遵照定包之意，所以被重用。他们旁若无人，人们敢怒而不敢言。山下定包平素就倚重这两个人，今日也选派这两个人为大将，心想一定会马上打垮进攻的敌人，他说："你们不必如此惊慌，只让众兵把守四门，我们还是到后堂去，召唤女婢们来歌舞弹唱助兴。"当酒宴正酣之际，大厅上喧嚣扰攘，定包叫声："不好！"让管弦停奏，侧耳静听，觉得情况似乎有变，忙让男童前去探看。伺候在左右的两个小侍从，待前去看时，没想到突然从院门进来五六十名士兵，是方才派去拒敌的。他们用盾牌抬着数处负有重伤的大将岩熊钝平，很快来到房檐下进见，异口同声地说："紧急报告！"一边喊着，一边把伤号啪嗒一声放下，分作两行乖乖地站在那里。连小卒也没有一个不负二三处伤的，玉梓吓得惊慌失措，让丫环扶着，躲到屏风后边去了。一看完全是败兵之状，定包也呆了，问道："究竟是怎么回事？"走在前边的老兵们挠挠头说："回禀大人，惭愧。对大将的指挥，我方进退不一致。敌人比耳闻的还厉害，不是勇将，便是猛卒，而且又是大军，无论你怎么杀、怎么射都无济于事。有一员一马当先的猛将，连环甲上罩有重铠，娴熟地挥舞着一丈多长的长枪，圆瞪双眼，高声喊道：'群贼难逃天罚，不知白刃临头，尚敢冒犯虎威，真是一帮蠢货。你们不知道么？里见义实在此游历，被州民推举为主君,讨逆报仇。已经旗开得胜,攻陷东条城,斩杀了萎毛酷六;欲再攻克泷田城,诛戮贼首定包。因此令孝吉为先锋,做向导。来的这队人马的贼将是错冢和岩熊,没看错吧！过去我们共仕旧主,同食神余的俸禄,不会忘记我金碗八郎吧？我为旧主效张子房之孤忠,辅汉王、灭秦楚。今随里见主君,劝他起义军,兵不血刃,便攻克一城,占领了二郡,已经逼近定包老巢。悔过投降加入我方者生,负隅顽抗的话,犹如向天唾沫,临渊击水,不但徒劳而无功,反而自取其咎,不然就出来试试吧!'说着拍马挥枪,纵横冲杀,如入无人之境。胜了头一阵后,与大将错冢对阵,单打独斗。孝吉大喝一声把几内的枪抱住,对准胸前一刺,将他刺落马下,有士兵们跑来按着取下了首级。错冢既被斩杀,岩熊钝平勃然大怒,拔出四尺六寸长的太刀想与金碗厮杀,一直冲上前去。进到第二阵,一位里见老臣,报名堀内贞行,身披藏蓝线穿的铠甲,系一顶凤翅盔,骑一匹膘肥体壮带有灰色圆斑的大马,挟一口备前的长刀,刀尖生菖蒲状。他向金碗点头致意后,驰马向前挡住钝平,铮钺地打了起来。从刀尖迸出火花,太刀上下翻飞,娴熟的武功,如同一阵风似的。岩熊稍一疏忽,马颈被砍了一刀,连人带马一同滚倒。贞行伸出长刀,向他头盔里刺去,眼看钝平就要被刺中,我等拉起他的肩膀好歹算逃脱了。敌人的大将里见义实,骑着三才驹,配着云珠鞍,身着华丽的铠甲,威风凛凛地向四下扫视一下,在马上从容地挥动令旗,发动进攻。军令一下士兵如同潮水一般,齐声呐喊开始进攻。我方则更加畏缩,丢盔弃弓,大部分投降后,反而向这边杀过来,仅剩的六十余骑,无不带伤,好歹拼命逃了回来。"报告完了,钝平惭愧地想说点什么,但是鬓角旁被刺了一刀,后背被马踩了,头都抬不起来,如同冬天等待晒太阳的蜜蜂哆哆嗦嗦的。因受重伤已经泄了劲儿,如同仅剩一口气儿的僵虫一般不中用了。定包听了，紧皱眉头，长叹口气说："里见是结城的人，据说在该城陷落时已被杀死，怎会流落到此兴兵？真是令人费解。如东条城确实陷落，酷六被杀害，城兵不能不到这里来报告。另外那个金碗孝吉，虽是神余世代的近臣，乃是个逃亡的败类。已无处藏身，又偷偷跑回来，迷惑愚民，召集野武士，制造种种流言蜚语，大概是想挫伤我们锐气的诡计吧。果真如此，进攻的统帅不会真是里见。虽然这样想，但是为我效忠的心腹股肱的勇臣几内已被害，钝平又身负重伤，虽说是时运不济，但也不能轻视这些敌人。应更坚守四门，并派人去东条探听消息，不久会知道虚实的。"没等把话说完，小侍从跑进来报告说，从东条城败退的武士已经逃回来。定包听了，感到并非虚言，定要亲自听听详情，便让人赶快将这些人叫到院子里来问话。侍从领命去了，不大功夫，跟着酷六好不容易从东条跑出来的三四个士兵，只有护肩、护膝和腹铠还在身上系着，累得如饿鬼一般，手扶着膝盖拖着大腿，一步高，一步低，晃晃摇摇地从院门口进来。定包将他们叫到身边，瞪着他们说："喂！你们这些人为什么在东条城被攻陷之前不来禀报？却等敌人都快攻到这里来了，才厚颜无耻地来报告，真是初六的菖蒲，初十的菊花，雨后送伞还有何用？实在是渎职！"四个人战战兢兢地回答说："使大人生气，真是罪该万死，但我等有下情禀告。事情发生得太突然，喘息之间城就丢了，实无暇报告。其原因是这样：小凑村长等把金碗八郎缚来，深夜叫开了城门，但这是个奸计。敌人的大军一窝蜂似地攻入，城突然被攻陷。菨毛酷六带领妻子从笆内逃跑，被金碗八郎追上，妻子滚落山谷，已粉身碎骨，菨毛也被金碗杀死了。小人等并非不想早一点将此情况禀告大人，但守城军多半投降，敌人更加人多势众。心想在街上跑，很快就会被捉住杀掉，所以就绕小路翻山越岭,在敌人的后边赶到,请大人恕罪。"定包咬牙切齿地说:"原来金碗八郎将结城的那个逃亡者收下了,都是他施的奸计。待我亲自出马,如不首先活捉金碗这小子,难解我心头之恨。赶快作好出战准备。"定包余怒未息。老兵们嘟囔着说:"好吧!"眼睛看着从东条跑出来的武士,抬着受伤的岩熊钝平,都退了下去。定包不知道,还在一个劲儿地骂,回头一看已经四下无人,仔细一想,出战是很危险的。于是自己点头说:"好,有了。"便召集老臣和近臣,让他们作守城的准备,并且周密地作了部署:"义实虽然是一支大军,但却是乌合之众。不足十天将因粮竭而撤退。那时突然追击,不用说金碗等,就连擒获大将义实,也犹如探囊取物。但若是麻吕和安西等与义实一齐来攻,事情就严重了。我想,麻吕小五郎乃是匹夫之勇,不足为虑。可虑的只有安西,素闻他颇有韬略。我们可以利诱之,如此这般地按计行事,义实即使一旦逃跑,他也无处落脚,必将进退维谷,死于众农民之手。在敌人未来之前,可同上次一样派使者去。谁能为我去趟馆山和平馆啊?"这样一问,有个叫妻立户五郎的,应声出班说:"某愿往。"定包大喜说:"汝不亚于几内和钝平,知吾心也。怎能不答应你的请求!驰赴馆山和平馆对景连等说,我定包接受先主的旧业,又新得了二郡。结城的逃亡者里见义实,流浪到我国,迷惑愚民,聚集野武士,突然起兵夺取了东条城。又乘势向泷田进攻,唇亡齿寒,祸不远矣,将及于同类。定包虽不肖,正当地接受了神余的旧领,又与你们素有旧好,二位岂能坐视不救而将共同受害呢?请迅速出战,攻陷东条,袭敌之后路,义实纵然有三头六臂,三面受敌也难以防御,必然全军被歼。如不费吹灰之力使义实伏诛,实乃二位之助。定包有平郡一郡和泷田一城足矣。谁能攻克东条城,就将长狭郡送给他。要恳切地游说。"户五郎看着定包的脸说:"这虽然是您的旨意,我也碍难从命。即使里见被消灭了,把长狭郡给了人家,自己削掉一块领土,这种外援是不可取的。如不慎重考虑,将后悔莫及。"老臣们一同谏净。定包听了微笑说:"你们也这样想么? 这是我的策略,鹬蚌相争,渔翁得利,以长狭一郡作诱饵,让安西和麻吕收复了东条,然后再消灭里见。景连和信时惑于利,一定发生争执。这两将军为争该地,争战不已时,一方受伤,一方必亡。那时我乘虚而入,夺取安房和朝夷二郡。平定该国,坐得四郡,何乐而不为?"这样边夸耀边说教,户五郎听了十分佩服,领了定包的书信,轻装简从,骏马加鞭驰往馆山。

却说里见大军,拂晓时就包围了泷田城,为不使敌人喘息,连续围攻,但此城不愧是神余数代的名城,城堡坚固,非一朝所能攻克。虽然不分昼夜攻打了三天三夜,守城军坚守不出,攻城军也甚为疲劳,只是隔城远攻。这时,一员武将骑着马,趁黄昏想进西门,把马靠近了护城河,被堀内贞行一眼看到,心想,这家伙一定是前去麻吕和安西那里求援,现在才回来。"要活捉他!"一声呼唤,英勇的年轻武士们应声说:"领命!"便一声不响地紧追上去。城中看到这种情景说:"不能让他们伤了妻立。"打开西门,户五郎把马一带,突然闯进城去,吊桥立即提起。追击者好像让一只已经到手的猎物逃脱了似的,非常焦急,但又不能追进去,喊着要一口气儿把城攻下来。义实把他们唤回来,对贞行等人说:"凭意气办事没有不后悔的。即便把那个武士捉住,讯问了缘由后再把他的头砍下来,可是安西和麻吕等商量好来抄袭我们的后路,城就更难攻了。现在各路进攻点要相互配合,首尾呼应,最好采取常山长蛇之势,击首尾应,击尾而首应。"并恳切嘱咐:"要谨防安西等的袭击。"于是分五百军兵,让堀内贞行防备后路。并派人去东条告谕杉仓氏元,坚守城池,不得松懈。义实和金碗孝吉一同亲自察看了城郭,要突然发动短兵相接的进攻。

定包听说妻立户五郎平安归来,立即召见打听消息。户五郎擦了擦汗水说:"景连和信时毫无异议地领受了您的旨意。说那个里见主仆,先在馆山投靠安西,受到非同小可的恐吓,已是丧家之犬。怎会这么几天就起重兵呢? 真不可思议。景连和信时都很妒忌,一定会进攻东条。"听了报告,定包更加高兴,重赏了户五郎,命令严防敌人的攻城,等待馆山和平馆援兵的到来。这样过了几天,攻城军兵粮断竭,只剩了三天的贮备。贞行和孝吉担忧地对义实说:"出兵已经七八天了,可是还没见到从东条送来军粮。杉仓氏元虽是一员老将,但那里是新得的城池,民不听命,大概还没备齐吧。现在正是麦秋,请往那边看,远山的一片田地麦子已经熟了,让士兵们割了吧!"义实摇头说:"不行,我们攻打泷田是为了解救人民于涂炭。现在抢他们的劳动果实,掠夺麦子作为军粮,岂不是吃人以肥己,如同虎狼吗? 不仅如此,长狭的农民,不听催促,那里的军粮不齐,乃是我德能浅薄。要火速退兵,修德抚民,等待时机再攻打泷田,何乐而不为?"贞行听了,歪着头略作沉思说:"您的仁心深厚,不惜责备自己去怜悯百姓,世上哪有这样的仁君? 但是现在就此退兵,城里一定出击,会造成困境。今晚可增加一些篝火,佯作快攻的样子,半夜过后从后军退兵,在林木茂密的地方,设下伏兵,主君在中军,某殿后,纵然守城军出城苦苦追赶,某缠住不放,料也无妨。"孝吉听了说:"贞行兄的计策虽然可行,但只是防身御敌之策。如依某之管见,可选三四百名壮士,授以策略,打着麻吕和安西的旗号,甚至连小旗和斗笠的记号都装扮得酷似,在黄昏过后,从我军的西北方经过,装作要进城的样子。这时我们紧紧阻击追赶,我军的假意互相厮杀,被城里人看见,一定误认为是从馆山和平馆来的援兵。为不伤害援军,守城者岂能不打开城门让他们进去,以便与援兵会合。那时让那些兵在前边带路,我们三军随着冲进城去,则一举可以拿下此城。您以为如何!"孝吉很诚恳地说出了他的计谋。义实认真倾听着,经过再三思考说:"贞行之策虽然安全,但于我无益。孝吉之策虽巧而甚危。回想古之圣王良将,兴的是仁义之师,所以不想以诡计取胜。中国的晋文公,不施诡计而被称为春秋五霸之一,辅弼周室。孙吴兵法则以诡道为本,这是战国的惯例。即使计谋很好,以诡计灭敌,将来治理那块土地时,又何以教民?不能依从汝等之策,就是这个缘故。定包虽拥有富饶的土地,守在险要的城中,且有三年之粮,但防御之术欠佳,并非不可攻破之。只是为一时夺得城池,就要杀戮许多无辜的百姓。正如我过去常说的,跟随定包的并非都是凶恶之人。在权势的压制下,惧其淫威,即使一时困守在城中,却并不与之同乐,而是与之共忧,如在那里丧命,岂不太可怜么?项羽坑秦之降卒八万人,其凶暴是无以复加的。又如秦之蒙恬、汉之霍光,这样智勇双全之将后继乏人,就是因为他们杀人过多的缘故。我欲消灭的只是定包,杀此一人足矣。余者均不足虑。"义实耐心地说服,使贞行和孝吉都感佩得五体投地,再也无话可说了。稍过片刻,这两个人不觉叹息地奏道:"主君的卓见,实非平庸之辈可比,昔之圣王良将也莫过于此。然而时下乃浇季之世,聚利者众,修德者寡。主君兼爱之情深广,竟及于被困敌城之民,想解救他们,但势难两全。军粮已尽,既不能以奇计夺取城池,又不赞同用诡计退兵,这样地徒费时日,我方千余人不堪饥渴将众叛亲离。那时有谁与主君共举大事?宋襄之仁,尾生之信不是已成了日常的笑料么?望您再三思。"义实莞尔笑道:"缺军粮之事,我难道不忧虑么?但不能画饼充饥,请往四处望去,东南方的豆子地,有鸽子在寻食。

他们是从哪里飞来的呢？是清晨从泷田城飞来，晚间再飞回去。鸽子是源家的氏族之神，被称为八幡宫的使者。由此我偶然得到一个办法：就是向神灵祷告，让几个年轻人悄悄张网捉五六十只鸽子来。然后写几份檄文，绑在鸽子腿上，放了后一定飞回城去。人们觉得奇怪，会把鸽子捉住，看到那檄文。即使不捉鸽子，系扣开了也会掉下去的。城中众人打开看了这檄文，去逆归顺，人心生变，此城将不攻自破。此事如果成功，不仅国仇得报，贼首定包伏诛，也实现了民众的宿愿。原来就非真心跟随定包的，知道投降过来也不会受诛，怎会担惊受怕为敌人守城呢？这实是小儿之智，似乎是无把握之谋，但是在我来此地时，在待崎岸边向白旗神祈祷而有山鸽之吉兆。今日在此又得祈求鸽子之助了。成败如何由神灵决定，试试看吧！"贞行和孝吉听了，高兴地说："这真是条妙计，在城中揭露列举定包之罪是绝妙的办法，军民一旦见到这个檄文，定会群起发难，献出贼子之首。赶紧行动吧！"大家一致表示赞同。于是让金碗孝吉草拟檄文，召集写字快的士兵，让他们抄写数十份檄文，不到天黑就都写完，义实主仆，焚香奠酒，遥拜白旗祠，将捉来的数十只鸽子腿上绑了檄文，放开后果然翩翩飞起，一同飞回城里去。

　　本来绑得不紧，鸽子飞到城中，系扣自然地都开了。说也凑巧，不偏不倚正落在这次被拉去当兵的平郡的庄客们的小屋旁边。大家都拾了一张，赶紧打开看，上面写着：

　　　　流水不附于高，良民不从平逆。若夫佐桀讨尧，犹水
　　而附高也，谓之悖于天，虽欲久，势不可得。抑贼主定包
　　者，奸诈以仆主，蠹毒以虐民，虽云王莽、禄山，又何加焉。
　　恭以吾主源朝臣，南渡日，未几，见推于众而讨逆，拔民于

涂炭中，德如成汤，泽似周武。于是乎，取东条，略二郡，将
破其巢也。可怜汝众人，殒命于贼巢。因以喻示于此，奚
不速归顺？奚不功以偿罪？区区取惑，虽悔曁焉哉。天鉴
不误，王事靡盬，恭奉台命以喻示。

嘉吉元年辛酉夏五月

金碗八郎孝吉等奉

军民见此，无不高兴地说："那个曹司是个仁君，曾不血刃攻下东
条城，今又如此怜悯我们，无不闻名而思慕。然而被困在城里，围得里
三层，外三层，想去也去不了。跳城墙、越城壕，固然可以到那里去，但
心想绝不会被饶恕，所以就默然作罢了。那就作攻城军的内应吧，就
等待时机混日子。但是情况已经明了，出城去不了，在此只有一死。
又一转念，不如给主城放把火，用烟把攻城军引来，在慌乱中动手，杀
死啖人马，用他的头作为进见礼，一是多年来的冤仇得报，二是里见主
君也会对我们更有好感。"于是大家偷偷凑在一起，虽然马上就商量定
了，但有人担心："最得宠的镨冢儿内虽已被杀死，然而那个岩熊钝平
的伤已大体痊愈，守着第二道城门。先君在世时他虽是个马夫，但是
剽悍勇猛，膂力过人。定包侵占二郡后，钝平渐受重用，榨取民膏，奸
凶无异其主。另外还有那个妻立户五郎，从总角时就为定包所用，是
唯一的近侍，武艺超群，现还在其主子的身边。若不首先杀死这两个
人，即使闯入主城，他们的党羽众多，立即会被阻挡住，难成大事。这
该如何是好？"大家都认为有道理，于是就分工部署，如何杀死那两个
人，除掉定包羽翼，以便能够随意行动。

次日，妻立户五郎拾到了檄文，不等读完就大吃一惊，慌忙去守

在第二道城门的岩熊钝平处说："请你看这个！发生了这样的事情，须速告主君，将这些庄客抓起来。如不先发制人，防患于未然，则会酿成严重的后果。"说着从怀里掏出一张檄文，打开递给他。钝平也没好好看便说："我也拾了一张同样的檄文，正感到吃惊呢。你看就是这个。"拿出来一对照，词句一点儿都不差，户五郎不觉叹气说："敌人的反间计如果得逞，一旦我方别有用心的人为内应，则此城难保。不能等闲视之，我们去见主公。"将要起身，钝平拉袖子阻挡说："妻立兄且慢，某有事相告。"强把他留住，推到一旁，看看虽然四下无人，但还是像啄木鸟一样，不住地回顾左右，用扇子掩口，将下颐贴在户五郎耳边上说："我得到这檄文后，就细心观察，除我与仁兄之外，无不渴望献城让敌人进来。因此想杀死我和仁兄，以便众人起事，众人决心已定，已有人这样地在窃窃私语。大厦之将覆，一木何能撑之。若勉为其难地尽愚忠，就定被众人杀死，那岂不遗臭万年？要速下决心，刺死定包，与城中百姓共同投降里见主君，不但可解众人之恨，得以不死，而且会得到奖赏，使子孙后代繁荣昌盛。吾兄以为如何？"户五郎听了，目瞪口呆地说："这是为何，难道你疯了么？仁兄侍奉神余时仅是一名马夫，主公予以重用，您是光弘的老臣，不是与锴冢、萎毛等一样都委以重任？吾侪是国主的亲信，比神余的老臣还受到垂爱，身受其恩而忘恩，并恩将仇报，那还是人么？惜命就无勇，叛主就是大逆。你现在就明确回答，不然你走不了。"怒气冲冲地跪立起来，手按着刀把。钝平一点儿也不惊慌，冷笑着说："忠义要看其主，不能像你说那种糊涂话。今诛定包，是给旧主公报仇，不能说是弑君。你知道定包预谋，借朴平和无垢三之手杀害主君之事么？今天我头一次向别人说：那天早朝，天气阴暗，夏日微寒，在落羽冈，不是鹰追鸟，而是光弘乘的云雀毛的马死了。

那时定包将自己的白马献给了主君,说等待换马,他就从那里溜掉了。所以朴平和无垢三遥望那匹白马,以为是定包来了,等到走近射程,拉满了弓,突然放箭,射中光弘的胸膛,滚鞍落马。在那前一天,定包就偷偷地召唤我们,说有如此这般的密谋,汝要与吾同谋,明天早晨国主去狩猎,要给他的坐骑喂上毒药,事成之后必将重用。当时就给了我不少东西作为赏金。虽然心想这是世间少有的事情,但他是老臣,我是奴隶,他的势力大,不能与之为敌。说个不字,就会被杀死,什么也没有生命宝贵,不容商量就只好承担下来,那天马死了,于是二郡两城就都为定包所有。为报此德此谊,今虽列居老臣之后并委以大任,绝不能说是恩。知道这件事的有娄毛和锖冢二人,但他们都已做了泉下之鬼,现在也就只有我了。另外,妻立兄!我早就知道您近日来在惦着定包的夫人,犯了单相思。如果是这样,不如重新想一想,杀了啖人马,作为奖赏,要求把玉梓做您的妻子,是不难实现的。这样您还不与我合伙么?"经过这番说服,户五郎的心被打动了,把叉着的手松开,忽然一拍大腿说:"你说得有道理。要想洗刷跟从逆贼身上所沾的污秽,只有捐小理而伸大义,就听从您的劝告吧。咱们说干就干,行动要快。"看妻立已经答应,钝平很高兴,于是二人如此这般地互相交头接耳,赶紧商量行事。

这时定包的宿酒还没醒,未出后堂,叫女童在左右陪伴着,翠帘半卷,身倚明柱,吹起箫来聊以自慰,真是无忧无虑。这时岩熊钝平让妻立户五郎走在前边,喊:"有事禀告。"把每个房间的拉门都拉开,来到主公身边。另外安排好数十名兵丁,身着轻装,手持器械,稍离后点在隔壁房间,躲在画着各种花鸟画儿的拉门裙板下面,都往里边窥探着。定包见钝平等慌忙走来,停了口中的箫问道:"何事?"二人一齐高声叫道:"积恶之家必有余殃,城中之民都反了,他们引敌进来,城必陷落。请您剖腹吧!"没等说完,走在前边的户五郎白光一闪拔出刀来,跳起来就往下砍。定包用箫挡了一下,说:"不得无礼!"箫从中间斜着被切断,前边的一节飞出很远。户五郎没想到这一刀没砍中,一想是主公,心里有点胆怯,周身颤抖前进不得。定包气得竖起眼睛厉声喝道:"原来尔等是企图造反来刺杀我的,真是不自量力。"想站起来,就在户五郎和钝平连续进击的刀锋下,拼命躲闪。切断了的箫尖虽好似短枪的枪头,但他手无寸铁,飞起这节竹箫当作袖箭,刺穿了户五郎的右腕。户五郎大叫一声,刀啪嗒落地,屁股着地倒下了。定包这下得手,跑过去想拾那把刀。身后的钝平刀尖向下从肩头附近狠劈下来,定包也顾不得夺刀了。这时钝平的刀也被击落,两个人扭在一起,一上一下厮打了一会儿,定包负了重伤,已经精疲力尽,被钝平压在膝下,不住地喊人。钝平低下头摸摸腰间的短刀,也掉到后边去了。心里着慌,正不知如何是好,不觉回头向右一看,将刺在妻立户五郎手上的竹箫使劲拔了出来,对着想要翻身的定包的咽喉扑哧刺了进去。户五郎因竹箫被拔掉,恢复了知觉,忽然起身,往这边一看,拾起被击落的刀递给了钝平。钝平砍下定包的头站立起来。这时众兵丁都加入到钝平等一边,虽然来到隔壁,因胜负莫测,未敢轻易相助。看到定包已经被杀,急忙敲拉门和拉窗,欢呼声四起。

在主公左右的女童吓糊涂了,从院门跑出去,告诉众人。等到大事已定,近臣和外边的武士赶来,有的被士兵们扣留,多数被杀。不足道的女官们,只是哭哭啼啼,钝平命令将他们和玉梓一起,一个不漏地活捉,各自任意掠夺些金银财宝,往正厅走去。上天惩罚世人真是不移时机,轻重分明。定包逞奸计,杀害主公,夺取领地,虽然得到一时的富贵,但不出百日,又被其家臣所杀。不仅如此,在取其首级时,岩熊钝平等不期没用刀,而是用削尖的竹箫,好似用竹枪的酷刑。另外,那个妻立户五郎是受定包恩惠之人,被竹箫的袖箭击中,一时气绝,虽然杀的是恶人,也是弑主的冥罚,岂不可畏么?特别是钝平,罪大恶极,在做神余的马夫时,明知是叛逆之谋,而为定包毒杀其主公之马,又侍奉定包为虎作伥,残酷地欺压人民,等到恶贯满盈时,为了解脱自己又弑其主,纵令加入善人之中,像这样的人怎能永久得势。昔时后汉光武帝,封子密为不义侯。与其因不义而受封,莫如不做不义之事,以匹夫而告终。作者时常阅读历史军记故事,每读至这一条时,无不深为叹息。因此今亦附加自注以示童蒙。有关定包之事,在军书旧记中有其传。虽不甚详,但弑主神余,是个不折不扣的坏人,至今泷田还有其旧迹。因过于烦琐没有详述,留待以后各卷再叙。

第六回　开仓廪义实赈二郡
　　　　　　奉君命孝吉诛三贼

　　却说泷田的军民想杀钝平等,蜂拥般地挤到二城城门高声呐喊,没想到从城墙里伸出个枪尖,上边吊着颗人头,有人大声呼喊:"请众人饶恕,我们已痛改前非,弃暗投明,杀了逆贼定包。我们打开城门迎接里见将军好么? 不要杀自己人。"忽地城门大开,岩熊钝平、妻立户五郎穿着华丽的战袍和铠甲,前后站着许多士兵,二人坐在椅子上,手中拿着指挥扇比比划划。众军民都愣住了。抬头看看那颗人头,果然是定包的首级。心想定是钝平和户五郎等知道已无路可走,就赶快把定包杀了。心里虽恨意未消,但现在再杀归降者不合义理,不得已只好听他们的命令,在城楼上竖起降旗,打开正门。钝平和户五郎等站在前边,迎接攻城之师。里见部的先锋金碗八郎听取详情后,接受了定包的首级,按照军规,把钝平等的腰刀解下来,听候处理。报告主将后,义实命令全军前进,不久来到城边。钝平等规规矩矩地俯首及地叩拜迎接。城内兵丁们分作两行跪着欢呼万岁。过了一会儿,后队的贞行也到了。整顿前队和后队,在大将义实率领下徐徐进城,巡视各处。神余在世时耽于骄奢,宫廷内铺金砌玉，华丽壮观。再加上定包刮民肥己，贪婪成性，储粮满仓，财宝盈库。沛公进入阿房之时、赖朝讨伐泰衡之日，大概也不过如此。然而义实秋毫不犯，打开仓廪分给二郡的黎民百姓。贞行等紧皱眉头谏阻道："定包虽已伏诛，在平馆和馆山，还有强敌麻吕和安西。幸得此城补给军用，竟丝毫不存赐给百姓，您的高见实难领会。"义实听了点头说："你们所想的若从眼前看似乎有理，但是民乃国之本。长狭、平郡的百姓，年来深受恶政之苦，今去逆来归，不是为了避免饥寒吗？然而我们也贪得无厌，不赈济百姓，则和定包无异。仓廪虽有余粟，而民皆叛离，谁同我们守城，谁同我们御敌？民乃国之本，民富则我富。如普施德政，一旦有事，军用不征自集。何可惜之有？"贞行等听了无话可讲，不禁感动得落泪，默默退下。

却说次日义实升正厅验明定包的首级后，传降者钝平和户五郎等。金碗八郎问其弑主之事，二人一同答道："定包杀死主公，夺取其土地，实为逆贼，而某等未能讨之，却暂居其手下，是为了等待时机。昨天得到贤君的圣谕，于是去桀归汤，作为进见之礼，带来了他的首级。"二人得意地夸耀自己。金碗八郎冷笑道："尽管尔等巧言善辩，但尽是一派胡言。汝等二人助定包为恶，蹂躏百姓，铁证如山。因此，当你们听到军民集合起来要先杀了尔等时，为逃脱自身的罪责，才杀了定包。难道不是这样吗？孝吉遵照主公旨意，问了城中百姓，已把情况弄清了。汝等还不实说吗？"二人听了大吃一惊。其中钝平瞪眼说道："那都是户五郎干的，他从小就侍奉定包，是最受宠幸之人。但是他偷偷摸摸地想把美女玉梓弄到手，为了实现这一不可告人的勾当，才亲近我，是他首先下手，砍的第一刀。我猜破了他的心思。为了弄清我清白无辜，只要活捉了玉梓，将她监禁起来，一问便知分晓。实情如此，谁清谁浊，请大人明察。"没等他说完,户五郎瞪着他大声说道:"八郎将军,请您不要听信他的谎言。我几时对玉梓有情才杀了主公投靠贵方。钝平当初是神余的马夫,在落羽冈的围场,与定包合谋,毒死了主公的坐骑,杀死光弘。定包夺得二郡后,他是最受宠的,因此民恨极大。为逃脱罪责,才杀了二主,别再骗人了。不遗余力地捏造是非,陷害别人,该罪加一等。"两个人争吵不休。八郎哈哈大笑道:"不打自招,尔等的罪恶,即使脱胎转世,也保不住脑袋。定包虽是逆贼,但户五郎作为其家臣而弑其主,非人也,不得辞其咎。钝平当初为定包而伤其主,深受其恩,而在紧急关头又将其杀死,实罪大恶极。吾君作为民之父母,虽以仁慈为本,但如饶恕尔等,赏罚难行,忠孝也将永废。即使尔等不说情况也已大白,为了要尔等自供才带到厅堂上来。罪责已定,按律难赦。将他们拿下!"一声令下,士兵们跑来按住钝平和户五郎噗通踢倒,用绳索捆起来。二人惊慌大叫,如同将被屠宰的羔羊,苦苦哀求饶命。金碗大怒,厉声说:"以其人之道还治其人之身,天罚大逆不道,应处以剐刑。赶快拉下去!"士兵们遵命把挣扎着的罪人拉到外面,不多时将两颗人头用竹片串起来,留待验看首级时,金碗又传令带玉梓。

玉梓虽然貌似梨花,心却已被午夜凄惨的狂风吹得破碎枯萎。天网恢恢疏而不漏,惩治罪人的绳索牵着个姬瓜①,犹如被惊雀铃驱散的麻雀。虽然还没到黄昏,却两眼漆黑,被推到正厅的房檐下。玉梓见到早就认识的孝吉,惭愧得抬不起头来。金碗说:"你仰起脸来。"她这才跪着向前凑身。金碗说:"玉梓!无人不知你是前国主的侧室。因得宠而惑主,甚至插手政道,伤害忠臣,其罪一也。炊玉

---

①　一种香瓜,描上鼻子、眼睛做成偶人,在八月初一当作供品。

燃桂,穷极富贵欢乐,犹以为不足,与定包私通,其罪二也。这些无须别人揭发,孝吉早就知道,因此山下定包的阴谋得逞,从夺取两郡之日起,尔就成了他的正室。恬不知耻,肆无忌惮,直至城陷未能得死,是作恶的报应。活着被绳之以法,死了做个无人祭奠之鬼,尔知道这是天罪国罚吗?"这样高声责骂,玉梓才抬起头来说:"你说的话我不大明白,女人本是懦弱的,在三界无家,既以夫家为家,百年苦乐都得依靠别人。何况我并非先君的正室。光弘死后无依无靠,受山下主公的爱慕,服侍在后宫,又得重温旧梦。身不由己,乃是前生的因果。至于说我从到宫中就插手政务,伤害忠臣,和与定包私通等等,都是旁人的忌妒陷害,并不是事实。譬如神余的老臣和仆从,虽曾享有高官厚禄,却身仕二君而毫不知耻。就拿你金碗来说,抛弃主君逃跑,又跟随里见攻破了泷田城,可是并没为先君做一点好事儿。各自为自己的荣华富贵,侍奉这个,跟随那个。男人且如此,女人嫁几次人也是常有的事情,哪就是我玉梓一个人?把莫须有的罪过加在我的头上,真使人气愤。这些诬陷之词,实难招认。"玉梓眼睛瞪着,满腹的怨气。八郎啪地一拍桌子:"尔说得太过分了。尔的奸邪并非臆造出来的,乃是十目所视,十手所指,还不低头认罪。给自己开脱罪责,貌似菩萨,而心如夜叉,口与心相悖,无异于用锦囊包着的毒石。若没尔这个女人,怎能城破家亡呢?难道不知酷六和钝平等,虽是神余世代的老臣,却为利忘义,助桀为虐,也未逃脱冥罚,皆受凌迟吗?我孝吉与他们不同,吞炭涂漆,改变容貌,为报故君之仇,想狙击定包。只因人单势孤其事未成,五指伸开不如攥起拳头。跟随里见主君,召集群众,讨灭定包,已实现报仇的宿志。我的所作所为能说对先君毫无益处吗?自己抱着口猪还不知臭,是女人的无知。不要责己宽,责人严了。还是想想你的下场吧!"玉梓被痛斥后,不禁长叹说:"妾实有罪。里见将军确实是仁君,听说无论在东条还是在这里都是重赏轻罚,即使是敌城的士兵只要投降就不杀,而且还留用。好了,就算我有罪,妇女是不足道的。但愿饶恕我,如能放我回乡,实属幸甚。男女虽然有别,从前一同侍奉神余家的八郎,请您念往日交情,为我说说情吧!"莞然一笑,向上看的脸儿,宛如带雨之海棠,灿烂夺目;黑发垂肩分外妖艳,犹如垂枝之春柳,仿佛在向人招手。

　　义实在上座与众近臣聆听这场判决。这样如花似玉的玉梓,虽白璧有瑕,但已知过错,祈求饶命,甚是可怜。心想何不饶她一命呢?把孝吉叫到身边说:"玉梓之罪虽然不轻,毕竟是女流,即使饶她一命,也不会有碍赏罚之规。请你好自裁量。"说得很恳切。金碗勃然变色道:"虽是您的旨意,这个淫妇玉梓是仅次于定包的逆贼。她不仅排挤了许多忠良,就是光弘的丧命,玉梓也参与谋划,如非她和定包同心协力,暗施奸计,此事绝非能偶然发生的。请您仔细想想,如果赦了这个贼妇,人们一定会说主君也爱她的姿色而有偏袒之嫌。妲己死于朝歌,太真被勒死在马嵬。这些都是倾国的美女。然而玉梓和她们有所不同,使一国发生动乱,到了城破之日,斧钺临头,才祈求饶命。"面对义正辞严的谏诤,义实也不得不频频点头说:"我错了,赶快拉下去斩首吧。"玉梓听到义实这样地大声下令,花颜气得绯红,圆瞪双眼咬牙切齿地看着义实主仆说:"可恨啊!你个金碗八郎,拒绝了赦免我的主命,杀了我你也为期不远了。不仅你将成刀下之鬼,全家也将断子绝孙。义实也是个无所作为的人,一言既出驷马难追,已经说了赦免,怎能又把话收回去?轻信孝吉,草菅人命,真是闻所未闻的蠢将!要杀便杀,即使子子孙孙托生为畜生,来世变作狗也必将来报此仇。"这样地破口大骂,义实命令赶快拉下去。金碗领命，四五个兵丁过来，把大骂不休的玉梓拉到外面，立即斩首。八郎遵照主公旨意，将贼首定包和玉梓以及钝平、户五郎等的首级一齐在泷田城示众，真是恶有恶报，活生生的事实使人深受教益，观者如堵。

次日拂晓，杉仓氏元的使者蟹崎十郎辉武快马加鞭从东条城跑来，献上氏元斩杀的麻吕小五郎信时的首级。并详细报告了作战的情况。因情节过长，留待下一卷第七回开头叙述。另外玉梓的恶念，虽不能对良将义士作祟，却会与其子孙纠缠，一时产生了一些怪事，其后竟因祸得福。这是后话，请读者留心记住贼妇的怨言。

第七回 **景连奸计卖信时
孝吉节义辞义实**

　　杉仓氏元的信使蟹崎十郎辉武,从东条急驰而来,献上麻吕信时的首级。义实来到交椅的旁边,将那个信使唤至近前,亲自询问作战的经过。蟹崎十郎说:"对缺乏军粮之事氏元早就挂在心上,催促百姓赶快运送。可是安西景连和麻吕信时已与定包合谋,堵塞了海路通道,待机截获我们的辎重,运粮很困难。氏元日益焦急,时间就这样一天天过去了。景连一天晚间派家丁来对氏元说:'山下定包是个逆贼,就是派苏秦、张仪来游说千百遍也不能答应他。可是在信时的劝诱下,却堵塞了你们的通道,给贵军将士们制造了困难,感到十分抱歉,悔之莫及。信时一直在磨刀霍霍与贵军为敌,百般劝说也不回头。这真无异于隔靴搔痒,无济于事。景连经过再三思考,认为信时是匹夫之辈,为利忘义,贪得无厌。当初景连顾念故交,才与他暂时结盟,如今若不改正这个错误,就如同神智正常之人跟随疯子跑,所以索性撕毁这一盟约,先消灭信时,开放运粮的通道,与里见将军同心协力消灭贼首定包,以伸张大义。对不久前偶临敝国的里见将军，未能结纳，没有尽地主之谊，是受信时的阻挠。希望将军出城立即与他短兵相接。信时是个有勇无谋的莽撞武夫，临敌既无策略，又不身先士卒。届时景连从敌后夹击，捉拿信时，易如反掌。将军不必多虑，免误大事。谨期待阁下回复。'然而氏元唯恐是敌人的奸计，未肯轻易表态，通过使者的多次往来，知道并非谎言，这才给安西回信，同意共进攻信时。五月的梅雨时下时停，在咫尺莫辨的黑夜，率二百余骑，衔枚钳马，对麻吕信时屯兵的滨萩营寨从前后蜂拥而上，喊着杀声，拼命冲了进去。敌人没想到我们会进攻，麻吕的先锋部队慌作一团，马不及备鞍，弓没有上弦，四处逃跑，只求活命，无人抵抗。这时信时厉声喝道：'你们这些无用之辈，敌人只是少数人马，何不围而杀之？失落了阵地会被安西耻笑的。杀啊！前进！'自己一马当先挥舞着长枪冲上前去，将冲过去的我方一个兵丁一枪刺倒，其势犹如闯入羊群的猛虎。敌兵们在他的带动下振奋了斗志，又想到后方的安西会来接应，逃跑的士兵也回过头来呐喊着加入了战斗。不料我方的前锋，又被赶了回来，路滑泥泞，站立不住滑倒就爬不起来。这时杉仓氏元瞪大眼睛高声喝道：'已经夺得的营寨不能丢弃，顾名誉、知耻辱的跟我来！'拿起白色令旗插在腰间，策马前进。在黑夜里闪动着长刀，如风车在旋转。恰好信时与之相遇，在篝火的火光下厉目瞪着他说：'你是氏元吧，好样的对手，不要逃脱！'说着挥枪刺了过来，当啷一声被挡了回去，接着又重新刺过来，一进一退，一上一下奋力搏斗。大将都如此奋战，士兵们也短兵相接，就没有散兵游动相互助战了。氏元和信时在单打独斗，信时一时性急，猛刺过来，氏元向左把枪尖拨开。信时'啊！'地惊叫一声，往上看时，氏元把长刀的刀把向前一伸，刺入了信时头盔之内。头盔被刺

落,赫赫有名的信时,要害处已受了重伤,手持长枪从马上滚落下
来。杉仓的仆从闻声赶到,取了首级。"义实仔细听着匆忙的禀报,
说:"氏元这一夜的军功值得嘉奖,但是谋略不足。景连突然变心
攻打信时,不是没有缘故的,两雄不并立,信时和景连共同对我进
攻,如不能速战速决,必然内部生变。这时氏元突然受安西的劝诱
攻打信时,对我方无利,将有利于景连。那个安西怎样了?"这样一
问,蜚崎十郎回答说:"那天夜晚,景连没为我军放一支箭,不知什
么时候就退到了前原的营寨。"义实用扇子敲一下膝盖说:"这样
景连的奸计就暴露了。在我们进攻泷田时,虽然还胜负难测,但是
定包是天诛地灭,人所难容的逆贼。景连已经看到,他虽一时得
势,但不能全始全终,定包终必灭亡。义实得其地后,信时就不再
对安西有所帮助,他只是个逞匹夫之勇的蛮将,同他一起草率用
兵,必败无疑。不如表面上与义实协力,让氏元攻打信时,景连乘
虚而入,攻克平馆,合并朝夷郡归己所有,形成掎角之势。这个推
断恐怕虽不中亦不远矣。"这话如指肝脾,分析得十分精辟。这时
氏元又派人前来禀告:"信时已经被歼,残兵败将乱作一团,氏元没
有紧紧追赶,立即整队回了东条。岂知景连早已从前原撤军,夺取
了平馆城。麻吕的领地朝夷郡也都归他所有。狗收藏的骨头,被
鹰叨去了,氏元徒劳而无功。如发兵讨伐,我愿做先锋,收回朝夷
一郡自不待言,荡平景连的老巢方消吾恨。"为了说明此事,给孝吉
和贞行等带来了书信。金碗和堀内至此对主君的英明才智甚感钦
佩。不住劝义实,赶快讨伐景连。义实摇头道:"不,不能讨伐安
西。我们消灭定包,不是为个人的荣利,而是救民之涂炭。所以做
了长狭和平郡之主,至感幸甚,景连虽是枭雄,却与定包不同,不管
他心里怎么想,行动上还是靠近我们的。若恨他趁木曾介氏元攻

打信时,便先下手得了平馆城,就发兵争地,为争蜗牛角上的一点小利,杀人害民,实非我所愿为。景连虽使奸计取得平馆,但他欲壑难填,待再来攻我时,再决雌雄。戍守国境,决不能起兵。你们都要深领此意。"这样恳切地训谕,不但孝吉和贞行,就连左右的近侍和蜑崎等都无不钦佩,一致称赞,古之圣贤也不过如此。于是义实亲手给氏元修书,于赞许的同时,训示告诫道:"切莫进攻安西,勿因欲取别人的东西,而忘却自己手中之物。谚语有云:'贪婪的老鹰会把爪撕裂的。'除守城外,不得另有他图。"书毕,打发蜑崎十郎等回去了。

时值夏日,给人以寒意的水晶花早已开过,天气晴朗,没有大风的六月伏天也过了一半。安西景连派他的老臣芜户讷平带着二三件礼物来到泷田城说:"景连对义实消灭定包,在此开基立业表示祝贺,并愿互通友好。自前次晤面以来,便实深敬仰,唯对信时曾冒犯尊颜,十分非礼而甚感惭愧。使您有似晋文公过曹之憾。然而若无此事,岂能激励阁下兴此大业呢?不妨实言相告,结识之初即对您十分敬仰,只是一时故意慢待罢了。正因为如此,才略抒拙见,为您除掉了信时。善有善报,不意竟有附骥之功,得了平馆城。一国四郡分作两半,互不侵犯,互相协助,儿孙永世相传,岂非乐事?这些薄礼不成敬意,献上坐骑三匹,白布百尺。唯望永久修好,望祈笑纳为幸。"堀内和贞行将使者上述的口信转告义实。义实毫不动疑,让贞行和孝吉款待芜户讷平,并说:"我将接见来使,不可慢待!"贞行和孝吉都大为不悦地说:"主君是以贤者之心度小人之腹,焉能不受那老狐狸的骗?景连如果真是从善慕德的话,就不会设奸计,让您去寻求该国不产的鲤鱼,以借故杀之。现在又虚情假意地前来祝贺,送些薄礼,互通友好,这是他的防身之策。怎能还看不透他的奸

计而款待来使呢？勿需与他会面。"听了悄悄的谏净，义实莞然一笑
说："景连虽非真心来通好，但如今所见所闻并不那么可恨。我们若
执拗地总念其旧恶，不与他来往，那就辜负了他的好意。如此固执
下去，势必置我于不义，以不义虽能取胜，非义实之所愿。万不可再
置疑。"经过这样反复进行说服，终于亲自接见了来使。讷平返回
时，义实让金碗八郎一同赴安房郡，答以圭璧之礼，赠送了例行的礼
物，并表示要长期往来，永不断交。景连大喜，厚待孝吉，并亲笔写
了誓书送给义实。

自此安西领有安房和朝夷二郡，义实领有神余的旧领地，长狭与
平郡二郡，互不侵犯，未生争端，世上相安无事。所以把杉仓氏元从东
条调回来，才开始有了安堵之感。时值阴历七月初七之夜，这天夜晚，
义实来到房前的走廊边，召集杉仓氏元、堀内贞行、金碗孝吉等有功之
臣，点茶之礼过后〔从前里见的家规有点茶之礼，见之于《房总志料》〕，
谈起往事，对这些功臣们说："我幸得二郡，才有了栖身之处，不再受风
霜之苦。近来事情繁多，没有答谢祈祷过的神灵，也没有犒赏功臣。
说起氏元和贞行乃是先父托付的重臣，随我历尽艰辛，其忠义已无须
再谈。但在白箸河边如不遇到金碗孝吉，岂能在此建立功业？另外若
没有飞鸽传书，又何能使定包授首？你们都为我立了一等功勋。不然
当初早就中了安西的奸计，岂不按军法问斩了吗？或许在军粮断竭挨
饿的时候，已成了敌人的俘虏。只会有这两种结果。"宁静的夜晚益感
清爽，夜露方浓，海阔天空地谈得甚为惬意。咏歌、赋诗，又畅谈了今
晚是牛郎织女双星见面之期。义实说："星宿有君臣上下之分，因而才
有人的吉凶。我已向天明誓，在此城的八隅建立八幡宫，每年秋季进
行祭祀。另外告知领内不得捕杀鸽子。当分长狭郡之半赏给金碗八
郎孝吉，让他做东条城主。氏元和贞行各得赏银五千贯，要谨遵吾

意。"这样诚恳地告谕后,拿出一张已经写好的感谢状,亲手交给了孝吉。孝吉再三推辞,最后还是退还给义实,起身离开座席对义实说:"我先于辅佐主公的老臣再三得到恩赏,虽盛情难却,但我本无意于名利,只是想为旧主诛逆臣。托主君的威福,宿愿已偿,其他恩惠则不敢领受了。"义实笑着说:"名誉和利益你都不沾,功成身退,实是义士之志。虽说应该如此,而中国的张良,为旧主灭了秦楚之后,却接受了汉朝的封爵,被封为留侯。既有这样的先例可援,我虽无高祖之德,将军却恰似孤忠的张良。另外,若对有功之人不授赏,那谁还能以此来激励忠孝节义之士呢? 就屈遵我意吧。"氏元和贞行也加以劝说,把感谢状递给了金碗八郎。金碗八郎不得已收下,读了一遍说:"如不接受而辞退,似乎有些固执己见,是不知礼遇。如果接受,则又是对故主的不忠。既接受而又不接受是我孝吉对时君和先主君尽忠的态度。"说罢,拔出明晃晃的刀来,把感谢状卷在刀上,对着小腹扑哧哧刺了进去。主仆三人大吃一惊,凑到身边,义实把他的胳膊慢慢抬起来,仔细看了看伤口,刀尖进去得很深,已不可挽救了。便对八郎说:"你如果这样就死,谁不说你是因为得了疯病而死的? 就忍着痛苦把你想说的话,都说出来吧!"他似乎听到了义实的声音,眼睛向上看着,急促地喘着气说:"听说故主死于非命,我就想剖腹自杀,只因想杀死定包才活到今天。但是一个人难成大事,是时机也是缘分,有幸遇到了主君,虽只竭尽犬马之劳,如今却受到远过于微功的恩赏。似乎因为故主的死于非命,我才有此幸运,这是我不愿求生的原因之一。另外在落羽冈因误认作是定包而伤了国主的杣木朴平和无垢三,原是我的家仆。他们的武艺是我传授的,我虽不知情,但手下犯了如此大罪,其祸根在于孝吉。大罪由我铸成的负罪感,使我深感不安,这是不想求生的原因之二。昔日汉朝张良之心思虽不得知,我却羡慕与之同时的田横,为义而死以明其志。玷污了君臣偶然行乐之席,请恕我非礼之罪。"说着将膝盖一蜷,想把刀尖向右转动。义实惊叫道:"且慢!"贞行和氏元攥住他的手说:"这是命令,无论如何也不必如此匆忙地身赴黄泉,话还没有说完呢!"义实不住地叹息说:"孝吉之志我实不知,不料你会走这条路。更没想到奖赏的谢状竟促使了你的死。这是我一生的大错。八郎!在你将赴黄泉之际,义实为你饯行啦。木曾介,你赶快把那个老翁叫来!"氏元应声去走廊高声喊道:"上总的一作,赶快前来进见!"那人回答说:"听到了。"音声有点哽咽,一位六十多岁的庄客,眼睛噙着泪花,早就等在那里。他扎着绑腿,套着手罩,衣襟掖在腰间,右手拿着斗笠,左手拉个五岁左右的男孩,从林荫茂密的后院门后走过来。氏元招手说:"到这里来!"那人扶着走廊的台子,探进身子看着屋里说:"八郎将军!孝吉主公!我是从上总来的一作。这就是我女儿浓萩生的孩子,好不容易今天才找来,不成想你竟剖腹了。有什么话要说么?"忍着怨恨和眼泪,虽然不是身临戒备森严的关卡,但在贵人面前也有点惴惴不安。孝吉听说报名的是一作。把眼睛睁开,只是看了看没有说话。

当下杉仓氏元对孝吉说:"八郎!你看见他了么?是我到国主官邸来的时候,这位老人在路上站着问我的随从:'金碗将军住在哪里?'我听了不能置之不理,就问他的来历。他如此这般地就连小孩的事情都毫无保留地告诉给我。我说:'孝吉今天没在住所,既然见不到他你就跟我来吧!'于是同我来到国主宫邸。首先把这件事告诉了藏人①,然后又奏明主公,主公道:'这很有趣儿。八郎有这个儿子,传宗接代就有靠了。我亲自给他们引见。先不要对金碗说。'因

---

① 藏人是掌管宫廷中文书、总务等事务的官员,在这里是指堀内贞行。

此就让一作和这个孩子躲在后院的门后边,等待主公的吩咐。不料还没来得及说,你就自杀了。在外边等着的老人心里该多么难过?这次一定让你们父子见见面,这也是主公的恩德。喂,八郎!你醒醒。"召唤苏醒过后,孝吉抬起头来说:"到了临终之时才父子见面,也无济于事了。我谏先主君未被接受而离开泷田时,在上总国天羽郡关村,有个庄客叫一作,就是这位老人。他是先父手下的步卒。我暂时住在他家里,在住宿中与他的女儿浓萩结下了情缘。本来是如同做梦一般的萍水相逢,却订了百年之好。同居了几夜,她就怀了孕,我听了大吃一惊。艳遇终成意外的丑闻,世上传说的是那些公子小姐们的事情。我流浪在外去向未定,这里非久恋之家,我们的情缘已断,这一男一女的艳闻传扬出去,使一个好人家的女儿留下这样的污点,即使她父亲肯饶恕,也无颜与之成亲。做了一件可耻的事情,虽然千百遍地后悔,但后悔又有何用?我只好悄悄地劝浓萩堕胎。另外有个打算,就是写了封不争气的谢罪书交给了一作,而离开关村。到处流浪了五年,今年夏季,听说故主死于非命。为杀死定包,悄悄回到故里,本来可顺便看看一作,可是我没有去,对浓萩之事也一点没有打听就过去了。然而这个孩子却安然生下来,想到她多年养育孩子的真诚,更使我无脸见人了。"说着已只剩了一口气。一作安慰他说:"你说得有一定的道理。"然后揉揉鼻子接着说:"诚然,勇敢的武士对待爱恋也易动情感,何况您既无妻室又无子女,此乃人之常情。女儿浓萩为了慰藉您的旅途寂寞,似乎可不看作是淫乱私奔。自不待言,您是故主的后代,她算有好报应,得了个好女婿,我们老两口,内心也是高兴的。当时那种复杂的心情,请您想想看。您一去不归,也打听不着您的去向。女儿不久就临产了,生了个男孩,十分可爱,我为你们祝贺。可是不久浓萩积思成疾,便到极乐世界去了。死后的头七到二七可难坏了我们二老夫妻,想尽办法为他讨乳汁,其艰难困苦是语言难以尽述的。但是孩子健壮,他是主公和女儿的遗孤,非常招人疼爱。白天终日将他抱在怀里,夜晚我和老伴儿通宵替换搂着。刚刚能站起来,就希望他赶快会跑,能笑了就望他快说话,盼他很快成长。我们就像套上了缰绳的老马,由孙子牵着去除稻田的二遍草。如同晚熟的贫瘠田地里的稻草人,晃晃摇摇的,这样度过了四年。自去秋老伴儿生了病,一手煎汤熬药,一手照看孩子,除夕那一天老伴儿去世了。只有一个缺条胳膊的木偶和孩子与我三个守着棺材迎来了新年。我已经走到去往冥土的第一站,貌似悟道的禅僧,可心还是凡心。如今六十八年已饱尝了一生的艰难困苦,这还不够,还要经受二三次大动。当着孙子哭泣的老人,也顾不得春意将临的近山在耻笑。但是泪水结的冰柱也终于开化,后院献佛的梅花,恰好作了五个花蕾,孩子也整五岁了。天真地学着念佛,将到晚间就打着哈欠要睡觉,十分可爱。夜短天长的春天过去了,从四月下旬,邻国的近况、您的消息以及双方交战的情况都传到了上总的内地。我曾一度感到吃惊,但也因此而有了勇气,想去找找您,然而老人行走困难,又带着个孩子,去战场感到十分危险。但又一转念,时光不等人,而且听说战事已经结束,这才决定今天到这里来。可是来得不凑巧,今天的见面,会使您想到前世的罪孽。一作我的悲痛是微不足道的,孩子长大成人见不到父母的面,将是多么大的遗憾? 喂! 加多三,那就是你的亲爸爸。”用手一指说:“你要好好记住他的脸啊!”孩子站起来喊:“爸爸!”听到呼唤声的爸爸,似乎要说什么,抖动着的嘴唇已经变了颜色,眼看就要临终了。义实把孩子叫到身边,看看他的小脸说:“这孩子很像他父亲八郎,他叫什么名字?”一作跪着向上看着义实说:

"没什么正式名字，为纪念故主和女儿，取名叫加多三①。"义实说：
"我收养这个孩子。其父孝吉辅佐我有大功，作为其子之名，就叫金
碗大辅孝德吧！继承其父的忠义，长大成人后循旧规，分长狭半郡
给他，让他任东条城主。一作是外戚同住在一起监护大辅。这里赐
赏银五百贯，令其子领取。八郎！以此作为去冥土的礼物，望你早
日修成正果。"受到主君的鼓励，孝吉举起涂满鲜血的左手，向主君
礼拜后，把刀尖嘎吱吱地一转，肠子都出来了，赶忙用手攥着，说了
一声："拜托各位了！"就一伸脖断了气。义实为了不让他受痛苦，拔
出佩刀站在他的身后砍去，可怜短命的八郎，头在身前落了下来。
一作虽然思想早有准备，但还是忍不住地哭出声来。一面哭着一面
自问自答地嘟囔着。氏元和贞行诚恳地安慰。那个孩子也不明白
是什么缘故，只是呜咽地哭鼻子。看着已经断了气的爸爸的脸，也
是怪可怜的。

在金碗八郎断气时，只见一颗星星陨落，阴历初七的一弯新
月也落入西方。阴森森地闪着一团鬼火，好像有个女人的影子
在大辅身边突然消逝。只有义实一个人看见了，其余诸人都不
知晓。义实将氏元和贞行唤至身前，命令他们为孝吉送葬，并吩
咐养育大辅之事，然后就进了后堂。这时听到漏壶的声音，已是
亥中时分。

　　作者注：从开头第一回结城会战开始，至此仅四个月。
　　即从嘉吉元年四月起，至同年七月止。屈指算来，其间八
　　十余天。至第八回则经过的年月很久，约十六七年。其间

---

① 加多三(カたみ)的音与纪念的字音相同。

主要是叙述了伏姬的成长，没有特别情节，都一概省略，不再琐碎细述了。这本是一般的做法，详略相间趣味不同，尽管似乎有些呆板。唯恐将顺序弄错，特为未仔细阅读者加此注。

第八回　行者石窟翁相伏姬
　　　　泷田近村狸养雏狗

　　金碗八郎孝吉突然自杀,不知其志者认为他不当死,有功未受奖竟可惜地丧了命。有人责备他这都是因为被玉梓骂得惭愧难当而死去。也有人认为并非如此,古之贤人有言: 男子寡欲可退百害;女人不妒则可掩百拙,更何况道德仁义呢? 义实之德不孤,邻国武士敬仰之,想与之通好,祈求联姻者甚多。其中上总国椎津城主万里谷入道①静莲之女,名叫五十子,贤惠美貌,义实也略有耳闻,于是就娶其为妻,生了一女一男。第一个是女儿,生于嘉吉二年夏季。为表示是在三伏季节所生,故取名伏姬。第二个是男孩,在次年末降生,称之为二郎太郎。后来继承其父的家业,叫安房守②义成,驻在稻村城,武威益震。伏姬在襁褓中就与众不同,使你想到宛如从竹节中出生的辉夜公主,肌肤洁白如玉,脖子上有很长的胎毛。三十二相③一相不缺,父母疼爱

———————————

① 皈依佛门叫入道。日本古代贵族多一度出家,然后在姓下加上入道的称号。
② 守是古代的官职,地方的行政长官。
③ 三十二相是佛身所具有的三十二种优美姿态。引申喻指女人的一切美相。

非同一般,用不少女官服侍着她。然而伏姬昼夜啼哭,虽然到了三岁还不能说话。她从来不笑,只是啼哭,三年来到处求医,或请高僧、行者施巫术进行祈祷,都没效验。这且不提。

却说安房郡有个叫洲崎明神的古老神社。在那个神社的山脚下,有个大石窟。窟中有座古像,就是役行者。从那里流出来的泉水叫钵子水,即使天旱水也不涸。从前在文武天皇时代,役君小角①被流放到伊豆岛,此处距伊豆岛海路仅一百四十余里,小角踏着波浪去游历洲崎,在那里显灵验,所以后人就在那里造一尊石像,安放在石窟内。据说非常灵验,去祈祷的无不达到心愿。这样一传十、十传百地传到伏姬的母亲五十子耳朵里。她为了伏姬之事,每月派人到石窟去代为祈祷。已有三年,虽无多大效验,但伏姬安然无恙地被哺养到今天,或许就算有一定的效验。心想,如能亲自去祈祷一下,说不定会有奇特的灵验。于是就向义实诉说了此事。义实虽不反对,但洲崎并非里见的领地,虽然现在安西不会有什么野心,但是为了这件事让孩子到那里去,唯恐别人议论,还是作罢吧,因而不肯答应。但因五十子多次请求,便难以拒绝,于是选择几个年岁大的男女仆人,悄悄陪同公主到洲崎去了。

伏姬坐在轿子里,由奶母抱在膝上。她从未到外边来过,四周虽喧嚣热闹异常,也毫不感兴趣,一路上只是不住啼哭。跟随的人没办法,抓紧赶路,很快来到明神别当②的养老寺,住宿在那里,到行者石窟祈祷了七天。祈祷的法事很快圆满结束,随从们催着回公

---

① 役君小角又名役行者,是奈良时代的巫师,修验道之祖师。因受谗言被流放到伊豆,谥号神变大菩萨。

② 别当是掌管大寺院或神宫的神官。

馆。出了旅宿处，轿子向平郡方向走约七八里时，公主啼哭得很厉害。女官和奶母为了哄她，从轿子里出来抱着她赶路，但走得不快。这时见到一个八十多岁的老翁，眉毛如八字，上挂白霜，腰弯如弓，手拄根鸽头拐杖，在途中休息。因为是微服出行，随从们不能走在前边。老翁盯着细看伏姬说："这不是里见国公的公主吗？是从石窟回来吧。我再给您做祈祷。"这样一打招呼，随从们吃惊地忙回头看看，那个老翁不像凡人，心想，不把实话告诉他，恐不大合适。这些老臣和老女官就把详情毫不隐瞒地都对老翁说了。老翁频频点头说："这是鬼魂作祟，这个孩子太不幸了。虽然被除并不难，但祸福如同缠着的绳子一般，是互为因果的。譬如丧失一子，而后来却得到许多人的帮助，其祸则非祸，损益之道都是如此，既不要高兴，也不必悲伤。回去将此事告诉义实夫妇，把这个送给她作为护身。通过它会给人某些启示。"得意地说着从怀里掏出一串水晶念珠，上面刻着仁义礼智忠信孝悌八个字，挂在公主的脖子上。随从们吃惊地一同叩拜说："究竟是什么魂灵在作祟？望您详细说明，并请永远治服它。"老翁笑着说："妖焉能胜于德？虽说是恶鬼，却可使里见家日益昌盛。月盈则亏，有什么需要被除的？如详细说明，则恐泄露天机。根据伏姬这个名字，自己就会体悟的。那么我就让这个女孩从今天起不再哭了。你们赶快去吧。我也走了。"说着飞也似地向洲崎方面跑去，转眼便无影无踪了。随从们茫然看着那个方向，心想一定是役行者在显灵，大家共同礼拜回泷田去。途中公主就一点也不再啼哭了，高高兴兴地在游戏。特别是从这一天起，说话和一般的三岁孩子一样了。大家半喜半疑地回到泷田，把这件事禀告了义实和五十子，又把那串念珠也呈上去，义实看了，认为这是神佛的保佑。立即派藏人贞行去洲崎神社和行者的石窟，献币帛祈求神佛

永远对公主加护,消除一切灾害。那串念珠就常挂在伏姬的脖子上。这样又过了四年,春回大地时,公主已经七岁了。正是:

> 金鸾初孵雏凤,玉树才开琼花,天生心灵手巧,天妍无双。白天读书习字,终日不知疲倦,夜晚耽于管弦,不觉更阑。

到了十二三岁能读和汉书籍,完全通晓事理,专心读书,不空费时光。尊亲长,恤下人,在起居坐卧中自然体现了贞孝忠恕。母亲的钟爱自不必说,义实也有时对别人夸奖自己的女儿。

这时,在长狭郡富山附近的一个村落,发生了一件奇怪的事情。在一个别号技平的庄客家里,有只狗生了一只小公狗。世上都以独生格外珍贵,这只母狗健壮力大,据说没有与之匹敌的。技平很喜爱,在后门旁用稻草搭了个棚子给它作产房,早晚有剩饭就给它吃。这样大约过了七天,那天夜间,后门的篱笆被毁坏,进来一只狼把那只母狗咬倒叼走了。技平天亮后看见血迹才知道,只是生气,毫无办法。那只剩下来的小狗,却奇怪地安然无恙。若多少懂点事儿也好,可这只才出生的小狗嗷嗷待哺,未免太可怜了。眼睛还没有睁开,除了乳汁是无法养活的。技平心想用米粥养活它,可是自己本来就是个独身汉,白天到地里去干活,晚间也很少回家,因此也办不到。只好看着它奄奄待毙,丢在一边就到地里去了。过了一两天,那只小狗却毫无饥饿的样子。到了十天头上,眼睛睁开,也比从前胖了。这件事非同一般,技平告诉了别人,自己每天早晚也都在注意观察。一天清早起来去看,见一只老狸子从狗窝里出来,往富山方向跑去。原来这只小狗是被那只狸子养活着。真是世上少有的事情。这究竟是怎么回事儿呢？他惊叹不已，想再仔细看看，也没对别人讲。那天黄昏就躲在后门里，等待狸子来。小狗就像想妈妈似地不住地汪汪叫。这时从泷田方面闪过一团鬼火，从半天空突然落下来，在那个狗窝附近，立即消逝了。只见早晨看到的那只狸子，匆忙地从富山方向跑来，进到狗窝里。小狗马上就不叫了，听到了吃奶的声音。这样又过了四五十天，狗很快长大，能走路和自己找食了，狸子便不再来。因此现在还将那个地方叫作犬悬。〔查阅《房总志料》，从安房郡府中地方，有去长狭郡大山寺的道路。想登山者须从犬悬向左转。又说西边是平郡。泷田、山下、犬悬的附近，大概就是这里。〕

　　在此期间，杉仓木曾介氏元、堀内藏人贞行奉义实之命，每年轮流守卫东条城。这一年该贞行休假，交给氏元镇守。在回泷田的这一天，路过那个犬悬里，有人告诉他狸子育狗的事情。起初贞行不信，为了弄清虚实，去技平的住处，亲自看了那只狗。又就那件事的经过问了男主人，与风闻的丝毫不差。另外那只狗在中国叫韩卢，在日本则叫足往。因为是前所未有的奇闻，回去后便原原本本地告诉义实。义实侧耳倾听，坐着不觉地往前凑，很感兴趣地说："伏姬从在褓褓中就梦中好哭。因此常养只狗拴在后园中，但没有这样的尤物。如果你说得属实，那只狗一定非同凡种。从前在丹波的桑田村，有个叫瓮袭的人养了只狗，名叫足往。那条狗有一天咬死一只貉，从貉腹中出现了八尺琼勾玉①。在《日本书纪》的《垂仁纪》中有所记载。和这件事正是一颠一倒，狸子喂养小狗也未免太离奇了。虽然狐狸对狗有所顾忌，但是看到那只小狗无母，便忘了相克之理，

———————

① 是三种神器之一，相当于中国帝王传国的玉玺。

用奶去哺育它,近似兼爱之道。另外狸这个字,从里又从犬,因此可以说是里见之犬。派人去把它带来,我想看看那只狗。"贞行领命,不几天将狗带来。义实一看这只狗,骨粗眼锐,高于一般的狗一倍,垂耳卷尾十分可爱。用手抚摸其毛,白里杂黑,头尾有八撮斑毛,所以起名叫八房。拴在后园内,给饲养它的技平赠了谢礼。从此八房得到贵人的怜爱,食得果腹,睡卧草席。即使一条天皇的爱犬翁丸也莫过于此。大家都感到有点奇怪,但因是主君的爱犬,不敢等闲视之。过了些天以后,伏姬也很喜爱它,到走廊附近去时,一唤"八房!"它就摇着尾巴跑来,一时不肯离去。

这样春华秋实,几易星霜。伏姬已是二八年华,出落得更加美丽娴雅,如馥郁艳丽的初花,悠悠不前的月亮。这一年的秋季八月,安西景连的领地安房、朝夷二郡,谷物歉收。景连以其老臣芜户讷平为使者,到泷田城向义实乞求说:"天降灾荒于我领地,举国上下顿感艰困。据闻贵领地今秋丰收,望借贷米谷五千表(一表是四斗),以来年之贡米加倍偿还。"并且说:"景连年事已高,岁过古稀,无儿无女,想收养您的女儿做义女,在一族中选婿,将领地让给他。倘蒙惠允,一生至感幸甚。"陈词甚为恳切。义实听了说:"我如有众多男儿,将女儿交他收养也并非难事。怎奈我只有一女一男,即使将女儿交给他,可他无妻无子,于自己和别人都没好处,此事碍难从命。另外丰歉乃是天时,不仅安西如此。闻邻国有灾而不救,难脱天谴。收养女一事绝难应命,借粮之事可援例立即送上。"诚恳作答后,打发讷平回去了。

这时堀内贞行驻在东条城,杉仓氏元年老体衰在家中养病,无人向义实陈述利害。金碗大辅孝德这时已年满二十岁,是义实的近侍。其外祖父一作于五年前逝世,在其卧病期间大辅亲自看护,就连粪便也不让奴婢们动手,竭尽孝道。不仅如此,从小就继承其父孝吉之志,是个忠义超群的小将。他向主君进谏道:"景连从来和我们较为疏远,有了困难来收养女、借粮食,他是个知恩的人吗?这时如出兵讨伐他,毫无疑问可一举平定安房。若答应他的请求,就如同供给贼人粮食,资助仇人钢刀,绝无益处。望立即作出兵的准备。"慷慨陈词毫无顾忌。义实说:"你年岁轻轻的知道什么?即使是仇敌也不能乘人家歉收而进攻,此良将勇士之所不为也。何况安西景连与我们无有仇隙,无故大动干戈,师出无名。出师无名也是不得人心的,汝何出此妄言?"词严色厉地加以斥责后,便赠粮食五千表给安西。转眼到了次年,义实的领地平郡和长狭庄稼受灾,只有景连的领地大获丰收,但却不偿还去年所借之粮。泷田朝野穷困,义实遇到巨大困难。这时金碗大辅悄悄对主君奏道:"邻国邻郡不救人之急,不互相帮助,救助不足,结盟修好还有何用?去秋借给安西那么多粮食,他知道这里发生危急,却不归还。我们并非向他祈求,为何不去讨债?"这样的谏诤已不是一两次了。义实疼爱大辅犹如自己的儿子一般,但是担心有人妒忌,所以在表面上严厉叱责,以激励他的志气。他已年过二十,长相和人品都不亚于其父。义实早就打算让他今年做东条城主,但是他年纪尚幼,将受老臣们之忌,正想让他立一件大功,作为奖励而举用他,所以不住地点头说:"汝之所奏正合吾意,就让你作使者吧!但并非向他讨还那五千表之债,而要如此这般地说。"亲切地教导他一番后,次日就打发他前往那里去了。

金碗大辅孝德,带领十几个随从,跨马提枪,天未明即从泷田出发。策马加鞭日夜兼程,来到景连的真野宫邸。老臣芜户讷平与之见面,大辅详细述说了里见的领地五谷歉收,处境十分困难的情况,奉主命前来乞求借米五千表，言词十分恳切。讷平难以立即答复，说要奏请主君，就到里边去了，等了半日也不见出来。大辅引颈盼着，天已经黑了。这时芜户讷平才回来对大辅说："方才已将尊意详细禀告主公。景连本应出来相见，怎奈近日偶受风寒，今尚卧床未起。去秋贵方解救了敝国的危急，即使不来请求也理应馨仓报答前恩。但是荒年之后这里也不富余，待召集老臣们商议，究竟有无余粮再行答复。主公是这样说的，且请在此暂时逗留歇息一下人马。"说完就亲自领到宾馆下榻，招待得非常殷勤。这样不觉过了五六天，大辅十分焦急，催促讷平赶快答复。被逼得太紧，讷平便也托病不再出来了。至此大辅忽然起了疑心，偷偷地注意察看城中光景，只见人着甲、马备鞍，都在喧嚣吵闹，似乎将待出兵之状。大辅见状不由大吃一惊，心想："这究竟是为何？"于是冷静地沉思："一定是他们主仆在施奸计，趁我完全不加防备，借缺粮之危，突然袭击，攻打泷田。如晚知道一天则将成了敌人的俘虏，好险啊！"于是把情况说给仆从们，主仆乔装改扮，分散开混出城去，直奔泷田。走了七八里路，为了等待后边的随从，大辅捧起泉水润润嗓子，坐在路旁的松下擦拭流下的汗水。

这时讷平率军兵追来，他一马当先踩镫勒马，高声喊道："孝德你现在逃跑实在太卑鄙了。你主义实，是乞讨的流浪汉，漂泊到白滨，迷惑愚民，夺取土地，成了两郡之主，是因为得到我主的帮助而消灭了麻吕信时。本应卑躬屈膝向安西公称臣，每年来进贡，可是竟妄自尊大傲慢无礼，仅进献了一点米，还当作债来讨，太吝啬了。另外听说他的女儿伏姬长得很妖艳，假称收为养女，实际想把她作为主公的侧室，义实竟不知好歹不肯答应，太无礼了。因为时机未到，所以一直没有理他。你们主仆以为这就没事，真是太愚蠢啦！

可能你还不知道,我们主君发动三千人马,已经拿下东条城,现在攻打泷田,你已经走投无路,惜命的话就赶紧投降。"大辅听了他这一通胡言乱语,厉声道:"你这个不知深浅的鼠辈,我从小就听说,你的主人景连背信弃义,杀了麻吕信时,吞并了他的土地,尤以为不足。尽管如此,我主公并未加之斧钺,依其请求与邻郡结为友好。他不但不感恩戴德,反而又施奸计,先讨了许多粮食,然后违约,至今不肯归还。窥虚乘危,即使大举进攻,皇天后土也不会辅助不义之人。这是自取灭亡,恶行实已昭然若揭。我奉主命前来,与其空手而归,莫如取下你颈上的头颅,作为孝德带回去的礼物,好面谒主君。你休得逃走!"仆从们在左右跟着,大辅提枪头也不回地冲入敌军之中,纵横地厮杀起来。金碗大辅主仆只有八人,已下定必死的决心,无论对方怎么箭射、刀砍都在所不惧。你追我赶,你砍我杀地浴血奋战了半个时辰,敌人被砍倒三十余骑,横尸路上,自己一方也有七人丧生。虽只剩了大辅一人,还是一步不退,想与讷平拼命。他在敌军中到处寻找,但因被敌军阻隔,终于未能如愿。诚如贤者所云:君子可欺而不可陷。义实乃盖世无双的良将,以仁心爱护民众,以信义结交邻邦。而景连极为奸诈,欺骗有方。君子如对可欺以其方有所怀疑的话,那就不配称为君子了。义实有君子子产之才,自然也会受骗,这不是很自然的吗?

第九回　**破盟誓景连围两城**
　　　　信戏言八房献首级

　　却说安西景连用欺骗的手段留住了金碗大辅,偷偷地部署军队快速推进到里见二城。一队二千余骑由景连亲自率领,把泷田城的四门团团围住,不分昼夜地攻打。另一队一千余骑以芜户讷平为大将,围住堀内贞行驻守的东条城,想一举攻下两城。攻势甚猛,围得左三层、右三层的,如同风吹的稻浪和芦苇,其势如破竹。这时,里见的两城中军粮奇缺,百姓疲于荒年之劳役,尽管一再督促守城,却不愿从命,只是吃惊地观望。但为了报答国主之恩,不顾一切舍命杀敌的勇士猛卒却也不少。虽然竭力防守,但主客的势力悬殊,军粮断绝,已七天未进食了。士兵们实在忍受不了,便每夜偷偷越过城墙,寻找被射杀的敌人尸体腰间所带的军粮充饥。或者把军马杀了,也有吃死人肉的。义实十分忧虑,召集杉仓木曾介氏元等和众士兵说:"景连是表里不一的武士,弃义毁约,十分奸诈是众所周知的,但这并不可怕。他率两郡之师攻我两城,我们也可以二郡之师迎击。纵然不能稳操十二分胜券,也可势均力敌抵抗下去。但是因我无德,五谷不收,城内仓廪一空,外有敌人大军兵临城下,胜负未分已力量殆尽。即使有一百个樊哙,也不能饿着肚子杀敌。我义实只有一个想法,就是牺牲我个人,不忍心看着城中所有的士兵被杀害。今晚大家都乘着黑夜从西门逃跑,好歹保全性命。那时我在城里放火,杀死妻子后,我便自尽。二郎太郎也要赶快逃走,如此这般。"详细地作了布置。众人听了说:"虽是命令,但受您之禄方得养活全家老小,岂能临难便苟且脱逃。只图有口气夜袭敌营,和强敌拼杀以报恩于黄泉下,除此之外别无所求。"异口同声地这样回答。义实虽然再三地耐心劝说,大家怎么也不愿听从。这时,义实之子二郎太郎义成已十六岁,在旁边静听着,感到父亲的仁爱,士卒的忠诚,争论起来难以休止。于是他看看父亲的神色说:"我弱龄无知,不应在大人面前陈述己见,请恕我冒昧。天时不如地利,地利不如人和。城中虽已粮尽,士卒面临饥饿,但无人想脱逃而人人想死,与其说是德,莫如说是为了报恩,这不是和之所致吗? 人之性是善的,即使是进攻的敌军,也会知晓善恶邪正的。另外,军粮虽已断绝,如每日升起炊烟,敌人就想不到我们已经断粮,他们惧怕父亲的武勇,不敢贸然进攻。由此可以设想,我们如找个嗓音大的登上城楼,对敌军宣布景连无道的罪状,撕毁盟约,恩将仇报,起不义之师等等,士卒们会忽然醒悟感到惭愧,失去攻城的斗志。那时从城中出去,敌军一触即溃,是定会取胜的。不知这个意见如何?"分析得十分清晰合理,大家都甚是钦佩,同意这样做。义实心想,无妨一试。便找出几个声音大的来,数说景连的不义,谴责他的罪行。但是这些天声音大的人都已经饿得奄奄待毙。城高壕宽,就是使出全身力量张着嘴、红着脸,心想责骂,而敌营也听不到。最后还是以泪洗面,喘息不已,劳而无功,未能奏效。

为使士卒脱逃,义实继续殚精竭虑地想办法,但是无论如何想也没有可轻易退敌之策。义实不敢再想下去了,觉得也许不会到那种地步,就信步到园中去徜徉。爱犬八房看到主人,摇着尾巴走来。但因长期挨饿,脚步也不断踉跄,肉陷骨凸,眼塌鼻干。义实用右手摸着它的头说:"你也饿了吧! 为了解救士卒免受饥渴,脑子聚精会神无闲功夫,把你也忘了。人虽有贤愚之别,但人是万物之灵,都有智慧,服从教导、遵守法度、知道礼义,所以能禁欲,能控制感情,想到饿死乃是天命和时运,也就不再去想了。但是畜生没有智慧,不明教导、不知法度、不晓礼义,也不知道禁欲。在主人的豢养下度过一生,也不知道为什么挨饿,为得到吃的就摇尾乞怜,也甚为可怜。畜生实不知羞耻,虽十分愚蠢,但也并非无过人之处。譬如狗不忘主人,鼻子灵敏,善于辨别气味,这是天生的优点,是人所不及的。因此我想起了古歌中慈镇和尚的一首歌:

深情关怀人际稀,狗且永不忘主人。

我今问你,汝可知主人对你的十年之恩吗? 汝若记得,就潜入敌营,咬杀敌将安西景连,就把我们城中的将士从死亡中解救出来了。那样将是一件奇功,能办到吗?"这样微笑地问。八房昂首仔细端详主人的脸,似乎懂得主人的意思。义实更感到它怪可怜的,又摸摸头,抚抚背说:"你要努力立功! 那样鱼肉给你吃个够。"这样说了,它佯装不睬,似乎不大理喻的样子。义实又接着戏弄它道:"那么给你个官做? 或是给你块领地? 如果官职或领地都不想要的话,就做我的女婿,把伏姬给你做妻子好吗?"这时八房摇摇尾巴,抬起头来,目不转睛地盯着主人的脸,汪汪地吠叫。义实哈哈一笑说:

"伏姬也和我一样很喜欢你,定会同意,事成之后就做我女婿。"八房听了将前足屈起,作叩拜的样子,叫的声音也极为凄凉。义实感到很扫兴,自言自语说:"不,这个玩笑未免开得太过分了。我怎能随便出此戏言。"于是就到后边去了。

　　那天夜里,大将和士卒们都下定决心为主捐躯,这是今生今世最后的一宵了。义实也在天黑之后,暂到后堂把夫人五十子、女儿伏姬、儿子义成,以及老臣氏元等召集到身边赐酒,可怜长把的酒壶竟连一滴酒也没有,就以水代替。拿出点带着树枝的野果来当菜肴,那野果也多半被虫蛀了。若在平时,这些东西连下人都不肯吃,这时竟成了很珍贵的东西。席间非常冷寂,只是随便闲聊,或谈些未来的事情。对决一死战之事只字不提,但是主仆们都已下定必死的决心,勇气十足。在这最后的时刻,泷田将军想到即将永别的妻子和儿女,虽没有哭出声来,但也暗中落泪,女官们想到主公的心情,都忍不住泪如泉涌,一同哭了起来,氏元等也一同慨叹。为了最后留念,互相看了看,七天来一粒粮食也没吃,人都瘦得眼窝塌陷,颧骨突起,虽尚未死,面容憔悴枯槁,犹如土灰。"今夜初十的月亮一落,便立即出击突围。"将士们早已接到这个军令,士兵们也各自聚集在一起,以水代酒,推杯换盏,想到铠甲袖上降落的寒霜,如同水中映照的星光一样,即将失去,不久自身也将消逝,感喟不已。在无限慨叹中已是丑时三刻。"时刻已到。"义实父子赶紧披上铠甲,拿起明亮的太刀、长刀,微风送来清晰的远寺钟声,乃诸行无常的声音。

　　这时外面听到犬吠声。义实侧耳倾听,很像八房的叫声,说:"声音有点奇怪,大家没听见吗? 出去看看!"答应一声:"领命。"便有二三个人站起来,在走廊上举起火炬,喊:"八房! 八房!"回头一看,一颗血淋淋的人头放在走廊边上。八房把前足放在踏脚石上,目不转睛地守着那颗人头。"这究竟是怎么回事儿?"探看的人惊慌失措地跑回原处,如实地禀告义实。男女主仆们听了无不感到惊奇,其中氏元回头看着那几个人说:"饿了吃人的死尸也是狗常有之事,它叼来这颗人头是想给人看看,不是一看便知吗? 这里有女眷〔指五十子和伏姬〕在座,赶快把它轰走。"那几个人将待出去,义实把他们叫住说:"狗在那里也无妨,它饿了就随便伤害我方的尸体,也不能置之不理,我亲自去看看。"说着就出去了。氏元等随往,自不用说。男女内侍吵嚷着,有的拿着蜡烛走在前边,有的跟在主人后边,都挤在走廊上,看那颗人头。义实皱着眉头说:"木曾介! 你看出是谁么? 虽然沾满了鲜血,看不大清楚,但很像景连,冲洗了看看。"氏元也感到有些诧异,到净手盆边用勺子舀了点水,反复地冲头上沾着的血污,洗了又洗,主仆再一看,说:"果然不错,是敌将景连的首级,看清楚了。"这样一说,众疑皆消。虽不知其缘故,但都羡慕这条狗建立了人所不及的战功。当下义实慨叹说:"有这等奇事,事先不是没征兆的。现在回想起来,都是因为我反复地想,怎么才能拯救这些想舍身为国的士卒,但是怎么也想不出好办法来。闷闷地到花园去,看到八房饿得十分可怜,就对它说:'你如能潜入敌营咬死景连,拯救了城中数百名士兵,我就每天拿鱼肉让你吃个饱。'但它毫无喜色。我又说:'那么就给你领地,封你官职。'它还是没有喜色。当我说:'不然就将平素爱你的伏姬许配给你吧。'这时候八房高兴得摇着尾巴,叫声也和平素大不一样。我自言自语地说:'虽是戏言,也不该随便开种玩笑。'然后就到后堂去忙着召集大家共议决战之事,把这件事就忘到一边儿去了。可是狗却没有忘,把我的戏言当作了真话,于是潜入了敌营,轻易杀了率领三千人马的大将景连,并衔回了他的首级,这真是不可思议的。真离奇!"把八房唤到身边,不住地赞叹。氏元等更是惊讶得咋舌称赞说:"畜生立了胜过人的大功,这都是主君的仁心德义之所致啊!但也是神佛的保佑。"

这时探马从院门走来禀报说:"敌营似乎有变,突然慌乱喧嚣,火速出击,必胜无疑。"义实听了说:"果真如此,机不可失,当立即出击。"赶忙站起身来,传令各队大将要亲自袭击敌营。冠者义成出班奏道:"景连既然已死,即使敌人是重兵,也易于驱逐。因此大人您不可轻易出阵,以免有失体面。有我义成再加上氏元足矣。请大人准奏。"说着跑出院门,牵来一匹瘦马,跳起身来跨上去。氏元鼓舞士兵说:"发生了如此这般的事情,要火速进攻景连。如有踯躅不前者,还不如狗。要立即出击,前进!"这样一喊,三百余骑分作两队,义成从前门,氏元从后门进攻。哗啦一声城门大开,冲入乱作一团的敌营,气势胜过往日百倍,如入无人之境。敌军斗志顿消,逃亡过半,余皆投降。到了天明,多日来郁闷的人们,都转危为安,转忧为喜了。义成和氏元把堆积如山的敌军余粮搬入城中,向义实禀告了作战的情况。将降兵全都释放,交氏元统率。这天清晨,真的升起炊烟,可是对被围困的士兵,每人只给米粥一碗,因为久饿暴食有突然丧命的危险。另将军粮的一半分给百姓,以解救一时的饥渴。众皆拜伏领受,充饥活命,其状犹如辙鱼之得水。

却说攻打东条城的是安西景连的老臣芜户讷平等,虽然将城左三层右三层地紧紧围住,昼夜攻城,但这里有比泷田城多半个月的存粮。贞行从被围之初就想打退敌人,好去增援泷田城,所以在雨夜或风夕便去夜袭敌营。虽再三做了尝试,怎奈敌我兵力悬殊,敌方势众,虽时有小胜,但终不能如烈风地尽扫尘埃。敌军又增加了新兵,便挽回了颓势。这样一直坚持到景连被杀、顿时解除了泷田之围的时候,义实之嗣子义成以杉仓氏元为副将,率大军来援。这个消息不翼而飞,城兵闻之,斗志焕发,比往日陡增百倍。而敌军一听则乱作一团，起初讷平还佯作不知，一边责骂一边鼓舞士气，到最近两天，风声则越来越紧。感到这绝非谣传，所以更加恐怖慌张，讷平背着军兵，带了几个亲信，趁黑夜逃走。天明后围城的敌军知道主将已经逃跑，众皆面面相觑，咒骂这个不争气的主将。但除了干生气，毫无办法，将士们共同商议，派使者进城表明意欲归降。贞行为将此情况报告给泷田将军，派一名使者骑马去了。这个使者同从泷田来报告胜利消息的士兵在途中相遇，于是上使来到东条，告知景连已毙命等情况。另外以嗣子义成为大将，以杉仓氏元为副将，不日即将出兵，是为了扫清当地之残敌和攻占馆山和平馆二城。贞行谨领君命并再派使者去祝贺胜利。

在盼望义实嗣子义成出兵之际，早就仰慕义实之德的安房和朝夷两郡的士庶良贱，听说景连已死，立即跑到馆山和平馆两城歼灭其守将，斩获了芜户讷平等的首级，由数十名老者带着来到东条城，义成和氏元也来到了。贞行等忙共同修书将情况飞报泷田城，献上了讷平首级。义实召见从安房、朝夷来的人，赏了不少东西，并给嗣子义成和氏元等降旨，令其驻守馆山和平馆两城。这样一国四郡就都由义实统辖，其威德如旭日东升，恩泽如及时雨般滋润。奸邪逃走，善良安居，从此路不拾遗，夜不闭户，风波不起，邻国武士免动干戈，彼此相安无事。足利持氏的末子，成氏朝臣回到镰仓执掌政权已有多年，这时给泷田下书称赞他平定一国之功。同时也传到了室町将军那里，将军封里见义实为安房国主，并加封为治部少辅。义实非常高兴，派使者到京都和镰仓去献上了各种礼物。〔持氏之季子叫成氏，嘉吉三年任长尾昌贤执，后被请到镰仓任管领。经过十余年，因故成氏不能留在镰仓。康永年间移住下总的浒我（古河）。计算年序可能是这一年之事。成氏之事见于《九代纪》，此后

无记载。〕

这样普天同庆的欢乐虽然连日不断,义实却想起了一件心事。这就是有关当初派往安西去借粮的金碗大辅之事。心想:"他虽年纪尚幼,但绝不会乖乖地束手就擒。不知他是误中奸计受了害,还是因寡不敌众丧了命? 不然的话,现在也该回来了。我不意开创基业,享受富贵,全凭他父亲的帮助,而且在其父临终时曾许诺任其子为长狭之郡司,做东条城主,这个诺言尚未付诸实现。更使我心中深感不安的是,连尸首也没有发现。就是伐木割草也要弄清他生死存亡的真相。"虽曾四面八方派人到处询问,但就是没有他的踪影。

不久义实考核每个老臣和士卒们的功勋。论功行赏,增加领地或晋升官职。首先确定八房是第一个有功的,早晚的饮食、起居的房舍被褥,自然都是最上等的,并设了专职的饲养人在前后陪伴着,这种宠爱是耸人听闻的。但是八房低着头,耷拉着尾巴,不吃也不睡。在那天晚间,它将叼来的敌将景连的首级,放在走廊旁站着不肯离开。看见主君出来就把前足放在走廊上,摇着尾巴用鼻子哼叫,好像有事乞求。但是义实也不明白这是何意。亲手把鱼肉放在盛食品的木盘里喂它,可它连看都不看,还是不住地乞求。这样的情况连续数次,义实也大概猜到了狗的心思。是否因为我许诺的那件事情? 想到这里,突然对狗失去了宠爱,就不再到走廊附近去了。并让饲养者把八房牵到远处去。八房并不听从饲养人的约束,狂吠乱叫,最后把锁链也挣断了,甚至咬倒了阻挡它的人。它跳上了走廊,在屋子的尽处,到处奔跑。追它的饲养人隔着外人不得入内的一道门,伸手喊叫:"那儿! 那儿!"连男人都驯服不住的狗在狂吠乱叫,女侍们更是一窝蜂地乱作一团,吓得不知所措,站在那里乱叫。狗往那边跑就向这边逃,狗往这边追就往那边跑。好像人和狗都疯了,把拉门和隔扇门都推倒,叫着、喊着不觉追进了伏姬居住的后堂。

这一天,伏姬无人服侍,一个人在书案上阅读《枕草子》,正看到一条天皇的爱犬翁丸失宠而被天皇遗弃后,又得到赦免回到天皇身边的故事,情节十分有趣,羡慕清少纳言的才华,自言自语地说:"只有古代才有这种事情。"正在反复阅读心醉神迷之际,听到侍女的喊叫,似乎有什么从背后跑来,快速如飞,把立在屋内的筑紫琴横着撞倒了,猛然趴在自己的衣襟上。她"哎呀"地惊叫一声,回头一看竟是八房。其神色和往常不一样。"是病了么? 真讨厌!"用手把书案推开想站起来。可是狗在趴下的时候把前腿伸在她的长袖子里边,站不起来。真是养了十年的畜生,长得如小牛犊似的,是条有劲的老狗,被它压在身下动也不能动,就不住地喊人。老女仆、小待从、女童等应声跑来,看到这种光景,更吓得不敢上前。用提着的笤帚咚咚地敲打草席,吓得哆哆嗦嗦地呵叱着想把它赶跑。八房瞪着眼睛龇着牙,哼叫的样子越发凶猛可怕,侍女们无不丢下笤帚往后退。义实知道了,提着短枪走来,站在门口斥退了惊慌失措的女童,急忙进去,说:"你这个畜生,赶快走开!"把提着的短枪往前一伸想轰它出去。可是八房一动也不动,向上瞪着眼、龇着牙,吼叫得更凶,好似要咬他的样子。义实勃然大怒,厉声叱责道:"对你这不懂是非道理的畜生说也好似没用,爱护你的主人你总该认得,不知道的话,就让你知道知道!"重新调转枪头想刺死它。

这时伏姬用身子挡着,对父亲说:"请父亲大人且慢动手。以您这样高贵的身份,怎能和放牛童一样呢? 亲自动手责打畜生,不是有失体面吗? 女儿有一言启奏,请您就饶恕它吧!"一边说着一边擦去眼睛上的泪珠。义实收回了将待刺过去的短枪,催促说:"你有什么特别要说的谏言,赶快说吧。"伏姬收住了流下的泪水,正言厉声地说:"虽然是女儿不该多嘴的事情,无论古今和汉,圣明之君有功必赏,有罪必罚。若有功不赏,有罪不咎,其国必亡。譬如这只狗,有功不赏而无罪受罚,不是太可怜么?"义实闻言说:"吾儿之言错了,消灭了强敌之后,立即为狗设专人饲养,食以珍馐美味,袝赐锦绣绫罗。这能说没有赏么?"这样一责问,伏姬抬起头来说:"纶言如汗,君主之言,一旦出口就收不回来。另外君子一言驷马难追,见之于经典,也引用在一般的书中。可悲的是父亲为消灭景连,拯救士卒的饥饿,不是选这个八房为女婿,将我许配给它了么?纵然那是一时的戏言,一旦说定就再也追不回来。因此狗所乞求的恩赏是主君随意答应的。它立了大功后就立即爽约,认为代赐以山珍海味和锦绣衣裳就够了,若是人的话,一定感到委屈怨恨。畜生立了胜过人的大功,把我许配给它,这都是前世的因果报应。为了国家,为了后世,就牺牲您的女儿,让她活着做畜生的伴侣,这样以便做到为政不苟,取信于民,好使国家能够长治久安,永远昌盛。如背信爽约,人们会说与景连何异?"一个浅见薄识的女子,在这个重要的关头,理智清醒,无一丝杂念,这种高超的品德怎不令人慨叹。她已下定决心割断父女的恩爱,做人子的主动要求让父亲抛弃她,甘心跟随异类,这样的少女寻遍大千世界也是独一无二的。她苦苦地哀求,衣袖上散落着露水般的泪珠,这就更平添了令人悲伤的秋意的凄凉。义实默然听着,不断叹息。无力地哗啦把枪丢了说:"都是我错了。法度是上之所制,上犯则下犯,是大乱之基。我实无心将女儿给八房,虽然无意,但是已经说出来,出我之口入它之耳。即使以蔺相如之勇可以取回玉璧,但是嘴的过失已不能挽回。现已走到灾祸的门口,狗成了我的身仇,仔细想想过去,不是没有征兆的。这个孩子在年幼时为了向神佛许愿，曾偷偷去过洲崎的石室，在其途中遇过一个老人，见到伏姬就招手说：'这个孩子多病、日夜啼哭都是鬼魂在作祟。说详细了唯恐泄露天机，从伏姬这个名字就可以领悟出来。回去就将此事告知主君吧。'这个女儿是嘉吉二年夏季伏天生，因而以三伏之义取名伏姬。让从这个名字去推断，可是左思右想也想不出什么缘故来。这里并没有像汉末杨修那样嘲笑曹操还比他相差三十里的有才之士，问谁去呢？等了许多年，今天偶然解开了。伏姬的伏字是人从犬，这个殃厄不是自襁褓中便确定了么？可以说是名诠自性。如此深怀仇恨作祟不止的怨魂究竟是谁虽不得而知，但姑且推断莫非是定包之妻玉梓么？那个淫妇害了她的主公，又驱逐了忠良，据说还有不可告的隐情。但是我曾一度想饶她的性命，然而未被赦免。她对我未能报复是否便来为害我的女儿，以报此非理之怨。再说这只狗，据说没有母亲，是狸子哺养的，狸子的异名是野猫，又称作玉面。玉面的和训（日本读音）是"たまつら"，和玉梓的读音"たまづさ"颇接近，也令人疑忌。头脑伶俐的人会想到狸这个字可从里从犬，就是里见之犬的标志。本来可以想到这里，不该豢养它、溺爱它，天道是盈则缺，不正是那个老翁所教导的吗？现在怎样后悔，已无济于事。为了畜生，抛弃女儿，留下耻辱，即使征服许多土地，得到永世富贵，又何乐之有？真是羞愧难当。"这样地说明道理，表述心地，感到万分惭愧。在身旁的侍女们情不自禁地忘却了方才的恐怖，泪如泉涌，一起哭了起来。被侍女们这样一哭，伏姬的痛苦心情得到一点舒展，安慰他父亲说："连侍女们都这样悲伤难过，何况是生身之父呢？悲痛难禁是可想而知的。我有这样的不幸，也是自己的罪孽深重。然而我伴随鬼畜，如能使您的旨意不折不扣地得以施行，那就权当没有我这条生命吧。人之发肤，受之父母,怎能随便让别人玷辱呢?这一点请您放心。"说着羞怯得低下头去。义实听着,不住地点头说:"你说得很好,想到远在异邦有高辛氏槃瓠的故事,所言颇似我今天烦恼的境遇。另外在干宝的《搜神记》中,上古时代有位大人远征在外许久未归,其妻去世后只有一个女儿,据说年方二八,其家有匹公马,这个女子每天想念父亲,就对那匹马说:'你能将我父亲驮回来,我就嫁给你。'这匹马挣断缰绳就跑得无影无踪了,过了些天,果然将其父驮了回来。那匹马嘶叫着似乎有所求,父亲奇怪地问女儿,女儿如此这般地据实回答。事不宜迟,父亲就偷偷地把马杀了,将剥下的皮挂在房檐下。女儿看到了马皮说:'一个畜生竟向人求婚,怎不早点得到报应?现在变成了皮还想娶我吗?'这样地咒骂。那张皮突然落下来,紧紧裹着那个女人,一阵风就飘到半空中。次日在桑树上挂着她的尸体。其尸体腐烂后生了蛆,便是蚕。显然这是难以置信的事情。它是中国从魏晋时流传下来的小说。她信口开河,不仅爽约而且将马杀之,虽其貌是人而其心还不如禽兽。我如果也乘一时之怒,将八房杀了,岂不和《搜神记》中那个上古的人一样吗?但是时不凑巧,义成、氏元等早已派往馆城驻守,另有贞行现在东条城,都不在身边。除他们以外,这些内情不能对任何人说。是好是坏都在于个人的心术,吾意已决,八房你听着!起初虽是戏言,但你却完成了我所说之事,立下大功,那么就将伏姬许配你为妻。你且退下等待,去吧!"这样一催促,八房仔细看了看主人的神色,这才起身,抖抖身躯,慢慢地走出去了。

〔援引事实〕昔高辛氏,有犬戎之寇。帝患其侵暴,而征伐不克,乃访募天下,有能得犬戎之将吴将军者,赐黄金千镒，邑万家，又妻以少女。有畜狗，其毛五彩，名曰槃瓠。下令之后，槃瓠俄顷衔一头泊阙下。群臣怪而诊之，乃吴将军首也。帝大喜，且谓槃瓠不可妻之以女，又无封爵之道。议欲报之，而未知所宜。女闻以为皇帝下令不可违信，因请行。帝不得已以女妻槃瓠。槃瓠得女，负而走入南山石室中。险绝人迹不至。经三年，生六男六女，槃瓠因自决妻。好色衣服，制裁皆有尾。其母后以状白帝，于是迎诸子。衣裳斓斑，言语侏离，好入山壑，不乐平旷。帝顺其意，赐以名山广泽。其后滋蔓，号曰蛮夷。今长沙武陵蛮是也。①

又北，狗国，人身狗首，长毛不衣，其妻皆人，生男为狗，生女为人云。见《五代史》。

---

① 见《后汉书·南蛮列传》，《搜神记》等书记载，文字略有出入。

第十回　孝德犯禁丧一妇人
　　　　伏姬裂腹走八犬子

　　义实夫人五十子经人告之八房的情况,大吃一惊,忙披衣来到伏姬居住的闺房,见到侍女们挤满了门口。治部少辅大人〔义实〕也在室内,伏姬安然无恙,狗在父女之间,父女正在问答中。夫人想把话听完,悄悄地听着,潸然泪下。全然不知的侍女们,为了让狗出去,突然向左右让开通道,夫人来不及躲避,跑进去趴在伏姬身上放声大哭。义实深感惭愧,只是看着而默默无言。伏姬抚摸着母亲的背说:"您都听见了么? 不要太难过。"在她的安慰之下,母亲抬起头擦擦眼泪说:"我若没听到,怎能这样悲伤呢? 伏姬呀! 你是个贤惠的女儿,为了使你父的旨意表里如一,赏罚之道公正严明,你竟毁名舍身。这虽是对父亲的孝行,但谁能赞许这种悖理反俗的行为? 人生在世,无有不为父母着想的,你就不体谅母亲的苦情么? 那样就太狠心了。你年幼多病,母亲费尽心血将你哺养成人,出落得这么标致,如花似月,怎能白白牺牲了你,而不悔恨呢? 这都是鬼怪在作祟,使你迷了心窍,赶快醒醒吧! 多年来祈求神佛的保佑都没用了吗?"一面告诫,一面哭泣。母亲的反复责备和她那慈祥的心,使伏姬也不禁掩袖哭泣说："听到您的这般教导，女儿更感到罪孽深重，不顾父母的悲伤，到后世定会留下恶名，并非不感到悲痛。然而这是命运的安排，实难逃脱的报应。请您看这个！"用左手轻轻取下颈上挂着的念珠放在右手上，说："我在年幼时，有个奇怪的老翁，也许是役行者的化身，他赐给我的这个水晶念珠，我一直带在身边。在计数的珠子上有仁义礼智忠信孝悌八个字。字既非刻的，也不是用漆写的，好像自然出现的。这些年虽用手磨，也未消失。可是在消灭景连时，突然发现仁义等八个字不见了，而出现了不同的字。从那时起我就挂念起八房来，这大概是个奇怪的前世注定的报应吧！我的悲伤不是从现在才开始，曾多次想等到时候一死了之。可是手攥着刀又想到，不行，这一世的罪孽如不在这一世解决，则会带到来世，永无完结之日。我如同暴风雨中的落花，命运如何就由神佛和父母去决定吧。所以才等到了满目凄凉的这个浮世的秋天。您如能体察到这些，怨恨就会立即消灭，就请您不要悲伤啦！您就把白白疼爱了十七年的女儿，不当作您的女儿，而当作前世的冤家吧。如果现在就断绝母女的恩义，我们一刀两断，就让我一个人去蒙受耻辱，也是为了来生得好报。即使置身于弥陀手中的芒草之下，也希望佛能保佑消除罪孽，不再使后世感到遗憾。我只有这一个请求，就答应我吧！请您看看它。"递过去的念珠上还留着泪痕。还未从百八烦恼的迷惘中解脱出来的母亲，用怀疑的目光凝视着伏姬的脸儿说："有这等事？为何不早告诉父母？那个念珠上出现的是什么字？"这样一问，义实立即要过去，反复仔细地看了看说："五十子，你就不必悲伤了。仁义礼智的字已经消失，出现的是'如是畜生发菩提心'八个字。这样想来，人有八行五常，而菩提心，一切众生，人畜都不能没有。因此女儿的业因，今生如在畜生的引导下进入菩提之道,来世也就如意了。真是富贵荣辱,人各有其果。从女儿十五岁那年的春天起,邻国武士、各处的大小诸侯或为己、或为子,不知有多少人来提亲,我全都没有答应。今年想让金碗大辅做东条城主,并将公主许配给他,以报答有功拒受封赏而自杀的孝吉。由于说错了话,将爱女许给畜生是果也是因。五十子大概很恨我,那你就好好看看这念珠上的文字,自己去领悟吧!"虽然这样恳切地安慰开导,但她还是不能消除内心的痛苦,泪流如注,声音颤抖。她知道不能总这样下去,伏姬今晚就要走,在忙着做准备。伏姬不愿活着再回来,只说了声:"就此告别了。"丢掉玉搔头,只穿了一件白小褂,把那串念珠挂在脖上,只带了一些纸笔和一部《法华经》,其他什么也没拿。把护送的随从也辞掉了,一个不带,她不知往何处去,只是跟着八房走,心想:"所到之处则将是我死的地方了。它如不离开这里,我也活不过今宵。"她下定这样的决心走了出去。时已将近黄昏,母亲五十子舍不得女儿,拉着她的袖子,哽咽地哭泣,多年伺候她的侍女们,也三个一群两个一伙地抱头痛哭,但又有何用?这时伏姬不想同大家一样泪湿衣襟,强忍着悲痛,安慰、辞别了母亲,由侍女们送到了外边。

这时,早已日落昏黑,透过后园树林间的月光皎洁明亮。八房早已在走廊下边等候公主出来。于是公主走到那只狗的身旁,对它说:"八房,你听着!人有贵贱之分,婚姻要随其分,皆以类为友。因此即使是十分下贱的屠夫和乞丐也没有以畜生作丈夫,给它为妻的。何况我是国主之女,不是一般平民之女。现在为了你这个畜生,舍掉生命,大概是由于前世的业报。但也并不尽然,主要是为了兑现家父的诺言。你若不辨此理,只是想满足情欲,我这里有短剑,先杀了你我再自尽。另外,即使你以一时之诚心陪伴我,也要分清人畜的界限,如能割断恋慕之欲,你则是我走向菩提之路的带路人。那时你走到哪里我就跟你到哪里。你办得到么?"倒握着短剑问它。狗似乎懂得,显出很高兴的样子,突然抬起头来,看着公主长吠一声,好似在对天鸣誓。伏姬把剑收起来说:"那么就走吧!"八房走在前边,越过折叠门、中门和西门,伏姬跟在后面,慢慢向前走去。后边可以听到母亲和女官们的哭泣声,义实也遥远地目送着她。中国的昭君下嫁胡国,与之相比其怨恨之深和难以言喻的别离之情也大有逊色。

伏姬虽曾辞去了护送她的随从,但是义实和五十子都对途中很不放心,悄悄派遣蜑崎十郎辉武带领不少壮士在后边跟踪而不让她发现,等其回来报告。这个蜑崎辉武原是东条的乡间武士,先在杉仓氏元的手下,因献上麻吕信时的人头立了军功,被调到泷田做义实的近侍,已有一年。义实便选他前去跟踪,辉武骑着马带领士兵,距离一百多米在后边跟着。八房出了泷田城,便将公主驮在背上,向府中的方向跑去,比飞鸟还快。辉武唯恐跟不上,频频策马加鞭,士兵们气喘吁吁地流着汗水追赶。走过几条路,来到犬悬里时,士兵被远远抛在后边,跟随辉武的只不过一两个人。马是好马,骑马的也是好手,怎能迷失了跟踪的对象?跑了一夜,在拂晓时不觉进入富山的深处。

富山是安房的第一高峰,与伊予山不相上下。攀登其山巅可看到那古、洲崎和七浦的海浪。山中全无人家,巨树参天,枝叶茂密,下边非常阴暗。荆棘掩盖着樵夫行走的山路,苔滑雾深。山路上马累倒了,于是十郎辉武就和两个士兵喘息着奋力往上攀登。山外有山笼罩在云层之中,遥远地往上一看,伏姬身背着经卷,膝上放着笔砚,坐在八房的脊背上,已越过溪流,还在向深处前进。辉武等好容易来到河边,但水深流急,似乎难以渡过,遥远地赶到这里,怎能被一条河挡住就失掉跟踪的目标回去呢?辉武急忙跳到水里,试探着涉水渡河,想拄着棍子往前走,可是被水流横着冲倒,撞到石头上,头都撞碎了,尸首被滚滚的溪流冲走。蜑崎辉武是海边人,水性本很好,可就这样悲惨地被冲跑了。士兵们看到这种情景,都不禁吓得咂嘴咋舌,回到山下与落在后边的士兵一起,第二天夜里回到泷田城,将情况禀告义实。义实没再派人前去,只是晓谕全国,作了一个严厉的规定:即使是樵夫或烧炭翁也不许攀登富山,如有进入该山者,必处以极刑。另外对蜑崎辉武的不幸身亡深表哀悼,起用其子在宫中任职。尽管如此,五十子更加对伏姬之事放心不下,谎称派人代替她去参拜行者的石窟,每月悄悄派老侍女去富山,打听伏姬的去处,想知道是否平安。但是因为蜑崎辉武被冲走,老侍女未敢到溪流的那边去。河的彼岸总是云雾弥漫,什么也看不到。老侍女们犹如拍打海岸一来一去的海浪,徒劳往返,不觉已过了一个月。

这且不提,却说金碗大辅孝德受了安西景连的欺骗,竟不知敌人早已围困泷田。待有所发觉赶回去的途中,又遭到讷平等的追击。与占优势的敌人浴血奋战,随从们全都战死,只身一人脱离虎口,好歹回到泷田。安西的大军到处都是,正在围攻而未得进城。心想能够助堀内贞行一臂之力也好,便赶赴东条。但那里也被芜户讷平等的大军包围,无异笼中之鸟,也轻易进不了城。"早知道是这样,还不如在泷田,单人匹马与敌人战斗,背城决一死战。现已追悔莫及,既未能完成出使的重任,又未能为主君冲锋陷阵,待两城解围主君安然无恙,那时有何颜面去见主君?还不如冲入芜户阵中与敌人死战。"但又冷静地仔细一想,自己单人匹马面对数百骑敌军,岂不是比以卵击石还莽撞的行动?就是牺牲了性命,对敌人无损,对我方也无益,实在是不忠的行为。两城缺少军粮,莫如去镰仓向成氏朝臣告急,乞求援兵打退敌军,解救危难。这是挽回所犯错误的最好办法。赶快去镰仓吧！于是由白滨乘船,不到一日来到管领衙门,自称是义实的使者,说明告急求救的来意。因无义实的书信,被怀疑并非真正的使者,借兵之事未成。又过了几天,失望地回到安房。这时景连早被消灭,一国已经平定。大辅心里虽然十分高兴,但也不好意思回去,现在也不便剖腹自杀,只有等待时机再向主君赔罪。在此期间就到故乡上总国天羽的关村,在其外祖父一作的亲戚,一个寻常百姓家暂时栖身。

这样不觉过了一年,对伏姬之事也略有耳闻,说她跟随八房这只狗进到富山的深山里去,安危存亡不得而知。因此其母日夜思念,长期染病在床。听了这些消息,大辅十分震惊,虽说是主君的失言,但让一个高贵的小姐做畜生的伴侣,并传到这里让许多下贱人议论,太令人遗憾了。那只狗虽有冤魂附体,颇有神通,但也并非无法杀掉的。心想,我登上那座山,杀死八房,迎接公主回到泷田,就是不赔罪也一定会饶恕所犯的过失。于是就煞有介事地对亲戚说"去许愿拜社",悄悄地回到安房,带上准备好的鸟枪,进入富山的深处,寻找伏姬的住所。在山里过了五六天,突然发现在雾霭的深处,溪流的那边似乎有人。"哎呀！"地惊叫一声,赶忙抑制着内心的激动,在水边仔细听着,隐约听到女子诵经的声音。

　　作者云:有关八犬士之缘起一段,原拟于第一辑卷五之末记述。此已揭示于卷首第十回之标题中。不意叙写故事时较预计为长,因每卷页数已确定,故今不得完结此段内容。动笔前书商于卷数本有规定,页数亦有限制,若每辑超过规定则不便销售。此要求碍难推却。故余稿移至下卷,定于明年续出。大约记述至此粗陈梗概,仅为这部小说之开端,此后略谈八犬士之家世,嗣后又经多年,八子降生于八方,时有聚散与相约,终成里见之家臣。八人之列传或前或后,有长有短,现尚未熟虑及此。经年累卷方得完稿,将如予之前著《弓张月》,祈读者谅察。时文化甲戌之秋九月十七日,搁笔于鸟屋。

《八犬传》第二辑序

稗官新奇之谈，尝含蓄作者胸臆。初考索种种因果，无一获焉，则茫乎不知心之所适，譬如泛扁舟以济沧海。既而得意，则栩栩然独自乐。视人之所未见，识人之所未知，而治乱得失，莫不敢载焉，世态情致，莫不敢写焉。排纂稍久，卒成册。犹彼舶人漂泊数千里，至一海岛，邂逅不死之人，学仙得货，归来告之于人间也。然如乘槎桃源故事，众人不信之。当时以为浪说，唯好事者喜之，不敢问其虚实。传迨数百年，则文人诗客风咏之，后人亦复吟哦而不疑。呜呼，书也者实不可信，而信与不信有之。自国史绝笔，小说野乘出焉，不啻五车而已，屋下架屋，当今最为盛。而其言诙谐，甘如饴蜜，是以读者终日而不足，秉烛犹无饱焉，然益于其好者几稀矣。又与夫烟草能醉人，竟无充饮食药饵者无以异也。呜呼，书也者实不可信，而信与不信有之。信言不美，可以警后学；美言不信，可以娱妇幼。傥由正史以评稗史，乃圆器方底而已，虽俗子固知其难合，苟不与史合者，谁能信之。既已不信，犹且读之，虽好亦何咎焉。予每岁所著小说，皆以此意。顷八犬士传嗣次，及刻成，书贾复乞序辞于其编。因述此事，以塞责云。

文化十三年丙子仲秋闰月望，抽毫於著作堂南窗木樨花荫。

蓑笠陈人解识

此辑至第二卷伏姬之事已述毕。然第一辑第十回标题〔即：孝德犯禁丧一妇人，伏姬裂腹走八犬子〕应叙者，实即本辑第十三回所写之内容。因前者故事方开端，未及写就，而已届刊行之期，故作者唯将故事梗概预告读者。遂遥遥先于所叙故事，于书前刊载绣像。本拟以七卷十四回作为前帙，然因投书贾之所好，不得已每编五卷，逐年续出。

上述书前绣像中之人物，有些于第三辑各卷方予叙写，如军木五倍二、网乾左文二郎、土田士太郎、交野加太郎、板野井太郎等，即是如此。本拟略作叙述，然因有关八犬士之叙写内容尚未拟定，为搪塞书贾，不唯稿本犹未叙及，甚至故事梗概亦竟未拟就，便一心预作绣像。其后虽有按绣像叙写者，但内容大体相去未远。吾尝悉心尽力整理书稿。然因经抄写、刻版者多人之手，犹有不少讹误，未及校正。此亦为时有之事，乞请看官谅察焉。

马琴再识

第二辑　卷之一

第十一回　　**仙翁梦示富山**
　　　　　　　贞行暗献灵书

　　里见治部少辅义实朝臣，消灭了山下、麻吕、安西等大敌，把紊乱如麻的安房四郡，治理得井井有条，威德及于上总各处，武士们无不臣服。镰仓的两位管领山内显定、扇谷定正〔康正元年，成氏退到浒我后，显定、定正任管领〕也不敢小视，再次奏请京都晋升义实的官职，为治部大辅。虽然连年有这类喜事，但义实因去年受安西景连的进攻，在被围困的危难之际，为拯救士兵的饥饿，故不觉失言，竟将最喜爱的女儿嫁给了八房这条狗，进入富山，至今不知安否。他也从未忘记世人的指责，对此甚感悔恨，却未露声色。那条溪流已将路隔绝，它使父母与女儿音信断绝。手下的人自不必说，但是倘被樵夫或猎人发现，则会比遇到知情的亲兄弟更令人感到莫大的耻辱。因此立即晓谕全国，无论是良贱士庶，或靠山糊口者，一概不准登山，有违此旨者，定斩不赦。作了这个规定后，义实每天所最担心的就是金碗大辅孝德。他去安西景连那里借粮，至今一去未归，不知其生死存亡如何，是中计被擒而丧生，还是已经阵亡？其父孝吉有功不受赏，对其剖腹自杀也未能制止，在其弥留之际曾发誓，无论如何也要让其子做一城之主，并收做女婿，这一切都成了泡影。虽说月有盈亏，而去岁和今年并无异样。前途莫测的是人，命运完全改变的女儿他们，结果究竟会怎样呢？也无法打听旁人。父母对儿女是当事者迷，如置身于一团漆黑中，自己是无法看清的。他一个人苦思冥想，真正是面对百万雄师也在所不惧，兼备智仁勇三德的大将，现在却束手无策，一筹莫展，只是愁眉苦脸。更何况义实的夫人五十子呢？她的眼睛里一直刻记着那天伏姬离别时的面影，终日啼泣。伏姬是否安然无恙？什么时候能回来相见？她无数遍地祈祷神灵，合掌念佛，手指都细了，早晚懒得拿筷子进膳。在身边伺候的侍女和女官，只能讲道理，但不能使她得到安慰。她们暗中商量，索性登到富山深处，说不定会找到公主的下落。于是谎称去代替夫人参拜行者的石窟，几次到那座山中，毫无希望地去寻找伏姬。其中有的心有余而力不足，因山道艰险，到山脚下就回来了。多年在武士之家任事，身强胆壮的，让向导引路虽好不容易登上山去，到了蟹崎十郎辉武被冲走的溪流旁，连向导都不敢涉水过河了。河对岸自然无时不浓雾弥漫，水声隆隆，但什么也看不到。此岸的荆棘虽然开着花，但令人如坐针毡，毛骨悚然，到此就回来了，都没达到目的，只好把情况如实禀告五十子。她不听则已，听了更加想念，公主的患难何时才了！一个人胡思乱想，更增添无限悲伤，身体也日益憔悴，十分可怜。"活在世上的人畜，谁能经受生别离，犹如飞蛾扑火一去不还？想得心焦思乱，还不如死了。"一边唠叨，一边不住地咳嗽、哭泣。由于这样地苦苦思念，终于病倒了。

医生虽有斛火壶冰的高超医术，若想起死回生，也不能功满杏林。验者①虽有神佛合一的灵符,若想驱邪去灾,其法也没有枯树开花之妙,时日持久,病情愈益沉重。这天夜晚,义实亲自到枕边去询问病情。伺候的老女仆对五十子说:"大人来看您啦!"她让女童扶着,勉强坐起来,只是抬头仔细地看着义实的脸。眼眶塌陷,颧骨隆起,默默无言,两行泪水如串起来的露珠,确实已病入膏肓,难以挽救。义实也仔细看着她的病容,频频叹息说:"你今天觉得怎样? 医生说再过四五天就会见好的。对什么事情都要放宽心,要耐着性子养病。"如此安慰后,五十子把手放在膝上摇头说:"不管医生怎么讲,瘦成这个样子,已不会活多久了。我的病是因为谁得的,您是知道的。即使有蓬莱的长生之术、不老之药,又有何用? 无论怎样,我活着能再和伏姬见上一面,对我来说胜似任何仙丹妙药。我这样说,一定会被认为是肤浅的妇人之见,不通情达理。我们的女儿是为了国家、为了父母,才牺牲自己跟着狗进入了深山。如果认为这是少有的心肠、罕见的因果而将其抛弃,则您虽是百姓的仁义之君,但女儿会说您是不慈之父。恕我冒昧,尽管您为了不失信于国人,而抛弃了自己的女儿,可富山在您的管下,属于四郡之地。那么年年月月问问安否,您也亲自去看看,互相安慰一下忧苦,不也是互有依靠么? 不知为何连樵夫、牧童都不准进山。即使那里是妖魔住的地方,说实在的您和她是父女关系,以国主之威德,如果想知道女儿现在山里是否安然无恙,那也是不费难的。不知您是否想这样做? 这是我现在的一点请求。"她既怨恨又在劝解,艰难地喘着气诉说。义实默默地听着,抬起头来说:"你说得有道理,追究其原因,是由于我的失言,抛弃女儿,留下耻辱,我比你还万分悔恨。人非草木,孰

---

① 　验者即有灵验的行者,阴阳师,颇似中国的巫师。

能无情,恩爱的羁绊难断,勒紧的缰绳不易解。我若心猿意马,追逐那只惹人烦恼的狗,误了政事而遭受侵犯的话,本国则将再次发生动乱。虑及于此,才割情断欲而不顾。连山里的人都不准上山,是为了让臣民们知道,我不是为女儿掩盖耻辱,因溺爱而枉法逾规,但使你这样忧伤,着实可怜。待我想办法,让你知道女儿安否,要多多保重!"义实答应了她的请求。五十子说:"那么您想通啦?我若没有病,怎能有这样令人高兴的答复。可不能让我等得太久啊。什么时候告诉我?"义实沉吟了一会儿说:"虽不是轻而易举的事情,但为了你,只要抓紧进行的话,要不了多久就会有喜讯。望你保重身体等候佳音。"义实亲切回答后,就到外面去了。女童们听到了,都高兴得身前身后地跟着远远相送。

却说义实的嫡男安房二郎义成,自去年就驻在真野城,讨伐平定了安西景连的余党后,就在那里治理。听说母亲病危,就让老臣杉仓木曾介氏元守城,来泷田探望母亲的病。义成很有孝心,义实在更深夜静后悄悄地把义成叫到身边,将前后的情况都向他说了:"为使你母亲暂时放心,我已明确答应了她的请求。但辉武就是个例子,那样无人不怕的深山,我打发谁去探听你姐姐?即使派个勇敢胆大的人去,事如不成,不但有损军威,而且还使他在那里白白丧命,所以左思右想十分为难。义成你怎么想呢?"听到父亲这样问,义成跪着向前凑身说:"我也听侍女们说了,能否知道久无消息的姐姐安否,虽是无上的幸运和最大的喜悦,但您的考虑也颇有道理。索性不要选派家臣去,我只有一个姐姐,事关姐弟情义,我义成责无旁贷,愿登上富山的深处,找不到姐姐决不罢休。纵然妖犬有术,能呼风唤雨,迷惑人心,妖焉能胜德?有母亲的慈善作盾,以父亲的武德为铠,手中拿着家传的弓箭,不会有什么意外。您就下令吧!"言词急切,摩拳擦掌,立即就要动身。义实一边抬手制止,一边摇头说:"你这只是血气之勇,不是说智者临事惧而好谋么?父母在,不远游,何况危在眼前呢?我只有你这一个儿子,你是家中的柱石,如果操之过急,酿成过失,则甚为不孝。但我并非怕妖怪作祟才不准你去。你姐姐说一生再也见不到她了,别后已经两年,实在忍受不住,想去看看她。但是这个行动吉凶莫测,正左右为难,不知如何是好。因此不必匆忙于今晚决定,容我再仔细想想,也许会有办法。这件事不要让侍女们知道,以免泄露出去。"经过这番告诫,义成也就无话可讲,退了下去。

　　义实进了卧室,但怎么也睡不着,翻来覆去地想,很快就要天亮了。睡意蒙眬中不知到了什么去处,只是一个人站在富山深处溪涧的岸边。这时一个年近百岁的老翁从身后走来,对义实说:"您想进这座深山,就由我来做向导吧!但是这条河很难渡过。右边有条樵夫所走的小道,从去年禁止砍柴人进山,荆棘长得很茂密,不知哪里是路,所以我已经把树枝折断,把草绾起来,做了路标,从那里走就是没人领着也不会迷路的。大概会达到您的意愿,就请从那里前行吧!"老者这样地给他指路。义实感到很奇怪,想问问名姓,忽然醒了,原来却是华胥之梦。他认为是心里所想之事在梦中幻现而没当回事儿。次日也同往常一样到处去听取民众的诉讼,回到公馆漏刻已近未时。这时,一个近臣从走廊那边走来,恭恭敬敬地叩了个头说:"堀内藏人应召,特从东条赶来。"听他一说,义实紧皱眉头,歪着头想了想说:"我并没有召唤贞行啊!大概是听到五十子有病自己来的吧!不管怎样,我也正有事情问他,来得正好,赶快让他进来。"于是让左右暂且退下,一个人等候。

　　且说藏人贞行久驻东条城,笃志抚育民众,一郡虽已大治,但仍谨守一日三省之教，不敢苟安。因公务繁忙，从去年就没来泷田，今日突然前来谒见，义实将他让到身边赐坐，说："藏人日来身体可好？自你掌管东条，我还没听到三人成虎之诬言。这都是你的忠心所致，我无上欣慰。此次前来谒见，是听到五十子病危，来探问安否的吧？"贞行听了才抬起头来说："是遵照您的旨意来的。自受命之日始，镇守该城乃是我的职责，虽有意前来谒见，但恐不蒙允准，故未前来拜见。此番因是紧急召见，所以才急忙赶来。您说没有召见在下，可是戏言？"义实说："我心中多忧，哪有闲心遥远地把你召唤来取乐呢？你先说说是什么人告诉你到这来的，有证人么？我真不大敢相信。"这样一问，贞行虽然还不大明白，但并未慌张，回答道："顶撞您是不应该的，但请允许我禀告下情。昨天有个老杂役说是您派到东条去的，出来一见面并不认识，虽很惊讶，但还是谨受君命，那个使者对我说：'这次根据夫人的请求，主公要亲自去富山探访伏姬公主，但并非公开前往，而是微服出行，那里又是有名的高山，没有万全的准备是不行的。但又不便带许多随从，因此这次想只带你一个人前去，所以才突然召唤你。'我这些年虽是洲崎石窟附近的无名小吏，但对那座山很熟悉，因此想唤我是去做向导的。那个使者解下挂在脖子上的公文恭恭敬敬地递给了我。我一看，和这个老人说的一样，毫无可疑之处。于是打发走那个老人就立即备鞍上马，也未来得及带随从，连夜赶到主君公馆，一听完全出乎意料。即使那个老人是歹人，可是公文还清清楚楚在这里，请您过目。"从怀中取出来交给义实。义实慢慢打开一看，说："这是怎么回事儿？"把贞行拉到身边给他看。贞行又吃了一惊，说："我昨天看到的字，一个都没有了，变成了'如是畜生发菩提心'的二行八个字，奇怪！奇怪！"目瞪口呆了半晌，不知何言以对。义实看了这一句，忽然有所醒悟，把公文卷起收了起来,对贞行说:"你所说的不错,是很奇怪。把昨日自称是使者,交给你公文的那个老人的年龄和面貌,详细告诉我。"贞行有点惭愧的样子说:"那个老人八十有余,也许有百岁。长长的眉毛如棉条,洁白的牙齿无异于葫芦子。体瘦而健壮,看他老得那个样子,似乎很衰弱,而眼睛却炯炯放光,威而不凶。世间所说的仙颜道骨,大概就是他那个样子吧!"义实不禁拍手说:"这又是与昨晚完全相似的奇事。不必多疑,定是洲崎石窟的役行者显圣。且把事情的经过说给你吧!"于是他把答应夫人的请求想去探询伏姬安否之事,和义成的孝心与勇气,还有在想累了做的梦中去富山深处的岸边闲游遇到了那个老人等等,都一五一十地告诉他。义实说:"梦是五脏疲劳之所致,不可置信,但是你方才说的那个老人的面貌,和我梦中所见的颇相似。另外用'如是畜生'等八个字来表示过去和未来,也有些启示。伏姬幼年多病,不住啼哭。但自得到洲崎石窟役行者的保佑之后,长得很健壮。那时在水晶念珠上有仁义礼智忠信孝悌八个字,以后在兵临城下危急之际,由于我的失言将伏姬许给了八房。从那一天起,那八个字就消失,不知什么时候变成了'如是畜生发菩提心'。本来我想女儿因是嘉吉二年夏季伏天生,所以取名伏姬,而后来竟人从了犬,名诠自性,这将是难以解脱的因果。但她舍身的缘故是为了父母、为了国家,为了不使仁义的八行在人世丧失。由于苦守信义的善因,所以必将为如是畜生引导,而终于修成上乘正果。我也是初步领悟过来,才没有禁止伏姬,随她的意愿已去了年余,音讯皆无,安否未知。连樵夫、猎户都不准进那座山,可是现今五十子病危,不能不答应她的请求。但是怎样才能知道公主安否,正想不出办法时,我做了个梦。梦见的那个老人,和交给你公文的那个人面貌一模一样。你所见的和我所梦之人,都是神仙千变万化的灵验,欲解除义实的疑虑,指引我去富山的深处。这定是役行者显灵,是恢复法度,改变己见,与伏姬见面的时机到了。那么就按照神佛显灵的安排,我同你一起去吧。这件事不能声张,因为人是好奇的,神佛显灵已无疑义,我如见到伏姬,民众则会喋喋不休地传为奇谈,从而宣扬鬼神之德。另外若寻遍该山也未能见到伏姬,则是信梦捕影,认假捉风,将义实不智之举告知人民,而成为世上的笑柄。这次去的随从除你之外,士兵十四五人就行了。这些人也要选择寡言老实的,明晨拂晓出发,要做好准备。"一面说明一边下令,贞行十分钦佩,完全赞同,说:"公主小时候得到役行者显灵的保佑,关于水晶念珠之事,我也略知一二。解开这次奇异的巧合之谜,与主公的英明才智分不开。然而没有公主的至善节义,又焉能有这种巧合? 您的判断绝对没错。进山之事不可耽延,就抓紧动身吧!"然后就退下去了。义实对此事秘而不宣,也没告诉夫人,只是悄悄地说给嫡子义成。义成也极力赞成。他本想代替父亲进山,但既然父亲有神佛的指引,要亲往寻见,自己也无能为力。特别是这几天母亲的病更加严重,不得已只好留下。义实想在五十子活着的期间带回好消息,那天夜里就说去长狭郡富山下的大山寺参拜,天未亮就出发了。因是微服出行,只不过带了堀内藏人贞行等二十来人。

　　义实和贞行并骑前进,策马加鞭,当天就到达那里,登上了富山。来到溪涧附近,岩石的形状和树木的光景,都和梦中所见的完全一样。试着披荆斩棘,寻路向前,走了一百多米,往右走果然折枝绾草,有的地方做了路标。主仆们看见路标,不觉互相地以目示意,信心倍增,鼓起了前进的勇气。遥望背后,除贞行外都是步行,随从们被落得很远,没一个跟上的。过了一会儿,只有马夫一个人气喘吁吁地跑上来。义实看到这种光景,既然有神佛显灵,也无须别人跟随,便想让马夫牵着马回到山下和其他人一同等着。贞行已经会意,将那个人叫到身边,指着拴在树上的马,传达了主公的旨意,打发他回到山下。然后主仆二人,又按路标寻路。为防山蛭,斜戴着斗笠,留意蔓草缠足,互相高声喊着号子,沿着羊肠小路,忽高忽低地艰苦前进。从那条溪涧的上游转过来,穿过树荫,来到溪流的对岸。

第十二回　富山洞畜生发菩提心
　　　　　溯流水神童说未来果

　　浊世烦恼色欲界,谁能逃脱五尘火宅? 祇园精舍的钟声,虽示诸行无常之响,而耽溺于好色者,因为恋恋不舍却憎恨那钟声。沙罗双树的花色,虽显盛者必衰的道理,而怜香爱花者,却嫉恨风雨的摧残,希望永远是春天。① 不管你彻悟与否,也终归是梦幻世界,无不是幻影。心陷此中者,虽幸临龙华三会,却不知凡夫超脱的直路;大彻大悟者,虽身在龙潭虎穴,却多享瑜伽成就之乐。伏姬抛弃尘世,深入富山,已经度过了一个春秋。

　　里见治部大辅义实之女伏姬,为父为国,为了取信于民,舍身随着八房,沿山路进山隐遁之后,无人造访,所见到的只有岸边的泥土和山间的溪流。在山洞内铺上蓑草作卧室,度过了冬天。春回大地,清晨则与飞鸟为友,看着重峦叠嶂和高山上的鲜花,则想起了三月女儿节的摆偶人,并肩游水的野鸭如同那双双鬌龄的少女,摘下一株草却是令人想念的母子草。谁给你捣三月三日的菱形粘糕?

---

① 　这段话援引了《平家物语》开头的一段名句,说明佛家诸行无常的道理。

虽未吃过菱形的粘糕,却坐过菱形的冰冷石头。春寒乍暖还没脱掉
棉衣时,夏季就来了。夜间借凉爽的松风梳头,白天用骤雨洗发。
草丛下的虫声报告了秋天的到来,缤纷的红叶映照着山谷,不知锦
床梦短,但听鹿鸣。连绵的秋雨久不开晴,接着便是一望无际的皑
皑白雪,真是千树万树梨花开。虽有观不尽的四时景色,但因心境
凄凉,坐在洞中很少外出。一心为了修行来世而抄诵佛经,日久天
长,苦恼和忧伤也不再觉苦,两耳不闻尘界事,鸟兽声里觅知音。这
种心境实令人钦佩。

　　再说八房驮着伏姬进山来的情况。在一衣带水的山峡中有个
山洞,石门不凿自开,如同雕砌的一般。西北面松柏耸立成墙,石
洞面南,里边也不暗。狗在此停住,前腿伏地,公主已知其意,便慢
慢下来,一看好似从前有人住过,里边留有破碎的蒲团和烧尽的炭
灰。"抛弃了尘世或被尘世抛弃,在此山中隐遁的人,并非我一
个。"她自言自语地说着走进去,就势坐在蒲团上,狗就蹲在伏姬的
身旁,从泷田的邸宅出来时,八轴《法华经》和文房四宝没离开身
边,这天夜间在月下诵经,忐忑不安地到了天明。只有靠神佛保佑
了,她把仙赐的水晶念珠挂在颈上。虽然认为它不会把人说的话
当作耳旁风,能懂得道理,而同它来到深山,但也说不定这个畜生
骗我。即使不然由于情欲的自然发作,遂忘记了当初的誓言,怀着
淫心靠近我的话,它就是犯了欺主之罪,那我就只有用这把刀将它
刺死。想到这里,心跳得厉害,稍微镇定一下,把防身刀袋的绳解
开,用右手拿着,又接着诵念。八房好似有些知觉,不到伏姬身边
来,只是发呆地看着伏姬的脸。趴下看看,又起来看看,吐吐舌头
流点口水,或舔舔毛和鼻子,不住地喘气,就这样守候到天明。天
亮后八房赶紧起身到山洞下,摘些树上的果子和蕨菜根,衔来给伏

姬吃,天天如此,从不懈怠,这样过了一百多天。八房不知从什么时候,一心一意地侧耳倾听诵经的声音,也不再看伏姬了。伏姬心想:"在《荣华物语》的峰月之卷中,有关于关寺牛佛的故事。另外狗喜欢梵音之事,在古代物语中是很多的。佛的慈悲不嫌秽土秽物,因此天上的飞鸟、地下的走兽、草中的昆虫、水中的鱼蟹,无不可成佛。现在狗忘了情欲,悉心听我诵经,成了'归入真如'之友,不都是由于佛经的威力么?但这也是我在年幼时告诉我前世因果的役行者的保佑,因而十分感谢。"于是便更抓紧诵经。早晨就捏着那串念珠,遥远地向洲崎祷告,或有时为了父母而誊写经文,抛到前边的溪水中流去。春天采摘野花献佛,秋天对月吟诗,不禁向往西方极乐世界。正是:

> 山果膝上落,朝餐秋风饱。柴火炉中熄,薄衣御夜寒。
> 仄步山虽险,首阳采薇心无怨。岩窗梅虽迟,嫁学胡语不
> 悲伤。

伏姬虽年不满二十,容颜如花似玉,巫山神女变成云而留有梦影;小野小町喻作花而遗下艳歌。在金屋内、锦帐下,娇生惯养之日自不必言,现今久居深山,虽然衣裳褴褛破损,肌肤却皓如积雪,虽云鬟难梳,却胜似芳香的绿鬓春花。纤腰益瘦,犹如不耐风之杨柳;玉指纤纤,好似篱畔春笋。论出身她是安房国主里见氏的嫡女,论情操是武士的女儿,不愧是中将的公主。写字、读书继承其父之才,资质伶俐,通情达理。刺绣精美,吹管弹弦乐声优美异常,皆为其母所传授。如此美丽可爱的姑娘,却不知为何遭到月下老人的嫉恨,偏偏配给了畜生八房,真是个悲惨

的结果。其光景如再详细写下去，作者自觉心酸笔涩，即使不写，读者也是会想象出来的。

那一年就这样度过了。春又降临，岸边的小草逐渐萌生，山谷的树叶放绿。某日，伏姬想向砚中滴水，出去捧泉水时，看到积水中所映现的、跑过去的身影，其体是人，其头却是狗，大吃一惊，吓得"哎呀"惊叫一声，退了回来。她忍不住又往前看了看，无疑却是自己的身影。于是她想："方才是自己的错觉吧，可吓坏我了。"赶紧念了声佛号，这一天抄写佛经也心慌意乱，直到第二天心情也平静不下来。从这时起，月经就不来了。又过了些天，感到腹胀难忍。这是气臌么？心想真不如死了的好。可又一想，也许是真病了。春去夏来又到了使人悲伤的秋天，屈指算来，正是去年的这个月从泷田的家里出来。与自身的病比较起来，最痛苦的是想到母亲时的悲伤，她哭着把我送走，当时她那可怜的面孔映入我眼中，怎么也忘不掉。母亲恐怕也和我一样，是否因为这样反复地回想往事，而积忧成疾？另外也非常想念父亲和家弟义成。自己好似同在一国一郡并非离得很远的雌雄山鸡①，与同胞兄弟被山峰阻隔不得相见。这种生离死别之苦，不是和蜉蝣的短命一样残酷无情么？想到这里十分难过，把前额顶在岩石上，"哇"的一声哭了起来。过了一会儿又擦擦眼泪说："啊，错了，太愚蠢了！佛陀教导说弃恩入无为才是报恩者②，恩爱离别的悲伤，怎能改变不二法门③之理？这都是因为想念父母而恋恋不舍，真是罪恶深重啊！请三世众佛饶恕。"

---

① 相传山鸡雌雄隔山而寝，所以在古歌中用以比喻一个人独眠。
② 佛经语，抛弃尘世的恩怨，进入佛门即是报恩。
③ 佛教名词，佛教认为离开语言文字的"真如"、"实相"之理，平等不二，非一非异，菩萨悟入此不二之理，名为入不二法门。

　　这时八房出去找吃的还没回来。伏姬自言自语道："它为我去求食，找不到是不回来的。向佛之心不能松懈，现在虽是露深的时节，深山的花草已经稀少了，采点花来献佛吧！"站起笨重的身子，顺着溪流采摘林荫树下的野菊花，走了二三百米，衣襟都湿透了。在西北方的重山脚下听到细微的笛声。伏姬侧耳细听，觉得奇怪，因为这座山既没有樵夫进来，也没住着山里人。从我到这里来直到昨天从未见过人，突然传来吹笛子的声音，是迷路的樵夫吗？不然就是魔鬼的障眼法，在试探我的向道心。总之我是将生死置之度外的人，还有什么顾虑躲藏的？且看个究竟，于是向那边走去。笛声听得更清楚了，到跟前一看，是个割草的孩子，年约十二三岁，腰间插了把镰刀和竹铲子，鞍上挂着两个竹筐，手里拿着一只横笛，骑在黑色小牛犊的屁股上，从林间出来，斜眼看了看伏姬，继续吹着横笛，把牛赶到溪流中正要渡过去时，伏姬赶快召唤说："喂！喂！你是哪里来的？一个人到这绝无人迹的深山来实令人奇怪，而且你对路又这么熟。知道我是谁吗？"童子莞尔笑着，慢慢把笛子插在领子里，说："我怎么不认识你？你可不认识我了。别人的身世和我自己的身世，我现在不详细告诉你，谁能为你解开这个迷。这座山不用说樵夫、猎户，就连擅长跋涉的行人也很少能越过去。可是你父亲义实朝臣，为了免得被别人看见感到耻辱，从去年就禁止人们进入此山，因此人迹断绝了。但是你母亲很想念你，想知道你安否。虽然偷偷派侍女和乳母来过几次，但由于蟹崎十郎遵照将军的旨意暗中在后边护送你时在这个溪涧中淹死了，从那以后就再没人敢渡过溪流，派来的人都只好到岸边就回去了，无法知道你的消息。这也是天命注定的。再说说我的来历，我不只是为牛马割草的牧童。我师父在这个山脚下，有时也在洲崎，不知寿高几百岁了。常给别人看病,又卖卜为生。他如果给人开药,服后可以起死回生,益寿延年,无论什么病没有不能医治的。另外他占卦可以察未来审既往,百事无不中。今天我是奉师命来采药的。虽然严禁人进入这座山,但不久就会如同往日,允许樵夫和猎户进山。因此我师父才让来采药。"

伏姬听了叹息说:"父母的慈悲真如同日月,无微不至。不知我并未受污而是如此清白,采取了那么多办法。但是因我一人之故,使蜑崎辉武溺水身亡,不但使樵夫、猎户失掉了谋生之路,连过路行人都不准入山,实在是罪孽深重,请神佛饶恕。"说着眼泪汪汪的。稍停了一会儿,又对那个童子说:"你伺候名医,对给人看病,一定也懂得一些。今有件事要问问你,我自今年春季未见行经,胸中也感到不舒服,逐月身子沉重,这究竟是什么病症?"童子微笑答道:"妇女月经闭塞一两个月后,恶心想吃酸的,俗称之曰恶阻,三四个月腹即大,五个月胎儿稍动,这些不必问医生,妇人自己就会知道。你已经怀孕五六个月了,不必怀疑。"伏姬听了说:"别说那些大人话了。我还没有男人呢。自去年这个月入山,从来没见过人,除一心一意地念佛诵经外,别无他事,怎会有孕了呢?真可笑!"自己也忍不住笑了出来。童子看着她冷笑说:"怎么说你还没有丈夫?你父亲把你许配给八房,它是你的什么人?"这样一质问,伏姬变色说:"你只知其当初,而不知后来的事。由于种种缘故,父母没留住我,跟着那只畜生进了深山过日子。但是因有佛经的保佑,幸而身子没受糟蹋,它也很喜欢听我诵经。虽然拿不出证据,但我是清白的,神佛会知道。我怎会因为这个畜生八房而怀孕呢?听着就使人厌恶,被你这个不知好歹的孩子这样说,真气死人了!"气得眼泪流了下来。童子越发笑了起来,说:"我的诊断是有根据的,不妨再给你详细说说。你才是只知其一,不知其二呢。就给你解开这个谜吧。物类相感的玄妙是凡智难以想象的。譬如金石可以取火,然而柏树和其他木头相摩擦也能生火。另外鸽子粪年深日久堆积多了也能出火,这些都是奥秘的道理。物非阴阳相感,是绝不生子的。但是草木虽无情,松竹虽有雌雄之名,然而并不交媾,却可结子。不仅如此,鹤千年不尾,相看便可怀孕。是以秋士不娶而神游,春女不嫁而怀孕。据说中国的楚王之妃,常喜欢倚铁柱,遂产铁球,用以铸了干将、莫邪两口宝剑。我邦近江的一个贫妇,喜欢让人按摩疼痛痉挛的穴位,遂产了一只胳膊,留有手孕村这个名字。这都是物类相感之所致,按平常的道理是难以想象的。毫无疑问,你怀孕也属这一类。你并未被侵犯,八房现在也没有情欲,然而你已经许配给它,在山里陪伴它,它也得到了你,心里想着你是它的妻子。它爱你,所以听你念经也喜欢,你是它依恋的对象,同样你也怜爱它。两情既已相感、相倚,难道就不能有孕?我仔细相你,胎内有八子,然而所感不实,如果虚虚相会而生,则其子不能成体,不成形而生,生后还要再生。这是宿因所致,善果所成。何谓因?譬如八房的前身就是性情乖僻的女人,她因怨恨你父义实,其冤魂变作一只狗,来污辱你们父女,这就是宿因。何谓果?八房既得了你,而又未侵犯你,这是由于诵读《法华经》的功果,终于驱散宿怨,一同为发菩提心而留下这八子。八是象征八房之八,同时也是《法华经》的卷数。万卒易得,一将难遇。等到将来这几个孩子个个智勇双全,有忠信的节操,辅佐里见,威震八州,不都是你的功劳吗?谁能说他们的母亲不好?这就是善果。祸福犹如缠在一起的绳子,谁能知道今天的祸,就是未来的福?世人之欢笑是从憎恶产生的,物之污秽是由洁白形成的。因此诽谤不足恶,耻辱只好忍。事物无不从隐匿中显现,藏着的东西一定得出来,这也是自然的道理。狗怀胎六十天,人怀胎十个月,人畜虽有差异,合起来推算,你怀胎六个月,这个月就将生产。在生产时将见到你的父亲和丈夫,在那以前都是未来未果,过分详说,唯恐泄露天机。除我之外,还会有人知道这些孩子的身世,我只能说到此为止了。秋季日短,话说长了是不明智的。师父一定在等我,得赶快走了。"说完,童子牵着牛鼻子,涉过溪流,背影消失在茫茫雾霭之中,不知去向。

第二辑 卷之二

第十三回 遗尺素因果自讼
拂云雾妖孽始休

伏姬没料到会受神童的指点,虽从愚昧的沉睡中醒来,但还觉得是在似梦非梦中。对那个童子说的话依然半信半疑,难过得肝肠寸断,泪洒胸襟,异常痛苦。虽然如此,她的心地良善过人,平素非常勇敢,极力控制内心的痛苦,把垂到脸上的黑发向上拢拢,擦擦眼睛,心里在想:"真太悲惨啦!前世所造的罪孽虽不知轻重,终于让我得报,这般地受尽折磨,可见这个报怨的人是十分顽固的。但若确如童子所说这是对父亲的报应,那么我就是陷入地狱,也一点不后悔。所至感痛苦的是,为了父亲,为了别人,而我并无肮脏的心,是什么缘故让我受畜生的气而怀了八个孩子?且说我进入此山以来,受鹤林之鼓励,仰鹫峰①之高奥,除一心诵经外,没做过其他事情。佛不救我,神不助我,虽说没有同房,可是这些无人知晓的事

---

① 鹤林是释迦牟尼涅槃时的沙罗双树林的异称。鹫峰是指灵鹫山,释迦牟尼讲《法华经》的地方,这两句是用以表示向道心之诚。

情，又没有能够说明的证据。不仅是我个人的耻辱，同时也是父母的耻辱，就是跳入九泉也洗不清啊！都管我叫畜生的妻子，活着耻辱，死了怨恨，是难以言喻的。我的冤枉是没有任何人能够理解的，悔不该在泷田没将狗杀了，自己也同时自尽。该死时未死，死不得其时，大概也是报应吧！因此佛所说的善巧方便①，在佛经中也是很少的，而因果报应则太多了。只要自己生了这些孩子，就可使父亲和弟弟得到幸福，家道昌盛，这等奇耻大辱也可得到昭雪。真是太可悲了。"这样地自言自语，好像说给旁人听的。这样沉思了一阵，她感到心绪纷乱，实在忍受不住，便躺在芒草上。

　　秋天的阳光，在白昼时还有其余威。岸边戏水的山鸦，飞到山顶啼叫。伏姬抬头看看，确实除自己之外并无他人，这里实是畜生的世界，是粉身碎骨走上刀山的人间地狱。她竟这样地想到来世："但是那个童子实在奇怪。他详细地知道我的过去和未来，如同用天眼通看到的一般。不仅如此，说话的样子是那样地爽快流利，比这个溪流还通畅。判断吉凶祸福，好似了如指掌。就是古代料事如神的阴阳师，或低头念咒的巫婆也没有他的技艺。如果不是神，谁又能这样呢？本来在这个安房就没听过有超过百岁的医生，更不知道有这个伺候他的神童。他大概谎称自己是医生的弟子，来采药的吧？他的住所不定，说是在这座山的山脚下，又说是在洲崎。据此情况推断，恐怕又是役行者在显灵，以前就得过他的好处。那是我幼年时，虽然不大记得，但是他给我的念珠，一时一刻也未离开身边，从未忽略过祈祷之事，因此才又让我看到了显灵。然而难以逃脱的因果报应，大概神佛也是无能为力的。凡夫的悲伤难以解脱，

---

① 佛经语，"善巧"是非常巧妙的意思，"方便"是佛拯救众生所使用的方法。

而易陷入迷惘。我腹中有八子，未成形而生，生后又得再生，这究竟是何缘故？另外，生子之时能见到父亲和丈夫，则更使我迷惑莫解。我从未有订婚的丈夫，这虽然是没影的事，倘如父亲遥远地来看我，实感不安。想到身怀有孕将与父兄相见，羞得面红耳赤，莫如投身溪流之中，连尸首都不留，却可以死遮耻。啊！只好如此了。"这样自问自答，终于下定了决心。在铺着的草上跪罢站起身来，立在水边上。又一想："如果就这样成了水中的尘泥，那就把多日来母亲往对岸派来使者的慈爱完全置之度外，则更增添了罪过。还是留下几个字，说明这是因果报应，请他们忘怀。如果没人发现，那么这封信也就随我一起埋葬了吧。再延长片刻生命，赶紧书修吧。"她这样一边自言自语地说着，一边流着眼泪，心和腿都好像软绵绵地，又回到了原来的洞中。

　　这时，八房衔来不少食品，如野白薯和带着树枝的野果子等，等着伏姬。看她回来了，跑出去十来米，缠着她的长袖子，在后边跟着。有时跳到前边去，摇着尾巴，鼻子出着声，似乎在迎接她。尽管它在示意劝她进食，伏姬连看都懒得看，心烦得一言不发。坐在石室的一角，往砚台里倒墨，用手抻了抻仅剩的一点信笺，悲哀地写了自己和神佛显圣等情况，词简情深。这时恰好浪拍岸边轰隆作响，不禁想起了三闾大夫屈原的悲愤，有马皇子在山上吟松，表示人世无常的心境。从古至今有多少贤愚曲直之士及其妻子，因薄命而曝尸于沟渎野径，真是不胜枚举。她心想："不管怎样，我一个人由于前所未有的因果报应，连尸首都找不到时，母亲一听，定会昏死过去。即便不致如此，我死后也会给她增添无限悲伤，不孝之罪何时得赎？我虽几次想放弃这种尽孝观念，但是又难以割断母女之情的羁绊。想来想去，还是就请母亲饶恕吧。"正在这时，从岩石上滴下来松树的露珠和衣袖上的泪珠,好像汇成泪水的溪流。于是她将自己的深情用笔写出来,又重读了一遍,然后卷起来不住地叹息,但又有何用?不借来西方弥陀的利剑是割不断烦恼的羁绊的。走上冥土的里程,不念佛不行。忽然想到这点,便把采摘的菊花,浇上点清水,恭恭敬敬地献给佛。然后取下脖子上挂着的念珠,用手掐着,但和往常不一样,没有声音。这很奇怪,又重新掐掐,仔细看看,计数的珠子上显现的八个字"如是畜生发菩提心"不见了,不知何时变成了"仁义礼智忠信孝悌",非常清楚。伏姬看到这种奇特的情况,更加疑惑难解。她仔细地想:"这串念珠最初有仁义礼智等八个字。自从随八房进山,就变成如是畜生等八个字。果真像那一句所说,八房也发了菩提心了吗?然而现今有关四条腿畜生的字样不见了,又恢复如初显出了人道八行,神佛的手段真是巧妙莫测。浅识短见的女子,怎能理解?以眼见的事实加以推断,我受了狗气而怀孕,因此就死于非命,颇似轮为畜生界一般痛苦。然而由于佛法的功力,使八房也进入菩提,来世可转生为讲仁义八行的人界,是否显示了这一点呢?果真如此,用我之手杀了它,可以使它解脱畜生之苦。转而又一想,不妥!不妥!那是不仁。它为其主杀了大敌,这是它的无限忠诚。再说从去年进山,我受到饥饿之苦,它对我有供养之恩。即使它来世能转生为人,是富贵人家之子,我怎忍心用这把无情的利刃,促使这个既尽忠又有恩的狗死去呢?就将这些说给它,让它自己决定生死吧!"于是把念珠挂在左手上,对立着前腿望着这边的狗说:"八房!我有话说,你好好听着。我和你都有幸福的一面和不幸的一面。我虽是国主的女儿,因重义而陪伴畜生,这是我的不幸,然而我希求不被玷污,迅速脱离尘世,被引进三宝之门,终于功德圆满,今日得以实现超生的宿愿,这是我的幸福。你虽是畜生,因对国家有大功，获得了国主的女儿，人畜之道有异，虽未达到欲望，但由于耳听庄严之妙法，遂生菩提之心，这是汝之幸。但如不脱生变形，就不能脱离四足之苦，生而不能增智，死后被徒剥其皮，又是汝之不幸。汝生了七八年，作为犬马，其命非短，如恣意贪生，见我已死回到故里，同类相咬和主人的笞打呵责，将及其身。即使住在山里，谁还从早为你诵经？梵音如不入耳，遂失菩提之心。只有辞生乐死，希求人道之果，才能转世为人。如善体此理，便一同投身溪流，共到彼岸。但是时间还早，我还尘缘未尽，要先诵经，使心平静下来，抛开杂念，你也要听着，待念完经后，起来到水边去。如果你还是惜命的话，就老死在荒野或故里吧！如是则无成人果之时了，好自思之。"这样恳切地指明后，八房低着头，好像很不高兴，但又摇着尾巴似乎喜欢的样子，感激得热泪似欲夺眶而出。伏姬仔细观察它的神情，觉得这只狗是真正悟道了。怨恨即便表现在来世，但它既得佛果，也就不会给弟弟义成的子孙造成麻烦。这样略放宽心，拿起遗书和经文《提婆达多品》①一卷，又稍往洞中走去，想诵完经后把遗书卷在经文内留在石室里，于是就坐在石桌前，将那卷经文贴在前额上念了起来。八房侧着耳朵，比平常听得还用心。

却说《提婆达多品》在《妙法莲华经》的第四卷，是叙述娑竭罗龙王之女，八岁时智慧广大，深入禅定，了达诸法，得成菩提的缘由。女人的内心垢秽，原本非修佛法之器，且身有五障，故难以成佛。然而八岁的龙女竟得到了至高无上的菩提，这是女人成佛之始。所以伏姬在临终时，为己又为狗诵了《提婆达多品》这卷经文。

伏姬心想，这是最后的时刻了，高声朗诵，清澈流畅，犹如拉不

---

① 《法华经》二十八品中的第十二品，叙述提婆达多成佛，和八岁龙女成佛之事。

断的莲丝，又好似清泉流水。山上的松风与之配合，响彻幽谷。想到昔日我佛讲经，石旁聚集了许多听众，大概也是如此光景吧，多么可喜可庆的向道之心啊！经快诵完了，当诵到"三千众生发菩提心，而得受记。智积菩萨及舍利弗，一切众会，默然信受"时，八房突然起身，不断回头看着伏姬，往水边走去。这时，在前边的对岸响起鸟枪的声音，嗖地飞来两颗枪弹，一颗击中八房的咽喉，使它倒在硝烟之中。另一颗打伤了伏姬右侧的乳房，惨叫一声，手拿着经卷倒了下去。

说也凑巧，自去岁以来，河的那边总是云雾朦胧，永无晴时。鸟枪的声音好似拨开云雾，一晴如洗。有个年轻猎人，扎着柿染的裹腿，穿着同一颜色的甲胄，防寒帽的带没有系紧，挂在脖颈上。右手提着鸟枪站立在对岸，注视着流水，似乎已经知道水浅的地方。他将拿着的鸟枪挂在肩上，向这边走来。这条河的水流虽然很急，却意外地很浅，水深不过大腿。那个壮士就更鼓起勇气，其势有如猛虎负子，或醉象追牝，迈着有力的步伐，阔步前进。虽是十几丈宽的水流，但瞬息之间他便登上对岸。首先挥动鸟枪，对被击倒的八房又连了五六十枪，直打得皮开骨碎，再也不能复活时，才莞尔地笑着放下鸟枪，走到石室附近去看伏姬，一看伏姬也倒地气绝，便大吃一惊，将伏姬抱起来，先解开衣服看看伤口，幸而伤势不重。他手忙脚乱地从怀中取出药来，喂到口里去，虽频频召唤，可是脉已经停了，全身冰凉。纵有元化之术，看来也难以挽救。壮士几次仰天长叹说："多么悲惨啊！事与愿违，想不到竟干了这样的错事。多日来的云雾，总算开晴，把八房打死了，可是伏姬也中弹身亡，难以挽救，忠义之心却成了不忠之人，酿成了千百倍的大罪，即使悔千遍、恨万遍，也追悔莫及了。为了表示谢罪之心，就剖腹自尽伺候伏姬于九泉之下吧！请您等着。"于是解开衣襟，拔出腰刀，用手巾把刀身缠起来，念声："南无阿弥陀佛。"正想把刀尖插入腹中时，在松柏林下弦声响处，不知是谁射出一支猎箭，正中壮士右臂，拿着的刀被击落。他吃惊地回头一看，从树林荫翳的高处传来一首吟诵的古歌：

　　鼯鼠飞空跃树枝，不期遭遇巧猎师。①

　　"你是何人？"未等问完，只听到大喊一声："金碗大辅，且慢动手！"里见治部大辅义实，腰间挂着熊皮的护身，豹皮的箭囊中插着弓箭，慢慢从树荫下走出。后边未带随从，只跟着堀内藏人贞行，打扮得很利落，跟在主公的左边。义实面带愁容，斜眼看了一下伏姬的尸体，对她的遭难一言未发，一眼看到掉在伏姬身旁的念珠和遗书，对贞行说："将那个……"贞行听了，赶忙拾起来，递给义实。义实扔下弓箭，将念珠挂在刀鞘上，先看遗书。他对每句每段都不胜慨叹，然后给贞行看。这时金碗大辅惭愧得无处藏身，额头上流着冷汗，将刀放在膝下跪倒在地。

　　当下义实坐在旁边的石头上对孝德说："久违了，金碗大辅！你擅自违犯法度进山，又杀了伏姬和八房，一定有什么缘故。你把刀收起来，到我身边对我详细说说，是何原因？"然而孝德无脸回答，一时连头也抬不起来。贞行看到这种情况，走到他身边说："这是大辅阁下的命令，还不把刀收起来，赶快回话。"催促了几次，孝德才抬起头来，将刀纳入刀鞘，把另外插着的一把刀也一起递给了堀内贞行，

①　《万叶集》卷三《志贵皇子之歌》。

又稍退后几步才对贞行说："晚死一步，不期又得拜谒主公的尊颜，实感喜悦。但是一再出现过失，实在后悔，虽有千言万语想禀告主公，但事已至此，再说那些也无济于事，反而好像粉饰自己的过失。但想禀告一段事情：去年受了安西景连之骗，未能完成关系国家安危的使命，逃回来的途中，和追击的敌军浴血奋战，幸得回到泷田。但是景连的大军密密麻麻正在围攻之中，未得入城。心想如能和您同心协力，也可略尽一丝忠心。于是跑到东条，但又是徒劳而无功，那里也被芜户讷平的大军包围。敌军扼守着险要之地，夜间点起熊熊篝火，难以进城。心想即使我单人独骑，也要冲进敌营决一死战，但又退一步想，这也并非上策。五指单弹，不如攥起一个拳头。两城原本缺粮，实处于危急存亡之际，不如我去镰仓，向管领告急，乞求援兵，杀退两处之围，岂不是报效主君的上策？于是由白滨上船赶往那里，虽说明来由，告急求兵，但因没有主君信件，被怀疑而事未办妥。一切期望都落了空，两手空空地回到安房。听说景连已被消灭，主公成了一国之君，虽然非常高兴，但自己寸功未立，有何颜面去见主公？所以没有剖腹自杀，是因想等待时机立功后，再求主公收容。在此期间，去故乡上总天羽的关村，投身到与外祖父一作相知的某庄客家，作为藏身之处，无所作为地虚度年华，一直隐藏到今秋。本月上旬，对公主之事略有所闻。有人说她确已伴随八房进入富山深处。这真是古今未有的奇谈，也是主君的耻辱。即使那只狗年久，有魅人之灵，如藏身于暗处，下手杀它也非难事。心想如能暗中登上富山，杀死八房，救出伏姬的话，可赖以将功赎罪，再投主君。这样想好后，便潜回该国，提着准备好的鸟枪，进山五六天寻找公主的住处。可是对岸云雾很深，无日开晴，只听得水声骇人，深浅莫测。听说蟆崎辉武溺水身亡之事，大概就在这里吧，不能轻率过河。心想被这条河阻隔深浅莫测，今天也将白白虚度，心中万分焦急。终于站累了，坐在水边的松树下望着，在看不清的溪涧那边，隐约听到念经的声音。闻到哎呀地惊叫了一声，使我心跳得厉害。稍微镇定一下，向水边走了几步，侧耳细听，乃是女人声音。心想：没错，一定是公主。虽已听到她的声音，但还是无法见到她的身影。这时如不仰仗神佛的冥助，是无法实现这个愿望的。于是我诚恳地向该国的洲崎大明神、那古的观音菩萨进行祈祷，如果神佛保佑，不使孝德的忠义付诸流水的话，就收敛云雾，让我渡过这条河。祷告了片刻，睁眼一看，说也奇怪，原来不辨黑白的河上，云雾消散得一晴如洗。遥望对岸，在好似石室的旁边，看到了公主。河水也比想象的浅了，我怎能不精神振奋呢？正待涉水过河时，我看到八房朝水边跑来，不能让这个家伙靠近，只有杀死它才能到那里去，而射击的距离也正好。于是我拿起猎枪瞄准后放了两枪，击中了，狗躺在水边。我赶快过河，一看，伏姬被另一颗子弹击中，也倒下了。但是伤势不重，也许能救过来，因此就想尽办法抢救，可是已经停止呼吸，我束手无策。我虽薄命，但不掩盖错误，后悔也没用，就下定决心剖腹自尽，陪公主共赴九泉。恰在这时，想不到被主君制止，不得死，大概也是天罚。不仅违犯法度擅自进山，又害了公主，我是十恶不赦的罪人，只请求主君任意处置。堀内大人，您就用绳索把我捆起来吧。"说着将手背过去跪下了。贞行知道孝德的忠心，听着只是点头。再看看义实的神情，也是慨叹不已。稍过片刻，义实说："祸福得失是人力无可奈何，也是一般人难以揣测的。大辅，你确实有罪，你虽逃脱不了惩罚，但伏姬之死乃是天命。她如不被你打死，也一定会成河中这尘泥。藏人，你把那个遗书读给他听听。"贞行领命跪在大辅的旁边，从头到尾高声朗读。孝德更是惭愧不迭，为伏姬

的贤才义烈感动得不住流泪,更加痛悔自己的鲁莽。读毕,义实又
对孝德说:"大辅,你明白了吗? 不是为了制止伏姬之死我才悄悄来
此。这次五十子得病,是由于思念伏姬过度,以至病情垂危。虽然
她的请求是有道理的,但我对此无能为力,能否来到富山的深处并
无把握。正在左思右想为难之际,我和藏人都得到神佛显灵的指
教。因此才把随从们留在山下,只和贞行一同上山,按照显灵时的
指示,没直接过河,绕到河的上游来到这个石室的背后。在我们将
要走近这里时,听到枪声,吃惊地前来一看,伏姬和八房突然被击
倒。这时有人过河,不问可知,定是伏姬的仇人,想看看光景,就暂
时躲在树下。岂知这个歹人竟是我多日来心里挂念的金碗大辅。
见你惊慌失措地想尽办法使伏姬苏醒,直至抢救无效而想自杀,说
明你并非因有歹意而杀害伏姬,所以才呼喊制止了你。你不妨想
想,如果杀了狗就能搭救伏姬的话,那么我义实怎能忍受极大耻辱,
舍弃了最心爱的女儿而等到今天由你来动手呢? 赏罚是施政的关
键,一言既出,驷马难追。虽是戏言,但毕竟终把伏姬许给八房了。
就因为这一句话消灭了强敌,四郡纳入义实掌中,八房立了大功。
我不能食言自肥,伏姬也没有推却。她虽跟着狗住在深山,却幸而
没受玷污,这是由于专心诵经的功力,使八房也进入菩提境界。伏
姬见它没有淫欲,就怜爱它,怜爱之心日深,就不知不觉地感受其
气,因而就发生了怀孕这件奇事。现在看她的遗书,其祸之发生,正
可领悟因果的道理。我在该国起义兵讨伐山下定包时,其妻玉梓被
俘。她的陈述似乎有些道理,我说打算赦免她,可是大辅之父八郎
孝吉坚决谏净而砍了她的头。大概因此她的冤魂不散,便找我主仆
作祟。初步发现是在金碗孝吉自杀时,觉得朦胧地有个女人的身影
遮住我的眼睛。那个玉梓的怨恨并未就此罢休,而托生为八房这只

狗,带着伏姬到深山里躲藏起来,让父母思念,更没想到伏姬被八郎
之子杀害了。不仅如此,大辅无罪亡命,又因忠义而获罪。这都与
因果有关,推其缘故,都是义实一个人的过错引起的。天罚让我把
伏姬许配给八房,想帮助不应饶恕的玉梓,都是由于我这张嘴多言
所造成的。众多过失最后就都像许多水珠汇集在这条溪涧中一样。
在此触景伤情的山上来看苦海中的生死,是多么悲惨啊!因此悲伤
是无用的。神灵也有正有邪,神怒曰罚,鬼怒曰祟。那个玉梓是冤
魂,伏姬之死是她在作祟。连大辅也逃脱不了,不意得罪是事出有
因的,不必怨恨。"一面责备自己,一面恳切地教诲。孝德被他的英
明才智所感动,不觉跪着往前凑身说:"通过您的这番话,足以使我
明白父亲的自杀和我薄命的因果,但还有疑惑不解之处:八房既已
进入菩提境界,自不会有冤魂作祟。您根据神佛显灵来找公主,纵
然是应得之报,也应靠神佛的法力,让伏姬今天在此安然无恙,以便
使您父女见上面,竟让您白白上山,这究竟是为何?"这样一问,贞行
拍着膝盖从旁说:"大辅,你说得极是。今天,久不放晴的河上突然
云敛雾开,不仅是主君,似乎连你也得到了神佛的冥助,但事实并非
如此。这些事我也不大明白。"他一本正经地这样说。义实点头道:
"这虽是非神莫辨之事,祸福如同缠在一起的绳索,人命在天。我如
果不到山上来,伏姬就是死了的话,那她就只能是狗的妻子。因此
伏姬的节操德义和八房的进入菩提境界,父母和世人就都不得而
知,所以神佛才指引我们到这里来。如果是这样,能说是白来么?
另外如河雾不开晴,大辅不打死伏姬和八房,他们将一起葬身河底。
即使有遗书也无人知道,一定会说是情死,岂能说不是憾事呢?虽
然事到如今已不该再提,但大辅之父有功拒不受赏,反而自杀,实属
可怜。怎样提拔其子做东条城主呢?我原想把伏姬许给大辅为妻,

正在如此打算之际,大辅出使一去不归,伏姬伴随八房进了深山,至此,我的宿愿成了画饼,心里实在是羞愧难当。这桩婚事虽然明明没有结成,但我作为伏姬之父已经心许了,所以神童告诉伏姬说,你将见到父亲和丈夫,那个丈夫一定指的是你。大概因此伏姬和八房才让大辅打死。神佛告诫众生之手段,可以说是绝妙之至。命运果是这样,还怪谁,恨谁?弦张必弛,物极必反。从今以后,我家再不会有鬼魂的干扰,子孙将会日益昌盛。你们不这样认为吗?"这样一解释,贞行和孝德都解开疑团,如春天的冰凌,化作泪水流了下来。稍过片刻,孝德理好衣襟,正容说道:"蒙受主公的大恩,十分荣幸,对你心里暗中许下我们的婚姻,不胜感激。尽管我事先不知此事,但不能以后让别人蜚短流长,说我是因有这种心思才救公主的。请您速将我斩首了吧!"他毫无顾虑地这样请求着,义实听了说:"那是当然的。但你仔细看看,伏姬的伤口很浅,说不定还能苏醒,这就将你处死不为时过早么?我仔细看过这个念珠,'如是畜生'云云的字句变了,又显示出仁义八行,说明还没失去灵验。然而在伏姬倒下时念珠离开了身边,所以伤势虽浅也断气了。她年幼时就靠这个念珠而辨别安危,即使寿命已尽,只要祈祷,也会得到神佛的恩惠,不灵就无法可想了。何不试试看。"于是他拿起挂在刀把上的念珠,贴在前额上祈祷了一会儿,亲手挂在伏姬的衣襟上。贞行和孝德从左右将尸体抱起,口中念着役行者的法号,正在一心祈祷之时,伏姬忽地睁开眼睛,长出了一口气。贞行和孝德不胜喜悦。贞行说:"公主!您认得吗?我是藏人,他是大辅。你父亲也来了,您感觉怎样?"伏姬听了,环顾左右之后,把被拉着的手挣开,以袖掩面,只是潸然泪下。义实走近身边,拉着她的袖子说:"伏姬,你不必这样羞愧。这里只有我们主仆三人,随从都在山下呢。这次依你母亲的请

求,为父我亲自前来,并非一时心血来潮,而是由于神佛的显圣。你
和八房之事,看了遗书已经明白。金碗大辅从去年就在上总,听到
关于你的传说,由于年轻人的头脑简单,不问青红皂白就来救你。
他先我们一步悄悄进山,打倒了八房,子弹打偏也使你受了轻伤。
八房之死虽很可怜,被大辅打杀,也并非没有因果缘由,他是我一心
想收做女婿的。你在遗书中提到神童的话,不是说你可见到父亲和
丈夫么? 望你回泷田,安慰一下你那病弱的母亲,啊? 伏姬!"义实
据理劝谕着。贞行等也说:"您当然应回公馆,出于一时的考虑,跟
八房躲在这座山里已有年余,事情已经过去。您想从此遁世之念虽
深,但也不能改变孝心,就请您回去吧!"这样连哄带劝,伏姬不住擦
着涌出的泪水说:"我若是原来的身子,父亲亲自来接,怎能违背他
的话? 我现在已无异于山间之野兽,如中弹身亡,还可赎我非同一
般的罪恶,连这点都未能做到,实在可耻。我有何颜面回归故里去
见父母,或在人前抛头露面? 谚语有云:'小鸟啼饥,老鸟不离巢;缺
个翅膀的残鸟更受双亲怜爱。'其言不假,家严、家慈对我百般疼爱,
他们的悲伤犹如寒夜之仙鹤,野火中之野鸡为护雏而哀鸣,①泪流如
雨汇合成苦海,我想从这苦海中脱身,才写下这封遗书,不知您是怎
么看的? 狗已跳出尘世的烦恼而成了菩提之友,因此我并未受玷
污,未受侵犯。但是不应结子的山苔草也结了子,有还是没有,我无
法肯定。另外父亲早就想让大辅做女婿,事到如今才说,岂非又酿
成人所不知的错误? 譬如我和金碗大辅虽说没有夫妻的缘分,可是
背叛了父亲心里已经许婚的丈夫,跟了八房,作为一个妇人也是莫

---

① 据说鹤在寒夜会用翅膀盖在小鹤身上。野鸡在野火烧了巢穴时,母野鸡会奋不顾
身地去救小野鸡,用以比喻亲之爱子。

大的不义。当然我不知道已有未婚的女婿，我和他都不知道，只有您一人知道，自然就无须在坟上挂剑①了。另外，如以八房为夫，大辅则似乎是我的仇人，若八房不是我的丈夫，则大辅亦非我夫。我一个人来到人间，再一个人奔赴黄泉，倘若您以过分的慈爱阻止我，对我来说那就未免太悲惨了。不胜感激的亲恩比山高，比海深，拒绝您的迎接乃是不孝中的大不孝。在想念您的日日夜夜，想见到您的尊颜，今天见到也知道了。之所以不能回去，是因为此身的罪孽深重，无法排遣，您就放弃这种念头吧！希望您把情况告诉母亲，替我向她谢罪。祝愿她长寿百岁。我这样可耻的身子既已让您见到，尸首也就没有掩盖的必要了。据说孕妇做了新鬼都是浸在血盆之中。这既然也是难以逃脱的因果报应，厌恶也无济于事。怀了这没有父亲的怪胎，如不将它剖开看看，那么我的迷惑和人们的猜疑何时能解？就请看看吧！"她拔出了肘边的护身刀，向腹部扑哧刺了进去，向下切开，从那伤口奇怪地闪出一团白气，裹着挂在脖子上的那串水晶念珠，向天空升起。这时，念珠突然断开，其中一百颗珠子连在一起哗啦落地，留在空中的八颗珠子，放出灿烂的光辉，在空中飞舞，宛如流星。主仆未能制止公主的自杀，都目瞪口呆地不知所措，仰望苍天，用惊奇的眼光看着说："啊呀！啊呀！"这时飒然吹来一阵山风，八颗珠子放射着灵光，随风失散在八方，只见东方的山头升起一轮晚月。数年之后，八犬士出世，最后都聚首在里见家。今天所发生的事情，将是前兆吧！

伏姬忍受着重伤的痛苦，看着飞去的灵光，高兴地说："我腹中

---

① 坟上挂剑出自《史记·吴太伯世家》季札的典故，用来指心中曾许诺之事，终于履行不变。

没有胎儿之类的东西，神佛给我系的腹带已开，可以稍微释疑，心里这才云开雾散了。"

　　　　抛弃尘缘浮世月，速往西天见弥陀。

　　吟了这首歌后，口中念着"南无阿弥陀佛"，拔出手中刀把上染满鲜血的刀，突然趴下了。她的意志和言辞那么果敢，丝毫不像女流之辈，临终之际，着实让人哀叹。

第十四回　使女飞轿涉溪涧
　、大鸣锡索记总

　　守在身旁的贞行等，未能制止伏姬自杀，致使红颜如插头之花
萎落于地，感到非常遗憾。其中孝德为比男子还勇敢的伏姬临终
时吟咏的那首歌所感动，惭愧得无地自容，急忙拾起掉在尸体旁边
沾满鲜血的刀，再次想剖腹。这时义实高声喝道："喂，大辅！你着
慌了吧？犯了大罪，不待君命就想自杀，太不可思议了。伏姬如一
旦苏醒，虽可恕罪一等，但对擅自进山者却须依法处斩，你妄自触
犯法度，岂能允许你剖腹？就死了那条心吧！"孝德向前走了几步，
提刀站着说："我甘愿领罪。"他改变姿势，合掌伸颈等候处刑。只
见头上刀光一闪，"嗖"的一声，没想到发髻忽然被割掉。罪人和
未能劝阻主公的贞行回头一看，都大吃一惊，对仁君的恩义万分感
激。义实将寒光闪闪的刀放入刀鞘，擦了擦盈眶的热泪说："藏人，
你看！我亲自动手处罚了罪人，法度乃君所制，而为君所破，诚哉，
古人之金言也。我若与庶民一样今日不登此山，大辅也将无罪。
以髻代头是对其亡父聊表寸心。他从小就名唤大辅，是祝愿他久
后成为辅佐大国之臣。我的官职逐步高升，治部大辅和大辅读音

虽异①而文字相同,也许由于主仆同名的缘故,你替主君受了主君
所应受之祟。可惜呀! 你这个年轻人将被埋没终生,实在太可怜
了。汝父有大功,你也并非没尽忠,其父与其子虽有功勋而未获
赏,死到临头,因其有罪,主君也不能救,真比自己之子还使人悲
痛,所以不禁落泪。喂,大辅! 如能体谅我心,为了死去的父亲和
伏姬,你就珍惜性命,投身佛门苦心修行,成为闻名的有识高僧吧。
你听懂了吗?"这一番叮咛教导,孝德感激得热泪横流,哽咽着趴伏
在地,只是抽泣,却回答不出声来。义实说得很在理,贞行揩揩鼻
涕眼泪走上前去说:"主君一向仁慈,在公主临终时主公没说什么,
对家臣说了这些贴心话,对大辅您来说,比得到一郡的守护之职和
万贯之禄还应该满足。"这样一说,大辅才抬起头来说:"若是畜生
尚且进入菩提境界,我虽不肖,从今日起周游日本国,朝拜灵山灵
社,为伏姬祈祷来世的冥福,为主君父子祈祷武运长久。公主丧命
和我的断发,都是由于八房之故,所以就把犬字拆成两部分,在还
不如犬的大辅的大字前边加上一点儿,我的法名就叫、大②吧。"
义实听了,颇感兴趣地说:"那只狗全身有黑白相间的八朵斑毛,所
以名曰八房。现在想一想八房二字,乃是一尸至八方之义。不仅
如此,在伏姬自杀的临终之际,从伤口升起一团白气,一百零八颗
念珠闪着华光升上天空。其中没字的珠子堕地,其余的八颗显现
仁义八行文字的珠子放射着光芒向八方飞散,终于无影无踪,这不
是没有因由的。日后当会明白吧! 对出家人的送行莫过于念珠,
要把它保存好!"孝德接过来拿在手中,再三拜谢说:"这是主君的

①　治部大辅的"大辅"日文读作:"たいふ","大辅"读作:"だいすけ"。
②　、读作 zhǔ,日文平假名作ちゅ。

宝贵赏赐,我从现在起就去游历各国,打听飞去的八颗珠子的下落。如果不像原来一样把一百零八颗珠子凑齐了,绝不回来见您。倘如年长日久还不见音信,就当作是死在途中葬身狗腹。这将是今生的永别了。"他下定决心说了这番话。

这时已是日薄西山,很快就到了定更时分。半轮明月高挂,天空无半点云彩。皎洁的月光犹如白昼,山上洒下重重的树影,甚是美丽。哗哗流水,飒飒松声,催人断肠。岭上鹿鸣悲白露之霜,幽谷猿啼寒孤客之衾。偶来造访尚且感到山深路寂,何况伏姬一个人不畏艰难地住在这里,主仆们频频赞叹不已。当下堀内贞行和孝德商议道:"由于公主自杀,故在此耽延了时间。日暮山险,主公下山令人担心。如果为此便在山上过夜,那么公主的尸体怎么办? 这里不是没有毒蛇猛兽之患的。实进退维谷,未知您有何高见?"孝德沉思片刻道:"您说得有道理,在此过夜似乎欠妥。莫如您和我抬着公主尸体,主公自己拿着火把,赶快下山。听说随从们留在山下,他们会来迎接的。即使他们害怕不敢过溪涧,也会在对岸遇到的。未知尊意如何?"义实听到二人商量,便接过去说:"伏姬一个人从去年在此能住到现在,带着弓箭的主仆三人,怎能为怕毒蛇猛兽就慌忙下山,而不在此守灵呢? 权衡彼此,犹如男子汉大丈夫的伏姬的心地,使我这个做父亲的都感到羞愧难当。由于五十子的苦苦请求,所以才提心吊胆地亲自来找伏姬,实在令人羞惭。因此,今天她死,我一滴眼泪都没流。她的魂魄如尚未离去,听到你们的议论,就定会笑你们如同女人一般。折树枝去点起火来,我们也将饭盒打开吃点东西,忙什么!"贞行和孝德听了,很受感动。先将伏姬尸体抬到洞里,主仆们在石门的树下围坐,静静地等待天明。

这时,对岸闪着很多火把,隐约听到说话声音。贞行往远处望去,心想一定是随从们来迎接的。他说了声："出去过河看看。"就跑了出去。很快来到水边，放开嗓门高声喊道："那些拿火把的是来迎接主君的吗？主君在这里，我们已经过了河，河水不像传说的那样又深又急。赶快过河吧！"恰好是顺风，听到声音，火把在前后闪动着，前来的人们下了坡，站在岸边，有先过的，有后跟的，牵着马、喊着号，许多人渡过河来，上岸后，贞行一看，没想到有顶女人的轿子，绑在担架上，七八个健壮的男人光着膀子抬着，其余的有的是留在山下的随从，有的是另从泷田来的。贞行眼看着轿子问："那是何故？"众人放下轿子，跪在水边说："小的们商量好，到日落时还不见老爷回来，就去路上迎接。将待出发时，夫人派来个紧急报信的人，就一同快步前来。走不多远，就日落天黑了，我们不能只顾自己过河到对岸来，就用抬雨具和火把的担架绑上那个报信人的轿子，好不容易才过得河来。"贞行点头说："你们这个办法倒蛮好，让那个报信人赶紧到这里来！"于是五六个人敏捷地解开细麻绳，打开了轿门。一看这个报信的女使，年纪四十开外，名叫柏田。前些时候，为了打听伏姬安否，秘密来到岸边待渡的就是她。这一天因为十分火急，一路上命轿夫飞快赶来。轿子里坐着的女使身上系着三尺多长的白布带子，身上从内衣下和腰带上直到胸窝之间围了好几圈白绸子，头上扎着白绸子的头巾。如一般的报马那样，看着很敏捷麻利的，可是由于长途跋涉，坐在轿子里摇晃得头昏目眩，如左右无人就几乎站不起来，由众人扶着走了出来。贞行先走近义实身边禀报，柏田在后面跟着觐见。义实对这个报信人的到来很不放心，问其来由。柏田毫不畏惧抬头回答道："主公今天拂晓从公馆出发后，夫人的病情更加严重，接连不断地问您回来没有。有时在梦呓，好像伏姬来到身边，一边说话，一边哭泣。看着她甚是悲痛的样子，在旁边伺候的老媪和御曹司〔指义成〕都无法劝解安慰。御曹司就谎称：'父亲已亲自去找姐姐,确实已赴富山,再等今天一天,明天一定领姐姐回来的。'夫人听了大吃一惊说:'据说富山是有名的魔鬼居住的地方,主公如果到那里去很危险,能平安回来吗? 赶紧召唤回来!'她大发脾气,御曹司也没了办法,对我说:'听说你熟识那座山,老爷出去还不到一个时辰,如果快走,途中就能追上。去将此情况报告老爷。'我听了就赶紧走出公馆,走累了就在各村换人抬着,好不容易才到这里。"正在这时,外面的随从嚷了起来:"对面隐约看到火光,眼看就要到水边了。无疑那里还有顶轿子,不知是何缘故?"众随从喧嚣吵闹着。贞行和孝德赶紧跑出去看,对又来个急使,更不放心。命令手下快去帮助他们渡河。十多个力气大的奴仆领命抬着那个担架,涉水过河去到对岸,如方才一样将轿子绑在担架上,与其随从一起过河来到这边。先放下轿子,打开轿门,从里边出来个女官,年尚不满二十岁,名叫梭织。绰约多姿的额发扎着绸子头巾,简洁利落的打扮,比柏田漂亮。梭织从轿子里出来就昏倒在地上。贞行和孝德大惊,往面上泼水、灌药、进行种种抢救,她这才苏醒过来,给贞行等施礼。既被选派作来这里的报信人,当然不顾长途跋涉的劳累,由贞行和孝德领着来见主君。义实忙开口道:"不止一次派人前来,使我更放心不下。五十子究竟怎样?"报信人顾不得拭泪说:"夫人她今天早晨就……"悲痛得下边的话都说不出来。连先来的柏田也一齐哭了起来。义实不住嗟叹问:"已经咽气了吗?"梭织稍微抬起头说:"夫人临终的情况是不该回老爷的。柏田来报信后不久夫人就去世了。御曹司说:'骑马去报信自然方便些,但老爷是微行上山,还是回避点好。听说你偷偷到富山去过,就去给老爷送信吧。不要过了今夜。'于是被抬到这里。"孝德听了,和贞行互相看看,低头叹息。义实仔细听了报告后说:"未能满足五十子弥留时的请求,虽深感遗憾,但多亏临终时未得见面,否则即使她能活到明天,我也将无言以对。你们也去看看她吧!"回顾洞里,示意去看伏姬的尸体。柏田和梭织心跳得厉害,转身面向山洞,以射入的月光为烛,仔细往洞里一看,一齐放声哭了起来。"这就是公主吗? 是被猛兽咬了,还是被刀伤的? 这可怎么好啊! 多么可怜,多么令人悲痛啊!"在尸体的枕后打着滚儿,痛哭流涕。义实没有往那边看,对贞行等说:"义成一定等急了,来了这么多人,咱们拂晓前就下山。大辅和十几个奴仆留下,明天将伏姬的尸体埋葬在此地。另外把八房也埋了。柏田和梭织没有听到吩咐就来给公主作伴,今晚就留在这里,作为伏姬母亲的代表为亡魂送行守夜吧!"对埋葬之事也作了详细安排,同时慰劳使女们并犒赏一起来的人,然后骑马赴对岸。孝德和留下来的人一起跪在岸边送,随从们和贞行一起挥动着火把从浅处涉水渡河。

次日过午,富山麓旁的村长、和尚和庄户们抬着棺材来到富山山洞。这是义实拂晓时回泷田途中,由贞行向山麓的村长和和尚们传达的主君的旨意,让他们赶快制作棺材和葬具,以便送给金碗大辅而让他们来到深山。另外从这天起,樵夫、烧炭的和其他靠山为生者,都可进入富山了。

却说孝德入道①收了棺材,先将伏姬的尸体成殓,然后开辟山洞作为坟墓。没有碑石,就以并立的松柏作为天然的墓标。人们知道后,就称它为义烈节妇墓。另外把八房也土葬了,只是放在个小匣子里,没有用棺材。埋在距伏姬墓三丈远戌方(即西北方位)的老柏树下,人称之为犬冢。葬礼就这样一切从俭,孝德是遵从了义实的指令,也是为体谅公主的贞操而行的。事毕后,柏田和梭织就带着十余名女奴仆哭着回了泷田。山麓的和尚和村长们也各自返回。

---

①　皈依佛门出家或在家修行者,日本都称之为入道。

其中金碗大辅孝德,改换了圆顶黑衣的行装,法号叫、大和尚,暂且留在山里,诵读伏姬留下的《法华经》,夜以继日地诵读了四十多天。

且说泷田方面,为五十子举行了葬礼,为死者施舍了许多米赈济贫民。同时派堀内贞行去洲崎行者的石屋,捐赠了许多东西,并为前去参拜的人修桥补路,人们都称赞义实的功德无量。眼看就要到五十子的七七忌辰,因此义实命长子义成作为施主,在泷田的菩提院举行成殓的法事。义成想唤、大和尚参加法事,派人去富山,可是、大和尚已不在那里。于是到处打听,据樵夫们说:"那个法师大概早就有所准备,今晨负笈拄着禅杖下山时,看见我等说,如果泷田来人找贫僧的话,就请转告我已他去,然后就不知去向了。"等也不会回来,派去的人没有办法,就回来了。义实听到这个情况,赞叹不已说:"他已经发誓要遍历六十余国,不将飞去的八颗珠子串在原来的念珠上,一生不回安房。既已这样说了,实不知几时方能再会,深以为憾。"这样地自言自语后,也就不再提寻找他的下落之事了。但似乎还没死心,他说:"明年伏姬去世一周年时,在富山建一座观音堂,记伏姬之德和八房之事,将伏姬的遗书一起纳入佛龛、大和尚如果平安回来,也好有安身之处。"现今在富山还有观音堂。过了多年、大和尚依然音讯杳然。其后事究竟如何? 且待以后卷文中分晓。

　　作者云:此书从第一辑卷一至本卷,为一部小说之开场白,乃八犬士出世前情状之序曲。然与其后各卷年月并不衔接,因述八犬士身世之文字远现于后文,其间并无相关故事可言。比犹中国之《水浒传》,从洪信等于龙虎山打开石碣一段始,至林冲等出现,其间数十年无话。或云此卷绣像中,如金碗大辅孝德涉水过河图,为文外之画或画中之文。如无此绣像,则不知云雾为何忽然开朗。此外于使女告急一段中写柏田和梭织,先叙其出现之所,后叙其从何而至,虽似首尾颠倒,然究其实则又不然也。其人之小传及其来历,后文则以其人之口自道之,为先事而后传,画亦如此。然画师有唯为画而画者,未能以其意为意。此中不无与作者本意发生龃龉之处。此卷文字亦有与彼相类者,乞看官鉴察。

第二辑 卷之三

第十五回 金莲寺番作击仇
拈华庵手束留客

　　前卷已经谈到伏姬入富山时年方二八,时为长禄元年秋。另外金碗入道、大和尚,嘉吉元年秋,其父孝吉自杀时,已五岁。长禄二年在富山,为伏姬自杀而悲伤,突然皈依佛门,到处漂泊,走上头陀行脚之途,时年二十二岁。伏姬年仅十七便与世长辞。、大和尚较伏姬大五岁为兄。长禄三年改号宽正,又六年改元文正。然而文正只一年便又改作应仁。应仁也仅二年就改元文明。平定了应仁之乱,扫除戎马之蹄迹后,空有其名的华都,又春回大地,宁静如初。文明年间时,〔文明五年春三月,山名持丰宗全病故。至五月细河(细川)胜元亦病故。因此徒劳之战,不征而自熄,此称之应仁之乱。〕年号长久,持续了十八年。这里计算一下年份,自前卷发生伏姬之事、大启程云游的长禄二年,至文明末年,计二十余年。此间叙述犬冢信乃出生以前之事。此卷还是从嘉吉时起,至文明年间。

据说在后土御门天皇年间时,常德院足利义尚公为将军的宽正、文明时代,在武藏国丰岛郡菅菰大冢乡的界内,有个叫大冢番作一戍的浪人武士。其父匠作三戍是镰仓管领足利持氏的近侍。永享十一年持氏灭亡时,匠作积极地与忠义的近臣谋划,保护持氏之子春王和安王二位亲王,逃出镰仓,赴下野国受到结城氏朝的款待。主仆们据守该城,与围困的大军周旋了数年。士兵们齐心协力,毫不松懈,嘉吉元年四月十六日,由于岩木五郎的叛变,不料城被攻破。大将氏朝父子及手下诸将和深受其恩的士卒,勇敢冲了出去,奋战突围多时,全部阵亡,二亲王被擒。这时,大冢匠作呼唤年仅十六岁的独子番作一戍到身边来,喘息着说:"老父已将生死置之度外,虽百年千年之后也要辅佐二位亲王,但由于武运衰微,防守失败,诸将阵亡,城池陷落,主君蒙受耻辱。这是为人臣者赴死的时候了。汝是承继家业者,尚未为主君效力,不能在此轻生。前在镰仓陷落时,汝母和汝姐龟筴,靠一点旧关系,让她们跑到武藏国丰岛的大冢去了。那里你是知道的,是我们祖先的家乡,是咱家的庄园。但现今徒有其名,财产全归他人所有,谁还养活她们? 这实在令人堪怜! 汝要留条活命,去大冢乡告知父亲临终的情况,侍奉母亲竭尽孝道。然而我也不想轻易丧生,少主虽然被捕,但他们是幕府将军的亲属,乃金枝玉叶,左右若无人保护,则恐怕会生意外。所以我也要杀出重围,悄悄跟在后边,以便伺机将两亲王救出来。然而大厦倒塌并非一木所能支撑。如大事不成,便战死共赴黄泉。这是主君祖传的佩刀,名曰村雨。这口佩刀有许多奇异现象。其中最令人惊奇的是含有杀气拔刀时,刀身滴露;在砍人时,滴露如注,可将鲜血洗涤而毫不沾刃,无异于阵雨(日文阵雨写作村雨)之洗刷树叶,故称之为村雨。它实是源家之宝物,先君〔指持氏〕很早就把它给了春王作护身刀。少主虽然被捕，但佩刀在我手中。如不能现实我的愿望，主仆则都将在此丧生，这把刀也就将落入敌人之手，使我遗憾无穷。因此将刀交给你，少主如能死里逃生，重新发迹，就赶快去将宝刀送还，如被杀害，则将是君父之遗物了。见刀就如见主君，为其悼念冥福。要记住，务必好好保管，不应有半点差错。"说毕，将纳入锦囊带在腰间的宝刀村雨递给儿子。番作虽是年仅十六岁的青年，但英勇过人，他似尚有所思，但一句话也不反驳，恭敬地跪着收下宝刀说："请放宽心，对您的谆谆教导，实感恩不尽，一切谨遵父命。儿虽官卑职小，父亲您却是镰仓将军〔指持氏〕的家臣。我虽不肖，但怎能看着父亲去决一死战，而自甘愿脱逃？然而若惜名畏讥，父子一同就义，则又好似沽名钓誉，于君于父都无益。您要我保全性命扶养母亲和姐姐，这种仁慈的教诲，并非只为我一人，而是关系到我们母子三人之大事。怎能推辞呢？然而再会无期，在此永别之际，就让儿打头阵吧，至少我们父子也要一同脱离虎口。父亲的铠甲光华闪闪，很惹人注目，赶快把士兵们的甲胄换上。"这样恳切地安慰着父亲，并敏捷地做好突围的准备。父亲擦擦泪痕未干的眼角，微微地笑着说："番作，你说得很好。你不是那种只凭血气之勇，为了共同去死而进行争辩的人。你的孝心实使为父都感到惭愧。反正已下定一死的决心，我也混在士兵当中先逃出虎口。但是父子一同逃跑似乎不大策略，你先快逃，我再从后门改从另一条路逃走。"匠作催他们赶快逃走，焦急的声音和弓箭的鸣声交织在一起。攻入城内的敌军和突围的守城军正互相厮杀，你死我伤。无数的武士放开大步飞奔，其势如秋风之扫落叶，翻墙越濠，急不择路，四散逃亡。乘着这混乱之际，大冢父子也从城中逃出。父亲回头看看，儿子已无踪影，儿子想找父亲也无处去寻。

这一段故事与在第一辑卷一开头所叙的结城陷落时,里见季基遗训命嫡男义实逃走,是同一天发生的事情。那个是仗义勇为智勇双全的大将,这个是忠心耿耿世代相传的近臣,官职当然有差别,说的虽是各自的私心话,但为恩义而杀身,为子遗训,二人的心境却相同,为人父之慈爱都是一片赤诚的。

却说大冢番作,虽不想让父亲独自去拼死而自己活命,但情况紧急不便争论。若决意关注面临险境的父亲,在这个徒劳之事上浪费时间,父子双双被擒则更后悔莫及。虽已暂且遵从父意,但是难道就毫无办法了吗?于是打定主意,赶紧逃出城去,丢掉袖标,散发隐避,混在敌军之中,暗中窥探二亲王之所在。父子并没有相约,而挂念主君之心是相同的。父亲匠作也混入敌营刺探主君的情况。听说春王和安王兄弟二人,被管领清方的手下部将长尾因幡介生擒,在战争结束后即押送镰仓,匠作就乔装改扮,暗察他们的去向。到了五月十日以后,清方以长尾因幡介为押送使,信浓介政康为副使,将二亲王装进囚轿,押送京都。因此大冢匠作就又装作政康的从卒,暗中跟随,以便想办法在途中将主君劫走。虽已事先策划好,但是宗徒的士兵二百余骑,在四面八方团团围着,夜间通宵在大营内点起篝火,几个队的头目在夜间轮流巡逻,毫不松懈,匠作费尽苦心也不得机会。

二亲王已经走了五六天,在当月十六日过青野原。这时京都将军派人来传达旨意说:"不必押二亲王进京,可在途中就地处决,将首级送上京都。"长尾接受了命令,就将囚轿抬进美浓路樽井道场金莲寺内。那天夜里让该寺住持作戒师,按规定进行祈祷。栅栏的四周点起篝火,让春王和安王坐在皮垫子上,宣布他们的死刑,然后叹息着退了下去。住持搓着念珠走上前来,亲切地教他们念十声阿弥陀佛。春王安详地对安王说："从被囚的那一天起，就知道会有今日。回想上月在结城，氏朝为我们战死，在许多武士阵亡一个月的忌辰到来之际，我们兄弟之死是为他们赎罪的。一定不要悲伤。"春王这样安慰着。安王点头道："听人教导说，父母亡后在什么西方啊，净土的，死了可以再见到死去的父母，那还有何可悲的？然而对冥途陌生，只是这一点心中没底。""那就跟我走吧！"互相勉励，毫不惊慌，合起手掌闭目等待。长尾的老臣牡蛎崎小二郎、锦织顿二提刀站在身后，长尾和政康等见此情景都很悲痛，擦着鼻涕，士兵们也都被泪水打湿了铠甲的袖子，更何况在后边的大冢匠作？他不敢哭出声来，泪如泉涌，肝肠寸断。本应报名我也在这里，可是不能报名。主仆三世的诀别①，人非草木孰能无情？但束手无策，心里愤恨地在想："虽有三头六臂，也救不了亲王啦。剖腹殉职虽很容易，但至少要将眼前的仇敌长尾杀死。可是不行，离得太远，如果失败就全完了。好啦！我与牡蛎崎和锦织也同样有弑君之仇，杀了他们再去黄泉为亲王带路。"心里打定主意，便准备动手，在东转西转向前靠近之际，只听得那二人举刀大喝一声，刀光闪处，可怜的二亲王，头颅应声落地。匠作"哎呀"地惊叫一声，绕过警戒的武士跳入栅栏内，怒吼道："二亲王的侍从大冢匠作在此，吃我报仇的一刀！"这样报名后拔出二尺九寸的宝刃从锦织顿二的肩头到乳下狠狠地砍下来。牡蛎崎小二郎大吃一惊，喊道："不能让这个坏蛋跑了！"迅速挥动血刀将匠作的右臂狠命地砍掉。就势又是一刀，将匠作的头砍掉。这时，一个头戴斗笠的士兵，推开围着喧哗的众兵丁，飞也似地

---

① 日本的谚语云："父子的恩情一世，夫妇二世，主仆三世"，说明主仆的关系，远过于父子和夫妇。

跳入栅栏内,左手抓住二亲王首级的发髻,连匠作的头也拿起来,用口使劲衔着发髻,人们还未看清他用手拔刀时,就将牡蛎崎劈作两段,倒在地上。事情来得过于突然,三百多士兵只喊:"抓住他! 抓住他!"近处的都吓得目瞪口呆,不知如何是好,远处的被前边的挡着,也前进不得。趁这个功夫,他将斗笠一扔说:"某是持氏朝臣恩顾的近臣,大冢匠作三成的独生子,番作一成,年已十六岁,因父训难违才逃出战场。背着父亲,某为了知道主君和父亲的结果,来到此处,可巧杀了杀父的仇人。哪个想试试就来把某捆起来。"这样一叫阵,因幡介瞪着眼睛说:"原来是结城的余党,不知何时混进来了。不管怎样,一个黄毛孩子有何了不起,给我捉活的。"士兵们听到命令,想跳进栅栏动手捉拿。这时番作正劈如切瓜果,或横挥如转车轮,以受过真传的熟练刀法杀敌,犹如偃草,又好似秋风扫落叶,刀尖所向,无不身负重伤。这是有缘故的,番作的宝刀名曰村雨,果然名不虚传。挥动起来从刀尖涌出的水珠有如雨雾,淋到四面八方,即将点燃的篝火熄灭。时值五月,阴雨连绵,比日间的阴云更加密布,十六的月光也被乌云遮住,一团漆黑,长尾的士兵互相厮杀,受伤者越来越多。番作见此光景,已知实乃天佑,杀气更加大振,杀开一条血路,从栅栏内冲了出来,跳入乱军之中,寻找空隙潜入墓地的草丛内,然后跳过河沟便不知去向。

真是麻痹出大错,长尾虽然很有经验,但由于宝刀的奇功,熄灭了篝火,不但未捉住歹人,连春王、安王的首级都被夺走,丢了面子,酿成不应有的大错,因此便派人往京都,先向室町将军报告事情的经过。并从这天夜间起,向八方派兵,不分昼夜寻找番作的下落,但却不得而知。在如此空费时光之际,派去京都的人带回了将军的命令。因幡介和其他将领一同跪拜接旨,命令大略曰:

斯波义淳等奉谕：春王、安王首级为其同党所夺。此
乃尔等至大渎职，然二王既已斩首，盗其首者于彼无益，于
国无害。是以长尾因幡介将功折罪。命尔速赴镰仓告知
清方，务必追查二王余党。切切此令。

嘉吉元年五月十八日

读毕命令，长尾主仆喜形于色，这才放下心来。于是收殓二亲
王的尸体，与其他战死的士卒尸体一起埋葬在金莲寺。次日从樽井
出发，回了镰仓。长尾等之事，按下不提。

再说大冢番作虽有拼死的决心，但也是由于神佛对他忠孝之忱
的保护和帮助，所以这才轻而易举地杀出一条血路，逃出金莲寺。
往东走了一夜，来到一条不知名的山路。顺着这条樵夫砍柴走的小
路，摸索着走到天明。次日也没休息，接着赶路，十七日黄昏到达吉
苏御坂那边的夜长岳山麓。计算行程，距樽井约二百余里。心想总
不会追到这里，这才稍微放心。手脚疼得厉害，看看自己身上虽有
五六处轻伤，但鲜血已湿透了衣裳。不但如此，从昨夜起就没吃没
喝，饿着肚皮走，身心都异常疲惫，已寸步难行。但还是鼓着劲儿，
站在路旁也不休息，想把主君和父亲的头掩埋起来，便忍着痛苦四
处寻找适当的坟地。这里距村落较远，又在群山之中，高耸入云，山
清水秀。往上看好似刀削的青壁，异常陡峭，往下望犹如斧凿的碧
潭，十分清澈。虽有观不尽的佳景，忧伤之身却无心观览。飒飒松
风疑是敌人追来，喃喃鸟语亦非慰忧之友。又走了一天山路，在十
七日的月光下登临到山顶时，便来到一座由群树围绕的草屋前。院
子的两扇门，一扇已经朽坏，似是个荒芜的孤馆。心想今晚且在这

里歇歇脚、讨碗饭,就走进院内。借着月光一看,这里是一宇乡间古庙。在好似佛堂的房檐上以柏木的圆板作匾,上有拈华庵三个字,被风吹雨淋将将看得出字迹来。周围都是墓地,有许多石塔。番作仔细想:"这里是埋葬君父头颅的极好之处,但如说明来由,主人一定会因害怕受牵连而拒绝。莫如不告诉庵主,埋葬之后再去讨宿。"想好后就蹑着脚偷偷地向四处张望。佛堂的木台下有张犁,他便如获至宝地拿起来扛在肩上奔赴墓地。左右看看埋在哪好呢? 发现有座新坟没埋石碑,附近的土质松软,容易挖,就和新坟并列,随便掘个坑,将三颗人头埋得深深的,照旧盖上土,跪下合掌,念完佛起身,把犁送还原处后,问里面是否有人,也无人回答。于是他就走近厨房梆梆敲门说:"有话想与庵主说,我是天黑了走山路又饿又累的行人,这里好像是修行的地方,庵主一向以慈悲为怀,今晚想在这里借个宿。"说着推开门,却见一个女子,年方二八,虽是乡下女子,却很文雅昳丽,颇有含露野花馥郁芳香的风情,独自面对孤灯,似乎在等人,今见番作不等开门就自己推门进来,被这唐突的举动吓得不知何言以对。番作也呆了,用眼睛紧紧盯着,那个女子就更难忍受,突然站起身来,想躲到里边去。番作急忙唤住道:"你无须如此害怕,我是山客,不是夜盗,昨天在某处杀死了父亲的仇人,又杀退了仇人的帮手,来到这里。我从昨天到现在未进饮食,现在又饥又累,已不能走路,如蒙赏碗饭并借住一宿,实乃再生之洪恩。请不必多疑。"说着用右手把腰刀向后推推,登上踏脚的木台。那个女子战战兢兢地把纸灯笼向前照照,仔细看了看番作的面貌,叹息说:"你这样年纪轻轻的就能为父报仇,很难得。但我并非路遇艰难而不肯相救,也不是心疼一碗饭而将你拒之门外。因这里不是我的家,你已经看到,这是座村庙。在乡村除庵主外无人看庙。日间我来给父母上坟，被庵主叫住说，你来得正好，贫僧有事去大井乡，黄昏时回来，你且在此看门。既然说了，我就不好推辞，给他看门着实后悔，等到这个时候还不见他回来，又不能丢下就走，真没办法。饭虽然有，我却不能做主。"番作听了说："你的话虽有道理，但若等庵主到来，则难救辙鲋之急，只能索我于枯鱼之肆了。救人是出家人的本愿，庵主回来也绝不会拒绝，岂能会受责备呢？如果他回来生气，因舍不得东西而责怪你，那我便好好向他解释。你就救救我，使我免受饥饿吧！"这样一恳求，她感到难以拒绝，就把庵主在木制的方盘里蒙着麻布的饭碗拿来，放在番作身边，又把用藤箍的山柏木饭盆拉过来，盛了满满一大碗给他。掺着干菜的粗麦饭，这时竟胜过美味珍馐，盘中的咸豆酱吃起来也蛮可口，把饭盆里的饭都吃光了才算完毕。他说了些表示感谢的话，把饭盆推开。那个女子将饭盆收拾起来说："这位客人，你肚子已经不饿了，庵主不在，我们都是年轻人，一同在此过夜，别人会生疑的，赶快出去吧！"对这样无情的催促，他也置之不理，卷起袖子伸出胳膊说："请看这个！有如此数处金创的人，即使同室而寝又会有何事？就由他怀疑去吧！肚子不饿了，就更感到疲惫不堪，寸步难行。夏日夜短，很快天就亮，庵主就会回来，让我住一宿吧！"他不客气地这样说，姑娘也就无法推辞，叹息着说："怪可怜的，怎奈我不是主人，不管怎样也只好随你的便了。然而这里是山寺，没有客殿，就请你在佛像前放个枕头睡一宿吧。山里的好处是没有跳蚤和蚊子。"番作听了微笑着说："许我住下，再好没有了。喜悦的心情实难言喻，多亏你的帮助。"说着这才站起来。那个女子又拿盏灯来说："拿这个去吧。"番作道声"谢谢"，右手拿着灯，左手推开纸隔扇，便到佛堂去就寝。

第十六回　　白刃下鸾凤结良缘
　　　　　　天女庙夫妻祈一子

　　却说大冢番作,虽是轻伤,但一昼夜走了许多路,旅途劳累再加
伤痛,折磨得他一夜没睡着,枕边不断传来风吹松林的松涛声和溪
涧的流水声。朦胧中被隔着纸门说话的声音惊醒,倚枕细听,是个
年岁大的男人的声音。大概是庵主回来了。他在说什么呢? 倾耳
静听,忽然听到一女子哭泣着说:"那太不讲道理了。普济众生是佛
的教导,即使你不这样做,心秽破戒,身穿法衣而手里拿刀竟也不觉
得可耻,怎么还要杀人,太作恶了。"说话的人正是留自己住宿的那
个女子。原来庵主是破戒的恶僧,欲霸占那个漂亮的少女为妻,以
她作诱饵,留过路人住宿,窃取财物,实是个山贼。幸君父之仇得
报,雪了奇耻大辱,脱离危难来到这里,焉能白白死在山贼之手? 要
先发制人,把他们都杀了。主意已定,但不动声色,悄悄起来扎好带
子,插上腰刀,蹑手蹑脚地走到纸门边,从门缝往里窥视。只见年约
四十开外的恶僧,手举着把菜刀对那个女子威胁哄骗。说的话虽听
不大清,但想杀人的凶相毕露,女子无力抵抗,披散着头发哭泣。恶
僧害人之心十分明显,番作毫不迟疑,一脚踢开纸门,从厨房那边跳

了进去,骂道:"你这个山贼想杀我么?看我先杀了你。"说着扑了过去。恶僧大吃一惊,挥动菜刀砍过来。番作从他手下躲过去,飞起一脚,正踢在恶僧腰眼上。恶僧向前摇摇晃晃走了五六步才算站住,回头又冲了过来。番作左躲右闪诱引对方数次,乘其疲劳之际,将其菜刀打飞。恶僧心慌,想撒腿逃跑,番作赶忙举刀骂道:"贼僧!这是天诛。"说时迟那时快,刀光闪处,恶僧脊梁被深深砍了一刀,恶僧被击中要害,惨叫一声,立即跌倒。番作就势在他胸部和咽喉上又用刀尖刺了两刀,拔出腰刀擦擦血,对被吓得不知如何是好尚未来得及逃跑的女子瞪着眼睛厉声道:"你夜间给我饭吃,似乎有一饭之恩,贼僧回来又制止他杀我。某虽有恻隐之心,但你是贼僧之妻,过去不知你们杀了多少人?天诛难逃,还不速来伏首受刃。"那个女子稍抬其首点头说:"你根本不了解情况,我并非他的妻子。"番作不等她说完就冷笑道:"你不要闪烁其词了,想过一会儿等小喽罗们回来为你丈夫报仇,这点伎俩我是不会上当的,不想说就算了。"举起恶僧的菜刀就要砍,女子赶忙后退说:"且慢!我有话讲。"但愤怒的番作刀尖还是紧逼不放,她躲躲闪闪的犹如被雪压弯的嫩竹,慌得右手伸出来挡,用左手推着,跪着一条腿向后仰身,往后边转着圈躲,番作还是相逼不舍。砍一下就躲开,扫一下就趴下,想站起来刀就在头上晃,她一边逃一边将手伸到怀里。当番作杀到眼前时,她从怀里掏出一封信递给他说:"看看这个您就不会怀疑了,您要明辨是非。"番作迎光仔细看了她两手拿着的信中用毛笔写的姓名,不觉把刀收了回来。信上的名字和印章使他迷惑莫解。是和尚老婆贼妻的情书么?但又明明是一个武士的遗书,其中定有缘故,于是对那个女人说:"就将缘由说说吧!"番作稍微退开一点,把刀插在席子上,跪坐看着她。这时,那个女子把信卷起来擦擦眼泪说:"我本来就不该给他看庙,今晚这场灾难又加在我身上,应该将实情说给你听听。现在也无须隐瞒了。我是御坂人氏,井丹三直秀的女儿,名叫手束。我父直秀是镰仓将军〔指持氏〕恩顾的武士。听说持氏灭亡,二亲王去结城又被围困。他立即离开御坂,仅带十几个人驰赴结城。经过几年的战斗,少主武运欠佳,上月十六日,结城陷落,父亲直秀和不少有名的将领一起阵亡。这是他临终的遗书,城陷之日交给我家老仆带回御坂。母亲从去年就仰望那边的天忧虑,结果忧虑成疾,在生命垂危之际又传来了结城陷落、父亲阵亡的消息,于是病情日趋严重。回来报信的老仆因伤重和旅途劳累,知道活不成了,便剖腹殉难,当场丧命。家里的奴婢怕受牵连,不知什么时候跑得一个不剩。只有我一个人在看护母亲的病。我们母女如同悲鸣的秋蝉,没等秋尽母亲便油枯灯熄,终于在本月十一日去世。葬礼也多亏少数几个亲近的乡里,乘着日暮昏黑送到庙里。昨天是父亲去世一个月的忌辰,今天是母亲的头七。带来一点布施聊表心意,昨今两日去坟上扫墓,庵主殷勤安慰,让我暂时看庙,他就出去了。这些事昨夜就告诉过您。这座庙叫拈华庵,庵主的法名叫蚊牛,是远近乡民的皈依僧,我家也是施主,就毫不怀疑地答应了他的请求,为他看了一天庙。庵主回来后才知道他是别有用心的。太卑鄙了,不知这个和尚什么时候起了坏心,为了留我住一宿,就设下诡计让我看庙,深更半夜回来,缠住我秽言秽语地进行出家人所不应有的种种调戏。我吓坏了,坚拒不从,他就将我拉过去举起菜刀威胁。我怕他声音高了,一旦您跑进来会被他怀疑,想不到您把他杀了。这都是前世的报应啊!一个佛门弟子贪恋女色,施诡计将我留下,想进行强奸,以至冥罚立即及于其身,多么可悲啊!您在这留宿之事还未来得及对他说,就出了这种事。他怎会知道除我之外还有人呢？您自己想想会解除怀疑了吧。我也是结城的余党，乘他人之危以利己，将您捆送到京都去，我也跑不了。说我是杀人劫物的贼妻僧妇，实是天大的冤枉。这个不白之冤不洗清我不能死。不仅如此，更不能玷污亡父之名。想到这里，才怜惜我这条不值得可惜的生命。"说着在揩眼泪。这个勇敢少女的一番话，说得番作不觉拍着膝盖说："原来你是井丹三直秀的女儿呀！方才看了你的那封信，上边写着直秀的名字，心想如非同名的别人，其中定有缘故，这才想听一听。我还没有把我的名字告诉给你：家父是镰仓世代相传的近臣大冢匠作三成，我是其子番作一成。你父和我父共同伺候二亲王，从围城之日起就同守后门，亲密无间，无所不谈。及至城陷之日，我和父亲另有打算，一同逃出虎口，跟着二亲王来到樽井。少主在该地蒙难，父亲匠作也被斩杀。我当场杀了父亲的仇人牡蛎崎小二郎，夺了主君和家父首级，浴血奋战搏死脱逃。一昼夜走了二百来里，远路到此想埋葬这三颗头颅，就在这个庙的墓地，恰好在一座新坟旁边掘个坑，悄悄埋在那里，然后才来借宿。我是个逃亡的人，有点风吹草动心里就搁不下，对和尚方才说的话也没听清，心想一定是要害我，就急忙动手将他杀了。这似乎有些鲁莽，但却在无意中救了你。这大概是神佛的旨意吧！另外有件事虽很难开口，但还得说给你。在围城之日，直秀大伯对我父亲说，如果少主时来运转，东国平安无事，我有个女儿想给你作儿妇。我父亲说，这真是公私两幸，定受恩赐。两位老人说定后，未实现这个心愿就双双战死。其子女死里逃生互相通名而相识，实在太薄命了。尽管方才实属误会，但如将你误害，过后一旦了解真相，向死去的父母合掌礼拜时何以解释？太危险了。"说出了自己和她的婚姻大事，一片赤诚流露在话语间。手束仔细听着，又打开方才那封信说："虽早就闻听大名，却没想到在此互相通名,您就是番作,真是扯不断的姻缘,请看这个。这是父亲临终时留下的遗书,对你我的婚事,他深表遗憾。那个口头婚约还没有徒劳,您埋葬主君和父亲三颗头颅旁边的新坟,就是我母亲的坟茔。说我们是双方老人许下的夫妇虽然有点令人害羞,但我从今天起就想同你共存亡,别无他求,请多关照了。"说着以手掩面。番作听了叹息说:"想不到两家父母不仅在这里并冢守护二亲王的遗骨,而且你我姻缘的巧妙遇合也一定是父母亡灵的引导和安排。那么我就带着你远走高飞,隐遁起来吧。然而都正在守孝服丧,也无法成亲。待十三个月的服丧期满,再结拜成亲。"手束点头同意说:"我也是这样想,你既已杀了蚊牛法师,人们不会不知,不久大祸将至,我想也难回御坂的家。在信浓的筑摩有我母亲的亲戚,特别是那里的温泉可治手伤。从前净见原天皇到这个温泉去过,所以轻部朝臣足濑等就在那里造了行宫,现在还叫作御汤。我们就一起去筑摩乡吧!"番作就依她所劝,趁着天未亮赶忙带着手束走出拈华庵。仅仅走出一里多路,回头再看时,庙那边起火,照得周围通亮。手束见了吃惊道:"太可怕了,出来时心慌没有灭火,又造成错误。"她这样地嘟哝着。番作听了笑着说:"手束,不必惊慌,拈华庵是山上的庙,虽是远离尘世的佳境,但在此乱世,清白的和尚甚少。那个蚊牛尚且贪淫,擅自起了坏心。他死后无人做住持,必然成为山贼之寨。所以我出来时把埋着的火拨出来,把纸门和帘子点着,那个庵室恐怕已成灰烬了。蚊牛确实有罪,只是尚未得逞便被我杀了。虽不值得可怜,但亦非心之所欲。因此火葬了和尚,得以掩盖其羞耻,这也是我的一片苦心。那里是君父的坟茔,放火焚烧虽然不好,但不愿其成为山贼之寨,是不得已而为之。日后倘我得志,即使在那里建造一座伽蓝也不困难吧?"经这一解释,手束才明白,不住感叹。借助火光,跟在身前身后,匆忙赶路。

　　话分两头。却说在武藏国大冢乡和番作的母亲一起隐居多年的大冢匠作的女儿龟筬,是前妻所生,虽是番作异母的姐姐,但心地不像其父和弟弟那般善良。毫不挂念被围困的父亲和弟弟,更不把继母的千辛万苦放在心上。她生来就喜欢梳妆打扮,从不感春日之长,而与情郎幽会之时却叹秋夜之短。她虽是个不守本分的淫妇,但母亲因非自己所生,也没法严加管教。只是从旁暗中忧虑难过,以至日益多病。于是龟筬便与同乡的一个无赖弥弥山蟆六暗中结成夫妻。其情如胶似漆,如无皮肤之隔,彼此早就成为比目鱼①和连理枝了,一刻也不想分开。因此就更对父亲的吉凶莫卜和母亲的积忧成疾幸灾乐祸,然而尚未长到招婿之时,她也无可奈何。正在这时,结城陷落,父亲匠作在美浓路的樽井战死,弟弟番作也不知去向。这个消息今年七月初传到大冢,没有这个不幸都忧愁多病的母亲,听到后更加悲痛。从那天起就头也不抬,汤水也难以下咽,只有等死而已。龟筬说:"我一个人也难以看护母亲的病,几个月来我认为最可靠和能干的人就是蟆六,把他雇来吧。"于是就把他拉到家里来,煎汤熬药只是给别人看,把母亲抛在一边,与蟆六同食共寝,尽想寻欢作乐。其母在那个月的月末,年仅四十岁就离开人世。除乌鸦之外,没有哭的,送到个什么庙里,坟前的石碑都长了青苔,也很少有人去扫墓。

　　龟筬如愿以偿,和蟆六结成了夫妇。过了一两年,据说在嘉吉三年时,前管领持氏朝臣的末子永寿王,在镰仓灭亡时,被奶母抱走,逃至信浓的山中。那个郡的安养寺的住持僧,是奶母之兄,于是

---

① 比目鱼一边长两只眼睛,用以比喻伉俪夫妻,故有"比目共枕"之句。

将他们隐藏起来,多年来与世袭的近臣大井扶光同心合力进行扶养。镰仓听到消息后,管领宪忠的老臣长尾判官昌贤与东国诸将商议,将永寿王迎回镰仓奉为八州的统帅,举行了元服之大礼,称之为左兵卫督成氏。听说要起用在结城战死的家臣子孙。那个弥弥山蟆六高兴得认为时机到来,急忙冒充大冢氏去镰仓,自称是在美浓的樽井战死的、侍奉永寿王之兄春王和安王两亲王的大冢匠作的女婿,乞求恩赏。昌贤立即派人去丰岛的大冢进行调查,匠作女儿之事虽然查明,但蟆六这个人非武士之材,仅任命为村长,可以带刀,分给八町四反(约合 840 公亩)的庄园。命令下达到该地的阵代①大石兵卫尉,令其遵照执行。自是蟆六建起了威严的瓦顶厢房和冠木门②,使用七八个奴婢,欺压百姓,只顾眼前的私利,不管将来如何,成了有钱的富豪。

这且不提,却说大冢番作一戌,带着手束,到了信浓的筑摩,在那里经过温泉治疗,手脚的伤虽然好了,但腿肚子萎缩,行走很不方便,因此便住在筑摩。过了一年多,服丧已满,但还没打听到住在武藏国的母亲,心想今年拄着棍也要去大冢。不料这年夏天得了疟疾,直到秋末还抬不起头来。在苦闷中度过嘉吉三年,落魄到这种地步,还姓大冢颇有顾虑,觉得愧对祖先。所以从到筑摩的那一天起,就在大冢的大字上加了一点,叫犬冢番作。他无固定职业,只靠手束织麻布维持不了生活,流浪了三年,手中积蓄已全花光,今后可如何是好? 这时春王、安王之弟永寿王成氏朝臣,在长尾昌贤的辅佐之下,成了镰仓将军,起用潜逃各处的战死家臣子弟。从筑摩洗

---

① 武士时代代替首将统帅军务者。
② 两根木柱上搭一根横木的门。

温泉的人那里听到这个特大喜讯,番作喜出望外,对妻子说:"现在
还等什么? 即使走路不方便也要到武藏国去。见了母亲和姐姐,立
即到镰仓去将春王的遗物村雨宝刀献给成氏朝臣,报告家父匠作和
岳父井直秀为主尽忠战死之事,我的前程就由主君去安排。"于是夫
妻赶忙准备起程,向几年来给予帮助的乡亲告别后,去武藏的大冢。
番作的腿脚不好,拄着棍儿,一路上由手束扶着,走不远一歇,一天
才走三十来里路,分外费时间。八月由信浓出发,十月末才到故乡
附近。番作这时对母亲是否还在有些担心,就走近离乡不远的一处
草屋,装作是外地人问道:"大冢匠作这个人的妻子和女儿还在么?"
一个老翁好像这家的主人,正在脱稻谷,回头看看这一对夫妇说:
"原来你们不知道他家已经发迹了。他家的母亲大概两三年前就去
世了。他家的女儿是个不孝的淫乱女人,不看护母亲的病,旁人看
着都非常气愤。那个女婿是无人不嫌恶的无赖,自称是什么什么出
身,得了八町四反的庄园,并允许带刀,当上村长,现在叫大冢蟆六。
其宅院在一排梧桐树的那边,是如此这般的地方。"告诉得很真切。
番作听了很吃惊,又详细问了姐姐的情况和蟆六的为人,退出门外。
他对手束一言不发,只是不住流泪。过了一会儿,番作停住拐棍儿
叹息说:"虽然身子有病,也不该在筑摩住了那么长时间,连母亲临
终都未见到面。不仅如此,父亲尽忠而死的荣誉竟被蟆六篡夺,玷
辱了大冢的姓。现在若去告他,手中有村雨这口宝刀必操胜券。但
为与姐姐争名利,骨肉阋于墙,非吾之所为。因此这把佩刀就难以
献给镰仓将军了。姐姐是不孝之人,姐夫不义而富。对这种没出息
的人,说什么也没用,难道不是么?"手束听了只是揩泪,既不认为他
说得对,而又无法安慰,二人面面相觑,一同嗟叹。因此,番作便不
去蟆六那里,找到故旧乡亲,说明自己和妻子的情况,并表示了自己

的志气,为给父母守坟想住在这里。乡里们可怜番作的薄命,乐意
照顾他们,并把远近邻里找来,告知这件事,大家听了都很气愤,其
中一人说道:"我们村早就是大冢的领地。虽一时断绝,其领有权至
今未变。而亲儿子却成了不见阳光的花,任其凋零,领地被称作姐
夫的无赖蟆六给霸占了,还有比这个更不幸的么? 但是现在你和他
争,正如俗语所说:'过后还愿劳而无功。'抑强扶弱是东国人之常
情,为与那个可恶的蟆六赌这口气,番作您的事情我们全乡承担了,
负责养活您。你的手脚虽有残废,却不必担心。"经这个人一说,众
人都赞同。立即一致议决款待番作夫妇。于是这些乡亲们为番作
找到住宅。恰好在蟆六宅院前面有处不大旧的空房,就买下来让番
作夫妇搬进去。同时又共同出钱买了些田地,称为番作田,供他们
夫妇衣食之所需。这不仅是不忘旧主之恩和怜悯番作的薄命,而且
也是想让可恶的蟆六夫妇好好自省。番作夫妇堪称是成语所说"刚
毅木讷而近于仁"。番作在乡里们的帮助下,虽不富但亦无饥寒之
苦。姓既被姐夫夺去,也不便再改姓大冢,仍叫犬冢,担任乡里总角
儿童的习字老师,以报他们父母之恩。手束则教给乡里的女孩们絮
棉花做衣服,很受乡里人的欢迎。在青黄不接的时候,不少人给他
们送东西。〔此时是嘉吉三年,去年伏姬在安房出生,今年义成诞
生。已见第一辑第八回。〕

　　却说蟆六和龟筱认为已经死了的番作,虽然成了残废却携妻归
来,受到乡里们的尊敬,并住在自己家的对面。他们每次听到或见到
乡里对番作夫妇热诚相待,都十分妒忌。今天怕他到家来,明天又怕
别人说什么,没有一时舒心的时候。住在百步之间,他一次也没到姐
姐家来,龟筱实在忍不住了。一天,她和蟆六商量后,派人去找番作
说:"我是个没用的女人家,却没误了看护母亲。对母亲的遗言不能拒

绝,招赘蟆六是为了振兴家业,这是人所共知的。可是你却恬不知耻地临阵脱逃,如黄鼠狼一样夹着尾巴藏了起来,连母亲临终都未能见到你。幸而捡了条命,等到世间平静,带着女人回来欺骗乡里,已经有人在背地议论你还不知道羞耻。故意住得很近想显示一下,可竟一次也不到我家里来。对他人亲、对骨肉远,是何等无礼? 不管怎样,我的丈夫也是大冢家的继承人,已是一乡之长。好了,虽然你有非人之心,想彼此疏远,但国有贵贱之分,人有长幼之礼。倘若连这个都不知道,就不能留你在这个村里,赶快远走他乡。"番作听了,冷笑说:"某虽实不肖,与父亲一同守城,为尽忠主君,不惜生命。之所以未死在战场上,是为了探听主君与父亲的下落。因此在樽井,为父杀了仇人,掩埋了主君和父亲的首级。不料与父亲给订下婚事的妻子手束通名相遇。在筑摩温泉养伤,虽然稍愈,但行走不便,不堪长途跋涉。去年又闹了一场病,白白过了一年。今年又想起回家,拄着拐杖由妻子扶着,来到家门一打听,母亲已经去世。姐姐是个人所共知的不孝的淫妇。姐夫有何功劳,身受要职而享有厚禄,我一无所知。我遵照家父遗命,保存着春王殿下的佩刀村雨宝刀,然而不能将其献给镰仓将军。我毫无争名夺利之心,难道不是姐姐、姐夫之幸么? 番作虽确是不肖,但不愿见不孝的姐姐,也不能奉承不义的姐夫。如若将我赶出这里,那就没有办法了,只好到镰仓去诉诸官断。"那个人回去一五一十地回话后,龟筱无话可讲,蟆六也傻了。他们十分后悔,左思右想毫无办法。觉得若这样吹毛求疵,或许反而于己不利,便放弃那个念头,不再吭声了。番作拄着拐杖去给母亲扫墓,有时与蟆六碰到也不搭话。

　　这样又过了十几个春秋,享德三年十二月,镰仓的成氏朝臣,施用计谋斩了亡父的仇敌管领宪忠,自是东国又发生动乱。次年康正元年〔义实被围困,安西景连灭亡的那年〕成氏兵败,被宪忠之弟房显,其臣长尾昌贤等赶出镰仓,困守下总的洐我城,战争又进行了数年之久。这时犬冢番作仔细想:"当今战国时代,臣伐君乃是常见之事,这种冠履颠倒的世道,我的薄命算得了什么? 只是不孝有三无后为大,自娶了妻子手束,十四五年间生了三个男儿,皆在襁褓中死去,没一个长大的。我和手束同庚,她已年过三十,再生孩子就难了,我只对此深以为憾。"对丈夫流露的不满,手束也心绪不佳。虽非看姥舍山头月①,而心境的凄凉是无法慰藉的。她忽然想到:"泷川的辩才天②,就在附近的古庙中,人们说很灵验,去祈祷一下说不定会有好报应。"于是告诉丈夫次日早起便去参拜,诚心诚意地想祈求一子。从这一年即长禄元年秋开始〔伏姬被八房领着进入富山那年〕,三年间从未间断过一天。长禄三年〔伏姬自杀的第二年〕九月的一天,发生了这样一件事。手束把时辰弄错了,看到黎明前的残月,以为是东方发亮。急忙从家出来去参拜泷川的岩屋殿,可是参拜回来天还没有亮,自言自语地说:"真晦气。"在回头路的田埂上,看到一只好像被抛弃的小狗,脊黑腹白,在抖落被稻叶沾上的露珠。它好像在等人,摇动着尾巴,缠着手束的衣襟,赶走了又跟过来,不肯离开。她没有办法,站在那里心想:"这样离不开人的狗,是谁遗弃的呢? 一看是只牡狗,狗能生许多崽子,狗崽子很好养活。所以在婴儿枕边多放个作玩具的纸狗,我每天来拜神想求得一子,为何不把它拾回去呢?"她自言自语地说着,将待抱起来时,忽然南方紫

---

① 姥舍山又叫姨舍山,是长野的一座山,赏月胜地。据说从前在更级住着一个男人,自幼为其姨母收养。因听从其妻之劝,将老人丢在山上就逃了回来。归途看到明月十分后悔,吟了一首歌:"更级姨舍山头月,难以慰藉弃老心",次晨便将老人背了回来。

② 辩才天是七福神中的辩才女神。

云叆叇离地不高,便见一个绰约多姿的女神,宛然楚国宋玉赋中所写的神女,抑或魏国曹植笔下的洛神。坐在一只有黑白斑毛的老狗屁股上,左手拿着念珠上的一颗珠子,右手召唤手束,什么也没说,将那颗珠子扔给她。手束看到这种神奇的事情,吓得跪了下来,赶快伸手去接珠子。可是珠子从手指缝漏了下去,叽里咕噜地掉到小狗身边,再怎么找也不见了。她觉得很奇怪,再仰望那边的天空,灵云忽然无踪,神女也不见了。她觉得这不是件平常的事情,便把狗抱起来,赶紧回到家里,将此事对丈夫番作说:"我拜见的神女,颇似山上的女神,而不像辩才天。她赏赐的珠子很小,所以失落了。大概是愿望难以实现的不祥之兆吧!很使人担心。"番作沉思片刻说:"不然,不然,不是那样,那个神女不是骑着一只黑白斑毛的老狗么?我虽姓大冢却更姓犬冢,再说我的名字叫一戍,一戍的戍字,似十二支的戍狗之戍,顾名思义①,很有希望。另外你不是凭空得了一只小狗吗?这是宿愿得遂的吉兆。别让那只狗跑了,好好养着吧!"经这一解释,手束觉得有理,有了希望。果如番作的推断,手束不久就怀了孕。于宽正元年秋七月戊戌日平安产了一男孩。这个孩子就是有名的八犬士之一,叫犬冢信乃。关于信乃的详情留待以后各卷分解。

　　以上有关犬冢信乃之传记,详述其家世之父祖,而省略传主之其他故事。而其后述及其他七犬士之传文,则省略其家世,唯详叙其传主。缀文演义,用心不一,请看官谅察。

---

① 作者谓之"名诠自性",在这方面大做文章,不少名字都隐藏着一定的因果。

第十七回　逞妒忌蟆六求蜈岭
　　　　　因孝心信乃禊瀑布

　　却说犬冢番作实现了多年的宿愿,既生了男儿,母子又很健康。孩子很快到了满月。那么给孩子起个什么名呢? 便与妻子手束商议。手束思索片刻道:"世上有的人生子难育,生了男孩起个女孩名字,生了女孩就叫个男孩名字,这样好养活。我们夫妻没福分,生了三个男孩,都出生不久就夭折了。这次又生个男孩,我很不放心。到十五岁以前,就当女孩养,也许会平安无事。就按这个意思给他起名吧。"番作笑着说:"生死有命,与名何关? 世俗的一些所谓忌讳多不合理,必不可信。既然你认为可聊以自慰,从俗亦非坏事。古语管长叫'しの',在《和名钞》中将长竿训读作'しのめ'。现在管长穗的芒草叫'しのすすき'。以繁盛的芒草命名不大好,取祝贺吾子长命百岁之意,就叫'信乃(しの)'吧。从前我在'美浓路(みのぢ)'上,与你巧遇相识,而在'信浓路(しなのぢ)'上与你成亲。'信乃'与'信浓路'读音相似,可以说是'胡马依北风,越鸟巢南枝',孰能忘本呢? 我儿将来如果发迹,领受封地的话,则愿他做信

浓守,命名是含此贺意的。你看此名如何?"这样一本正经地问。手
束听了说:"这个名字太好了。富人家在生小孩的五十天和一百天,
要大摆酒宴进行祝贺。为了给这个孩子扬名,至少要给灶王爷献
酒,并给你我教的孩子做点好吃的东西。"番作点头表示同意。于是
手束雇邻居的老媪赶忙做了红豆饭和小鱼汤,还有醋拌生鱼丝。他
们把村里的孩子都请来,饭盛在染红的檞树叶上,一个个吃得饱饱
的。有的膝盖上掉着饭也顾不得拾,饭后站起来说声谢谢,便告辞
回去,多数孩子却又争着穿草履,争先恐后吵吵嚷嚷地忙着回去了。
自此以后,手束给信乃穿起了女装。到了三四岁得留发髻时,便插
上梳子和簪子。一唤信乃,不知者还以为是女孩呢。因此蟆六和龟
筱看到这种情况便拍手冷笑说:"凡人的父母生了儿子无不感到光
彩,而武士的浪人却愿意要女孩子。他在结城之战没跑掉,身子受
了伤,就吓破了胆,再也不敢想打仗了。竟做出这等蠢事,真比想象
的还废物。"他们自作聪明地进行诽谤,但却没有帮腔的。村里人都
喜欢信乃,给他东西,轮流着抱他,帮助他母亲照看他。因此蟆六夫
妇就更加妒忌,同时也感到羡慕。谚语说得好,淫妇多是石女不育。
龟筱年过四十还没孩子,夫妇时常商量想要个养女,有人介绍说:
"炼马的家臣〔武藏的炼马氏,是丰岛左卫门的一族。叫炼马平左卫
门〕某甲有个女儿今年才两岁。其父母忌讳四十二岁生的第二个孩
子,注定一辈子不通来往,愿收七贯永乐钱卖给正经人家做养女。
那个女孩生来眉清目秀讨人喜欢,今年春季出了很轻的天花,实是
白璧无瑕。不仅如此,去春正月初出生,已满两岁。因此即使不雇
奶母,也能养育,你们就收养了吧。"这样一劝,蟆六和龟筱笑逐颜
开,斜过身子不觉坐着往前凑身,问清了以后,互相看看,蟆六说:
"在这需捕鱼熬盐度日的艰苦年月,买个孩子花七贯钱也不算少。

如您说的全是实话,当然我们想要,那您就给说说看。"夫妇二人都
同意,那个人就赶紧去了。过五六天,事情办成了。通过介绍人,那
个孩子的父亲和蟆六交换了合同文书,收了七贯钱,把孩子送到大
冢。龟筱抱起孩子先仔细看看脸,然后又从手指到脚掌都抻开,不
管孩子怎么哭也反复地看着,然后格格地笑着说:"虽不知三十二相
俱全是指哪里说,但她确实是打着灯笼也找不到的珍品,你看看。"
蟆六前去一看,更高兴地说:"好孩子,你别哭,给你好东西。"将右手
伸到袖子里去,取出点心来,其形状如春天的樱花,秋天的红叶,对
华而不实不能生孩子的父母,小孩儿也会嘴甜表示孝心,不管是朝
三暮四,还是朝四暮三,只要把吃的塞进嘴去也就不哭了。真是顽
固的人,以其个人的偏见,以为只要把抱养的孩子当作自己生的给
他起个名字,就可特别偏爱,哪管别人怎样嘲笑。更何况蟆六和龟
筱,对番作夫妇非常妒忌,认为使自己丢了丑。于是给那个养女起
名叫滨路,给她穿上绫罗绸缎,去这里游山,到那里拜庙。由侍女们
抱着,小厮跟着。连四十多岁的老婆龟筱也穿上镰仓式①的华贵衣
裳,一个月里出去几次。出去一趟既浪费时间又破费钱财,她也不
怕别人嘲笑。不仅如此,在留发和系带②的那一年,穿上比身高长十
倍的美丽服装,坐在健壮男人的肩上,假借拜城隍,在人前卖弄。有
人善于阿谀奉承,说滨路好,龟筱就毫不吝啬地送礼物给人家。蟆
六夫妇堪称会娇惯孩子的父母。滨路被哺养到懂得东南西北的时
候,就选个教乐器的老师,从早到晚弹唱歌舞,闹得四邻不安。一切

---

①　镰仓武士及其夫人们所穿的流行款式。
②　自平安朝以后,三岁时方留短发并举行仪式,多在阴历十一月十五日举行,曰"留
　　发"。"系带"是小孩开始系腰带的祝贺仪式,一般男儿从五岁至九岁,女儿在七岁
　　的十一月择吉日举行。至于"留发"和"系带"是否可同年进行,不详。

都向婀娜多姿的妖艳方面培养，再加上生来就美貌过人，所以有人就暗中说乌鸦窝里出了个凤凰。这对父母听到这种夸奖，并没觉得这是讥笑，却沾沾自喜，骄傲地说："一定要招个官高家富、在世上有威望的人做女婿。"

这且按下不提。却说犬冢番作的独子信乃已经九岁，体魄和膂力过人，比一般十一二岁的孩子还高一截。他仍身着女装，但所做的游戏却是比较粗野的，如用小弓打鸟、放风筝，或砍石子、骑竹马等等。信乃生来就喜好武艺，番作更加钟爱。早晨和村里的孩子们一同习字，晚上番作就教他读儒书和军记物语，有时也试验着教他点剑术和拳法。因信乃素好此道，进步很快，连父亲都时常咋舌称赞，认为是后继有人。父亲是这样称赞的，而母亲手束则认为这个孩子聪明伶俐，自发地表现出有孝心，连父亲都像外人一样称赞他文韬武略过早成器的话，也许会短命，因此越想越感到不安。于是便劝丈夫不要让孩子学武艺，虽说学点武艺不是坏事，但还是长大后再学。然而信乃的想法却和一般孩子不同。背着母亲每天对竹刀都爱不释手，还总想骑马。可是农村只有驮马，没有人骑的马。这时，在信乃出生时母亲手束去泷川岩屋参拜的归途带来的那只小狗，也和信乃一同长大，今年已经十岁了。这只狗的背比墨还黑，肚子和四条腿比雪还白。四蹄白色的马叫驷（音"よつしろ"），因此就管这只狗叫四白（よしろ），又唤作与四郎（读音与四白相同）。这只狗几年来和信乃很亲昵，打也不怒，一切听从他的摆弄。信乃给与四郎戴上缰绳骑着，犬也颇懂主人之意，撒开腿能跑几个来回。谁也没教给他，可是其骑座和使用缰绳都合乎驾驭方法。看到的人都不觉停步，对他的技艺和姿态，有的捧腹大笑，有的称赞这个孩子真非同一般。真是不是玉工不知碔砆和美玉。信乃身扮女装，每日习练武功,村里孩子们指着他嘲笑说:"你没有睾丸。"大家取乐,信乃却毫不在意,认为那些孩子是当地居民之子,不配做我的游戏对手,和他们无须争论,自动避开,一次也没争论过。但是自己也感到非常奇怪,为什么只我一个人和别的孩子不一样,穿女孩子衣服呢?因为忙于别的事情而未问父母。他从在襁褓中就穿,对着女装已经习惯了,所以也就没有羞色了。

从这一年的秋天起,手束感到身体不适,卧病在床,针灸和医药都无效验,到了冬初就更日益严重。这使番作愈加愁眉不展,夜间也难以安睡。信乃每天早晨去求医取药,然后劝药捶背,山南海北地讲故事安慰母亲,不时热泪盈眶。母亲看到儿子难过的样子,心里很不好受,忍耐不住就抚摸心坎儿,装作因病之故。母子二人虽然互相不说,儿子的孝心和母亲的慈爱是不言而喻的。一天早晨,信乃去取药,出去之后,番作给锅里的粥调咸淡,并开着半扇门,借点风生火。手束看到,稍抬起点头说:"让自己的丈夫生火提水,甚至还做饭,真使我于心不安。不仅如此,尚不足十岁的信乃每天和大人一样伺候我,晚上都不得休息。有这样贴心的丈夫和儿子照看,最后还是得走上永别之路。我这次得病是有缘故的,信乃不用说是祈祷神佛得的儿子,有这样那样的吉兆,因此生的虽是独子,却年幼早成,智慧过人,连父亲都十分称赞。我被生下不久就死去的信乃的几个哥哥吓怕了,唯恐他短命,有这种想法已经很久。信乃倘若也难以逃脱前世的报应,不好养活的话,就请以母亲的命来代替。我这些年并未白白向泷川岩屋的神佛祈祷,信乃自襁褓中既未得过病,也没伤过风,轻轻送走了天花这瘟神,平安度过了即使不得病也要受伤的七岁那道关口。我今即使离开尘世,只要能让儿子今后大吉大利,我的愿望也就实现了。我对生命并不可惜,可悲的是永别。他虽没了母亲但父亲还健在,有你的光辉照耀着他,就不怕黑暗,会茁壮成长。我已经不久于人世,不要浪费钱财为我煎汤熬药,不必管我了。"说着眼泪汪汪的。她那微弱的呼吸和已知必死的话语,令人倍感凄凉。朝不保夕犹如袖上之霜露,生命垂危宛若只剩一只翅膀还在苦苦挣扎的秋末粉蝶。番作不住叹息说:"不要说那些没用的话,你说想换儿子的命,如果命能够换,世上就没有丧子的父母了。你是由于胡思乱想才得病的。想这些没用的,还不如服药喝粥,耐心养病的好。"他讲明道理,耐心地说服手束。冬季日短,虽已到巳时,但同往常不同,信乃还没回来。他不是在途中无故耽搁的孩子,究竟是出了什么事?父母惦念儿子,实在放心不下。番作想到外边去看看,便拉开纸门,没想到在走廊上放着取药的篮子。他觉得奇怪,赶忙解开绳打开盖一看,药却在里面。原来如此,于是面颊露出笑容,急忙提着篮子进入室内,对手束说:"药在这里,不知信乃什么时候回来的,可能散心去了。自从你有病以来,他从来未因自己的事情到外边去,不知看见什么有趣儿的事?回来也没告诉一声就出去了。真是孩子气。"手束稍放点心说:"偶然这么一次,就不要说他了。我想他不久就会回来的。"虽然这么说,可没见到面却还是有点不放心。这样很快过了未时,太阳已经偏西,信乃还是没回来。"即使贪玩,肚子饿了也应该作罢,什么都没吃,在哪里呢?真是莫名其妙。"父亲这样一说,母亲又把沉重的头抬起几次向外边张望。听到草履声,认为是他回来了,可却是去浪速浦割草人的脚步声。妻子抱怨,番作也站起来东张西望,实在等急了,不觉叹息说:"我的腿脚要是从前,出去跑一圈一定将他领回来。"

十月小阳春白天日短,番作看着夕阳,拿起了拐杖,心想他究竟到哪里去了呢?要是到天黑就更难找了,不管到哪里也要把他寻回来。于是插一把刀，拄着拐杖，将待出门。番作后门对面住着一个叫糠助的庄客，右手拿着一根鱼竿和一个鱼笼子，左手拉着信乃，匆忙地前来造访。和将要出门的番作走了个碰头，格格地笑着说："这不是犬冢君吗？秋天的庄稼已经收完了，为了歇一天，天未亮我就高高兴兴地到神谷川去钓鱼，绕泷川回来。看到您的儿子在不动瀑布洒水净身，周身冻得冰凉，已经奄奄一息，把我吓了一跳，赶紧将他拉出来，立即带到和尚那里去，烤火喂药。经过和尚们的抢救，过了半晌才苏醒过来。我又为他讨来汤饭让他吃饱了。问其缘故，是为了使母亲的大病早日康复进行祈祷而洒水净身。不足十岁的孩子就有这么大的孝行，和尚们很受感动，主动赐给能治愈该病的神符和供米。那个瀑布离庙很远，除我之外少有人知，甚是危险，这样一个好孩子，无论父母或是神佛都不会抛弃他。他母亲定会康复，领过您的儿子吧！天快黑了，就此告辞。要好好照看病人，有事情从后门吹竹螺喊我。小少爷，明天来玩！烧鱼给你吃。"也不等对方答理，没进屋就回去了。番作扶着儿子的肩头，如同过山路一样艰难地走入室内，立即告诉妻子。手束听了，竟忘记了病痛，让儿子走到自己身边，说："信乃你要懂得，尽孝也要有个分寸，如将身子伤了，父母该多么难过。那样的孝反而是不孝了。孝顺父母的儿子，即使不祈祷，神也会保佑的。别再干那种危险事了！"信乃受到母亲的教导，噙着眼泪说："您说的我懂了。今天早晨到医生那里取药回来，偷偷听到母亲对父亲说，为了使信乃长命百岁，母亲竟牺牲自己的性命向神去祈祷。可能由于祈祷的灵验，才使您长期卧病，所以我非常难过。尽管眼泪浸湿了一条袖子，却咬紧牙没哭出声来。跪在走廊上心想，母亲的祈祷有灵验，我的祈祷也会有灵验，无论如何也要牺牲自己换回母亲的性命。就把药放在那里，跑到母亲多年信

仰的泷川去,向岩屋的神反复祈祷我心里想的事情。受瀑布的强烈
冲击一度昏过去了。以后的事情就不知道,没想到被糠助救了。我
活过来,是否神就不会接受我的祈祷了?实在令人懊悔悲伤。"一面
说着一面揩眼泪。手束痛哭流涕地说:"世间很多人都有子女,但我
那八九岁的孩子却懂得替父母死,即使我今天就死了,我也最幸福。
你的诚心已被神明接受,所以才没有变成瀑布潭中的尘芥回来了。
看到你这样命大的儿子,死后也安心了,我是因高兴得难以自抑才
泪流不止的。母亲想替你死就去祈祷,那是一时糊涂,是不会有灵
验的。我已再三地后悔不该那样祈祷。"一边流泪一边教育儿子。
番作一言未发,仔细地听着,这时才开口说:"我的可怜孩子,没有你
的至孝,你母亲的困惑怎能解开。如周公的《金滕》篇,是写他向神
祷告祈求代替成王生病。这可能是当时的寓言,表示至诚至感之
德。人的寿命长短,人是不得而知的。如果知道,忠臣、孝子谁还让
君父病死在床上?汝年幼而才智胜过大人,是应该懂得道理的。我
说的要好好记住。"这样地教诲后,又顺便向他述说了结城陷落后,
祖父匠作殉死尽忠和春王、安王两亲王蒙难的情况。另外母亲手束
为乞得一子,由泷川的庙回来亲自拜见了神女,并授予珠子没有拿
住,将与四郎带了回来,自此不久身怀有孕,生了信乃,这天晚间把
这些事都说给了他,并加以解释说:"吉事有吉兆,凶事有妖孽。手
束在怀孕时定是看到了神仙显灵。然而那个神女究竟是辩才天,还
是山神?抑或是狐狸之所为却不得而知。我认为你是神之所授,但
若告诉外人,则会被认为是痴人说梦,反而成为世人的笑柄。所以
尽管认为那是怀了智勇双全之子的祥兆,却暗藏在心中,连对你母
亲都没有讲,自然也没对你说。你该懂得这个道理。"他这样亲切地
进行教导,信乃侧着小耳朵听着,不时深受感动。手束也暂且忘了

病痛,听得兴味很浓。当下信乃想:"我母亲没得到神女所授的珠子,只带回一只狗,也许因为这个缘故,所以我虽安然无恙,母亲却日常多病,终于病笃。如果是那样,那么再找到那颗珠子也许母亲的身体会康复,不管怎样也要得到那颗珠子。"于是就更虔诚地向神佛祷告,虽然他心里抱着希望,但想把那连看都没看到过的珠子再找回来谈何容易。手束的病日益严重,又过了十几天,已经危在旦夕了。她有气无力地留下遗言,于应仁二年十月下旬的一天早晨,就安详地如睡觉一般断了气,享年四十三岁。番作十分悲痛自不待言,信乃呼天喊地,血泪湿透了衣袖,抽泣着打着滚哭,泣不成声。邻里们都来了,有的劝说和鼓励信乃,有的帮助番作料理后事。次日黄昏抬出棺材葬在番作母亲坟墓的旁边。这一天,信乃也没换衣裳,用棉花把脸包起来,全身都是女装打扮给母亲送葬,看见的都忍不住笑,从出去到回来无不指指点点地在窃窃私语。信乃看到这种光景,心想,不管平素怎样,这些蠢货在人家痛苦的时候也不该嘲笑取乐,但未露声色。在母亲七七之后,才对父亲讲了送葬那天的事情。他说:"我是男孩子,为什么将我当女孩子呢? 我不怕人家厌恶,但是连父亲都贬低我,心里非常难过。如有什么缘故请您告诉我。"信乃面露平素罕见的怒容问。番作笑着说:"这无须生气,就先把这件事告诉你。你有三个哥哥,都在襁褓中死了。生了你以后,你妈怕你不好养活,很不放心。按照习俗,认为把你当作女孩子哺养就平安无事了。妇女无知,但想解开这个疑虑却又找不出根据,我也就听之任之,给你起名叫信乃,是取了如此这般的意思。虽然默许妇女的忌讳似乎是坏事,但是我能不加考虑就轻易答应吗? 无论古今,男儿未到十五岁好比女子,不剃掉发额,穿长袖衣裳,甚至可以穿红裹绿的,这就是男扮女装的根据。另外,不仅妇女插簪,为了戴住帽子，或将黑漆礼帽的后边系紧，从前男人也插。将它看作是丑而加以嘲笑，是因为不知道其中的缘故，这与倏忽二神凿浑沌氏之窍是一样的。人并非总是孩子，你到了十六岁也是个男子汉了。笑汝者为不知，汝怒之则是不智。就不必介意了。"这一番话立即解开信乃的疑惑，心想，在这一点上也体现了亡母对自己的慈爱，可悲可敬。于是掩泣退下。

第十八回　簸川原纪二郎殒命
　　　　　村长宅与四郎受伤

　　应仁二年改元文明。文明二年信乃十一岁。母亲逝世三年来，信乃事父益孝。番作以前腿脚就不方便，自丧妻后，气力日益衰退，年不满五十便齿落发白。习字的孩子们来了他嫌他们吵闹，也不教他们好好临摹。多年来由于帮助众人，所以使他们父子三个免受饥饿。现在不教其子孙，只贪图活命，人们对此能满意吗？因此，为给乡里留点好印象，以报答他们的恩情，早就想在身体好一点的时候写本书，记述有关防备水旱灾害储备粮食等农户日常生活所需之知识，赠给乡里的老人。众人看了都很称赞，过去只认为犬冢字写得好，武艺好，不成想他连农业和养蚕都比别人高一筹。他们认为这本书是传世的礼物，要把它传抄秘藏起来。无人不说他真是个难得的武士，被埋没了。蟆六听到传说这件事，自然十分妒忌，想看看这本书，求这个找那个，乡里们都不给他看，说："今天某人在抄，等抄完了再说吧。"所以他毫无办法。过了几天派人去问，却又说："被别人借去了。不知在谁手中。"蟆六更加气愤，说："好了，好了，那本书不看也没关系。既然能担任一村之长，岂能那点事儿还不知道？番作虽然自幼在田地里晃荡过,但身子骨很弱,还不如条水蛭,没拿过镐把,耕作之事他怎会知道? 真令人可笑!"言辞极尽诋毁之能事。乡里们恨他如此刻薄,终于没给他看那本书。

蟆六和龟筱无论对亲戚或外人,有个忌妒别人才能的毛病。他们既羡慕有才气的,却又有偏见,虽一向好讥笑旁人,但可惜自己却又素无见识,因此多仿效他人。番作的狗与四郎这一年已十二岁了。虽是乡里少有的老狗,但牙齿和毛色的光泽都没衰退,气力更是老当益壮,一村之狗无不为其慑服,不敢出头。蟆六对此也忌妒,多年来换养了几只狗,都被与四郎咬倒了。有的当场死亡,有的受伤成了残废,因此蟆六非常愤恨,早就让小厮们留意,看见与四郎,主仆们就挥舞棍棒,想从左右围着打,但与四郎如飞鸟般地跑掉了,一次也未被打着。你要靠近了打,它就更会咬你,所以小厮们都偷偷地害怕,以后看着与四郎出来也不告诉主人。蟆六也泄了气,就不再养狗了。从此他对来访的人说:"说狗能守门,所以家家都养,可是现在的狗只要给它东西吃,见了主人就咬,而对偷儿却摇着尾巴很亲近。对看家没用,却在主人家宅的四周拉粪,让主人踩,因此应该养猫。特别是农户以防老鼠偷吃谷物为要,没有猫怎么行? 所以我不爱饲狗,只想养猫。谁有良种猫请给我一只。"逢有来人便索要。有人送给他一只毛色如野鸡般美丽的肥胖牡猫。只要是为己所有之物,他素有爱惜之癖,蟆六自不必说,龟筱和滨路对这只猫也十分喜爱。给它戴上红项链,轮流放在大腿上抱着,有时抱半个时辰也不放地下。蟆六想给猫起个名字,一时定不下来,就请教有识之士。那人回答说:"从前一条院的御猫,称作命妇①之臣。有条狗

————————

① 是宫中女官的职称之一。

叫翁丸,因为追逐那只猫而被敕命驱逐。此外,关于猫的名字没有记载。由主人随意命名好了。无须参照故事或讲缘分。"蟆六听了窃窃自喜,跑回去对龟筬说:"猫比狗高贵,从前在一条院时,猫叙过爵,曾叫过命妇之臣。然而一介平民连主人尚无爵位,何况猫,自然难叫命妇。我们的猫毛像野鸡那样漂亮,番作的狗因为四条小腿白,是四白,所以叫与四郎,我们的猫美似野鸡,可以叫作纪二郎(日文野鸡叫'もじ',汉字写作'雉子',与'纪二'的读音相同)。从今天就让奴婢们知道叫这个名字。"龟筬听了笑逐颜开地说:"这个名字太好了! 滨路也要好好记住。纪二郎在哪里?"于是就"纪二郎! 纪二郎!"地唤着,对这只猫更加宠爱。

时值阴历二月末,是猫的发情期,别的猫一叫,这个纪二郎就待不住了。从这个房顶跳到那个房顶,有时和群猫挑逗,不住哼哼。主人不得不用长竿子将它们赶跑。有时,纪二郎饿着在不常去的地方过夜,三四天也不回家。一天,纪二郎正在番作后门附近庄客糠助厕所的屋顶,和别的猫在挑逗,其声传得很远。龟筬侧耳听着,忙唤小厮说:"在南边对面叫唤的那个猫是纪二郎吧,赶快去看看。"小厮们听了,一个往番作的院中去,一个往糠助的家顺着声音走去。只见那个纪二郎被另一只猫咬得受不了,从房上滚落到厕所旁边。这时,番作的狗与四郎,正趴在后门里,看见纪二郎掉下来,起身跑过去,想将它咬倒。纪二郎吃惊地张开爪想抓伤与四郎的鼻子,可是与四郎不在乎地扑过去,叼住左耳朵一挥,纪二郎的耳朵被咬掉。它拼命逃跑,与四郎紧追不放。蟆六的小厮们从三丈远看到这种光景,吓得大声喊叫。与四郎跟在猫的后边喘息着追赶。在城隍庙附近有条小河,纪二郎逃到这里,穷途无路,惊慌失措,想往回跑。可是与四郎很快扑过来,在脖子上狠狠咬住,只这么一口就将猫咬死了。小厮们跑过来,只是喊叫不敢上前。手中没拿棍子,就投小石子打,看它要扑过来,就吓得往后退。与四郎过了横道,跑得无影无踪。事情闹大了,糠助也从后边走来。蟆六一听说,就提起棍子,带着年仅十一二岁叫额藏的小厮从后边跑来。但纪二郎已被咬死,猫的仇敌狗已经不在了。一问究竟,是番作的狗与四郎闯的祸。小厮们详细报告后,蟆六从他那溜圆的眼睛里,泫然泪下,抱怨小厮们未能救他的猫,且怒且骂,以棍子击地说:"那个残废人为何这样欺侮我?他的姐姐是我的妻子,我不仅继承了他的家业,而且又是村长。他也太无礼了。他养的狗也效仿主人,杀害我的爱猫,让我丢人现眼。如不立即将那条狗杀死,为纪二郎报仇,此恨难消。你们二人和糠助一起去番作家,把那个畜生牵来。就如此这般地对他说。"详细作了吩咐后,先来的两个小厮领会了主人的意思,赶忙拉着糠助去番作家。蟆六让额藏抱着死猫,回家的途中还骂骂咧咧地无止无休。

却说蟆六的这两个小厮和糠助一同去犬冢家,见了番作,把纪二郎死的经过,和与四郎残害纪二郎的情况述说了一遍,然后接着说:"主人蟆六这些年养了不少狗,都被您的狗给伤了,有的当场死去。然而蟆六懂得息事宁人,一次也没有吐露怨恨之意。互相都养狗才有争端,觉得实在没意思,所以就不养狗了。出于妇孺之爱最近开始养猫,又被您的狗给咬死了。狗与狗打架,难说哪个不对,猫不与狗争,看了就避,然而狗还是追上去将猫杀害,这就是狗的罪过了。请您将那只狗交给我们,好给那猫报仇。事情发生在糠助家的附近,作为证人,我们把他也带来。家主人就是这样讲的。"二人一同述说完毕,糠助觉得自己很为难,对番作说:"平常有人就说村里最好不发生事情。牵涉到伤亡之事,我深感不安。不态度温和点回答,我也将受到难为。希望您好好道道歉。"番作听了笑着说:"这点事儿怎会让你受难为呢?我不明白来人所讲的话，说的似乎有道理，但那是有关人伦之事，而畜生既不懂五常，也不明法度，强者征服弱者，大的制服小的，这是自然规律。因此猫吃耗子，而为狗所莫及，狗虽能伤害猫，但打不过豺狼，这都是由于力量的不足和形体大小的缘故。如果说狗是猫的敌人，那么猫就是老鼠的敌人。偿命报仇是人伦间之事，试问可有畜生之法律，我不知对畜生还有所谓报仇、死刑的制度。况且猫本应养在席上，今失其所而随便在地上奔跑，为狗所伤而殒命，岂不是自入死地吗？另外，狗应养在地上，如失其所在席上起居，人能允许吗？倘若我的狗到足下的宅邸，登上座席，则即使打杀亦无怨言。而今为猫报仇，我决不把狗交出去。回去将我说的好好转达给村长。”番作深明大义，落落大方的态度舌辩如流地据理回答，两个小厮唯唯称是，假装老实，撅着尾巴低着头畏缩地退了下去。糠助很担心地与番作告辞，同小厮一起回去。

这时在蟆六的家中，龟篠和滨路抱着纪二郎这只死猫，连哭带叫，骂狗和怨恨番作。过了一个时辰还不见将仇敌牵来，正等着小厮们的回音。那两个去的人和糠助两手空着回来，一五一十地报告了番作的回答。龟篠听了大发雷霆说：“番作的顽固，我并非今天才知道。他不把我当姐姐，表面上好似道歉，实际上却是在嘲弄我，实在令人难以忍受。你们再到他那里去，不管怎样也要把那只狗用绳子拴上给我牵来，你们的手脚太笨了。”蟆六赶忙制止说：“番作虽然腿脚不好，但武艺是不可轻视的。我是一村之长，为了一只猫惹起争端，使手下人受了伤，虽说有理，却也是失策。以后于公事不大好办。这件事先放放，以后并不缺乏报仇雪耻的机会。他不是说了，如果那只狗进入我家，那么即使打杀他也无恨么？想法引诱狗到院子里来，用竹枪将它刺死。你们都把竹枪准备好。”他颇为自信地这样一说，龟篠才改变主意，看了看小厮们，问道：“糠助不是同你们一起来的吗？听没听见竹枪的事？"小厮回头看看，说："方才还在这呢，没见他回去。"龟筴听了皱眉说："糠助住在番作的后门，听说和番作很亲近。他说不定会把我男人的计划泄露出来，真太疏忽大意了。"她在咋舌后悔，蟆六也意识到这一点，拍着大腿说："啊，糟了！计策要保密，怎么叫那个坏家伙听去了。他还没走远，把他追回来！小孩儿的腿脚快，额藏你去！"额藏答应一声，撩起衣襟就往外跑。额藏年幼多才，其才不外露，颇有内秀。日间看到主人的忌妒，十分反感，但表面上却不能与其意相悖。他对主人今天的这一策划，也认为十分不明智，但还是遵照所嘱跑出去了。去不多远他就回来说："在路上没追着，就到他家去看，糠助还没回家。听说他还欠着去年秋天的租税，焉能与村长为敌，自寻祸殃呢？我想不去管他，他也不敢说出来，所以就没再去找他。"编得如真的一般。蟆六听了，点头说："他确实如你说的，还欠着租税，因此他不会不自爱，破坏我们的事。好了，不管说也好，泄露也好，狗是四条腿的，不像他的主人番作那么有算计。即使暂时把它拴起来，日子长了也一定会跑出来。那时将它诱入院内，不难将它刺死，你们准备竹枪不可松懈。"他安排完后，每天在等待与四郎出来。

却说庄客糠助想把蟆六的策划告诉番作，没有告别就赶忙跑出来去犬冢家，将蟆六夫妇所说的话，悄悄地告诉番作。他说："这样好像我卑鄙地进行中伤，我欠村长的债，并非要你和他不好才告诉你。即使是断绝情义的亲戚，村长的内人也总是你姐姐，因为畜生之事日益结怨，不能说是好事。因此将与四郎送到近乡去吧！只要狗不在，人的怨恨自然消解了。"番作听了，沉思片刻说："您的热心非自今日开始，使我不胜欣慰。然而即使蟆六将其全家的才智都拿出来进行策划，我也在所不惧，有许多对付他们的办法。只是恨我这两条腿近来日益多病。有理也不愿与人争,况且畜生似有智而无智,不知安危,倘若被骗到那里被打杀,则是我的耻辱。就请你帮忙,把狗送出去。"他好歹答应了,糠助非常高兴,把这件事也告诉了信乃,给与四郎饱餐一顿后,那天夜间就牵它去泷川,寄放在庙里。可是狗比糠助回来得还早,已在番作门前。这大概是因为路近的缘故,如果过了河恐怕就回不来了。次日牵到东南方去,过了宫户川,扔在牛岛,它没待在那里又回来了。如此两三次费了五六天时间,都徒劳而无功。糠助十分惊讶,遂不再遗弃这只狗了。

当下信乃想,与四郎思念主人,却不知自己祸之将至。这只狗如被杀害,父亲一定很生气,说不定会发生什么事情,真令人发愁。但愿与四郎不被杀害,姑父母之恨又能消除,难道就没有这样的万全之策吗?默默地搜索枯肠后,忽生一计,但他担心若告诉父亲,则事必不成。一想只能同糠助商议,于是便出去找他。糠助在田地垦荒,左右没其他农户,正好有机会。到那里便将心里的机密说给了糠助,他说:"索性将与四郎牵到姑父母家的附近,对狗骂着说:'你这个畜生,咬死了村长的爱猫,惹出了亲戚结怨之祸。因此几次想将你丢掉,你又回来了,不知自己在往死处走。我今天想杀了你好解除姑父母之恨,你等着吧。'这样骂着举起棍杖就打,狗必然逃跑。它逃就追着打,跟着回到家中,暂且把狗拴住。姑父母闻声看见,一定认为我父亲番作让其子打狗,是对杀猫的谢罪。这样得到谅解,恨消了,也就断了杀狗之念。既救了与四郎之命,父亲又不会受辱,这样就不愁亲戚再结怨了。您看这个办法如何?"糠助完全赞同说:"你真聪明,年仅十一岁,就有这等智慧,真如昔日的楠公①。而且这

①　即南北朝时的名将楠木正成。

个想法既为了父亲,又想到姑母,是孝和义的表现,我也同你一起去。"信乃得到帮助,更增加了勇气,赶忙跑回去,引诱在自家门前的与四郎,与糠助一同带到蟆六的门前。按照事先的想法,大声责骂,扬起棍杖打与四郎。狗被打后,不知主人的用意,看到与往日不同,连糠助也打它,这非同小可,吃惊后慌不择路,不往原路跑,却绕着蟆六的宅地往后门那边去。信乃和糠助一看,心想:"糟了,不是往那边跑,而是应往这边逃啊!"口虽未说出来,却暗自给它开路。二人一左一右在后边追赶,狗更加惊慌,虽然仓皇逃了出去,而那里像个葫芦,只有一个口,前面无路。它不得已便从蟆六的后门往里跑进去,就势跳进了左边的耳房。蟆六的小厮们早已安排好,就把后门和前门都关了,然后就听得里面一片喧嚣呐喊声,说:"它在这儿!在那儿!"糠助听了,茫然不知所措,拉住信乃的袖子:"弄巧成拙了。如果再在这里待着,会有料想不到的危险,赶快跑吧!"想把拿的棍子藏起来,正在一边往怀里插,一边避开之际,上边触了下巴,下边脚又绊了一跤,连睾丸也碰疼,脸朝前绊倒了,"哎呀"地叫了一声,将棍子丢掉,好歹爬起来,也顾不得看膝盖破了,鼻子流血,忍着疼揉着膝盖,跛着腿逃跑了。

就是这样,信乃也不后退,心想办了一件蠢事,但是千悔万悔又有何用?还是找机会将与四郎救出来,于是就在周围转圈儿,等待狗出来。可是门关得很紧,绝对出不来,只听到狗很痛苦地吠叫和呻吟。他自言自语地说:"与四郎一定被杀死了,是我做了件很残忍的事情。"他便拿着棍子在后门等着。心里又一想,总待在这里也不行,现在还没有救出狗的办法。于是就放弃傻等这个念头回家了,不得不将实情毫不隐瞒地都告诉了父亲。番作没有生气的样子,仔细地听着,叹息说:"你虽年幼,却有过人的才学。你的策谋未能实现，是因犯了不知人的过错。你姑姑心地乖僻，蟆六是个忌能妒贤的小人。你设计打狗，但他们哪能就此罢休，解除怨恨？然而我们赶着狗让他杀害，似乎是过失，但又非失误。如被他们唤进去杀了，我将多么难过。与四郎即便死得十分可怜，现在惋惜也无用了。再听听风声吧！"正说话间，那只狗满身是血，连滚带爬地从院门摇摇晃晃地跑回来，就势趴下了。信乃赶快回头看看，说："太可怜啦，与四郎回来了！"说着跑出去看护。番作也急忙拄着拐杖起身到走廊仔细看看，说："它受了这么多的枪伤，也没死在那里，终于跑了回来，虽老却还是非同凡品。即使难活，也要牵到背阴处给它点水喝。"信乃听了，在走廊下铺张草席，让受伤的狗躺在那里，说："与四郎呀！很难受么？为不使你遭殃，我做了如此这般的打算，可是你慌不择路，跑进了仇人的后门，以致使你几乎丧命，这也是我的过错，还有什么话可说呢。"一面责备自己，一面喂水上药，想尽办法进行护理，可是狗毫无活过来的希望。

却说蟆六看到可恶的与四郎不料竟从后门跑进来，登上耳房，就令小厮们把门闩上。主仆五六个人拿着准备好的竹枪，在后面追赶，想刺死它。但是那只狗跑得很快，从枪下钻过去，想夺路逃出，然而前后门都闩上了，进退维谷，虽数处受伤，但还是狂吼乱叫，没有倒毙，从板墙下冲出来跑到外边。蟆六说："不能让它跑了！"主仆们开门追赶，但追不上就回去了。当下蟆六得意洋洋地夸奖小厮们说："你们今天干得很出色，只可惜没刺死那只狗。然而它已受重伤，必然死在途中。"他很得意地把枪立在房檐下，坐在走廊上。龟筱从背后打开扇子给他扇着说："今天总算给纪二郎报仇了。那个畜生比想象的还凶猛，没死在这里。你们没伤着么？"小厮们将袒露的胳膊伸到袖子里说："哪里，一点儿也未伤着。正如您所说，狗确实凶猛，但我们没让它得逞,然而若不托主人的福,恐怕总会受点伤的。"蟆六听了像煞有介事而趾高气扬地走到里边去。小厮们中只有额藏仅站着呐喊却不去追狗。对伤了畜生而对妻子夸耀的主人,用眼睛看了看,冷笑着退了下去。稍过片刻,蟆六把龟筮叫到一间屋内,让她把门关上,凑到身边小声说:"方才听小厮们说,番作的狗突然从后门跑进来,是信乃追赶的,糠助也同他一起打狗是有缘故的。现在猜想番作虽然表面上很强硬,但他知道斗不过我们,就吩咐他儿子把狗送来。这个劲儿不可懈,再好好策划一下,使番作自动投降,那把村雨宝刀也就落入我们手中。我虽是大冢家的继承人,但既无家谱,也没什么记载,只承认是匠作长女之夫。然而镰仓的成氏朝臣和显定、定正两位管领失和,不久前成氏被赶出镰仓,困守浒我城,双方不断征战。因此这里的阵代大石氏早晚必侍奉镰仓归顺两管领,我是侍奉成氏之兄春王、安王的大冢氏的后代,如对两管领不大表忠诚始终不得安心。只有将那口村雨刀献给镰仓,表示我没有二心,才能得到非同一般的恩赏。这些年虽用尽心机想将那口刀弄到手,但是他很机灵,不到我家来,深藏宝刀从不给人看,使我束手无策,现在可使宿愿得遂了。不管怎么说,只要使番作投降,将那把宝刀弄到手,就定能使家业昌盛,然而如不用糠助,则此计难成。他和那个孩子一同往咱家轰狗,正是利用他的大好机会,你悄悄把糠助找来,你就如此这般地说点瞎话,番作虽有智有勇,但到了进退两难的地步,怎能不为儿子而慌了手脚,此计必成。"贴着耳朵窃窃私语,面授机宜。龟筮不住赞叹,笑着抬起头说:"此计绝妙。番作虽是我弟弟,但非一母所生。即使志向不同,相距不过百步之间,也不来拜访,竟诽谤姐姐,这时不惩罚他,让他受受罪,还等待何时?"于是唤小厮将糠助找来,毕竟龟筮对糠助说些什么,且待下卷分解。

第十九回　　**龟筴奸计赚糠助**
　　　　　　　番作远谋托孤儿

　　却说庄客糠助贸然帮助信乃，将狗追进蟆六的后门，弄巧成拙，不仅失了狗，而且自己也受了连累。他赶快跑回家去，告诉家人说："倘若村长派人来问，就说我不在。"说完躲到里间，盖上衣服就躺下了。起来后依然忐忑不安，果然就在这时蟆六的小厮来问："糠助在家么？我家的女主人唤他赶紧去。"家人赶忙搪塞说："他不在家。"小厮如穿梭一般来了几趟，看来已无法逃脱。糠助心想，既然是女主人找，也可能不是那件事。但又想不出是什么事，所以还是不想去。老婆劝，来的小厮拉，不得已便同来人一起去了蟆六家。当下龟筴将糠助叫到耳房内，以从来未有的笑脸把他唤到身边，先向他问好。糠助这才稍微放点心，稍待片刻，那苍白的脸色才恢复成浅黄色。龟筴让旁人退下，然后态度顿改，低声对糠助说："我突然把你找来，你心里一定也明白。你为何帮助那个孩子把番作的野狗赶到村长家里来？是想让它咬人吗？你和信乃拎个棍子从后门逃走，小厮们看见了，你还有何话可讲？另外，那只狗跑进耳房，你看这个!"说着拿出一封撕破的信,打开给他摆在面前,原来狗干出了这样一件出乎意料的事情。她说:"镰仓的成氏朝臣跑到浒我后,此地的阵代大石归顺了镰仓的两管领。他既已站在镰仓的一边,就命令我丈夫筹措军粮,这你是知道的,就不必再说了。这次又从镰仓去攻浒我城,催要军粮,管领的公文和阵代的命令,今天邮差刚刚送到。正当我丈夫打扫耳房拜读公文之际,那只狗跑进来,四条腿乱抓,竟撕成这样,怎能让它跑掉,虽然用枪把狗刺伤了数处,但它凶猛异常还没有死,从板壁下边冲出去,逃跑了。没听说死在路上,它大概回主人家了。撕毁公文等于造反,即使畜生不知法度,其主人也罪责难逃,更不用说把狗赶进来的是你和信乃。就是大赦一百次也救不了你的命。当然,你们是早已豁出来才这样做的。番作这些年和我们关系不好,吩咐儿子干坏事是可以理解的。你有何仇,竟不顾杀身之祸而袒护坏人,想谋害村长,实甚可恨。"糠助吓得浑身是汗,不知何言以对。过了一会儿,抬起头来说:"我有大罪,罪该万死。可是关于狗的事,却并非想害村长才把它赶进来的,而是由于如此这般的缘故。但即使我这样解释也难逃活命,就请您高抬贵手,大慈大悲吧。希望夫人为小人作主,救我一命。"说话的声音比秋虫的叫声还可怜,他不断地解释和哀求。龟筱听了叹息说:"再没有比当头儿的更伤脑筋的了。无论好与坏都得秉公而断,不能随便徇私。若对人滥施私情,就是失职,而依法办事,又似乎刻薄心狠。如秉公处理的话,不用说你,就是番作父子也得捆起来押送镰仓。可爱的信乃,由于其父的固执,所以一句话也没和我说过,而他毕竟是我的侄儿。我虽然恨番作,但他到底还是一根藤上的弟弟,有朝一日将他治了罪,我若看着高兴,那么还有人心吗?他使我十分心痛悲伤。我拉着愤怒的丈夫的袖子哭着说情,今天才没去抓他。但如不想法赎罪是逃脱不了的,有什么办法才能救他呢? 我一个人心里十分为难,对一个无才的女子来说,这是力所难及的事情,经过思索,终于有了一线希望。听说番作秘藏了一口叫村雨的宝刀,是持氏朝臣的佩刀,传给了春王主君。那是源家数代的珍宝,管领家也早就知道,想得到它。现今如将那口宝刀献到镰仓,用它去赎罪的话,那就不但你可安然无事,而且番作父子也可得到赦免。不过那也得弟弟让步,如不向蟆六认错,就无人能将这个请求向镰仓报告。他若对我如此关怀的诚意,还以其乖僻之心加以怀疑,就是自取灭亡,那就毫无办法了。你也要当心啦,为了告诉这些事,才把你悄悄找来。”她煞有介事地这样一说,糠助才惊魂稍定,不觉长出一口气答应说:“俗话常说,有东西大家吃,有了困难还得亲戚帮,几年来您虽然白疼他了,但若不是姐姐和弟弟,那么谁来解救这个危难呢? 我既不能忘记您的恩情,也要想想自己,如能幸免,我就一定用三寸不烂之舌,以富楼那①的辩才去说服犬冢,一定把这件事办好。那时首先要饶恕小人,事不宜迟,我得赶快回去。”将要起身,龟筴又把他留住说:“虽然我也可以不必再多说,但成与不成,只在今天一日,如考虑过久,天亮后就勿再后悔。”糠助频频点头道:“这当然要处理好,请放心吧。”回答后,错把隔扇当作拉门,用反手抓住急忙想拉开,看着要倒的隔扇,也顾不得回头去扶,像往外逃似的,偏着身子走出去。龟筴“哎呀!”一声,将倒下的隔扇接住说:“真是个莽撞人!”她嘟哝着把隔扇立起来。在隔壁窃听的蟆六,拉开板门,夫妇互相看看,蟆六莞然笑着说:“龟筴啊!”“你听清了么?”“比我想象的干得漂亮。”似乎被说话的声音惊醒,在茶几那边磨茶叶的额藏从瞌

---

① 释迦牟尼的十大弟子之一,说法第一,辩才通达。

睡中醒来，又在磨茶。这个磨声使他们夫妇大吃一惊，如同半路行人听到阵雨的雷鸣。一同低声说着话，往储藏室那边去了。

却说糠助脚不沾地，慌里慌张地来到犬冢家，将事情的经过原原本本地告诉了番作，并说："上了孩子的当，糊涂地惹出大事。若说我没大人作为而责怪我，那么就给他们道歉。只是怎么道歉也饶不了的是损坏了公文。俗语说得好，到哪儿都得有熟人。还多亏您那位一直认为她是心地不良的姐姐，她大发慈悲，疼爱侄儿。常言道亲人来吊丧，旁人来吃喝，在关键时刻还多亏了她，我们才会有好日子。坚持己见是要看场合的，宝贝可以换性命。向村长道歉，毫不可耻。向姐姐认错乃是识礼，您只有这一个儿子，为何不为儿子着想？就听我句话，接受了吧。"他作揖恳求，百般劝说。番作毫不惊慌，仔细听完后说："那公文如果属实，则我们当然应该感到惊异。可是你看的那封信是那样写的吗？"被这样一问，糠助搔搔头说："不清楚，您知道我是不识字的，听她说是公文。"番作冷笑说："这就是了。人心隔肚皮，实在莫测。笑里藏刀乃是当今战乱时期的风尚，即使亲属也不能掉以轻心，有时会悔之莫及呀。多年来与我为敌的姐姐、姐夫，突然可怜弟弟，疼爱侄儿，这是难以理解的。再说，即使说的是事实，想献出村雨这口刀去赎罪，可是不被赦免也是徒劳而无益。献出刀来就可以安全无事，是谁决定的？若非管领家的命令，则是下对上的推测。因此口说不能为凭。果如所谋，能被赦免，则被带到镰仓后再献刀也不为迟。对你的受牵连虽甚感不安，但我也不能懦弱得为了孩子便惊慌失措，铸成大错，此乃武士之耻辱。此议实难从命。"糠助听了，拍着大腿说："不，您太固执了，犹疑不决，过了今天将追悔莫及。说是父子实是三条性命，拿出一口刀就可得救，还是越快越好。受刑之耻会使妻子哭泣，被众人指责，好歹总算能得救,可您又顾及败坏了武士的体面,真没办法。就请您再考虑一下,答应了吧。听不到您说声同意,我就不回去。没看到我给您作揖叩头么?您太忍心了。"糠助这样地苦苦哀求,也未办妥。番作已有些不耐烦地说:"若仅关涉我儿,则即使千刀万剐也不愿听别人说三道四。我这样解释你还不明白,那样地惊慌失措,一时也难使你领悟。我好好想想,再回复你。天黑以后你再来。"糠助回头向外看看,后门的杨柳已日影偏斜,离天黑已不甚久,于是说:"吃过晚饭再来,有知识的人要多为别人想想,有许多难以想象的事情,对事过分怀疑,既害了自己,也害了我糠助。我先回去了。"立起一条腿却麻得站不起来,也顾不得搓搓,便跪着往前蹭。从屋里出来,穿了一只草履,另一只脚光着,忧心忡忡,在化冻的泥泞路上,跛着脚一瘸一拐地走回去。

　　三月的天空甚为寒澈,山上吹来的晚风依然余寒料峭。信乃想到父亲晚间应该加点衣裳。他在一间屋内,收拾起习字的桌子,拿起一件浅蓝色粗丝的半截绸褂子,打开从背后给父亲披在肩上。在起居室的一角挂着的纸灯已经点着了。虽然照不到每个角落,但是借助庭中皎洁明亮的月光,模模糊糊地可以看到尚未咽气的与四郎。信乃挂上一扇防雨窗,把火盆往父亲身边推推说:"风变了,突然感到很冷。春天日长,虽早已吃过晚饭,可没吃多少菜粥。您不想再吃点吗?"番作摇摆头说:"整天不活动,一日三餐之外还吃什么?菜粥隔夜就不好吃了,还剩了不少,你再多吃点。凉吃不好,热热吧。"说着把火盆往前拉拉,往外扒扒埋着的炭火。信乃说:"没有多少了,想给与四郎点,可是它不吃,本想救救狗,却让它受这个罪。都是我的过错,实在后悔莫及。方才糠助说的和父亲大人的回答,我在那里都听见了。公文之事如果属实,则大祸将要临头了。这件事大人您根本不知道，我已经说了几遍，总之有我一人承担就够了，这一点我已有思想准备。只是您的行动不方便，长期有病，从明天起谁来伺候您？您越来越可怜，病情也日益加重。想到这里，我的不孝之罪，即使来生也难以赎过来。为什么祖孙三代都忠义过人，却尽被埋没，浮世日月何不照我？想起父亲，我这死不足惜的人也觉得颇为留恋。"一边说着，一边不时掩涕。番作平好炭灰，把火筷子立住，叹息说："祸福有时，听天由命。既不必抱怨，也不必悲伤。信乃！我和糠助说的话，你不是都听到了么？公文之事是可耻的预谋，全是他们编的假话。这点伎俩，虽可欺小儿，却骗不过我番作。那是蟆六教给姐姐赚糠助的，为的是骗取宝刀。这是很愚蠢的行为。二十多年来，他挖空心思想夺取村雨这口主君的佩刀，已有多次，托别人前来说情，诱以高价，要我把刀卖给他。或在夜阑人静时越墙撬锁，想把刀盗去。他施百计，我有百备。因此，其邪念至今未能得逞，为此十分恼火。不料今天伤了我的狗，总算出口气，所以又生妄念，以公文被撕毁为由，欲夺取宝刀的奸计，实已昭然若揭。几年来，蟆六把希望寄托在宝刀上，我早就猜透了他的心思。他自称是我父的继承人，当上了村长，但没有世传的家谱和文书记录。我要拿这把刀和他争继承权，他就会一筹莫展，这是其一。其二是成氏朝臣没落后，此地已归镰仓的两管领所管。他是管领的敌方家臣之继承人，无旧功旧恩，不重献微忠，则难以永保庄园。因此想把村雨宝刀进献镰仓，解除公私的宿怨，以便安心。我既不同姐姐争庄园，又怎会舍不得一口刀？然而这口宝刀是幼主的遗物，有亡父的遗命，必须十分珍重，即使与之同归于尽，也不能送给姐夫。再说当初未将村雨献给成氏朝臣，不仅是为姐姐着想，且春王、安王、永寿王皆为持氏之子，我父侍奉春王、安王两亲王，两亲王蒙难，我父要我将宝刀作为主君和父亲的遗物,为其祈祷冥福,我只接受了这个遗训,他并未说让我献给永寿王。因此我想等你长大成人后,将宝刀献给督大人〔即左兵卫督成氏〕以为立身出仕之阶,所以多年来谨防贼盗,秘藏至今。"说着从砚台盒内摸出一把小刀,往梁上吊着的大竹筒子一割,吊的绳子断了,竹筒啪嗒落地,断作两截,从中露出了村雨宝刀。番作急忙将锦囊带解开,恭恭敬敬地贴在前额上,祷告了一会儿才拔出刀来。信乃往跟前凑身,从护手到刀尖,目不转睛地看着。正是:

　　光闪闪七星花纹,耀眼夺目;亮晶晶三尺寒冰,冷气逼
　　人。结露凝霜,疑是半轮秋月;避邪降妖,堪称千载宝刀。
　　亚赛中国之太阿、龙泉,我邦之拔丸、莳鸠,小乌、鬼丸。

　　稍过片刻,番作将宝刀轻轻纳入鞘中,说:"你可知道这口宝刀的奇特? 如带杀气拔出来,刀尖滴露,杀了仇人,刀身染血,水珠愈益喷出,随手散落,犹如阵雨来时风扫树梢,故称之为村雨。现将它传给你,但你这个打扮很不相称,要把发髻剪短,从今就改名为犬冢信乃戍孝。本欲等你到十六岁长大成人再传刀改名。可是我久病不愈,自知难以久待,今天不死明天死,即使明天不死,也耐不过今年的寒暑。只恨你仅十一岁就将成孤儿。"说罢又不住叹息。信乃看着番作说:"父亲何出此言? 您纵然有病,但年尚不满五十,怎会有那等事? 然而您说今天或明天就会出现凶事,您是否在想,若公文之事成为事实,而有人前来逮捕时,就由您去承担,以此来救我? 这太过分了。"没等他说完,番作哈哈笑道:"公文之事既然是欺诈,也就无被逮捕之罪。然而正好利用我姐姐以欺骗的手段让糠助来

商量有关你的事情之机会,我想把不久于人世的瘦腹现在就剖开,以便把你托付给姐姐。"信乃听了十分惊讶地说:"真不敢相信这是您说的,那些人虽说是亲戚,却是冤家对头。您无故丧身,把儿子托给冤家,我真不理解!"父亲点头说:"你疑之有理,但这正是我的远谋,以免村雨这口宝刀被夺走。想从今天起就借姐姐之手,将你养大成人。总之,我已难以活命,父亲以自杀肥子,岂非骨肉之计。我姐姐和姐夫虽贪利忘义成性,听到番作自杀,一定害怕乡里们更加恨他而聚众闹事。因此他会诚恳地收养你,表示诚意以消除乡里们对他的愤恨。无论姐姐夫妻怎样哄问你这口宝刀,决不能给他们,要断然拒绝。你要谨遵父命,成人后去泞我把刀献给督大人。起居坐卧都要防止被盗。宝刀虽未落到蟆六之手,但在其家就容易被夺,不能掉以轻心,以免招致祸患。防止被盗在于你能用智,若随便把刀藏起来,而夺刀人之心始终未死,防不胜防,总有一天会被夺走。应有如黄叔度鼓琴以退群贼之谋。寡不敌众,要善于使人真假莫辨,这样才能转危为安,出生入死,这才是大智之举。如能临机应变,则不难防范,切切不可忘记。倘若他们夫妇能逐渐改变态度,真正疼爱你,也要以赤心侍奉,以报答其养育之恩。如果其害人之心不死,而你又防御无术,就携带宝刀赶快逃离。虽然他养了你五年或七年,但你是犬冢氏的嫡孙,蟆六的职禄是汝祖父之所赐,你以先人的余荫长大成人,而非姑父之恩。纵然不辞而别,也不能说是不义,要想到这些道理。这就是我的策谋。我若苟延残喘地贪图活命,错过这一时机,死在病床上,则你姑母不仅不养你,而且宝刀也会落入其手,谋划之事定成画饼。这口佩刀是主君和我父亲的遗物,虽在首阳也不采薇、未仕二主的番作,临终借用,看看它的奇特功能吧。"重新拿起村雨宝刀想拔出来,信乃慌忙将刀攥在手中说:

"您深思远虑,早就决心自杀。这都是为我着想,我并非不懂您的慈爱,才制止您的行动。您虽得了难治之症,但我要尽心为您寻找良医良药进行医治、看护,如果终于不治,则当然一定很难过。可是尚未见分晓,您就剖腹自杀,人们会说您是发疯而死。为什么一定要在今天晚上……"未等他说完,番作就声色俱厉地说:"别说那种傻话了。该死之时而不死,比死还耻辱。嘉吉年间在结城,未能得死是为了主君和父亲,自从腿残废后,在筑摩侨居三年,未能最后见到母亲之面,已悔恨终生。自那以后二十多年,无所事事,做个偷生之民,贪图活命,现在岂能不为子孙着想而贪生怕死呢?你虽能推动千钧重石,也难撼动我心。再要制止我,就是不孝。糠助就要来了。他会妨碍我的,还不躲开。"说着伸出左手想把信乃拨开,可是信乃发髻被揪散,头发乱了,打着滚儿也不松开手说:"虽然受您斥责,这件事我碍难从命,我要坚决制止,请您原谅。"信乃死死抱住父亲,想把刀夺过来,但是小胳膊抵挡不住死意已决者的力量。番作愤怒地高声叫道:"放开,放开!"儿子还是拼死纠缠,使番作难以下手,便用劲把儿子推倒,坐在他的背上。虽然体衰却依然不愧为勇士。信乃说:"您这是做什么? 多么悲惨啊!"拼命地挣扎着,几次想翻过身来,但他却无能为力。这期间,番作解开衣襟,脱掉上衣,抽出刀来,卷起右手的衣袖,将冰凉的刀尖向腹部扑哧一插,镇静地一转,鲜血喷了出来。压在身下的儿子也流出了血泪。父亲把刀拔出来,右手十分软弱无力,又加上了左手,想刺气管,可是刺偏了,好歹刺破咽喉就倒下了。信乃爬起来,半身染得通红,抱住父亲的尸体呜呜痛哭。其状有如萧瑟秋风吹拂爬山虎的红叶,只得凄凉依枯树。

却说糠助想听听番作的回答,天黑后又来到院门,听见信乃的哭声,心想一定出事了。他蹑着脚从外面往里看,没想到番作自杀了。吓得瞪眼咋舌，毛骨悚立，牙齿打战，浑身颤抖。收住腿不敢往里边去，想回去又觉得两条腿十分沉重。虽然没人留他，却觉得腰好像被搂住，好歹走出院门才出了口气，先禀告村长吧！掖起衣襟，飞也似地跑去。

信乃泪如泉涌，不知有人前来，仍在哽咽哭泣。但不能老是这样哭，他稍微把头抬起来，心想："可惜，我要再大四五岁，跪在父亲的刀下，怎么也不能让他死。现在就是放声大哭彻夜诉说，人已经死了也毫无用处。父亲的遗训言犹在耳，虽然丝毫也不想违背，但好似锦囊中藏着毒石，不希望让姑父母收养。不仅如此，倘如中了圈套，宝刀被夺去，就会酿成大错，那将何言以对死去的父亲？在战场上有不少是父子共同战死的。与其投奔那个靠不住的姑姑，过前途莫测的日子，反而不如一死，以免有辱父祖的名声。有父亲在，什么困苦都能忍受，今后我还为谁忍受折磨？这虽然有违父亲的遗言，但是他腿脚不好，我可以拉着他一同走上黄泉路，去找妈妈。啊！只好如此了。"他自言自语地拿起了父亲稍微撒开点手的村雨宝刀，拿到灯下反复地看。说也奇怪，如水洗的一般，刀上没沾一点鲜血。心想："我自杀虽然和父亲不同，但如能借用这口宝刀，却实感荣幸。"正要动手时，檐下躺卧草席上的狗，发出不堪重伤的痛苦长吠声，信乃突然回过头来，说："啊！与四郎还没有死。因获这只狗而生我，又因为这只狗而丧父，所以一听到它的叫声，就令人想到这件事的始终。它既可爱又可憎，然而抛下这畜生也着实可怜。看样子它的枪伤很重，已难以生存。与其让它通宵痛苦，还不如赶快杀了的好。为促使畜生速死，玷污了宝刀，虽然很不尊敬，但这口刀有不沾鲜血的奇特功效，也就不必顾忌了。去帮助它解除痛苦吧。我说的话你听见了没有？"提着刀从走廊上轻轻跳下去，举起刀来，与四郎非但不怕,反而稍举前腿,伸着脖子,好似在说往这砍吧!那种刚强劲儿使他挥刀的手都软了。心想它比我大一岁,多年来父亲饲养它,我和它也很熟,怎忍心把它杀了呢?于是又有点踌躇。但又一想,如果把它暂时留下,到了明天若还未咽气,就还得死在姑父之手。真让我为难啊!他终于下定决心,口中念着"如是畜生,发菩提心",刀光闪处,狗头落地,喷出来的鲜血,如同挂起的五尺红绢。在血柱中闪闪有物,信乃伸出左手将它接住。血势减弱,遂不再喷射。信乃用衣袖擦擦刀上滴着的水珠,赶忙纳入鞘内带在腰间。将从刀口喷出的东西擦干血迹,仔细看看,竟是颗珠子。其大小有两颗豆粒大,还有穿绳之孔,如不是坠子,一定是念珠子。他没想到是这个东西,十分惊讶。借着明亮的月光再细看看,珠子上有个字,正是孝字,既非用刀镌的,也不是用漆写的,颇似自然造化之功。他拍着膝盖赞叹道:"真是颗奇怪的珠子,绝妙的文字。虽不知其来历,仔细想想,我母亲为祈得一子,从泷川回来,在途中看见这只狗,喜爱它而没舍得抛弃,将它抱回家的途中又看见神女显灵,给她一颗珠子,没有接住,那颗珠子滚到狗的身边,再怎么找也没有了。从那时起便怀孕,到了次年秋天生下我,这是妈妈告诉我的。以后母亲长期生病,向神佛祈祷也不见效,大概是由于失珠的缘故吧?我想找到那颗珠子,以使母亲之病康复,但无处去寻,母亲就在那年冬天去世了。三年后,在秋天的今夜父亲自杀,我也想同他去冥土做伴。在杀死狗的刀口上,奇怪地出现这颗珠子。父母双亡,我也决心殉葬,这颗珠子虽然上面写着标示我名字的孝字,六日菖蒲十日菊,时过境迁之物又有何用?"随手往院里一扔,珠子又弹了回来飞入怀中。信乃觉得奇怪,抓起来再扔,却又飞回来,如此三次都飞了回来。他惊讶得束手无策,沉思片刻后,点头道:"这颗珠子确有灵验,母亲失落时,它被狗吞下。活了十二年,直到今天牙齿坚固,毛的光泽未褪,血气未衰,大概是由于腹中有这颗珠子吧？这么说,它是世上无价之宝了。但即使是隋侯珠、和氏璧,我连命都不要了,也不能为宝珠所迷而不死。在达官贵人的尸体中有含珠的,那是将宝物埋起来的无益之举。宝刀也好,珠子也好,我死后就由人取吧。不要误了时间,还是追赶父亲去。"他自言自语地回到原来的地方,与父亲的尸体并列,决心坐好,把宝刀举过顶三次,先把衣服脱了,一看在左手腕上出来一块很大的痣,其状似牡丹花。这是什么？他弯起胳膊仔细看、使劲擦,显然并非写字时沾的墨,乃是块黑痣。他不觉拍打这只胳膊说:"过去自己从来未有这个痣。方才珠子飞回入怀时,左腕被碰了一下,虽有些疼,但也不会出痣。国之将亡,有种种妖孽,人之将死也会看到妖祥。父亲讲过,在汉籍中也见过,原来就是指这类事。这都是迷惑我,死后变成一堆土,有块痣又有何妨？"这个不屈不挠的稀世神童,才智和言语都不愧于古人。中国古有甘罗、孔融的幼悟之才,今又有早慧之子却决意自杀,岂不令人怜惜！

　　春日夜短,早已是初更时分。庙里的晚钟送来无常之音。信乃理理前额散乱的头发:"啊,我来迟了。"口中念着"考妣尊灵一莲托生,南无阿弥陀佛",抽出光闪闪的宝刀,将待切腹,忽然从庭前树下出现男女三人,急忙呼唤道:"信乃且慢！"飞也似地一同走进屋内。

第二十回　一双珠儿结义
##　　　　　三尺童子述志

　　信乃虽然听到院内有人呼喊制止的声音,但仍毫不迟疑想赶快动手,举刀却筋抽腕麻,寻死不得。这太使人悔恨了,几次想死都不成。正在这时,首先进来的不是别人,正是方才来的糠助。他只是"哎呀"地惊叫。也许是怕刀,转到后边去,冷不防将信乃抱住。前边的蟆六和龟筱从左右抓住信乃的胳膊一动不动,说:"先把刀放下!"可是信乃一点儿也不松手,说:"我虽然认识你们的脸,但没有互相通过名姓的姑父母,来此何干?"龟筱听了,既好像很心酸的样子,又装作是刚强的母亲,劝道:"知道你很刚强,虽还是孩子,但很聪明。你自己要好好想想,我是女身,并非要夺取弟弟的门户,而是听说父亲和弟弟都已战死,心想最少也得继承父亲的家业,所以才招蟆六为婿。幸而得到庄园,并当上了村长,这并非我丈夫之过。然而弟弟没死,虽然回到故乡,而腿已残废。不想想自己已不能担当什么职务,却怀恨我夫妇,断绝了情义,这是他自己太固执。尽管有如此狠心的弟弟,可我们是十指相连的亲手足。对这次撕公文的过错,我费尽心机想救你们父子,但未能做到:番作自杀了,你也想一起死。这不过是孩子的短见。你不必死,且听听我们对你今后的安排。"蟆六眨眨眼睛说:"番作生前不知道我的真心,十分遗憾。我一定收养你,并将女儿滨路许给你为妻,这样就不致断了祖先的骨血。我背着恶名被世人咒骂,也就无后顾之忧了。喂!信乃,你听着。公文之事虽是极大的过错,但那是畜生所为。狗和其主人番作既已丧命,就不会再有其他后果。即使要问其子之罪,我也会请求关照。糠助跑来报告,虽说是断了情义的亲戚,可听到番作自杀,还能当仇敌吗?所以前来看看,正好制止了你寻死。赶快把刀放下!"糠助也一齐劝说,信乃仔细听着,心想,这对夫妇出乎意料地说了很受听的慈爱教诲,而一字未提宝刀之事,这都是欺骗,实在可恨。父亲确实料事如神,其遗训能察其未然,那就放弃自杀的念头,暂且由姑母收养,以便长大成人。想到这里才点头说:"想不到蒙受各位的爱护,据理制止,也就只好暂时不死了。既然不违反镰仓法制,若不让我交出刀的话,我就从命。"蟆六即刻皱着眉头说:"宝刀之事我不知道,那是女人的自作聪明。是龟筱自以为是那样说的,你父亲传给你的自然由你支配。这样说明白了,亲戚之间就可以开诚布公,不再随便猜疑了,听我的话吧!"三个人认真地劝说,信乃更加清醒了,说:"既然如此,你们就把手松开吧,我都听明白了。"那三人一听,都很高兴,向后退身,信乃把刀纳入鞘中,重新跪下,但还是安心不下来,想着日后之事,默默地坐着。当下蟆六和龟筱让糠助跑回家去唤两个小厮来,指挥埋葬番作之事,当夜将尸体成殓,蟆六回家去了。龟筱和糠助留在那里,守棺坐夜以慰藉信乃。次日将死人送到寄骨寺,乡里人无不怀念哀悼。那一天送葬的竟有三百余人。人们都说为了信乃,也得搞得体面些。

　　却说蟆六和龟筱听到番作自杀,亲自到他家去,制止了信乃的自杀。果如番作所料，公文之事是欺诈，如犬冢父子都自杀的话，就会引起乡里人的公愤，把事情闹大。如把信乃收养过来，则可解除乡邻们的怀疑，也就使自身安然无事了。夫妻俩赶紧商量，才决定诚恳地收养信乃。信乃早就知道他们的为人，对照父亲的遗训，猜出了他们的欺诈。蟆六和龟筴先没提村雨宝刀之事。信乃提出："只要不交出宝刀，就……"蟆六立即接过去说宝刀之事我不知道。那时言语模糊，神色突变，信乃更感到父亲有先见之明，便决定不再自杀。这些说明信乃和番作是智勇双全之士。可惜，不幸未能得志，如珠玉被埋在土中，只有名字为人们所称颂。

闲话休提，且说埋葬之事完毕后，龟筴又和蟆六商量，想把信乃召唤过来住。于是派人去接，信乃说："最少得过了七七忌辰才能从命，请暂且恩准。"蟆六道："这也是合理的，但不能留一个孩子在那里。糠助家离那里很近，每天早晚可以保护他。额藏的年纪与信乃相仿，可以给他作伴。那么就把那个小厮派到信乃那里去，让他帮着担水做饭。"于是就把额藏打发去。然而信乃认为这是来刺探自己心思的奸细，对他一点儿也不放心。信乃亲自生火担水，守着父母的灵牌，在服丧期间不觉樱花已经凋谢，树上嫩叶日见碧绿，山边也听到杜鹃的鸣叫声。信乃每天留意观察额藏的言行，发现他对什么事情都很温顺，不像村里别的小厮，借着主人是村长的虎威，显露侮辱自己的神色。额藏十分老实地伺候，信乃从内心深深敬佩。疑心也就解除了。一天，额藏看到信乃浑身污垢，说："死去的人已过了三七，即使不结发，何不也冲个澡呢？我给你烧水去。"信乃听了点点头说："现在是阴历四月天，真太热了，今天又刮南风，不洗会更沾污垢，你想得很周到，就洗洗吧！"他正站在走廊旁边脱衣服时，额藏盛来满满一大盆热水，往里试着倒冷水。一会儿又站到身后，给他慢慢搓澡。当他看到信乃胳膊上的痣时,问道:"你也有这么个痣呀? 和我的一样,你看!"说着脱下上衣给他看后背。从身柱穴①附近到右肩胛下有块黑痣,其形状与信乃的痣一样。额藏把袖子穿上,系上束袖带说:"我的痣自己看不着,听说是从胎里带来的,你也是么?"信乃听了笑而不答。额藏又指着绿树成荫的庭院说:"在那边的梅树旁,有堆新挖的土稍高点的地方是什么?"信乃回答说:"那是埋藏你也知道的那只狗的地方。"额藏有些惭愧的样子,说:"也不是那么大的仇,复仇心盛的人伤了只狗还那么洋洋自得。你一定认为我也打和刺它了,我说的不是吗?"他好似颇有用心地在搭话。信乃只是笑而未表明自己的看法。信乃洗完澡,在抖弄衣服时,忽然从衣袖里掉出颗珠子,额藏赶忙拿在手中,仔细看看说:"奇怪呀! 你也得到了这么颗珠子,是家传的吗? 我想听听它的来历。"说着把珠子还给了信乃。信乃手拿着珠子说:"我突然失去父亲,心里难过,把这颗珠子忘了。它牵涉到不少人的关系。"他只是这样回答,而没有详细告诉额藏。额藏心里很不高兴,不住地叹息,说:"人虽长相不同,而遭遇往往有相似之处。人心虽不同,却并非没有知己,你还怀疑我吗? 我可什么都不对你隐瞒,你看这个。"说着,从贴身的护身袋里拿出颗珠子。信乃吃惊地拿在掌中一看,和自己的珠子一模一样,只是字不相同,鲜明地是个义字,至此才明白过来,恭敬地把珠子还给额藏说:"我年幼无知,有目无珠,未能很快认清足下。开始我的确十分怀疑。但日子久了,察看你的言行有许多我所不及之处,认为你不同一般人,但也不好问你的身世,以至沉默到今天。不料今天看见了你身上有相同的痣,还有一样的珠子。你我必是宿

---

① 穴位在颈项下两肩正中,第三根脊椎骨下面。

因所致，非一朝之缘。先将我这颗珠子的来历说给你。"于是从神女显灵到为了让与四郎速死，不料杀狗时从刀口上得到这颗珠子，和突然出现痣之事，以及父亲的预见和遗训的内容，都毫不隐瞒地说出来。额藏侧耳听着，不知不觉地往前凑，感动得不禁落下泪来。过了一会儿，他稍微镇定一下后，说："世间的薄命者非只我一个人。听了你的身世，我感到前途有了希望。我是伊豆国北条的庄官犬川卫二则任的独生子，乳名叫庄之助。在生我之时，家中老仆埋我的胎衣，掘门坎下边，意外获得这颗珠子。都说这是前所未有的吉兆，但对我背上这块奇怪的痣，我父亲还是很担心。想卜其吉凶，而在伊豆没有占卦的术士。但乡的黄檗寺是供奉关帝的庙。我父亲多年来很信仰，便为我将来的命运去问卜。念佛抽签，抽了个第九十八签，其词是：

经营百事费精神，南北奔驰运未新。
玉兔交时当得意，恰如枯木再逢春。

我父多少识些字，推测词意，起句不吉，但末句还好。玉兔是月之异名。交时是望月，即十五的夜晚，那么这个孩子到十二三岁将是多灾多病，而从十五岁以后，会回阳复本，是如意长命的吉兆，就起名叫庄之助。听母亲讲，庄是旺盛之意。那时镰仓的武将成氏朝臣与京都将军不和，受两管领的攻击，退缩到浒我。宽正二年，前将军普广院〔义教公〕的四子政知拜任右兵卫督从京都来到伊豆的北条，那里叫作堀越御所①，掌管各国的赏罚。政知朝臣只知振奋武

———————————

① 御所是对亲王、将军、大臣或其住所的敬称。

威,不顾人民的疾苦,极尽骄奢,顿时课役甚多。我父是庄官,援旧例谏苛政,时常请求豁免。为诽谤者所排斥,御所震怒,声言要斩首。父亲日益悲伤,也未告诉母亲,留封遗书就自杀了。那时是宽正六年秋九月十一日,我仅七岁。庄园和家财被没收,仆从和奴婢各奔他乡,身边竟无一人。被称为富豪的犬川一家如河水涸竭,妻子被驱逐。母亲哭着拉着我,寻这家亲戚,投那家朋友,都无容身之地。在旅途中度过了凄凉的秋天,很快冬天又过了一半。安房国主里见的家臣蜑崎十郎辉武原是那里的乡民,是母亲的表弟,所以就去投靠蜑崎。母亲照料我,我安慰着母亲,好歹来到镰仓。想搭便船去安房,可是正在战乱期间,海路交通断绝,那里并无渡船,听人说下总的行德港有去上总的船,于是又往行德去。刚刚走到这个乡,路费就被贼抢去了。也住不了店,不得已便到村长家去,说明情况,乞求留住一宿。你是知道村长夫妇的,听说没钱,客房不让住,并让小厮们往外赶。哪管在柴火棚里住一宿呢,怎么说也不成,结果被小厮赶出来,关在门外。天黑了,又下起雪来,真是进退两难。母亲犹如夜鹤在啼哭,儿子就好像檐下的寒雀找不着窝。行路的艰难,有谁可怜?站在狠心人的门前,心想万一会召唤我们进去呢?雪越下越大,暴风雪吹来,五体如刀割,破斗笠也被风刮跑,在这风雪透骨的冬夜,母亲的老病发作。自入秋以来,在旅途中伤神劳累,母亲病体日益加重,当时已十分垂危,虽极力看护,可是七岁孩子又有什么办法。雪还没停,母亲就离开了人世。这是十一月廿九日的事情。我抱着尸体,哭到天明。村长知道这种情况后,才把我招呼进去,问我是哪里人氏,我毫不隐瞒地都说了。他不慌不忙地先把我母亲的尸体随便埋了。那一天唤我到他面前,对我说:'你母亲在旅途中丧生,你既无家可归,又无处可去。安房的里见是成氏一边的,这里是管领家的领地,因此去安房很困难。你母亲丢了路费,死在我的门前,办理丧事各种费用花费很多。你从现在起就在我这儿干活来还债,不然将来也是不会有好结果的。然而你尚年幼,须白吃三四年,没多大用处。因此难定年限,夏季给你一件粗布单衣,冬天一件棉衣,这已是过分的报酬了,要一辈子给我干活。若不给工钱,就可养活到死。’我当时听了又气又恨,可是走投无路,无依无靠,也说不出个不字。从此做了村长的小厮,过了五年有余。然而我的志向不是务农和理财,生在战国时期,不能立身起家,就不是个好男子汉。无论如何也要做个武士,下定这个决心是在十岁那年的春天。村长本是个猜疑过重和好忌妒的人,不能暴露我的真心。给人家使唤,无论善恶,都不能违抗主命,要表示正直,不怕被人家虐待。晚间就抽点时间练习写字,直到深夜,白天在割饲草的空隙,偷偷举石头、击大树,一个人练剑术和拳法。虽然没人教,却也学会了使太刀。当然我的志向没对旁人说,所以人都笑我愚蠢。他们都是无知之辈,不足与一乡之谋。早就仰慕你的英才,耳闻目睹你的孝行之后,就更使人爱慕。和你这样的人交往,比知遇万人还感到欣慰。但你是和村长断了情义的亲戚之子,住得很近,却什么也没法说。早就想有机会和你说说心里话,然而总无机缘。由于令尊的自杀,忽然路子敞开了,并且让我到这里来给你作伴,这个主命胜过赐予千金。窃喜这是天佑,可到这来一看,你却对我十分怀疑,经过不少日子也未打消你的疑虑。我也在猜测你的意思,未能将宿志告诉你,实在失礼。又过了一段时间,良缘没有错过,通过你我肢体上的痣和一对珠子为媒介,得以吐露衷情。正有如病雀啖花,搏飞腾之翅;辙鱼受雨,润唵喁之吻。一生欢会,何过于此?我的愿望已经满足了。”他详细陈述了自己的志向。信乃将其薄命比作自身,听着不住赞叹，说："你的大志使我震惊，非我所能及。通过珠子的媒介得以鱼水相交，不是没有缘分的。譬如你方才所说的关帝签的末后二句：'玉兔交时当得意，恰如枯木再逢春'，大概就是今天之事吧。把月比作珠，将珠喻作月，和汉多有此例。因此'玉兔交时当得意'大概是两颗珠子为媒介，而有今天你我的结交吧。'枯木逢春'是把你我的薄命比作大树的树干已大部干枯，仅剩一点树枝还活着，然而突然得到刎颈之友，互相帮助，以至扬名声，兴家业，岂不是枯木逢春么？以后共享其荣。神为人之所求而垂鉴，应当感谢关帝的神算。还有开始的二句，是表示令尊大人自杀，你们母子东奔西走命运暂时不吉，因此曰'经营百事费精神，南北奔驰运未新'。不亦令人惊奇吗！"经这一解释，额藏领悟了词意，称赞信乃超人的才学，并且羞惭地抚着前额说："我仅练习书法，背了几个俗字，无力学文。若没你的解释，岂能知道神算如此灵验呢？希望今后你做我的老师，就请你教我吧。"信乃听了摇头说："我仅十一岁，虽从襁褓中就学，知道什么？幸有父亲遗留的书，你想学的话，就借给你。人以辨善恶为交友之道，善有善友，恶有恶友。择志同道合者，便是四海皆兄弟。我是孤儿，你也没有同胞，愿从今结为兄弟，你以为如何？"额藏一听，非常高兴地说："这也是我所希望的，即使不能共享快乐，也可共同分担忧愁，能在患难中以死相救。如稍有背此盟之意，天雷就立即将我击死。"他恭恭敬敬地向上苍祷告。信乃也非常高兴，共同发了誓，以水当酒，互相推杯换盏，巩固其盟。然后又问年龄大小，额藏是长禄三年〔伏姬自杀的第二年〕十二月朔日生，十二岁。信乃小七个月，则额藏为兄，信乃再拜，自动称弟，一同竭尽欢乐。然而额藏不坐上座。信乃不住劝说，额藏摇头道："不管年岁多大，以才而论，你也应是我的兄长。我们是莫逆之交，无须定长幼的座次。如方才所说,我的乳名是庄之助,还没有大名。你以孝闻名于乡,而且大名不是叫戍孝么？因此那颗珠子上有个孝字,十分珍奇。我的那颗珠子有个义字,父亲叫犬川卫二则任,据此将乳名庄之助的之字省去,名叫犬川庄助义任。但是不要将此事告诉别人,只有你我知道。我所追求的是仗义勇为,不污其名,你以为如何？"信乃听了点头说:"名随主人,义任这个名字极是。当着别人我还叫你额藏。"额藏莞尔笑着说:"那个自然。你和我几个月共同起居,表面上不得不亲近,但对村长夫妇却要时常说你的坏话,你也嘲笑我,这样可避免嫌疑,彼此都不必担心。我已经听到一些情况。"于是就把糠助受龟筴的欺骗,回去时蟆六所说的事情,详细告诉信乃,他说:"那是我在吃茶间装睡时听到的。你父亲确有先见之明,品行是国士无双,实在可惜！"他说着,频频慨叹。信乃也一同叹息道:"我遵照父亲的遗命,保护宝刀,与黑心肠的姑母住在一起,如没你的帮助,宝刀很难避免被他们夺去。你告诉我的情况一定牢记。"信乃恭敬地接受了劝告。额藏稍作沉思说:"然而我和你久住在此,于后事不利。所以明天想托病回主人家去,你也不要等到七七四十九天,大约在五七三十五天,就赶快到姑母家去。我们既已结拜,你父即是我父。从今日起就心里服丧,竭尽报恩报德之情。不一定如女人献花诵经才算孝。"他对信乃进行鼓励,两人共同对着番作的灵牌叩拜。正在他们俩说话之时,跫然有脚步声从外面传来。此人是谁？请看官等待第三辑续出后,在开篇即见分晓。

作者云：予草此卷时,有旁观者责予曰:"信乃、庄助等虽有大智宏才,却皆为黄口孺子,年尚不足十五,然而智辩超凡,绝非童子气概,即小说亦未免过之。盖小说者,善于道破人情而使读者不倦者也。今见此二子之传，得谓不与情相悖乎?"予答曰："不然，蒲衣八岁为舜师，羿子五岁佐大禹。伯益五岁掌火事，项橐七岁为孔子师。古之圣贤均为睿智英才，聪慧超乎亿万常人之上，然亦并非生而如是。其他神童尚甚多，谢在杭曾集为一编文采之章，今不暇枚举，可见诸《五杂俎》。八犬士者，亦不亚于彼也。此乃予戏作其列传之故也。"

此外，蜑崎十郎辉武溺死，乃长禄二年之事。犬川庄助之父卫二自杀，乃又经八年，即宽正六年之事。然而海陆交通断绝，卫二之妻不知辉武死讯，于赴安房途中身亡。为解除妇孺之疑惑，顺笔自评之。

《八犬传》第三辑序

门前有狂狗，其酒不沽，而主人不晓，犹且恨酒之不沽。痴情若是者，谓之众人。众人有清浊，犹酒有醲与醨也。而清者其味淡薄，虽醉易醒。浊者其味甘美而酩酊矣。奚思今者之众，惧后者之寡也。是故瞿昙氏说法，以为有地狱果、天堂乐。于是不思后者惧矣，又何贵耳者之众，不贱目者之寡也。是故南华子《齐物论》以为禁争讼。于是贵耳贱目者愧矣。然若彼寂灭之教，媚者众，悟者弥寡矣。宜其媚者，口诵经而不能释其义；其迷者，心祷利益而不知所以欲之。凡如之之禅兜，虽度无有其功。昔者震旦有乌发善智识，推因辨果，诱众生以俗谈，醒之以劝惩。其意精巧，其文奇绝，乃方便为经，寓言为纬。是以其美如锦绣，其甘如饴蜜。蒙昧蚁附不能去焉。既而所有之烦恼化为屎溺，遂解脱粪门，则不觉到奖善之域暂时为无垢之人云，不亦奇乎哉！余自少惩事戏墨。然狗才追马尾，老于闾巷。唯于其劝惩，每编不让古人，敢欲使妇幼到奖善之域。尝所著《八犬传》，亦其一书也。今嗣编其三而刻且成，因题数行于简端。呜呼！狗儿佛性，以无为字眼。人则爱媚掉

其尾;我则惧误吠帝尧。冀为瞽者猎烦恼狗,以开一条迷路。阅者
幸勿咎其无根。

文政元年九月尽日
蓑笠渔隐

第三辑 卷之一

第二十一回　额藏探密全信乃
　　　　　　犬冢怀旧观青梅

却说犬冢信乃和犬川额藏两少年，互相述志结义后，正在畅谈未来之际，有足音跫然从外边传来。信乃侧耳注目，额藏也早有觉察，急忙退到自己卧室，蒙衣睡卧。这时，在一扇门上挂着的拉板鸣器①嘎啦嘎啦作响，有人咳嗽三四声说："少爷，在家吗？"糠助走了进来，看看是否有事。他从纸窗户眼往里窥视后，坐在支柱已经腐朽的竹廊上，一条腿盘着，一条腿立着，手在背后支撑着，仰观院内的小树。

当下信乃起身，轻轻拉开拉门说："叔叔，您来了，请这边坐。"拿起小笤帚打扫垃圾，糠助回头看看，摇头说："不，你放下！我脚脏。每年在蜀魂鸟②叫的时候，早稻和晚稻都得浸种，要放水整地，庄稼

---

① 田间轰鸟用的鸣器。在一块小木板上系几个细竹管，一拉引线，竹管就嘎啦嘎啦作响。
② 杜鹃的异称。

活很忙,所以没有来看您。村长派来的那个男孩子怎样啊?"信乃回头看看说:"额藏从昨天起有些不舒服,躺着呢。我想是受了点风寒,劝他去买点药,也不肯去。我看不会就好的。"糠助听了,说:"那可让您为难了。到主人家去告诉老爷,派个人来替换他吧。有这等事情,为何昨天不告诉我? 您还不足十五岁,没事儿都使人不放心,做饭的仆人帮不了您,还得照看他的病。即使是铁石心肠的姑父、姑母,听到了也会意想不到的。这件事就交给我了。"糠助不懂装懂地自以为是。他虽然有些鲁莽,但却很实在。说着坐不住了,立即站起来匆忙地往外边走去。

　　且说蟆六和龟筱派小厮额藏到那里去,帮助信乃早晚担水做饭。为了让别人看,每三四天用小碗盛些饭菜派人送去。同时他们自己也亲自登门去问寒问暖。本来他们就非出自真心之爱,所以在插秧的大忙季节早就把他忘到一边,很长时间没有去了。这天,糠助来一一禀告了情况,龟筱听了皱眉道:"在这个大忙季节,一个人顶两个人还不够用,不懂事儿的小伙计,受点风寒算得了什么?"她快嘴快舌地说了后,闭着嘴微笑,然后又说:"你禀报得很及时,我会想办法的。"她将糠助打发回去后,立即和丈夫商量。蟆六听了,咋舌道:"这儿和那儿离得很近,两处起伙才弄得人手不够,很不方便。我想从今天起就把信乃叫来收养他。但这个孩子很像他父亲,十分倔强,不过七七四十九天,他不肯答应,所以莫如暂时派谁去接替一下额藏。要表示诚恳相待,这样对我们有好处,我们何乐而不为?你可要妥善处理。"他对龟筱耳语后,龟筱点头会意,派个老仆去把额藏替换回来。看看气色,却并没什么异样。龟筱把他叫到身旁说:"额藏! 糠助来说你从昨天起病了,虽然是在人手不够的时候,可也不能不管啊,派个人去替换你。看你的气色和好人一样,是不

是要小孩脾气,没病装病啊?你这个没出息的货!"夫妻俩怒气冲冲
地斥责。额藏手加前额说:"虽然头有点疼,但还不致病倒。如果说
实话,就定会说我要滑,更加受责备。我从到那里去的当天,和他就
处不来。我去担水,他不让我担,我去烧饭,他说你放下,什么也不
让我干。四月的天气总是阴云笼罩,很快就黑了,大眼瞪小眼地瞪
着,真没办法。但是若为此便跑回来,就定会受责怪。心想,几年来
受您的管教和使唤,现在对主恩似乎懂得了一点,不能白白在那里
混日子。我的装病实是思念主家的忧郁症。想了点办法把我叫回
来,病也就好了。无论地里活,还是家里活,我都会好好干,无时无
刻不听从您使唤,请您饶恕。"他一边说一边搓着手,好似诚恳地请
求恕罪。身为主人的夫妻俩仔细听着,心里感到好笑。他们互相看
看,蟆六说:"龟筴,你看怎样?同是个孩子,可是他却没信乃有心眼
儿。他想办法让你回来,是有打算的。你也不悄悄向我禀报内情,
只会装病顶屁用?你的这个智慧三文钱也不值,混账东西!"龟筴听
了蟆六的责骂,说:"这一点你不要责怪他,信乃人虽小,可心眼儿很
老练,特别是报复心强,心地肮脏,是与血统有关的。额藏!你虽然
和他处不来,这些天在那里听到什么没有?信乃一定很恨我们,你
说对么?把他恨我们的情况告诉我好吗?"她装作很和善的样子询
问。看她往那边引,额藏也就不能装糊涂了,便说道:"方才已经说
过,有时对他说什么,他只是待搭不理的,也听不到什么。然而现在
他除了姑母之外再没有依靠了,怎能恨你们呢?他父亲刚死去,当
然很怀念。只是他对我很冷淡,也许前世有仇,不然就是性情不合。
我不觉得有什么事情会使他恨我。"蟆六听了,点头说:"据说主仆之
间有五行相克,也说不定有这种事。但装病是不对的。本想严厉惩
罚,这次就饶你了。正在大忙季节,要顶两三个人干活,赎你的罪

过,不然可饶不了你。起来吧!"额藏不住叩头,向厨房那边退下。

龟筱看着额藏走出去后,小声说:"你听了觉得怎样? 人的性情是各种各样的。孩子和孩子若是好朋友,就愿意互相在一起,没想到信乃讨厌额藏,这已经不是一天两天的事情了。额藏或许为此而怨恨他、骂他,不然就是性情不合,难道不是如此么?"蟆六歪着头听了说:"不只是那样,而是信乃对我们有怀疑,把额藏派去认为是监视他而放心不下,对信乃是不能小看的。派谁去替换额藏呢?"龟筱说:"突然间换人,派谁去呢? 我让背介去了。他六十多岁了,也不能顶个人干活,而且最近正灸疗三里穴,连行动都不大方便。用他去替换额藏没亏吃。"蟆六频频点头说:"这个主意好,这样过一两天,多则三四天,悄悄把背介召唤回来,看信乃对他有无戒心。如对他也有戒心,便是怀疑我们夫妇,如只讨厌额藏不讨厌背介,则是对那个小子一个人,而不是对我们有所怀疑。摸清了事情的真相,再想对策。这一点你要弄清楚。"他们面对面地商量出了结果方罢。

两三天后,龟筱亲自到信乃家,虚情假意地去问寒问暖,顺便正好窥探实情。信乃并不讨厌背介,背介也诚恳地伺候着他。龟筱心里别有打算,东拉西扯地谈了一个时辰,认为差不多了,才告辞回来。这时恰好蟆六在里间,她便凑到身边说:"前几天你不是说把背介叫来偷偷问问信乃是否会怀疑我们吗? 我就去了,问他服丧中有什么困难没有,在那待了半天,到处都看了。"她把看到的情况一一悄悄地告诉蟆六。蟆六寻思片刻后,说道:"信乃的心地不同于普通孩子,轻易是看不透的。把额藏叫来,先假装对他如此这般说,事情成了后再那样地依计而行。这样深谋远虑,就不会后悔莫及了。可不要露半点声色。"蟆六详细地面授机宜,龟筱称赞道:"谚语说,'针鼻儿虽小,吞不下去',真是小事儿也不能疏忽大意。对心眼儿多的年轻人真得仔细又仔细,要多加小心。"正在悄悄商量之际,听到有踩竹廊的声音,有人从纸拉门的外边走过去。龟筱赶忙问:"是额藏吗?"回答说:"是我。""有事情要对你说,到这边来!"她把他叫住,额藏轻轻拉开拉门,进来就跪下了。"把门关上,到这边来!"龟筱又让额藏跪着往前凑身,说:"本来不该这样小题大做凑到一起这样说,正好赶上了,就告诉你吧。信乃虽是我的侄儿,可他承受了番作乖僻的坏心肠。他的性情你是知道的,他若不对我这个慈爱的姑母总是感到不满意,我就不把你派去,让他讨厌你了。但即使不让你去,你的嘴不好,不知什么时候触怒信乃,他也会恨你的。这且不说,世间公婆与儿媳妇吵嘴,总是公婆不对,对那个孩子我不好开口,因此只能想法把关系搞好,不能让他抓住错儿,除此之外别无良策。你是从六七岁就终生为我使唤的小厮,比侄儿还亲近。你如果知道主人的养育之恩重如泰山,那就不管他怎样冷淡你,也该想法接近他,听到什么就悄悄告诉我。这不是一时半会儿的暂时安排,把信乃收养过来是天长日久的事情。我说的话你要好好记住,时刻不能忘记为主人效力。世间没有比主人的恩惠还大的,记住了吗?"她这样说了一通假话。蟆六擦擦拔胡须的镊子,摸摸下巴说:"额藏!你会有好结果的,如果不把你看得比侄儿还亲近,龟筱就不会向你透露这个秘密。因此想派你再把背介换回来,暂时要忍耐一点。"额藏搓着膝盖说:"对我这样恩典,怎能当作耳旁风把您说的话忘了呢? 前天和您小声说过,犬冢除了您这里,别无依靠,没什么野心。总之,我去接近他,听到什么对您不利的事情定悄悄告诉您。这些事情您就放心吧。"他回答得很认真。这夫妻俩更是甜言蜜语地骗他,他也知道那都是骗人的假话。他将待站起来再去替换背介,龟筱赶忙制止说:"即使小孩子闹别扭,一个人回到那里去,面子也不好看。跟我去吧!"说着立即起身,摸摸和服的前襟和后边系的带子,出了走廊。额藏先下去将草履放好,龟筱提着衣襟,回头往里间看看说:"去去就来,"丈夫只是点点头。

二人出了后门,沿着田边小路抄近道,很快来到信乃的住处。龟筱露出平素少见的笑容说:"信乃,一个人很寂寞吧。我是无事不登三宝殿的,为何昨日不来今天来呢? 这是为了额藏之事,不知因为什么惹你不高兴,因为你不用他,他便托病回去了。听到他对别人这样说,我心里十分过意不去。过去我们虽然疏远,但现在你是我的亲侄儿,我是你的姑母。让小厮挑拨离间,往饭里掺东西,往大牙上放砂子,我着实放心不下。蟆六很生气,把额藏狠狠责骂一顿,他也突然悔过,哭着认错,所以又把他领来了。他有什么不到的地方,你要多多指教,能够用他是他的福分,姑母也会非常高兴。你过来!"说罢回头看看额藏。他佯装很惭愧的样子,搔搔头,用膝盖往前凑身说:"正如太太所说的,我并非心里有什么隔阂,而是因为不用我做饭,把我当作黑锅底的破锅放在那里,我就装作头疼回去了。完全是由于我的愚蠢、乖僻,请你饶恕。"额藏赔礼道歉。这本是事先商量好的事情,信乃听了装作吃惊的样子说:"这我真没想到,何必道歉。从父亲在世时,担水做饭是我的常事,没有人帮助也不以为然。万没想到对你疏远了,连这一点都没觉察出来。"龟筱听了笑着说:"这样我就放心了。你们既然已言归于好,就把额藏留在这儿,把背介换回去吧。另外,等到服丧期满,还分开住着有诸多不便,望以五七三十五天的忌辰为限,搬到主家去住,好使我放心。蟆六最初就想那样做,琢磨不透你的心情,所以一直在等待。你肯去吗?"信乃听了,叹息说:"虽然是僻陋的草屋,已经住惯了,想起死去的父亲就舍不得离去,但四十九天也终免不了一别,就是待上一百天,到时候还是舍不得离开。如任着我的心意,过的日子越多,罪过越大,就由您决定吧。决不违背您的吩咐。"信乃慨然许诺。龟筱非常高兴地说:"你真聪明,通情达理,是个好孩子。那么在五七忌辰的前一天晚上,请乡亲们来,为超度亡灵举行夜宴。次日就锁门到主家来吧。有我女儿滨路陪伴你,她既是你的妹妹,也可看作是你的老婆。"说着自己在笑。信乃听了呆若木鸡,没有回答。龟筱更加兴高采烈,掐着指头在算,点头说:"死人的五七忌辰距今只有四天。让蟆六也开开心,从明天就着手准备。那么我就回去了。额藏!你要事事留心,好好伺候,说的话不要忘了。信乃你也不要有所顾忌,无论是升火或担水,就使唤他。他不听话就是打他也并不过分。那个背介在后门吗?额藏你把他领来,我们一同回主家。""背介在吗?"这样一喊,回答说:"奴辈在。"把厨房那边的拉门轻轻拉开,那个人很沉着地站在那里。"真迟钝,赶快到门外去。"龟筱说着就要走。信乃赶忙离席说:"天还长着啦,再说会儿话,茶都沏好了。"龟筱摇头说:"哪有喝茶的时间,柴米的出纳,我一时不在就要受很大损失,有工夫再来。"说着走了出去。背介手撑着走廊坐着,与信乃说声再见,从刚刚修剪过的黄杨树的庭院出去,跟在女主人身后走了。

　　额藏在外边站了一会儿,往主家那边望望,然后又左右看看,把两扇门关上,与信乃对坐在原来的座位上,把村长夫妇说的事情和自己说的话悄悄告诉信乃。信乃频频叹息说:"她对父亲来说,即使彼此关系不好,也是同父异母的姐姐。对我来说,她是唯一的姑母,现在不该对她有坏心。但是如此置疑,把我当作仇人,来日方长,到那边可怎么过呢? 真是进退两难。"说着又在叹息。额藏安慰道:"正是这样,你的姑父、姑母已贪婪成性,既已知道他们唯利是图,已忘记骨肉之情，防备点他们的歹意又有何妨？我在你的背后悄悄保护你，对他们的反间计已找到了解脱的线索。因此最好让他们认为你和我始终关系不好，志趣不相投。你要相信我所说的话，九石之弓张久了，不是也该松弛一下吗？他们虽有害人之心，只要你持之以诚，柔能克刚。你姑母狠毒的头角挫伤后，也许会成为慈母。即使到不了那种程度，你投入他们的怀抱，也应看看他们想干什么。你在此冥思苦想，到时候又有何用？"额藏劝他不要度量太小，信乃似有领悟，不觉莞尔笑着说："人之才有长有短。我虽是只比你小一岁的弟弟，才干却远不及你。投靠姑母本是父亲的遗言，吉凶就听天由命吧。不久到主家后，促膝谈心的机会就难了。以后还望多多指教。"额藏摸着头说："我的才智，虽不及你，但俗语说，旁观者清，当然智囊丰富，则能随机应变，避开灾害。我暗中做你的后盾，谨防笑里藏刀。我们一定要保守秘密。"二人窃窃私语，在深谋远虑地商量着，真是一双贤童。

却说到了番作五七忌辰的头天夜晚，龟筱等从前一天就备好羹脍，连碗筷家具都让小厮从主家搬运多次，来回奔跑，厨房也忙得不亦乐乎，到了黄昏，总算大体就绪。这一天信乃给亡父上完坟后，跟随菩提院的法师急忙赶回来。法师对着祖先牌敲着木鱼默默地念经。这时糠助等乡亲邻里们都来了，问寒问暖地互道寒暄。有的思念死者说："三十五天就如同昨夜今朝一般，真是人世无常，过得太快了。"互相你谦我让地列坐两旁，开始举行夜宴。信乃亲自给列位斟好酒，然后寒暄致谢。正在推杯换盏之际，蟆六从走廊过来，拉开上座的拉门说："都来了，欢迎，欢迎！没什么好吃的，凑在一起谈谈吧。"说着进来落座，伸手在抻裙子的皱折，看到主人有棱有角的郑重态度，众人都不约而同地放下筷子。"想不到蒙受这般盛情款待，深感惶恐不安。虽非穿着铠甲的武士,却觉得屈伸都不大自在,所以连头都不能给老爷叩。"一个人这样一说,逗得哄堂大笑,把饭都喷出来,白花花的饭粒如同飞雪。有人抱怨说:"这太暴殄天物了,也无法拾起来,那是粒粒皆辛苦呀! 后门的麻雀没睡的话,让它帮着拾拾。"蟆六很不痛快地连看都没有看,过了片刻说:"正如列位所知道的,我的妻子是原来的庄头大冢匠作的嫡女,番作的姐姐。在嘉吉年间的结城之战中,大冢家家道衰败,子孙流落民间。后来之所以重振家业,是我与龟筬联姻之功。这本无须再提。然而传说已死的番作却携妻归来,我本想把领地分给他,村长也让给他。可是他虽然腿残废了,行动很不方便,可是心并不死。不到我家去,恨他姐姐,把我当作仇敌,一辈子也不和我们说话。对此,我虽然心里很不愉快,但因公务在身,也不能向他去垂手道歉。幸好各位可怜他,携手凑钱,为他买房子、置田地,养活他一辈子,这是怀旧的情义和真诚,我虽没说出口,却感动得泪流满面,多年来实在感叹不已。我没向你们道谢是由于公务关系,请各位海涵。这都已是过去之事了。他乖僻固执,终于不幸身亡。番作在九泉之下所不放心的大概就是信乃,我如不收养这个孤儿,使他长大成人,人们就会说是对祖先的不孝。因此我和龟筬商议,从他父亲死的那天起,就派小厮来伺候他。我们夫妻也时常替换着到这来关照他,直到五七前夜的今天,我们没有放手不管,这是列位知道的。然而他是个不足十五岁的孩子,怎能把他一个人留在这里呢? 明天就把他接到主家去,培养他成为一个顶天立地的男子汉,并把女儿滨路嫁给他为妻,以便继承大冢的家业。关于番作的耕地,是还给大冢,还是给信乃呢?"众人听了抬起头来说:"这个不用再提了,父亲之物传给儿子,不分贫富上下,都是如此。那块田地的主人自然是他儿子。我们有什么好说,由您看着办吧。"蟆六笑着说:"那么到信乃长大成人之前,地契就由我保管了。另外要把这个家的地板拆掉,作为给番作的稻田收获后晾稻子的地方,也告诉各位一声。"他假惺惺地貌似认真的样子,实际上是想吞并番作的田产。众百姓虽然知道其用心,但面面相觑,却无法答言。龟筬从厨房那边出来,想进行帮腔,一屁股坐在信乃的旁边说:"不管今天法事做得怎么样,这个孩子既是我的女婿,也是我的儿子,没有生过孩子的人,养活别人孩子也一样疼爱。将来把田产和村长职务都让给我的侄儿,番作的那点地算什么。信乃你也该明白,从明天你到我家起,连炉灶下边的灰将来都是你的。我恨弟弟,可是看到今天这个样子也是怪可怜的。往东看看,往西看看,除我这个姑母别无亲人,想到这个孩子的将来,真比我从襁褓中哺育的滨路还可怜。"说着泪如雨下,把袖子都润湿了。被龟筬这么一哭,乡亲们也鼻子酸了,不觉一齐叹息说:"真是俗语说'亲人来哭丧,旁人来吃饭',今天才知道人的真诚。姑母的这番话是五七前夜对死者最好的供礼。一乡人都听到了你们说把番作的儿子招为女婿,这还有什么怀疑。那块地暂时由庄头代管,是理所当然的。"大家异口同声地这样回答。蟆六和龟筬十分高兴,重新换过已经冷了的菜汤,劝酒添饭,款待得更加殷勤。

那天夜晚,直到初更时分才欢宴完毕,法师把布施来的钱揣在裤带上,后边跟着庄客们,向主人致谢后,就如同祈冥福的纸烛和法会的灯火一般,争先恐后地走出了大门。有的嘴里念道一声"南无阿弥陀佛"说小心路上别跌着;有的扶着喝酒喝多了的人,陆续回去。屋内则如同遭受过大风袭击似的,桌席零乱,杯盘狼藉,在寂静的夜晚只听到刷盘子洗碗和收拾食器的清脆声音。

次日清晨,信乃为了向已故父母的坟前献花,去了菩提院,还没等他回来,蟆六夫妇逼着小厮抢运犬冢家的器具,从炉灶到室内的座席以及门窗等全都卖光,很快就成了一所空房,信乃却全然不知。当他回到自己家的附近,看到路旁有人站着,原来却是额藏。他把衣襟掖得高高的,系着束袖带,打扮得很利落,正在那里擦沾满了灰尘的前额的汗水。信乃不知其中缘故,便走上前去问道:"你做什么哪?"额藏回头往后边看说:"今晨你走后没多久,庄头就领人来运走了你家的器具,有的都已经卖掉,我被赶来做劳工。你看,手脚脏得如岁末扫尘一般。现在才干完,你要忍着点,别生气,立即去主家吧。"信乃听了十分惊讶说:"这本是早就预料到的事情。但万没想到竟发生在父亲五七忌辰的今日,就是过一两天也不迟嘛。他们这样着急,是怕众人有变。在这里说话时间长了会被别人知道,赶快去吧!"信乃赶忙离开,慢慢向前走着,自己的家怎么也舍不得就这样离去。前去看看,围墙是用杜仲树条编的,庭院如故,而房门上着锁再也进不去了。虽然没人留他,但依依难舍的眷恋之情,却愀然地使他呆站在那里。看看埋与四郎的梅树旁,只是潸然落泪。好似想起了什么,自言自语道:"去给它立个木牌。"便拔出短刀上所带的小刀,削下梅树干上的树皮,从携带的文具盒里取出笔来,写了"如是畜生发菩提心,南无阿弥陀佛"的一行字,然后将笔收起来,念了十遍佛号。不能在此久留,立即来到姑母家。

　　蟆六和龟筱总算把他等来了。蟆六先说道:"是信乃吗? 回来得很及时,赶快到这里来!"把他唤到身边继续说:"本想等你回来再处理那些东西,多过一天就不知道行情如何了。况且让你看到,会更加难过,所以赶快把原来的家处理光了。我们合在一起,从今天起这就是你的家。昨晚已说过,等你到二十岁时,将滨路给你做妻子,你是第二代庄头。我们到后门那边去隐居,只想有一天手摇扇

子安度晚年了。"接着又赶快喊:"滨路,滨路!"让她坐在他们夫妻的
中间后,说道:"你们还不大熟识,没说过话,住在一起很快就会熟识
的。信乃是你的表兄,从今天起他就是我的养子,大了以后他是你
的丈夫。你们一齐赶快长,好看着你们成为夫妻。要和睦相处哟!"
这样一说,滨路羞怯得像只小鸟,赶忙起身躲到屏风后面去。信乃
表面上丝毫不敢疏忽大意,实际上却把他们的花言巧语看作是对自
己的毒害,根本就没好好听,只是感到十分尴尬。龟筬引导他去西
面的一间屋子,说:"这里做你的房间,可不要误了读书习字啊! 有
事情你就支使额藏或滨路。客气也要分在哪里,你已经不是孩子,
不必那样拘束了。"她这样安慰着并热情款待他。

　　炎夏已过,已是秋风起的时候,信乃为父亲的服丧已满。从此
龟筬便把信乃的女装改换为男服。这一天,信乃去参拜城隍庙,虽
年仅十一岁,长得却和大人一般高,看去颇像十四五岁的青年。龟
筬预先告诉她丈夫说:"今天吃祝贺的红豆饭,顺便把鬓角给他剃
了①。"蟆六按照老婆的吩咐,给他举行了元服的仪式。他对孩子似
乎很重视,致使多年来恨他的乡亲们也被这只老狐狸骗了,认为他
还靠得住。对这些事情,信乃唯命是从,并不反抗。在元服时换掉
女装是世间的习惯,而且又符合父亲番作的遗训,尽管感谢父亲的
明察,却对前途莫测倍感凄凉。

　　信乃就这样一天天地过去,很快到了次年的三月,迎来了亡父
周年的忌辰。在这一天的前夜,他在祖先牌位前为父母祈祷冥福。
次日龟筬预先吩咐额藏陪信乃去扫墓。为了躲避外人的耳目,路上
两个人什么话也不说。到庙里叩拜之后,洒扫了坟墓。换了清水,

---

①　在江户时代,少年在元服前把前额鬓角剃成直角。

献上花束,主仆长时间为死者祈祷冥福,流下了伤心的眼泪。归来时到了故居的附近,信乃仔细眺望自己的旧宅院,虽然时间不久,不在这里住也快一年了。只有拉拉藤和院中的草木还依然如故,想进去看看,主仆推开一扇已经倾斜的折叠门,来到院内。房檐上的相思草①使他们想起了往日。梁斜壁颓,除了稻草别无他物。真是人去楼空,一切皆变得无法辨认。信乃触景生情,不觉凄然泪下。去年为给与四郎立木牌,削掉一块树皮写的经文"如是畜生"云云,由于梅树长得特别茂盛,削痕愈合,字迹已经消逝。树上结了许多青梅。大概那只狗埋在这棵树下,已成为它生长的肥料。这是赏花的浅红梅,很少结果,可是今年却果实累累,十分罕见,信乃说:"你看这个!"额藏往前凑身,仔细瞻望说:"啊,奇怪! 这棵梅树每枝都结八个果子。听说世上有种八房梅,但没见过,这大概是八房梅吧。"信乃听后,忽然想起来,这确是八房梅。但自从他记事时起,从未听说它每枝结八个果。那只狗虽是畜生,却颇知主人的心,若同与四郎有关,名副其实应该结四个果,为何结了八个果呢? 又仔细看看说:"奇怪呀! 不仅结八个果,你看这个! 每个果上还有个图案,好似个什么。"于是他们把树枝拉过来,每人摘下个果儿,放在手心上,对着阳光一看,原来每个果上都有一个字。一个是仁,一个是义,别的果上还有礼、智以及忠、信、孝、悌几个字。至此,二贤童大吃一惊,感到毛骨悚然。削去树皮写的"如是畜生"云云八个字消失了,而今竟在其果实上有仁义礼智等八个字。这究竟是怎么回事? 疑怪莫解。过了一会儿,额藏从囊中取出秘藏的珠子对信乃说:"你看

---

① 原文"しのぶ草",学名叫海州骨碎补,是一种野草。"しのぶ"是缅怀思念之意,所以在古和歌中多用作表达思念的媒介。

这个！梅树的果实与这颗珠子形状相同,文字无异。其中定有缘故,但难以知晓。"信乃认为他言之有理,也把秘藏在护身囊中的珠子取出来,对照一看,大小相同,文字一样。"是因,还是果,不得而知。珠子也好,梅子也好,完全一样,着实奇怪。现在大胆推想,这个珠子可能原有八颗,仁义八行的文字是齐全的,若果然如此,其余的六颗珠子则或许也在世间。这棵梅为何每枝结八个果儿,珠子和梅子显现的文字为何一样?草木无情,问也白问,它不会回答。如果确有缘由,也只好以后慢慢猜测。人们都好奇,如果他们无意中发现就发现吧,我们不要告诉别人,千万保守秘密。"二人一边窃窃私语,一边把那八个梅子用纸包上,和珠子一起分别收入囊中,走出荒芜的庭院,回到住所。

且说这一年的阴历五月,那棵树的梅子熟时,不仅蟆六家的小厮,就连邻近的乡亲们,都是头一次看到每枝结八个果儿的。因是罕见之事,便告诉给主人蟆六夫妇,同时也广泛传扬开来。然而到了梅子熟的时候,果上的文字就不见了。因此,乡亲们只欣赏那每枝八个果儿,却无人知道果上有字之事。自此之后,虽然每年都是每枝结八个果儿,而文字只是在那年春天出现,以后即踪迹杳然。蟆六和龟筬虽听说这些事情,但因与这种风流雅事无缘,不懂得花果之乐,只喜欢梅子结多了,年年腌起来,充作酒菜。这棵梅树渐渐为人所知,成了一棵名树。就连与四郎之事也传了出去,被称之为八房梅和与四郎冢,成了故老们相传的口碑。然而后来经历数次兵火,梅树枯死,冢亦被夷为平地,今已认不出其遗迹,只还留有猫又桥的地名。

第二十二回　滨路偷悼亲族
　　　　　糠助病思其子

却说大冢蟆六自从接回信乃，和老婆龟筱一起非常亲切地款待他。但这只是为了给外人看，心里却着意在磨刀霍霍。这究竟是为什么呢？蟆六既已欺骗乡里们，霸占了番作的土地，虽然信乃一点也未挡驾，但村雨宝刀尚未到手，一旦把刀弄到手，他们就将结果那个少年了。那时他将依靠宝刀愈益发迹，同时给滨路招个佳婿，以使自己晚年过得更加快活。但是想到信乃那种非凡童一般倔强的样子，如过早动手，万一失败了，偷鸡不成反而亏了老本。骨子里在想，只有认真款待，使他麻痹松懈，再设法下手。这一策划只秘密地告诉了龟筱，因此信乃的处境是十分危险的。虽说他如同石下生的鸡蛋，柴草中作窝的幼雏，然而有父亲早已料到的遗训，再加上他的勇敢机智，既赛过牛若丸①，也不亚于楠木正行②。他是世间罕见的少年，深知此情片刻也不得松懈。从在旧宅直到搬入姑母家，那口

---

① 源义经的幼名，是日本平安时代末期英勇机智的名将。
② 日本南北朝时的武将，楠木正成之子。

宝刀从没离开他的腰，坐着时放在身旁，躺下时搁在枕下，时刻留心看着，不给偷儿半点空隙。主客的情况就是这样过了一年多。虽然蟆六善施奸计，但由于担心没有把握，所以一直没敢下手。他知道，如果自己的奸计一旦被发现，多年的心血就将化为泡影，所以偷刀之心就稍微松懈了。现在又一想，即使宝刀到手，信乃如果还安然在家里，自己也没法献给管领。好了，尽管宝刀如今不在我手，持刀的人和物都在这里。只要在我的家中，早晚就会为我所有。欲速则不达，诸多不便，不能冒险。况且女儿尚幼，再等十年也不为晚。有远谋才有久利，浅虑则难以成功。于是他又改变了主意，并让龟筴也知道，暂且把偷盗的手收回来。只是时常通过额藏探听信乃在想什么，但得到的消息却很少。额藏在主人夫妇问到时，虽表面上毁谤信乃，而有关要害之事却一点儿不说。并且把问到的事情和自己的回答，都悄悄告诉信乃。信乃就更提高警惕，毫不松懈。他表面上亲近姑母，且和小厮一样干活。

光阴荏苒，春去夏来，秋尽冬至，岁月如梭，文明年代已九易春秋。这一年，信乃十八岁，滨路小他两岁，已是二八年华，花前月下显得十分艳丽，胜似翠绿的杨柳在彩霞中迎风招展。一个是年及弱冠的奇才，一个是婵娟般的少女。这等郎才女貌是世间少有的，这对青年男女配成夫妇真是天赐良缘，乡亲无不称赞，每见到庄头夫妇，就催促给他们早日成亲。这是蟆六和龟筴早已公开说过的事情，很难食言，因此就又萌发了杀害信乃之心，想悄悄结果了他。他们心虽急，但想到在他十一二岁时都难以下手，现已长成男子汉，身高五尺八九，膂力一定很强。正所谓两个叶时不摘，终于用斧子。恨没有及早将他除掉，但悔恨又有何用？在左思右想，搜索良策之际，邻乡突然发生动乱，不料竟酿成战争。

　　究其缘故是因武藏国丰岛郡丰岛城的领主,有个叫丰岛勘解由①左卫门尉平信盛的武士。此人虽非了不起的诸侯,却领有志村、十条、尾久、神宫等几个乡。其弟炼马平左卫门倍盛住在炼马宅邸。其他平冢、圆冢的一族繁衍后代,成了昌盛的世家。信盛兄弟最初隶属二管领麾下,因小有摩擦以致失和,这时,管领山内家的老臣长尾判官平景春,荡平越后、上野两国,想独立称霸,因此欲与丰岛联盟。信盛立即表示赞同,遂不听管领支配。且说山内和扇谷两管领,密密商计军计,想乘敌军势力尚弱之际,先讨伐丰岛。所以在文明九年四月十三日,以巨田备中介持资、植杉刑部少辅、千叶介自胤等为大将,率领千余骑突然发动攻击,推进到池袋。丰岛方面思想麻痹,没料到敌人会突然进攻,但是一族都在其附近,都披挂上马,由各处赶来。总大将信盛的第一仗,有炼马、平冢、圆冢的军兵计三百余骑,驰向江古田和池袋,高声喊杀,众箭齐发,两军混战,互相厮杀。你死我活地激烈交锋,战斗了半日,丰岛方面虽然兵少势孤,但在初战中却杀败了千叶和植杉,捷报频传。然而仓猝间没有充分准备,腰间没带军粮,士卒们饥渴劳累,正待撤兵之际,敌军大将备中介持资挥动令旗,鼓励士兵,猛力进攻。丰岛军畏缩,死伤无数。千叶、植杉等因而士气大振,摆开鱼鳞阵形,纵横穿插,猛烈进击,不使敌军得到喘息。丰岛士兵仓皇溃逃,被砍杀无数,连信盛、倍盛也死在乱军之中。可怜丰岛、炼马的两员大将,因一朝之怨,不揣强弱之势,一族家臣悉数丧生,这个世家便一下子灭亡了。

　　因此,世间暂且不得安宁,就连营菰、大冢一带也人心不安。只有蟆六、龟筴才感到庆幸:这样,女儿的婚事今年就可以不办了。于

---

①　勘解由是勘解由使之略,是在国主交接时审查交接文书的官职。

是对乡亲们说,明年风波平静后必给他们完婚,连村长也让给信乃,
暂且应付过去。

　　且说蟆六的养女滨路,从八九岁时,父母就亲口讲,信乃是你丈
夫,你是他妻子,她竟信以为真。从有了春心之后就半羞半喜,不知
为何,常愿意和他攀谈,悉心伺候他。蟆六夫妇虽然如亲生女儿一
样对待她,也不告诉她是养女,但仍有人偷偷告诉她,她的生父是炼
马的家臣,另外还有个同胞兄妹。滨路在十二三岁时略微知道一
点,她仅据所知的点滴回想:"现在的父母,在别人面前好似很疼爱
的样子,但口是心非,当左右无人时就无端辱骂我。人前一套,人后
一套,从小时候就经常这样。其养育之恩虽然匪浅,但毕竟不是亲
生子女,自己是十分可怜的。再说我的生父是炼马将军的家臣,叫
什么名字呢? 另外据说尚有同胞,但不知是兄弟,还是姐妹?"这只
是传闻,也无法细问,只能背着养父母流泪,思念亲生父母之情是难
以抑制的。听说此地距离故乡不过二十余里,但是羊肠山路,又无
鞍马,虽近犹远。春天有牵马来卖萝卜的,听说是从炼马来,更使她
倍增思乡之念。据说,现在炼马一家已经灭族,同族的丰岛和平冢
自不待言,属下的士卒也多半被杀。滨路听了不胜悲痛,心想:"如
此说我的生父和同胞兄弟也逃脱不了。母亲还在吗? 妇女即使得
救,也一定无依无靠。自己真想不通,即使养父母将亲生父母明确
告诉我,我也不能把襁褓中的养育之恩置之度外呀! 不知道也就没
办法了,现在自己略微知道点有关生父和同胞兄弟的情况,却又不
知其姓名,也不能到阵亡处去凭吊,这难道是我个人前世的恶报吗?
这该如何是好?"她犹如白昼的草虫不敢哭出声来,只能悄悄地泪洒
胸襟。为了不使别人看到泪痕,她强扮晨妆,然而如朝霜易化,还是
落下泪来。有时,滨路仔细想:"我心中虽是无限悲痛,可是环顾左

右,又与谁谈?只有尚未成亲的犬冢,是从小父母就许婚的丈夫。那个人心地诚恳善良,无半点虚假,是可以依靠的。若将我的身世明确告诉他,借助他的智慧,打听出生父的姓名及其存亡实况,也说不定会帮助我去其阵亡处凭吊呢!"她这样想着,可又怎样告诉他呢?便悄悄寻找没外人在场的机会。

一天,信乃正在室内独自以肘倚几,阅读《训阅集》①。滨路暗自高兴,踮着脚走到信乃身边,将待搭言,觉得有人来,便吃惊地跑了出去。被这一来一往的脚步声惊觉,信乃回头看看,后边来的却是龟笹。当下信乃把桌子推开,起来迎接,可是龟笹拉开纸拉门没到里边来。她惊讶地看着跑开的滨路的背影,然后对信乃说:"喂,信乃!告诉你知道,糠助叔叔病了很久,眼下十分危险,汤水都难以下咽,这是方才听邻居们说的。他是从前你家的邻居,和你父亲交往密切,想告诉你,趁他弥留之际,去看看他。如果是为了处理他的后事,或付医生的药费找你商量,那就算了。有些穷人,你对他好,可他并不感激你,好心而无好报。但我不能不告诉你。想去就赶快去吧!"信乃听了,大吃一惊,说:"那可太不幸了,我去问候一下。他也许还不至于那样,但已是六十开外的人,如果是瘟疫那就难说了。我去去就来。"说罢,提着刀站了起来。龟笹看着他走后,才到里间去。毕竟糠助见了犬冢信乃,向他托付了什么事情,请看下卷分解。

---

① 中国兵阴阳家书的日译本,共120卷。对日本兵法影响很大。

第三辑　卷之二

第二十三回　　**犬冢义诺遗托**
　　　　　　　网乾漫卖歌曲

　　却说犬冢信乃成孝,自从搬到姑父大冢蟆六家,每天在嫌忌中度日,和乡亲们也不能亲切交谈。只有那个贫民糠助,往日与自己很熟,姑母才允许和他来往。糠助秉性耿直,这个老人虽然不是信乃可谈心的对象,但由于他不虚伪,什么都是直出直入,信乃对这位木讷而近于仁的老人,也十分爱戴,所以路过其门一定进去问候,和从前一样地交往。

　　在这期间,糠助的老伴儿于去年秋天去世了。糠助长期患病,但由于家境贫寒,无力买药,信乃就给了他一两黄金,以供购药之资。然而他并未告诉蟆六和龟筱。原来信乃现在还有的这些积蓄是其父番作留下的。番作虽穷,死后却在其装甲胄的箱子底下还藏着十两黄金。他在遗书上写着:"其三分之一可用作我的埋葬费,其余悄悄带在腰间,以备汝或朋友急需之用。"想到连身后的事情父亲都考虑得这么周到,实在感恩不尽,他流着泪把金子藏在袖子里,没有告诉龟筱等人。当他们问到有无积蓄时,信乃拿出那三两金子说,此金可供做棺椁墓碑之用。另外在父亲五七忌辰的前夜,他又拿出一两交给姑母供做法筵的酒席费用。蟆六和龟筱对番作死后能有这些钱感到佩服。于是他们问他道:"还有吗?"他说:"就这些了!"或许如此吧,以后他们也就不再问了。这七八年与姑父母住在一起,那块番作田只空有其名,自己丝毫也得不到。穿的是些旧衣服,虽然冻不着,饿不着,但得不到好吃好穿的。即使是这样,他也未动父亲遗留的钱财。然而糠助同自己家的狗与四郎曾共过患难,如不解救他的困难,就亏待了他。想到这里,便偷偷赠金,使糠助夫妇感激得涕泪交流,拜伏在地称赞他的信义。虽然买了药,但或许是前世报应,其妻却故去了,而且从今年七月起,糠助又得了瘟疫卧床不起。由于害怕瘟疫的传染,人们都不敢靠近他,可是信乃却悄悄去糠助家,给他煎药喂饭。有时自己没有工夫,就偷偷打发额藏去看护他。忽听龟筱告诉他,糠助已经病危,信乃慌忙赶去看望,见他已经邪热攻心,虽还神志清醒,但气息愈益衰弱。信乃跪着凑到枕边道:"您觉得怎样? 糠助大伯,信乃来看您了。"糠助躺着仔细看了看,想起也起不来,很痛苦地咳嗽两声说:"犬冢东家,您来得正好,多年来蒙您照顾,未能报答就要永别了。我今年六十一岁,老伴儿先去世了,没有什么积蓄,也没家属,虽然似乎没有牵挂,但只有一件事使我难以瞑目。"说着觉得胸口堵塞,喘不上气来。信乃急忙给他温药,劝他喝下去。糠助润润嗓子接着说:"我所牵挂的从未对别人说的,就是我儿子的事情。我原是安房国洲崎附近的土著,以耕种和渔猎为生。长禄三年十月下旬,先妻生了个男孩叫玄吉。生下来很健壮,因他母亲产后身体恢复得很慢,孩子缺奶,所以在幼婴时就患了脾疳。我既要看护他妈妈的病,又得照看孩子,耕种和拉网都干不了,坐食山空,两年后便一贫如洗,欠了不少债,连妻子也

死去了。年仅两岁的幼儿我怎么也养活不了。我求亲戚找朋友让
人家给喂着,总算把他养活了,但骨瘦如柴,像小鬼似的。不给养育
费人家是不给喂养的,万般无奈,便偶然生了恶念。洲崎浦是圣地,
那里有役行者的石洞,严禁杀生。因此鱼类在此聚集,好似生活在
没有人下过网的鱼塘。如偷偷撒网,一个晚上就很容易弄到几贯
钱。于是我把孩子暂时寄放邻居家,趁着黑夜划船去禁区捞鲷。去
的次数多了,被人发觉后就被捕,把我带到国主厅去。罪责难逃,我
被定作冒犯罪,关押在狱。恰好那年秋天是国主里见将军的夫人五
十子及其爱女伏姬三周年的忌辰,突然实行大赦,我被赦免了死刑。
在被释放的那一天,也由于国主的慈悲,把寄放在村长那里的幼儿
玄吉也归还给我。俗语说,添麻烦出于好意,我不得不抱着幼儿被
驱逐出安房。过了上总前往行德,途中十分艰难,又不惯乞讨,我们
父子饥饿劳累实在没有办法,心想,这是因逃脱不了捕捞役行者放
生的鱼所应得的惩罚。与其饿死在途中曝尸,还不如父子一起投
河。于是在一座不知名的桥上,跨过栏杆将要往下跳时,一个好似
武家的信使从桥上过,急忙将我抱住。他拉着我坐下,恳切询问缘
故。我为了忏悔也顾不得羞耻,就一五一十地都告诉了他。那个人
听了很可怜我,说:'你原来并非恶人,我虽是镰仓将军〔指足利成
氏〕家的卑职小吏,但是愿做点慈善事。因为我已年过四十,有过孩
子但都没养活,因此多年来我们夫妻一心向神佛祈祷,同时发誓,凡
是力所能及的,愿意解救别人的困苦。然而你却不同,有个儿子却
养活不了,父子都想死。世上的人是多种多样的,那么就把这个孩
子给我吧,我想办法养活他。'他给我指出一条活路,那时的感激心
情是话语难以尽述的,好似在地狱里遇到了菩萨,就毫无异议一口
答应了。我只是感激得擦眼泪,那个人又说:'我是将军的信使,去

安房拜会里见将军,不从那里回来也难带这个孩子。这里有我常住的旅店,可和店主人商量暂时把孩子放在那里,等我回镰仓告知妻子后,过几天再来接他。这个孩子看着很瘦弱,在武藏的神奈川,有治小儿五疳的妙药,吃了很有效验。既已是父子关系,能不好好养育他吗?今后你就放心吧。你若想到哪去,就赶紧去吧!'他说着,从怀中掏出小粒金子①两枚,给我做路费。同时把腰间带着充作午餐的饭盒也给了我。我也不便推辞,就收下了,再三给他谢恩后,我便把玄吉交给他。他轻轻抱起来,向原路走去了。我在后边看着,既高兴又难过。这就是我们父子的永别。当时因为惶急,也未得问其养父之名,我也没告诉他名字。这总算放下了恩爱的重担,便无限眷恋地从葛饰的行德海滨上船来到江户。在大冢有点熟人,就流落到这里,给一家农户做活。您就出生在这年冬天。次年这家从前的主人籾七去世。经媒人介绍,我做了其遗孀的入赘夫婿。虽然继承了家业,一升的瓢还是一升,成年被催租子,是连水都喝不上的穷百姓②,被人侮蔑成无知的蠢货也不敢生气。每天早晨合掌礼拜,向役小角③谢罪已有十八年,每月的会日连咸沙丁鱼都不吃。多年吃素为了什么?就是为了玄吉健康成长,能成个有用的人。有关这个儿子的事情,我都没告诉去年死去的妻子。在临终时泄露出来告诉您,因为知道您是个非同一般讲信义的人。这样说比望风捕影还渺茫,上哪去找我的儿子呢?可以提供您点线索:镰仓的前管领〔指持氏、成氏〕不是番作东家的主君么?世上传说成氏朝臣和山内显定、

---

① 原名"方金",是江户时代的货币之一,一两的1/4。
② 对穷百姓一般称之为"饮水百姓",只能靠喝水度命,这里反过来,连水都喝不上,形容更穷更苦之意。
③ 是役行者的本名,在大和国葛城山修行。

扇谷定正二位管领不和,在镰仓待不下去,移居浒我城。后又从那里被赶出去,最近住在千叶城。因此吾子玄吉也许随其养父在下总的千叶。如果您去浒我拜见将军〔指成氏而言〕,顺便能打听到玄吉,就悄悄将他的亲生父亲告诉他。如不知道也就罢了。他若有一点耳闻,就一定会惦着我的。即使眼下我们父子见面恐怕也不认得了,但是他生下来右脸上有块痣,形状像朵牡丹花。另外他出生后的第七天夜间,为了祝贺,我钓来一条鲷,用菜刀剖开鱼腹,其中有颗珠子,似乎上边还有字,拿去给产妇看,是个信字。因此就和脐带一起装在他的护身囊中,里面写着:长禄三年十月二十日生,安房居民糠助之独子玄吉的胎毛脐带,及秘藏神赐之珠。这是他母亲亲手用平假名写的,虽然写得不好,但还能认得。如在他懂事之前没有失落,现在就还会有。这些是证据,不会弄错的。这些无聊之事,您听了也一定很难过。今天早晨舌头很硬,说不出这多话来,可是见到您的面,便觉得心情很痛快,这也许类似灯之将灭其光倍增的缘故吧。您是前途有为的青年,定要奋勉发迹。"说着不住落泪。古之贤人有云:"鸟之将死其鸣也哀,人之将死其言也善。"糠助的这番话,远胜过以往。信乃把玄吉的痣和珠子之事与自己联系起来,很有感触地说:"大伯,我知道了。今天才知道您的身世,有错能改,多年来深信吃斋念佛的好处,是人所不及的。再说您的儿子和我有暗合之处,大概是前世的缘分吧。我感到他是我尚未见过面的哥哥。有机会到下总去,我打听一下那个旅店,即使问不出其养父姓名,证据样样清楚,也不会见不到他,您就不必挂念这些了,要勤吃药,晚间想再来看您。尽管我住在亲戚家,诸多不便,然而一旦答应的事情是决不会改变的。您就放宽心好了。"说完又种种安慰,糠助只是合掌拜谢。也许他因哀伤满腹,不知说些什么是好。很快已至黄昏,信乃点着提灯,又再劝一次药,就告别回家。

那天夜间,只对额藏讲了糠助临终的遗言,和玄吉的痣与珠子之事。额藏听了十分惊讶,小声说:"他一定是和我们有同样因果的人。我如果身能自主的话,现在就去找他,真想见见他。"说完就分手了。信乃想次日清晨早点起来再去看糠助。可是其近邻的庄客赶来说,糠助这天拂晓就去世了。信乃特别悲痛,一再劝说蟆六借给七百文永乐钱,那天夜间把棺材送至道场。过些日子出卖他家房物时,从中还了那七百文,其余的钱和微不足道的一点田地,赠给道场供作糠助夫妇今后长久的香火之费。这件事虽是蟆六出主意指挥其邻居们进行的,但实际上是信乃劝说蟆六的结果。不知谁说的,众人都知道此事,无人不说这个人若做了庄头就一定以慈善为怀,是黎民百姓能够活命的父母,赶快让他接任吧!

这且不提,却说管领家的浪人,有个叫网乾左母二郎的年轻人。不久前跟随扇谷修理大夫定正做扈从,花言巧语会奉承,曾一度得宠被重用,而净干坑害别人之事,被朋辈告发,揭露了他的不义,不久便被驱逐。其父母早已去世,尚未娶妻,为投靠其远房亲戚,便流浪到大冢乡。他购得糠助的旧宅,屈膝为安。这个左母二郎今年二十五岁,眉清目秀,面色洁白,是世间少有的美男子。此人多才多艺,书法有大师的风度,草书也写得很好,不仅如此,在游艺方面,今样①的艳曲,小腰鼓和竖笛等都不外行。犬冢番作死后,乡里没有教书法的老师,左母二郎每日就以教孩子们练习书法为生。对女孩子就教给她们歌舞今样,无论城市或乡村,多喜欢这种轻浮的技艺。游艺比书法更受欢迎,前来学习的弟子日益增多。在歌舞弹唱中,

---

① 平安时代流行的由四句五七调组成的民间歌曲。

这里的姑娘,那里的寡妇,也有来参加的。虽然网乾名声不大好,可是龟筱从小就喜好游艺这类玩艺儿,因此一有人提到左母二郎之事,她就向丈夫说情。所以尽管有人对他很气愤,但蟆六装作不知道,就没把网乾轰走。

　　这一年的年末,城主大石兵卫的阵代簸上蛇太夫去世。翌年五月蛇太夫的长子,簸上宫六接替其亡父职禄,成了新阵代。带着其属下军木五倍二、卒川庵八及众多年轻奴仆去各地视察,那天夜间住在庄头蟆六家。蟆六早准备下酒席献媚贿赂,敬酒劝杯,无不极尽其能事。正值庚申之夜,龟筱劝丈夫把网乾左母二郎找来,借着守庚申①举办歌舞的游乐。女孩子好显示自己的美貌,滨路也未能免俗。但龟筱却让她穿上华丽的罗衫,强拉着列席,让她斟酒或奏筑紫琴,而左母二郎唱他的那个艳曲助兴。在这种宴席上,滨路和素不相识的人交谈,甚至和网乾那样的人肩并肩地在宾客面前弹唱献丑,唯恐信乃看到不大高兴。她虽然心里感到很羞惭,但不能和父母争执。设法仅奏了一曲。阵代簸上宫六等,醉态毕露,眯缝着眼睛回顾滨路,粗声粗气地夸奖她弹奏的音调悦耳动听,把扇子合起来打着拍子,不觉口中馋涎欲滴,什么都忘了,高兴得哈哈大笑,怪腔怪调地唱了一曲:

　　　　今宵的款待,美酒尚未尽美,美膳也未能尽善。唯有
　　令爱的一曲,玄而又玄,玄宾僧都听了也会堕落。妙而又

———————————

①　庚申之夜为了祭祀青面金刚,祈求平安无事而通宵不眠,谓之守庚申。

妙,妙音天女合奏也要把拨子抛掉①。啊！真是少有的音乐,美妙的音乐呀！

滨路听了不但羞愧,而且十分生气,再也难以忍受,趁着欢笑喧嚣之际,悄悄退去。

且说左母二郎虽是管领家的浪人,宫六等并未去过镰仓任职,所以互不相识。网乾轻薄成性,在这种游乐席上,他是个恬不知耻的浪子,巧言令色善于阿谀奉承,又很会举杯劝酒。同时还不断显露一些秀句,哗众取宠。称宫六等是阁下、老爷,称蟆六是大人,称龟筱是夫人,对伺候的女婢唤作大姐,对男仆则都叫先生。不顾品德的胡乱称呼是轻薄儿的惯技。在所有的这类宴席上,都喜欢声色之徒,而把老实人看作是愚昧。这与纣王把比干看作是不肖,倏忽把混沌视为不开窍是一样的。因此,信乃这天夜晚,一个人待在房间,在灯下翻阅兵书,没有出席。而蟆六并不过问,这自然有他自己的想法,对阵代一句也未透露信乃之事。

直到雄鸡报晓之际,才收拾起杯盘。蟆六又向宫六等致谢,劝用早饭,但客人们因宿酒还未醒,所以都未好好吃,说还要去别处视察,三个人便一起动身。蟆六赶忙跟在仆从之中送至村边。自此以后,龟筱每当待日待月②之际,便把网乾左母二郎找来,听他唱艳曲。左母二郎昼夜思念,一心想见到滨路,常避开别人耳目对她说些调情话,或通过中间人传递情书。滨路连看都不看,而对他辱骂。后

---

① 玄宾僧都据说以唱谣曲闻名,借用他的一个玄字。妙音天女,又名辩才天女,借其妙音之意。
② 待日是在一、五、九月选择吉日,于吉日前夜斋戒不寝,等待日出。待月是每月的十三、十七、二十三日夜等待月出,上供并饮宴。

来她看到网乾来,就躲开不和他见面。人的好坏决定于天性,而并非由于后天习尚。这个姑娘的心地不像其父母,行为是正派的,虽然她和信乃早已由父母许婚,信乃是尚未婚配的丈夫,互相都还没说过话,何况和一个轻薄的风流男子,若有什么伤风败俗之事,她认为就是女人的莫大耻辱。所以对母亲把那样的人拉进来很不高兴。因此在篦上宫六等前来住宿之夜,龟筱毫不通情理地让滨路去伺候,并让她同左母二郎共奏琴曲,为那么盛大的酒宴助兴,使她实感悔恨,并认为是极大的耻辱。但父母的脾气不听人劝,是不能违抗的,所以勉强演奏了一曲。滨路是这样的人,而其母龟筱之心却大不相同。龟筱这些天心中在想:“听说网乾左母二郎是镰仓武士的浪人,是很可爱的美男子。听他说在镰仓之日领取五百贯食禄,而且是近侍之首,很受将军宠信,因为出人头地而深受朋辈的妒忌。由于他们结伙不断进谗言毁谤,虽然他被暂时开差赐假,但并非出于将军的本意,因此最近有召回他之意。他在这里侨居,可以说是暂时的。现在这个人很落魄,若真像传闻所说的,不久将回到镰仓去,到那时想招在管领家得宠的人做女婿就难了。这时向他求亲,日后一定会得到荣华富贵。孩子不知父母的心,脑筋迟钝的滨路一心把信乃当作她的丈夫,迫不及待地想同他结婚。前几天已经看出苗头了,可惜,自己的女儿被这个不招人爱的侄儿一口咬住了,就像被水蛭咬住了一样,把它拉开就得见血。不然以后也是痛苦的。以此来推断,即使网乾只是现在对滨路有意,日后也无害。滨路如寄情于信乃,那就将来也使人不放心。抛开这种利害关系,找男人还是取左母二郎这样的美男子。他字写得好,游艺无所不通,乐曲绝妙,乃是出类拔萃的人物,信乃岂能和他相提并论。我们这样年岁大的,没有男人还胡思乱想呢,因此要想断绝滨路对信乃的情思,最好以网乾为诱饵。"于是便不顾世人的嘲笑和乡里们的愤恨,借事托故常把网乾找去。左母二郎则心想先不厌其烦地巴结其父母,然后再想办法把滨路弄到手。于是不管这天有什么紧要事情,只要龟筴找,一定随叫随到。在途中遇到蟆六时,即使在雨中也一定把木屐脱下来,虽不为斗米也要折腰。庄头夫妇喜欢他的献媚讨好,认为他是独一无二的好青年。

第二十四回　军木媒说庄官　蟆六伪渔神宫

　　却说阵代簸上宫六，自从前几天看到庄头蟆六的女儿滨路以来，恋念的欲火难禁，梦寐不忘，心想找个媒人去求婚。他流露出的这种隐情，被其属下靠巴结权势起家的军木五倍二看穿，见左右无人之际，军木对宫六说："想念意中人一定露神色，露出神色就有人知道。某近日察看尊公神气，就已知其意。必然是为了蟆六的女儿滨路之事，如果是槐门贵族的小姐或许就难办，尊公属下的一名庄头的女儿，何必如此劳心伤神。若想娶她，某愿去做媒，把您的心意转告蟆六，他一定乐意。尊意以为如何？"他这样地窃窃私语，宫六莞尔笑道："正如你所觉察的。然而滨路是蟆六的独生女儿，并且听说早就有了女婿，恐怕不会轻易答应。因为想不出好主意来，正在为难，不料被你看穿。"五倍二用膝盖往前凑身说："尊公未免太过虑了。蟆六是您属下的庄头，让他倒下起来，还不是凭您的一句话。因此即使有婿，也可以改变，结这份婚姻。他若犹豫不决，就是自取灭亡。某将此利害说给他，必得应允。请放尊心。"他很有把握地承担了这件事，宫六非常高兴。

次日，宫六让七八个奴仆抬着聘礼，派军木五倍二做媒人，悄悄去蟆六家。五倍二来到蟆六家与他见面后，述说了簸上宫六想求婚之意，并一再进行劝说。蟆六没有立即答复，待与妻子商量后再做道理。说毕退去，过了半晌才回来，对五倍二说："适才把大媒之意向滨路的母亲说了。真没想到诸事皆赖恩顾的簸上大人，执意要娶滨路，而且又郑重地派您来做大媒，我们父女真是三生有幸，但有一事为难。有个叫犬冢信乃的是贱内龟筱之侄，由于如此这般的缘故，自幼将他收养作为养子，并把滨路许配给他，还打算把职务也让给他，均订有契约，当时有许多人做证。当然让信乃做女婿既非我们夫妇之所愿，也不是滨路所情愿的。因为乡里们要求，不得已而为之，所以须待信乃远走之后方能答应。"五倍二听了冷笑道："你说的话语无伦次，就是有那种情况，也未免太过分认真了。你如果想与簸上氏结亲而并非虚情假意，就该肯定地回答，然后再让那个女婿走开亦不为迟。某虽不肖，也是当城的官员，为阵代做媒，不能回禀这种模棱两可之词。你如果执迷不悟，则是自找苦吃，冥罚迅速，不立即决断，将待何时？"蟆六受到威吓，面色苍白，牙齿打战，一时难以回答。过了片刻清醒过来，长叹口气说："军木公言之有理。某即使才浅愚钝也不能推辞女儿这种难得的婚事，只是要说明其中的障碍。但要稳妥地消除这个障碍是不容易的。这不但是我们父女之事，而且也为了今后少给簸上大人添麻烦，请您费心想想办法。障碍未除之前，切勿透露订亲之事，我决不违抗簸上大人的美意。"五倍二听后，和颜悦色地说："知道了。你早点答应，我也面上有光。阵代大人似乎有些性急，今天是好日子，带来了他的聘礼。"说着把礼单递给蟆六。外面跟随军木的男仆，听了主人咳嗽的暗号，就把礼品抬进来，一样一样地把走廊摆得满满的。蟆六看了，心里虽有

些不安,但又不能推辞,写了回书交给五倍二,又命令奴婢准备喜
酒。五倍二急忙制止说:"尚未消除那个障碍就着急吃喜酒,立即让
阖府皆知,以后事情就难办了。簸上大人恐怕也等急了,喜酒改日
再吃,告辞了。"说罢起身,蟆六说:"您说得是,小的不敢挽留。"便恭
恭敬敬地以额及地接着说:"这样仓猝十分遗憾,那就等您再度光临
时,置酒款待。"他前边带路送到正门,趴在地板上,真如同他的大
名,像癞蛤蟆一样,撑着两只胳膊,抬着头互相祝贺千秋万岁。留步
的未来泰山和送走的媒人,打开扇子遮着伏天的骄阳,抬着长方形
大箱子的仆从,夸"吹来一阵好风",跟在主人后边回去了。

　　蟆六看来人走远,回到室内。窃听的龟筮轻轻拉开纸隔扇,用
下巴数各种聘礼。她微笑着夸赞道:"真是少见的订婚礼。"蟆六抬
手制止说:"小点声,被别人听见! 不能让滨路和信乃知道,还不赶
快用包袱皮将这些东西包起来。你在这看一会儿,我将它搬到仓库
去,藏在长柜子里。啊,赶快,赶快!"他十分着急,龟筮赶忙拿来不
少包袱皮包起来。蟆六把裙裤的开口掖起来,卷上袖子搬运这些不
让女儿看见的聘礼。其中有办喜事用的红漆酒桶,有母亲喜欢的海
带,还有干鱿鱼和贵重的鲣鱼干,这些都不那么值钱。他们最开心
的是白花花的银子,而且有二十块。还有五捆衣料,非绸即缎,只能
卷着看看,无暇打开。最好有个木案子,不能放在这里。两个人一
手提一件,一出一进地往仓库送。本来是自己的东西,夫妇俩却像
偷来的一样,每次都怕别人看见。一个问:"没人来吗?"另一个答
道:"没有。"他们累得腰酸腿疼才把东西藏好。

　　夏日昼长,奴婢们在各处睡觉,只有滨路在里间熨衣服,信乃说
去参拜菩提院,还没回来。只是额藏不知哪里去了。蟆六掩藏好东
西后,在客厅的隔壁解开单衣领子抓跳蚤。这天夜间,夫妻二人进

卧室躺下，小声谈论簸上宫六的亲事，商议除掉信乃的主意。当下龟筬趴着把手放在枕头上说："有这等幸运事情，既非神仙，谁能想到。我原来想，那个网乾左母二郎在管领家供职时，俸禄很多，听说是出人头地的，因为某种缘故虽成了浪人，但据他自己谈，因有某种情况，不久将被召回镰仓。从他对滨路眉来眼去的样子，就知道他有意。他是个少见的美男子，日子长了滨路也会忘记信乃而对他有情。虽没告诉她去淫奔，但她若对他有点情意，等他回镰仓时就会对他恋恋难舍。这虽是靠不住的想法，但要想打断滨路和信乃之间的情分，与其我们每天看着她，莫如让网乾把滨路拴住。我这样地瞎指望。可是现在网乾也成了一个障碍。他虽是个美男子，能否被召回镰仓却不得而知。这样一个穷浪人何及像城主一样有权有势的阵代！差点做了一件后悔之事。"她在咋舌悔恨，蟆六坐起来抄着手说："仔细想，滨路不像现今的女孩子，过于死心眼儿，一旦把信乃当作丈夫，就不会改变贞操。从她的秉性推断，即使左母二郎紧追她，也不能移其志。你比我听的和见的多，滨路对网乾有情意吗？"他小声问。龟筬摇头说："不，网乾虽然有情，但滨路好像无动于衷，没有忘掉对信乃之情。去年秋天，糠助将死时，看到滨路慌张地从信乃屋里出来。自此以后我不眨眼地看着，并未见她到他那里去，是否和以前一样私通，不得而知。说来说去，障碍只有信乃一个人。"蟆六听了叹息说："庄客们人多嘴杂，当时为了逃避罪责，没仔细考虑就将滨路许给信乃为妻，现在感到十分悔恨，真是祸从口出。门前的扁柏，一年可长十寻、二十寻，阵代性急不容拖延①，毫无办

---

① "长"和"延"在日语中是同音，都为延べる"。

法。只有赶忙除掉信乃,才能放心。有什么好办法呢?"他皱着眉头,歪着头凝思苦想。远寺的钟声和落在蚊帐上的蚊子的叫声交织在一起。家里其他人都沉睡了,已是午夜时分。过了片刻,蟆六莞尔笑道:"龟筱你想出好办法了么? 我有一条妙计。"龟筱听了,坐起来想听听是什么妙计,侧着耳朵倾听。蟆六说:"信乃是颇有头脑的,要想算计他,非施行苦肉计不可。前管领成氏朝臣是番作、信乃等的君主,通过这一点就可算计他。足利成氏朝臣是持氏之子,从前在结城陷落后被杀害的春王、安王之弟,称为成氏尚永寿王。宝德四年春,蒙京都将军恩免,回到镰仓,做了第六代管领。与其重臣代管领扇谷持朝和山内显房不和,君臣相攻多年。享德四年六月十三日〔一云康正元年〕成氏因镰仓御所被放火烧毁,赴下总国猿岛郡浒我的熊浦修理馆舍,移居到那里后,称之为浒我御所。然后在文明四年,成氏朝臣被山内显定攻陷浒我城,又逃到该国的千叶,依靠千叶陆奥守康赖。今年〔文明十年〕与两管领和好,又回到浒我城。世间都这样传说,我现今根据这些情况,就可如此这般地骗信乃,诱他去神宫河。你明天白天偷偷去左母二郎家,编点如此这般的瞎话对他说。这个计策如果成功,就可得到他的村雨宝刀。这是一条苦肉计,虽施行有困难,但不如此又焉能赚得那个难斗的家伙。那宝刀如果到手,就再向额藏如此这般说,在途中干掉信乃。我的计策如能顺利进行,在滨路嫁给阵代时,要对左母二郎费一番口舌。他假如发疯,不畏权势,妨碍我们之事,就告诉簸上大人,把他抓起来易如反掌。所难的是信乃之事。"蟆六悄悄地说给她。龟筱听了赞叹说:"虽有危险,可你从小就水性很好,即使老了不如从前,只要收买好船家,有他帮助也就万无一失。对付网乾有我呢,就不必说了,我明白。这样一块石头就落地了。如果阵代做了女婿,村里的事自不必说了。他威望相当于城主,真太使人高兴了。"为了不露出欢笑之声,他们以手掩口,互相交头接耳地商量。夏夜已近拂晓,蟆六和龟筬因贪心而劳累,以肘作枕,打起瞌睡。

翌日未时下刻,龟筬诡称参拜乡里的不动堂,一个人装作很随便的样子出了后门,悄悄来到网乾左母二郎家。她站在外边往屋里窥探,学书法的孩子们已经回去,学歌曲的弟子还没来。主人正倚着柱子吹竖笛,机会难得,迈步进去。左母二郎回头一看,立即停住手里的笛子,说:"少见啊!哪阵风将您吹来了。里边坐!"说着便站起来迎接,铺开花席子把她让到上座。龟筬满脸堆笑地说:"有件事不好通过别人讲,我想借助你的智慧,所以才来偷偷拜访。小心外人听见。"网乾听了心领神会,将外边帘子放下,又让她往里边坐,把耳朵凑到她身边。龟筬低声说:"虽然这件事很难开口,但你和滨路爱慕之事,我早就知道,这是年轻人谁都有的事情。我们怎能置之不理,想纳你为婿,不知你意下如何?滨路和信乃小时候由于如此这般的缘故,由乡亲们做媒,曾说过让他们成为夫妻。话已出口,现在不好改悔,庄头也并非心甘情愿。他喜欢你,若没有信乃就以你为婿继承家业。信乃虽是我的侄子,但他是与我们有很深仇恨的番作之子,滨路和信乃婚配,不会对我们有好处。怎样才能使他走得远远的,让你为婿不使所说的话落空。我们想出如此这般的计策,让信乃远走他乡。另外,在他小的时候,我们作为给女婿的赠礼曾送给他一口庄头秘藏的稀世宝刀,想要回来,但明说他是不会还的。因此,订了这样的计策。你也要想些办法,拿庄头的一把刀把信乃的那口刀换过来,你看怎样?当然这把刀要先量好长短,做好准备,以免与刀鞘不符。事情办成了是莫大的福分,对你不是也有很大好处吗?"她真的假的混在一起,花言巧语地编造一通。左母二郎仔细听着,面有愧色。以手加额沉思一会儿,抬头往四下看看,不像有人的样子,这才开口道:"这等机密事情,您和我讲是看得起我,这个意思我领会了。然而我虽对令爱有意,却纯是单相思。那位小姐很冷酷无情,您说她有意那大概是您的眼光不亮。因此即便我费了九牛二虎之力,把刀顺利地换过来,而小姐还是那样薄情,连其父母也莫可如何,那可怎么办?"他犹豫不决地推测着。龟筴笑着说:"你好笨,不像这方面的行家。信乃如果不在了,滨路还顾虑什么? 她顺从不顺从,还不得听你的吗? 这件事情不是做父母的所能知道的。父母不答应而跟着丈夫跑的不是很多么,何况是父母许的亲呢? 订了亲以后,和不和睦就看掌舵的丈夫的本事了。这只是说世上一般青年们的情况。我都看出来了,你和滨路的爱情,就好像池中起伏的涟漪,浮萍暂且被行船给隔开,过后不还是要连在一起的吗? 这无须再推测了。"左母二郎搔搔头说:"您说得有道理,以后的事以后再说,眼前要紧的是太刀之事。此事虽非容易办,但我要豁出命来干。"龟筴听了非常高兴,又将前额凑到一起,对那天的暗号、进行的方法又交头接耳说了一阵。不觉已经时间很长,龟筴赶忙告辞,起身来到家里,将结果悄悄告诉蟆六。蟆六不胜欢喜,盛赞龟筴的口才,含笑说:"这样算计信乃就容易了,有意思,有意思!"

　　到了那一天傍晚,龟筴和蟆六把信乃叫到一间闲屋子里说:"前一两年乡里人不断催促你和滨路完婚,然而由于丰岛家灭亡,去年世上不安静,就不得不推迟了。今年浒我御所成氏朝臣和两管领和好,听说从千叶回到熊浦城。你祖父匠作是成氏的舍兄,春王、安王两亲王的近臣。因此番作和你祖父也同在结城被围,所以浒我御所当然是你的主君。然而他与山内、扇谷失和,被赶出镰仓,在浒我也不能存身,依靠千叶。在那时千叶城主大石大人,也出仕镰仓,隶属两管领麾下，浒我将军什么也不敢说。现在已经和解，世间安定，广开才路，正是振兴大冢家的良好时机。因此才把我多年来心里所想之事告诉你。作为你发迹的手段，莫过于村雨宝刀。你带着它去浒我，说明出身和先祖的殉职尽忠，并献上宝刀，你的主君不会不起用你的。如果你被留在浒我，我不久就把滨路给你送去，如不愿留在那里还回来的话，就宣布你做我的养老女婿，把职禄也让给你。那时大石大人怎会不让你当村长，一定把你置于诸司之上，说不定会让你做阵代呢。我也会因你之德而露了脸。"龟筱从旁接着说："我们夫妻没有儿子，就仰仗你了。我们怎不为你好，从这一点你也可以知道。六月出门虽然很难受，但浒我离这不算很远，俗语说：好事不宜迟，要早下决心。"她似乎很诚恳地进行劝告。本来关于那日军木五倍二作为簸上宫六的媒人给滨路送聘礼之事，早由额藏偷看到，并告诉给他。今天姑母和姑父又一心一意地劝他，把他们多年偷偷惦着的村雨宝刀献给浒我御所，原来是想把他赶出去，好把滨路嫁给宫六。虽然知道他们骨子里所想的，但却莞然笑着说："我虽不肖，却承蒙如此疼爱，非常高兴。村雨宝刀乃是两亲王的遗物，父亲有遗言，待有机会就献给浒我将军。关于这件事，即使您二位不说，我也正想禀告您二位，愿听从吩咐。恰好如今您这样说了，实感幸甚。谚语有云：'好事多磨'，明天我就动身。"主人夫妇听了，非常高兴地说："你心情很急，我们也非常高兴，但明天就走，未免太匆忙，行装也准备不齐。刚才翻了年历，择了个好日子，就定在后天吧。从背介或额藏这两个人中选一个跟随你。太可喜可贺了。"信乃谢恩后回到自己房间。

额藏正在院中给花木浇水，机会难得，信乃站在走廊上把他叫到身边，将方才蟆六和龟筱对他说的话以及自己的想法，都低声说给额藏。额藏听了点头说："确实像你所推测的那样,打发你去下总,是为了放心地办那件婚事。最可怜的是滨路了。当今的少女是很少有那样好心肠的,明知她爱你,一旦你把她抛下,她就白白与他人结为夫妇,而未能使你们终成眷属,她以后的怨恨是难以言传的。"信乃听了叹息说:"人非草木,孰能无情? 然而女人是水性杨花,朝三暮四。我不在这里,一定听她父母的摆布,做个大丈夫怎能为怜爱一女子,而误了终生。机不可失,时不再来,只好抛下她去了。"额藏也觉得言之有理,立即离去。在他打扫庭院时,信乃进到里面去。

这时,龟筱正给信乃准备行装,什么绑腿和斗笠带等等。滨路虽然很不高兴,却按母亲的吩咐缝制木棉单衣,泪水润湿了衣袖,千针万线都连着心上的人。如果情缘未断,他也许还会回来。想到这里,她心中惆怅,十分悲伤。次日信乃的行装已大致备齐。当下龟筱来到信乃房间说:"这是你初次出门,去了却重要的心愿。人有难以意料的灾祸,虽然明天出发已没多少时间,但也应该去给你父亲扫扫墓,和参拜一下泷野川的辩才天。"信乃听了说:"今朝已去菩提院,给父亲上了坟。泷野川的辩才天,我在年幼时曾去为母亲的病愈祈祷,虽然没有忘,但平素很少去参拜。一定遵照您的指教去一趟。"龟筱往外面望望说:"何不早点去,不然回来天就黑了,赶快去吧!"在她的劝说之下,信乃换了衣服,插上那口刀,赶忙走出家门。

信乃只顾走路,那天申时左右,到了辩天堂。在泷垢离净身后,在神前默祷片刻。下山路上的田中,想不到碰见蟆六同网乾左母二郎,还有老仆背介扛着渔网向这走来。在距离十几米的地方朝这边打招呼说:"信乃,听说你去泷野川祈祷,果然在这里见到了。"在他说话间,信乃赶忙脱下斗笠走上前去说:"这是出去连夜捕鱼吗? 想

到哪里去!"蟆六听了笑着说:"是的,明天你出门,想准备点饯行的
酒菜,问了许多地方的鱼铺,都说时下没货,所以赶忙拿了网,为你
捞点鱼,明天好下酒。我匆忙从家出来时,网乾来造访,就邀他一同
来了。你也一起去吧!"蟆六在前边走,左母二郎也打招呼,一再劝
信乃一起去。这便是蟆六预先定好的奸计。因此先让龟筴劝信乃
去泷野川,过了一会儿蟆六让背介扛着渔网,将要出门时,通过暗号
与左母二郎在门前搭伴,恰好在田中遇到了信乃。不这样策划信乃
会生疑的,关键在于一个巧字。信乃正在百忙之中,虽无心打鱼,但
他不知道姑父的真意,既然为自己下网捞鱼置酒送行,怎好推辞!
于是就勉为其难,被拉着去神宫河滩。蟆六事先在熟人家借好船,
雇了个叫土太郎的人掌舵。将待上船时说忘了什么,拍着膝盖,急
忙让背介到身边说:"方才出门时只顾快,把饭盒忘了。你赶快跑回
去把干粮取来,赶快,赶快!"主人焦急地催促,背介答应一声就急忙
往家里跑去。蟆六就这样把背介骗了回去。信乃和左母二郎同他
上了船,土太郎就掌舵向河中划去。当下蟆六脱掉衣服,只剩件衬
衣,腰上缠着短蓑衣,戴着竹斗笠,提着网站在船头。左母二郎说要
煎茶,对着个小炉灶折柴生火。蟆六从壮年时就好杀生,撒下网去
随手就捕到鲫鱼和鲑鱼等,扔在船板上,活蹦乱跳地拾不过来,十分
有趣儿。

　　这样就渐渐日暮,月亮还没出来。船中一片黑暗,这是蟆六事
先巧安排的。他乘兴只顾撒网,和网一同跳起来掉到水中。众人大
吃一惊说:"不好!"便投下块救命的木板,可是水面阴暗,看不见。
信乃看到姑父被淹,不忍心坐视,急忙脱掉衣服,破浪跳入河中。舵
手土太郎也跟着跳了下去。蟆六从少壮时就水性很强,暂且潜入水
底,解开绑在右手上的渔网,让它流去。待信乃跳入水中,便突然上

浮装作被淹的样子。信乃为了救他，拉住蟆六的手后，蟆六便紧紧攥住信乃的胳膊不放，只管往深处拉，眼看要沉下去了。土太郎来救，表面上似乎在救蟆六，心里是想让信乃死在水中。然而信乃从小骑马涉水、游泳和徒步涉水，无所不精，而且膂力亚赛义秀、亲衡，把缠他手脚的土太郎踢出十几米远。他把蟆六挟在腋下，抬起头向后一看，船已流去很远。看来怎么也到不了船边，只好挟着蟆六，用左手浮水游到对岸。蟆六被使劲挟着，好似被鱼鹰啄着的小鱼，只顾防备别喝汤，乖乖地被拉上来。这时土太郎也游到了，和信乃一起把蟆六倒拉起来，让他吐吐水，将他抬到旁边小屋里，用稻草生火暖身子。在此期间，土太郎说去追船，顺着河滩往下游跑去。

却说左母二郎因是事先合谋者，所以趁着船顺水流去之际，便偷偷把信乃的短刀和蟆六的短刀都拔出，换过来纳入鞘中，令人奇怪的是：从信乃的刀中忽然升起一股湿气，真是夏季犹感衣袖寒，腿上似有九秋霜。稀世宝刀令人毛骨悚然。左母二郎大吃一惊："传闻故镰仓管领持氏朝臣有口珍贵的宝刀叫村雨。将此刀拔出来会忽然升起一股湿气，如含有杀气挥刀，就会从刀尖喷出水珠，犹如阵雨刷洗树梢一般，故名之村雨。信乃的刀颇似那口村雨。看来，说这口宝刀起初是蟆六的珍宝，因故给了信乃，纯属瞎话。一定是一度在结城被围困的信乃之父番作，从春王、安王两亲王手中得到的。如把它献给故主扇谷大人，定能成为被召还的因由。若卖与别人，其价当值千金。蟆六也不一定识此宝刀。亲入宝山，焉能白让别人得去？"他自言自语不住地点头。又忙将自己的刀拔开与蟆六的刀比较，幸好刀的弯度与长短都很相似，便窃窃自喜。急忙将自己的刀纳入蟆六的刀鞘内，又取出信乃的刀纳入自己的鞘中，然后把蟆六的刀纳入信乃的刀鞘，完全吻合，毫无破绽。

这时,土太郎来追冲走的船,拨开岸边茂密的夏草"喂!喂!"地呼唤他。左母二郎回头看看,晃晃摇摇地摇橹将船摆过去。土太郎飞身上船,划到原处,将船系好,左母二郎上岸问候蟆六安否。

再说犬冢信乃,深思远虑,才学过人,一时也不曾麻痹松懈,虽对蟆六跳水假装被淹,让舵手土太郎那样做,知道是事先商量好的,却没想到船中的左母二郎乘机调换了村雨宝刀。待船靠岸,他只是取了衣服穿上,拿起自己的刀带在腰间。事情仓猝而又是夜间,没有拔出来看看。惜乎,父子多年保护的宝刀,只因片刻疏忽,竟落入他人之手,岂不是命运所致么?

　　作者附注:神宫村在现今丰岛郡王子村北四里处。此间有河,叫神宫河。盖因其地而命名。由上游户田流至千住,经隅田川入海。神宫以西,丰岛村之河边有丰岛信盛的馆址。今被锄平,仅留一点痕迹。曾查阅长禄、长享年间之地图,此河之南岸有尾久、丰岛、梶原、堀内、十条〔一本作千条〕、稻附、志村等数村,而无神宫村。按神宫乃梶原的乡音,今写作神宫并非古名。是以神宫之旧名,殆即梶原、堀内村。虽为无益之谈,因有半页空白,故识之。

第二十五回　　**滨路含情诉忧苦**
　　　　　　　额藏告奸还主家

　　且说蟆六想装作溺水之态，一直让信乃护理着，过了一会儿才睁开眼睛，伸伸手，动动腿，好似刚刚苏醒的样子。让人扶起来自己摸摸脉说："捡了条命，真危险啊！"便扶着旁边的柱子站起来。信乃见他恢复得很快，十分高兴，同他出了河边小屋。土太郎载着左母二郎把船摆过来。当信乃穿上自己的单衣，往腰间带刀之际，左母二郎拉着蟆六的手上船，祝贺他安然无恙，问他在水中的情况如何，他便告以其间的痛苦，然后高声大笑，十分高兴。船已离岸，蟆六说有这次教训，再也不撒网了。船很快到了对岸，他们将捕的鱼装进鱼笼，剩下的用小竹枝串起来，绑在青竹竿的中间吊着，信乃和左母二郎拿着两头。蟆六让这两个人先走，自己从腰包里摸出个纸卷，不知其中有多少钱，给土太郎说："这是今晚的辛苦钱。"这个土太郎虽靠使船过活，却是个居无定所的歹人，他事先与蟆六商量好，想害死信乃。这两个人不时看着走开一百多米的信乃等人，好似在偷偷谈些什么。前边走的那两人遥望后方，一步不动在那里等着。蟆六立即跑来,赶忙一同回家。

　　这时,十七的月亮已经升起,风吹着稻浪,夜行格外凉爽,他们边走边谈。蟆六对信乃等说:"今晚的落水是一生不会再有的闪失。如被龟筱等知道,那就什么时候也不会让我打鱼了。要保守秘密。"他煞有介事地要大家守口如瓶。已到庚申冢附近,一个背着包袱的人从对面赶来。看提着的灯笼不会认错,一定是背介。蟆六赶忙招呼说:"怎么来得这么迟呀!"背介弯腰施礼说:"饭盒没准备好,所以耽误了时间。"蟆六听了瞪眼睛说:"真是个糊涂的蠢货,我出来时已向做饭的女工说好,大概这个耳朵听那个耳朵忘了吧。现在拿来又有何用?"他假装生气,同他们一起回到家,已过亥时。左母二郎把蟆六送到门口,说已经夜深,就不到里边去了。对信乃也亲切话别,祝他明天一路顺风,便回自己家去。蟆六唤起两个奴婢,把鱼做成酒菜,在煎烧之际,龟筱也烫好了酒。让奴婢去睡,夫妇将信乃招到内室说:"去浒我让额藏跟着,所以把他唤起来也喝一杯。"于是四个人团团围坐,洒洒钱别。酒宴方酣,蟆六让龟筱取出一百多文①银子作为路费递给信乃,那种诚恳的样子,绝不同往日。又谈了路上之事和到浒我后等事。夏日夜短,已是丑时三刻。龟筱说:"多少睡一会儿,不然明天路上受不了。快快睡吧!"她这么一说,信乃和额藏立即告辞回自己房间。

　　这时,奴婢们都已贪睡睡熟。滨路也因为心情不好,所以天一黑就到卧室去了。蟆六把在神宫河如何将信乃引入水中等情况,悄悄讲给龟筱。龟筱倾耳听着,边听边笑,半晌没有答话,点头的影子就仿佛是圆提灯上望月里跳动着的兔子。耳语着的蟆六舔舔干嘴

———————————

① 文是贯的千分之一。一文为 3.75 克。

唇说："在我又上船时,左母二郎向我使眼神示意,知道他必定已调
换好宝刀。别等明天了,现在看看吧!"他把灯轻轻拿到身边,解开
刀的鞘口,拔出来一看,夜眼看不清刀刃的光泽,但却很锐利,从鞘
内往外滴水,蟆六有点怀疑,把掉在席子上的水珠用手摸摸,又闻
闻:"真是奇怪的刀,拔出来就有水气。含有杀气时挥之,一定和下
雨一样。因有这样特异功能,故名之曰村雨丸。多年来只是听说,
今日一见真是稀世珍宝,太稀奇啦!"他赞叹不已,几次把滴下的水
珠用手指蘸着涂在前额上。龟筱也学她丈夫的模样,装腔作势地用
指尖蘸了点水珠,擦在前额上,岂知这一滴水乃是神宫河的水。那
个左母二郎也善使奸计,在把自己和蟆六的刀与那口宝刀三方调换
时,怕事后蟆六必然拔出来看,就往蟆六那把刀鞘内多少注入点河
水,然后将自己的刀纳入。这可以误认为是从村雨的刀尖滴水。蟆
六被蒙在鼓里,欢天喜地地把刀纳入鞘中,三十年来朝思暮想的宝
刀总算到手。高唱一声:"大功告成。"龟筱也念叨着说:"这样的诸
事如意,天遂人愿,这个庆功酒该多喝点才是。"蟆六把酒抢过来说:
"今天晚间要特别当心,不能喝醉了。那件事说给额藏了吗?"龟筱
把下巴伸过去悄悄告诉他说:"我对那件事一点也未疏忽,黑夜信乃
等不在之时,我将他偷偷找来,是如此这般对他说的。他一口承担,
毫无异议,完全领会后才走的。他虽不是信乃的对手,可是俗语说:
'诚心骗人是在所难防的'。我们现在事事走运,大概会大功告成。
即使额藏没有得手,受到回击,对我们也无损,反正已经夺得宝刀。"
蟆六听了说:"言之有理。宝刀到手把信乃赶出去,此外则大不了是
事后的麻烦。即使额藏被杀,信乃无恙,策划失败了,或者信乃怀疑
我而去告状,也没多大关系。多年来信乃与额藏不和是众人皆知
的。额藏出于私愤,想杀害信乃,我当然不知道。这只是万不得已

时,寻找点借口。因此,考虑再多未免过虑了吧！没多久就会听到额藏的喜报的。干得好,干得好!"于是夫妻举杯痛饮,殊不知所策划之事,实际和所想的大有出入。待他们喝得酒兴大发,满满斟上一杯茶,也一饮而尽。最后连杯盘都不收拾,便同进卧室,没多久就鼾声大作。

却说信乃进了卧室,一心等待天明而并没有入睡。自己思前想后,只身一人并没有什么牵挂,但是远离父母的坟墓和久住的家乡,却不免有些留恋。而有同样心情的滨路,则悄悄走出卧室,想对未婚的丈夫诉诉衷肠。听到里间父母鼾声,知道不会醒了,这才蹑手蹑脚地跨过门槛,腿哆哆嗦嗦地靠近丈夫的枕边,想到漂泊不定的浮世人生,不胜悲伤和愤恨。信乃见有人来,拿起刀来迅速起身,问:"是谁?"心想定是歹人,看我睡着了前来行刺,不能粗心大意。便拿起灯,借着灯火仔细一看,却是滨路。想不到是她趴在蚊帐的后边,低声抽泣。为了不使别人听着,她强烈控制着内心的痛苦。虽然他是不畏强敌的男子汉大丈夫,但心里也很难过,镇定一下后从蚊帐里出来,解开吊蚊帐的绳,整理一下被褥说:"滨路你有何要紧的事,更阑夜静到这里来？不知道谚语有云:'瓜田不纳履,李下不正冠'吗?"她受到这样的责备,似乎很气愤,擦擦泪抬起头来说:"为何而来？你说得多么轻松,好似陌路人。你我这对可怜的夫妻只是徒有其名,你这样说我并不怪你,但不要忘记我们是由父母亲口许婚的夫妻。平素怎么都可以,今宵将是永别,告诉我一声,对你来说也并非耻辱之事。你竟装作若无其事的样子,就走,连一句话都不说,未免太无情、太狠心了!"她这样抱怨着。信乃听了,不觉叹息说:"人非草木,孰能无情。因置身于嫌忌之中,故不便开口告诉你,你的真诚我是知道的。我的心你也该知道,此去滨我仅一百二十余里,往返只需三四天,请你等我回来。"信乃不得不这样骗她。滨路擦着眼泪说:"你在说谎。一旦走出去,焉能再回来。笼鸟慕云天,是恋念其友,大丈夫远离故乡,是想得高官厚禄。况且我这两位父母爱憎无常,嫌你家境贫寒,大约此次打发你走是并不希望你再回来的。走的人也不愿留在这里。因此一旦离去,归期难卜,今宵岂不是永别吗?我的父母有四位,这你大概是知道的。然而现在的父母不告诉我,我只是稍有耳闻。听说我的生父是炼马的家臣,还有同胞兄弟,但不知其姓名。我虽然不能将养育之恩化为乌有,但生育之恩高于养育之恩。人怎能忘记生身父母呢?虽想知道父母的情况,怎奈我是女流之辈,又不可告诉别人,只得一个人苦苦思念。在不眠之夜,我祈祷神灵,但愿能在梦里相见。这样年复一年,十分痛苦。不料去年四月,听说丰岛和炼马两家已经灭亡,其家的臣仆也都遇难,这个消息非同小可,心想我的父亲和同胞一定逃脱不了,所以非常悲伤,更使我泪洒胸襟。这些事情不能对现在的父母讲,想无论如何也要告诉你,或许你能设法帮助我知道父亲和同胞兄弟之名,以吊唁他们的亡灵。我想,对自己终身相伴的丈夫,又何必隐瞒,便总想找个机会,但是人多嘴杂,看得又紧。有一次刚刚接近你,就被母亲盯上,只得慌忙退去。这是去年七月间的事。从那以后,虽然小河的河道被堵塞,但流水未断,我的心是永远属于你的。每天早晚都为你祈祷,希望你平安无恙,早日发迹,得到荣华富贵。狠心也该有个限度,抛弃妻子对得起你姑母吗?你如果能有我对你爱恋的百分之一,你也该说由于种种缘故,归期难定,跟我一起私奔吧。我们是夫妻,谁能讥笑你是奸夫拐骗?你真太冷酷无情了。女人的爱情是割不断的,与其让人家拂袖抛弃而依恋死去,还不如你亲自给我一刀,也好百年后在九泉之下等着你。"她情切切、意绵绵地悲痛难禁,饮泣吞声化作千行泪,沾湿了衣袖。信乃唯恐声音外传,深感不安,有苦难言。对被泼了一瓢冷水的婚姻,在这里他也不好解释,只得愀然嗟叹。于是把袖着的手放在膝上说:"啊,滨路!你的怨恨虽然不能说没有道理,但又能奈何?我这次出走,是遵照姑母夫妇的指教,实际上是让我远离,以便为你招婿。当然我对你来说是夫而又非夫,这话你父母难以出口,但他们的用心,一猜就可以知晓。然而现在若为恋情所驱,带你出走,则贻人口实,谁不说是淫奔?本不该留却留下,是说的我;本不该去却去了,不也是说的你么?纵然暂时分别,如你我之心不变,总还会有团聚之时。趁着父母还没醒,请快快回卧房吧!我留心为你打听父亲情况,会有办法得知其存亡的。快快去吧!"说了她也不起来,摇摇头说:"事到如今,我什么也不怕,即使父母醒了到这来责备我,也有话对他们讲。不听到你答应我同你一起走,我死也不出去,你就杀了我吧!"她这样的不达目的绝不罢休,虽是柔弱女子,意志却坚定不移,坐在那里一动不动。信乃实在没了办法,既怕人听着,却又厉声说:"这样说你还不明白吗?留得青山在,不愁没柴烧,只要活着就有相会的机会,难道只有死才是真诚的爱吗?偶得姑父母的应允,为了今后的前程也应上路。妨碍这件大事就不是我的妻子,而是前世的仇人。"受到这样的斥责,滨路呜咽地哭着说:"要达到我的心愿,怎么就成了你的仇人,也没办法让你给我解释清楚。但不管怎么样,如果只是因为我的话,我也就只好放弃这种念头了。那就希望你一路平安,不畏烈日去到浒我,扬名声,兴家业。盼望到了冬天,北风由山上吹来,能听到你的消息。在筑波山的那边君如健在,奴只是思念而已。但现在我的身体已越来越弱,倘若离开人世,从此永别,就指望将来重逢在九泉了。夫妇有二世缘分,望你切莫变心。"她说了些悲惨的话,表明了自己的心愿,貌似聪明伶俐,而实是未经世故的少女的哀怨。信乃也心绪沮丧,无以安慰,只是点头没话可说。

这时已雄鸡报晓,信乃唯恐她父母醒来,又催她快走,滨路才欲离去。

> 待天亮让狐狸把你吃了,这个该死的鸡,天没亮就叫,
> 意在打发情人。

这是爱情小说中的语言,说的是远行的夫妇离别。真是鸡不鸣天不亮,天不亮人不会醒,可恨的鸡叫声。

> 逢坂相见实恨少,关口难过莫奈何?
> 残月当空迎头照,人世无常枉蹉跎。

她口里吟诵着想走出去。外面有人咳嗽,敲窗户叫道:"鸡已经叫了,还没醒吗?"窗外传来额藏的声音。信乃听到呼唤,赶忙回答。额藏向厨房那边退去。滨路趁机急忙走出来,眼睛哭肿了,在黑暗中回头看去,泪眼模糊,好似雾罩狭山,身贴着纸壁哭着向卧室走去。真是悲伤莫过于生离死别。她是多么少见的姑娘,虽然尚未盖上鸳鸯衾,并枕连理枕,其情却胜过百年夫妻。然而信乃并未因情牵而心动,很能顺其情而做到男女有别。色界之迷津,对贤愚无异。爱河上有许多少年辈,一旦身临其岸,则很少有不溺水者。然而这是一对义夫节妇,滨路的爱慕,乐而不淫;信乃的嗟叹,悲而不伤。滨路之情,恰如其分,似信乃者更是少有的。

闲话休提。天方破晓,额藏急忙起床,生火担水,做熟了饭后,

劝信乃用饭,自己也一同吃过,便开始整理行装。这时,奴婢们也多半起来了。信乃和额藏均已整理齐备,等待主人夫妇起床。晨钟虽已敲过了六响,那对夫妇却尚未从宿酒中醒来。信乃想趁着早晨凉爽赶快动身,可是如不简单地辞行怎能上路?于是站在他们的卧房前高声唤道:"还没醒吗?我现在就要出发,向您二位告辞了。我是信乃,您二位醒了吗?"蟆六在梦中胡乱答道:"去吧!去吧!"信乃又高声说:"姑母还没醒吗?信乃向您辞行了。"龟筬睡得迷迷糊糊地回答说:"去吧!去吧!"信乃听了回答,转身退到外边。滨路怕别人看到泪脸,未能出来,把窗户拉开个缝,眼睛看着他,默默地流泪。信乃和额藏开始动身,众奴婢和背介等都急忙送出门去,依依话别,并预祝一路平安。霎时间一片嘈杂声。

却说蟆六和龟筬,昨日深夜酒醉睡去,日上高竿才起床走出来。问信乃怎样了,听到奴婢们告知,晨钟六响便已起程,大吃一惊。夫妻俩面面相觑,心想是疏忽了,但却毫无愧色,咋咋舌说:"那么你等为何不告诉我们,信乃也太没礼貌,头一次出门都不辞辞行。"两个人异口同声地在抱怨。有人说:"他到您卧房去辞行,您答应说:'去吧!',原来那是说梦话呀!"一个人这样一说,逗得众人哄堂大笑。夫妻俩更加生气地说:"你们这些人有什么好笑的!总之,凡是信乃之事,你们都要好好伺候。他住的那里要打扫三遍,往门口撒盐净宅了吗?"他们发出切齿的坂东乡音,咆哮如雷,又犹如一阵狂风和惊雀铃的声音,吓得一群麻雀慌忙逃避。

只有滨路这天病了,没有出卧房,心如死灰一般,饭也不想吃。可是父母却认为,要是这个养老的女儿死了,眼看着许多宝山和发迹的阶梯就没了。吃药、扎针地喋喋不休,不是发自内心的对女儿之爱,而是与权势和利欲连在一起的假慈悲。竟有这样的父母!他们的贪心真是太残酷了。

　　时当文明十年,六月十八日清晨,犬冢信乃多年的宿愿总算实现了。他带着额藏赴下总的浒我御所。这年信乃十九岁、额藏二十岁。两位英雄志同道合,已结义宣誓:艰难相助,苦乐与共。虽在信义之乡,而身在污吏之家,所以为了避人耳目,二人假意不睦,额藏诽谤信乃,信乃看不起额藏,因此善使奸计的蟆六和多疑的龟筱也不怀疑额藏,让他参与密谋。这次信乃去浒我而派他跟随,他们也是有打算的。信乃能平安地度过这些年,是同额藏的帮助分不开的。这件事看似容易,实际甚难。哪怕一件小事稍有粗心大意,假相也就会从神色或言辞间泄露出来。在嫌忌中过了八九年,怎会不被人知晓。就算智术极高,如不是其信义鉴于神明,得到天佑,则焉能安然至今。额藏这些年,偷偷地借信乃之书,有时将经、史、兵书之类揣在怀内,有时藏在草筐底下,无论去野地或进山林,在旁边无人之际,便阅读背诵。不仅对文事如此,而且在伐木时拿着斧子练刀法,割草时拿着镰刀练长刀之技。或用稻草人的假弓领悟射箭技艺,或在放牧时跨上新驹学骑马之术。然而并不为人所知,只是其膂力却是隐瞒不了的。蟆六和龟筱就知道这一点,因此他们这次想在途中刺杀信乃,便非额藏莫属,所以才把心腹之事托付于他。但是额藏还没来得及将这个主命小声告诉信乃。两位英雄一前一后将要离开家乡之际,额藏说:"我母亲的坟茔就在附近的田埂上。即使出去的时间不长,也想去叩拜禀告一番,能顺便去去吗?"信乃听后说:"此言甚是。我昨天参拜了菩提院,在父亲坟前告别,因为事情太多,竟把你母之墓漏了。既已结拜为兄弟,你的父母就是我的父母,怎能不去叩拜?"于是二人一同在黎明老鸦出窝之时,由田埂向右走进三百米远,有棵拉着稻草绳的朴树,树旁便是额藏母亲之墓。当时她死在旅途中,蟆六并不可怜她,如同抛弃垃圾一般,随便埋在这个田埂上,也没建立墓石。额藏长到十岁时,觉得她太可怜,没有建造墓碑的材料,就设下一计。事先做好准备,一天夜晚偷偷登上那棵朴树,将一条稻草绳挂在树枝上。次日耕田者看到,非常吃惊,奔走相告,无不惊叹不已说:"大概是这棵树的精灵作怪,不然就是树下的土坟,乞求为死者建立个祠堂。出现这种奇异之事,置之不理会作祟的。""这样吧,那样吧"地吵个不休。田主自不待言,邻近的庄客也都出点钱,在那座土坟顶上,建立一座小庙,在每年的春秋两季换上新的稻草绳,连那棵朴树也不伐了。彼此传闻,前来参拜者甚多,不知是谁说的,这位神能治妇人百病。经煞有介事地这样一说,来祈祷的竟然得到好处。于是便将这座坟叫作旅妇冢。因此,残忍冷酷的蟆六,害怕遭到众人所期望的报应,唯恐神灵对他作祟,就在开始建小庙时,给出钱的庄客每人一份米。额藏的计策一点也没错,不但母坟没有丧失,而且还在田中立庙宇得到祭祀。想到亡灵的喜悦,实在令人感慨万端。这既是三尺童子之智慧,也是其孝行感动神灵所致。这一奇异可与信乃的八房梅并美流传。这是在发现八房梅的前一年之事。现在才说出这件事,是因为后边的故事就多涉及额藏之事了。

闲话少叙,再说信乃虽然事先听说过旅妇冢之事,但是今天听了感到母亲的薄命和儿子的孝行,都是自己所不及的。额藏在前边,二人共同叩头礼拜。在祈祷中回忆往事,不禁使人泪洒胸怀。不应久久如此,二人便一同起身,暂且抛开缅怀亡母之念离开这里。由巢鸭向右,沿着流水澄清的石神井小溪来到西个原。在走过田野时,被夏雨追赶,他们在裘轮避雨。到石滨村等船过了墨田河,在树下小憩纳凉。很快到了柳岛,虽有人说已是下总,但距浒我尚远,得赶忙奔向今宵的宿地。

　　信乃和额藏这一天走了百余里，住在栗桥驿。这里到浒我还不足三十里路程。唯恐庄头派人跟着，他们在途中没敢随便谈话，到这里就无须多虑了。幸好客店内无其他旅客，两人这才放心，久久闲谈，竟忘了长途的劳累。当下信乃向额藏一五一十地说了神宫河之事和蟆六的情况以及土太郎之事。额藏听了歪着脖子惊叹说："他假借落水，是想杀害你，真危险啊！"信乃沉思了一会儿说："他既有如此害人之心，却又为何放弃多年梦寐以求的宝刀，让我去浒我呢？这只是为了把滨路嫁给宫六吗？最初说让我去浒我，难道是要使我麻痹，以便在神宫河害我吗？此计不成，所以才不得不让我脱离虎穴？"说到这里，额藏摇头说："不，不仅如此。去神宫河捕鱼和劝你去浒我，都是想害你，以便夺取宝刀，不归还你应领有的庄园和纳籍上为婿。这些怎会被我所知呢？昨晚你不在时，你姑母偷偷将我找到一间没人的屋里对我说：'额藏！这次派你跟信乃一同去，有件大事相托。此话很难开口：虽然信乃是我的侄儿，但实是前世的冤家，他对其父之死怀恨在心，把我丈夫看作是仇人，想寻找机会趁其不备而杀之，他心里久已在磨刀霍霍，只有我知道。然而没有什么确实证据，就要以血还血，是一家的耻辱，由我保护他才平安到了今天。他今去浒我，事如不成还得回来，那时就更恨我丈夫，杀人之心将甚于往日。我并非不可怜我的侄儿，但是换不来我失去的丈夫。因此就托付你了。在途中得机会时，一刀将他刺死，赶快将尸首埋了，夺取他的双刀，悄悄回来见我。路上给你些路费，如果你能完成这件机密大事，我就劝老爷让你做我女婿，切不可疏忽大意。你从小就是我使唤熟了的小厮，怪可怜的。我前世有何恶报才做了他的姑母？杀死侄儿是为了丈夫，你是为主，不要忘了忠义二字。

最初说派背介去,是免让与你关系不好的信乃生疑,但除你之外,无人能办好这件大事。好好干吧!’她边说边哭,用甜言蜜语进行利诱。我一听,立即感到她十分卑鄙,但却没露声色就答应了。我说对犬家早有旧恨,这是解除多年郁愤的好机会。您说事成了把小姐赏给我,如果说的不是假话,我愿意豁出命来。我回答得似乎很真诚,你姑母很高兴,她说:‘你腰上带的刀好像不大锐利,这是我父匠作大人赐给我防身的短刀,名叫桐一文字,是口利刃,借给你会有帮助的。不要告诉信乃,他认不出是不会生疑的。趁着没人来,你拿这个去吧。’说着解开刀囊带,递给我这口短刀。他们夫妇是这样策划的,不是让你走,而是要杀害你。这口桐一文字是你祖父的遗物,请看!”说着把刀递过去,信乃用双手接过,仔细地观看后,放在额藏身旁,叹息说:“家祖父据说是忠义的武士。其女儿即我的姑母为何那样狠毒呢?人们都说父母去世后,没有比叔叔姑姑再可靠的人了。可对我来说,却恰恰相反。即使我住在仇人家,也不致这样屡次三番受到迫害。然而直到今天能够安然无恙,都是由于有你的帮助。在我父临终的遗训中说:‘我姐姐夫妇如有所改悔,确实怜爱你,你就要以诚心侍奉他们,以报答其养育之恩。如其害人之心不改,汝又无术可防时,即应携带宝刀离去。即使养育你五年、七年,你是大冢氏的嫡孙,蟆六的职禄是汝祖父之所赐,以其禄使你长大成人,亦非汝姑父母之恩。纵然不告辞而离去,亦非不义。汝当知此理。’所说的与事实完全相符。如此卓越的先见,可见先父绝非凡夫。九年同住虽不缺衣食,然而所有的田园被霸占,我身未带一物,能说是食他人之禄吗?今日离去,该说是一身清白。而且幸好这口宝刀没有丢失,又有何可愁,有谁可恨?天命循环,青云得志的时机已经到来。望犬川兄同去浒我,你我同心协力共佐主君,两管领都

不足计,还怕什么? 何乐而不为呢?"信乃面对面地悄悄劝说。额藏
听了沉吟片刻说:"你不必多虑。可我与你不同,以前在母亲死时,
非常痛恨庄头的残忍。当时我是个孩子,他们有钱有势,奈何不得,
后来成了他家的小厮而直到今天。然而除一碗饭,一件衣服外,本
无固定月钱,其恩甚薄。即使恩情不高,吃人家的粮,若给泄露出去
并同你走了,我也就成了不义之奴。这还能算男子汉大丈夫吗? 你
去浒我吧,我在拂晓时就同你分道扬镳回大家。这样可以两利,既
可使我不负残暴的主人,同时又能照料滨路。她心地善良,昨晚偶
然偷听,很受感动。虽然她聪明伶俐,但妇人之见于不得已时,难免
发生意想不到的差错。我可悄悄帮助她出点主意,这样你就不会被
非议为抛弃节妇了。先采取这种万全之策,然后再明确请假,辞去
主家前往浒我,不比今日同你走好吗?"信乃频频点头说:"言之有
理,但是你没杀了我就回去,必然遭祸。"他对额藏深表担心。额藏
微笑道:"此事请你放心。我在手脚上做点伤,回去见主人就说本想
杀犬家,不料却遭到反击,没杀了他反而自己受伤。这样骗主人夫
妇,他们也无可奈何。你就不必分心了。"他毫无顾虑地解释,信乃
更是不胜感激,说:"你说做点假伤,但使你受伤,我深感不妥,如果
推辞,则是妇人之仁,就莫如从命了。"额藏听罢,甚为高兴,密谈完
毕,各自盖上衣服,转瞬睡去。

第二十六回　墨官弄权促婚夕
　　　　　顽父示杀羞再醮

　　不久，二人即被报晓的晨钟惊醒，便一同起床，整理行装，急忙走出旅店。由于二人依依惜别，额藏定要送信乃到天明，即向浒我进发，信乃则要送额藏一程，转向江户。在相互依恋和推让中，不觉已是东方大白。已不能再送，二人站在松荫下，额藏低声说："你去浒我后，事情大体可成。我曾问过别人，结城和里见的各位大将，虽然原来都是浒我将军的人，但各在本国呈鼎足之势，只有横堀史在村才是成氏的权臣，赏罚升降无不由他来决断。这是知情人说的，对此你要当心。"信乃点头道："我也曾听到此事，到那去见了将军，说明出身，转述亡父的遗志，献上宝刀，如用我则留，倘若野水横舟，为左右阻挡，或权臣妒能，靠贿赂用人，则只好迅速离去。自祖父之后尚无人为官。古之明君择臣而用，今之贤臣也要择主而栖。不被任用也就罢了，想立身行事也并不一定非浒我将军不可，但凭机遇。你看如何？"额藏听了感动地说："真是快人快语，有志气的人谁不这样想。望你悄悄相告进退如何，我也希望不久能够再会。"信乃把左手的斗笠换到右手，说："那么就分手了。

时值盛夏,天气正热,望你保重身体。"他们来不及相互尽情倾吐心曲,就各奔东西了。

　　这且按下不提,再说蟆六和龟筮,打发走信乃,总算放了一半心。两人揣摩着:"信乃多半没到浒我,在途中就被额藏结果了。若是额藏失败遭到反击,那么反正信乃的那口刀是假的,即使拜见了浒我将军,什么事也成不了。而且难逃假冒之罪,将被捉拿问斩。不管怎样,一旦出去也就难以活着回来了。信乃之事总可放心了,令人发愁的是滨路的病。收下聘礼后,没过几天军木就以密信每日催促。信乃既已不在,便不能允许再拖延了。只有安慰滨路,劝她赶快嫁过去,别无良策。"正在偷偷琢磨之际,五倍二又派人送信来,蟆六赶忙拆开信一看,还是和昨天一样催问定亲的姑娘为何拖延婚期,怒气流露在字里行间。于是吓得不知如何是好,把信指给龟筮说:"对方如此性急,似乎尚不知我意。我已把信乃打发走了,总之想尽办法立即照办,我去当面说说。把那件裙子拿出来,快去!"说着他向里间走去。龟筮走在前边,打开衣柜拿出麻布裈和裙子。蟆六穿了裈子,系上带子又穿好裙子,提着刀走到外面,慰劳了五倍二的信使,说:"我去拜见主公,替您回答。请吧!"自己走在前边,同去军木府。

　　却说龟筮想这想那,越想越放心不下。夏季的太阳已经偏西,却还不见丈夫回来。仰望天空,骤雨过后天已放晴。看那斜射的阳光,正是聘姑娘最忌讳的申时,她焦急地再也等不及了。正在这时,匆忙回来的蟆六满身尘土和汗水,从后门走了进来。龟筮看见,赶忙迎上去说:"怎么这么晚才回来? 一定是天太热,在家都受不了,何况出门。那边说得怎样?"蟆六微笑着说:"那边的意见甚好,咱们慢慢谈。真热呀!"他解下腰带,脱去满是汗水的麻衣,坐在走廊的房檐下。老婆扬起团扇站在背后给他扇。蟆六回头看看说："龟筱你把扇子放下。那件事特别紧急，不能这样若无其事的。先让你高兴高兴。方才我去到媒人那里，对他说今天早晨信乃方才远走，把我们的苦心也悄悄说给他，并把滨路病了的事都告诉他。军木听了说：'这就都放心了。另外听你说新媳妇的病并不重。婚事早办晚办我们决定不了。须禀告簸上大人，你且稍待，我去去就来。'打个招呼，带个仆人就出去了。大约等了一个时辰，军木回来说：'把情况详细禀报了簸上大人，他非常高兴。说新媳妇虽然卧病，但只是近日之事，大概是受了风寒吧，那么就赶快迎娶，延医看病绝不会疏忽，女婿将亲自劝药。这就即将大功告成。但是主君不在城中，尚未递交结婚申请书，况且其父去世还不满一个月，不能大办，须一切从简，以不声张为好。问卜，明天就是黄道吉日。因此兼作回门，明宵亥时许，到我家里来悄悄迎亲。这样，过后再取得结婚许可证，也不为迟。这就是世俗所说的客家新妇，其衣服和用品，只要有随身需要的就行，明日黄昏送来。并让把这个旨意赶快传达下去，做好准备。他已这样恳切吩咐，如果当晚出了差错，不仅你一个人，连我这个做媒的也都得剖腹。因此当晚要免去劝酒。但新娘坐的轿子一定要准备好，不得有误。'他所说的这些难以推辞，就全答应了。但是我说因为过于匆忙，滨路是否有所怠慢，却不敢预计。她若既不穿戴，又不化妆这样也不嫌弃的话，就让她伺候大人了。如此说罢就退了出来。然而滨路如执迷不悟，不肯去的话，那就由福转祸，将涉及一家。我对这一点实在不大放心。你先去她那说说看。"龟筱点头说："庄头的女儿嫁给阵代，穿的、用的都得超过一般人，必然要多破费。想到这里早就是我的一块心病，女婿性急，不要多下本钱是件好事。可是现在说给滨路，她能听吗？心里没底，我说不成，你得这样吓唬吓唬她。"她如此这般地耳语，没等说完，蟆六便说："这，你不说我也心中有数，赶快去吧！"龟筱听了，即去滨路卧房。

却说滨路为信乃之事，心中郁结，待在卧室内。虽是夏日，却有独自悲秋之感，心中甚为凄凉。听着蝉在矮屏风后边的叫声，便坐卧不安，暂且倚在枕边。这时，龟筱哗啦啦拉开拉门，走到滨路身边说："大伏天的，为什么这样躲在屋子里，受得了吗？你们这些不用心的东西！"对着女婢们说完后，她把脸凑过去看看说："哟！滨路还醒着哪。吃饭怎样，吃了吗？想吃什么好的，尽管说。你平素虽不喜欢喝酒，可是有病得吃药。是不是有些不大痛快呀？由于信乃出门，这三四天事情又多，我也许是累着点，今朝贪睡没有起来，看你病得起不来，我实在放心不下。可是我看着你比前几天神色好多了，也许吃药见了效，这样明天就会好的。所有的病多半是从心上得的，我虽然不是医生，也能猜出那个病。都是由于那个似人非人的信乃把你憋闷的。若是那样，就是毫不值得的单相思。你们从小虽然订过亲，但怎奈他误以为其父死于非命，多年来将大人〔指蟆六〕当作仇人，早已在磨刀霍霍。他的极大坏心已逐渐暴露，人们都这样说，乡里人躲着他，在大冢住不下去了，诡称去浒我，实际想逃跑。因此，前夜在神宫河的渔船上，偷偷把大人推下水，他跟着跳进去，想按着把大人淹死，被舵手给救了，大人这才安然无恙。俗话说，这叫作顺便捎脚。母亲我说的并非瞎话，不信等额藏回来问问他。骨肉至亲的姑母对他恩高义厚，他却对姑父放冷箭。这样可恶的歹人，和他一宿也未同床共枕，只是名义上的妻子，有何可留恋的。为比虎狼还可怕的假丈夫守节得病，给父母添麻烦，能算是贞女吗？要明白这个道理，赶快断了那种念头。想把你嫁给一位胜过那个畜生百倍的值得敬佩的美男子,还没告诉你,那个女婿不是别人,就是上月住在这的阵代簸上宫六大人。他从那天就爱慕你,不嫌弃门不当户不对的岳父,想屈身娶你,托大媒来说亲。那个大媒就是赫赫有名的属吏军木大人。簸上大人的身份虽然与我们相差悬殊,但是谈成了实是一家之幸。年老的父母也能因而发迹翻身,这岂不是你的孝行。虽然知道你不会反对,但是你爹的脾气你是知道的。因已有可憎的信乃,揣度不透你的心思,所以左思右想,再三推辞。然而信乃逃走之事已有人报告,军木催得很紧,已无后退之路。不得已就答应了,打算在近日完婚。因此希望你的病快点好,以使父母略放宽心。当今世上连三岁孩子都是无不知道要什么的,不要执迷不悟,免得后悔莫及。"她花言巧语地编造了一通。滨路听了大吃一惊,不禁呜咽地痛哭起来。身上像板房上落满了冰雹似的,心都要碎了,泪雨湿袖,痛不欲生。为何这样冤枉我的丈夫,怎样解释才好呢? 从沮丧中勉强振作起来,抬头说:"这种意想不到的作孽姻缘,是难以应允的。这样说似乎是不体谅父母,是不孝。也许会斥责我不知为人子之道。然而拒绝却是为了父母,才真正是为人子之道。您把犬冢说得那么坏,是没忘旧怨,没解除您的怀疑。我和他将近十年是在一家长大的,他从未慢待过二位老人。没见他有何坏心,我和他住在一个家里都不知道他的坏心,外人怎会知道呢? 一定是恨他之人的谗言。信乃这样的人还不称二位老人的心意,虽然把他撵走了,然而一旦要结亲,就唯有犬冢做我的丈夫。尽管他已因故出走,但没有休书就去与别的男人相会,那男人岂不是情夫,我则成为淫妇了吗? 即使是父母之命,也应以夫妇之道为重,让我和别人通奸,谁喜欢这种不义的富贵! 另外说他只是徒有其名的丈夫,既未同床,又未结婚,可是当初说把我许配给他,职禄也让给他,这不仅是父母的主意,而且乡里众人均为媒人,都可作证。谁能说没这门婚姻,我们并不是夫妻? 不由犬冢亲手递给我休书,父母之言也碍难从命。请母亲饶恕。"她清晰利落地据理辩解,那勇敢的言辞,句句如同珠玉,竟把母亲的威风压倒。龟筱一句话也说不出,只是暗中生气,小声嘟哝,似乎已是毫无办法。在外面窃听的蟆六闯了进来,一屁股坐在老婆身边,潸潸落泪,说:"龟筱你不要讲了。啊,滨路! 你的忠贞使做父母的感到羞耻,我在那都听到了。说出这些不该说的话,不但你母亲,而且连我也后悔难以见人。人老欲多而忘了恩和义。为你订了不符合道义的婚姻,又没讲清道理,你一定恨我们。常言道:儿女不知父母之心。假如从小养育的信乃是个老实人,也就没这个麻烦了。将歹人当作好人,给你做丈夫,使你深受迷惑,真是做老人不该有的错误。他的事情恨也没用,信乃既已不在,阵代大人的恳求又难以拒绝,实是强迫的亲事。小胳膊扭不过大腿,如不答应,不仅我个人遭殃,而且全家都要受连累。事先不知你的心意,但当时为了摆脱困境就答应了。这虽是今天中午之事,却早已送来聘礼,并且想先作为客人迎接到家。对方心情很急,事已至此,你一个人想改变,对方岂肯答应? 女婿是阵代,媒人是其属吏,一旦触怒了他们,一村就会被夷为平地。我年已六十,一家灭亡虽是命里注定,但若妻女被杀,自己活着又有何益? 唯有一死。因此已打定主意,既收了人家聘礼,又无法退还,为了表明自己的过错,除了剖腹别无良策。"他念了一句南无阿弥陀佛后,拔出明晃晃的刀就要往肚子上刺。龟筱"哎呀!"地惊叫了一声,拉着胳膊急忙制止。滨路也吓得不知如何是好,说:"您生气是可以理解的,且把刀放下!"蟆六摇头说:"不,不能放下,让我死吧! 让我死吧!"如同疯了一般。龟筱好歹将他抱住,往旁边看看说:"滨路! 你怎像点了艾灸灸穴似的在那一动不动,这样是完不了的。杀你父亲,还是不杀,就在于你了。制止住他才是你的孝行,真令人着急!"滨路受到斥责,拭着眼泪说:"好了,即使被人家说成是贞女,如果是不孝之女,反正也有损为人之道。遵命就是了。"龟筱听了,点头说:"这才是聪明的女儿。你听着! 要把信乃之事忘掉,答应跟着簸上大人。她爸你就把刀收起来吧!"这时,蟆六才松手说:"那么滨路一定要听话,如果是假的,我现在就死。想以后改变主意,就别拉着我。"他这样地穷追紧逼。滨路说:"无须怀疑,我一定遵命。"说着泪眼模糊地吞声抽泣。蟆六微笑着向龟筱使个眼色,把刀收起来,把敞开的怀合上说:"好险哪!"龟筱离开丈夫的身旁,抚摸着低头哭泣的滨路的后背,劝她喝药,表现出对闺女有所求的样子,主动地阿谀奉承,花言巧语地安慰。

　　于是父母轮流通宵看护,使决心一死的滨路得不到适当的时机。这样守到天明,就是十九日了。奴婢七手八脚地打扫卫生,有的说:"姑爷今晚就来了。"在暗地说主人的坏话。有的在擦门窗,吵着要纸呀、钉子。刷浆糊声,用铁锤钉的响声,很快传到滨路耳朵里。"太卑鄙了,今晚之事还在瞒着我,想突然让我交杯换盏! 总之我不能活着陪伴那个男人。"滨路心下打定主意,毫不慌张。稍敛愁容,梳理蓬乱的鬓发。家中在忙着筹备今天黄昏聘姑娘的喜事。检查滨路的嫁妆是否齐备,宴席是否准备妥当,主仆忙得不可开交。龟筱有时去滨路卧房刺探安否并加以安慰。见她在自己梳头,心中窃窃欢喜。"原来今晚纳婿没告诉她就知道了,正在等待着。不像最初说的那样。真是少女之心难猜! 这样就放心了。"她和丈夫私语后,蟆六也很高兴,赶忙去卧室看看,只见她果然梳好了发髻,宛如病中的西施。没有化妆的富士山形的前额十分漂亮,心想她真不愧是自己的女儿。不知三国①唯一的招婿入赘是告诉她了,还是始终没告诉她呢? 此事竟被许多事情给差过去,他便又跑到外面,大声吆喝着,指派你去干这个,他去干那个。他如此焦急地往各处派人,手忙脚乱,眼睛和嘴没一点闲着的时候。

———————

① 指千叶下总的里见等三国。

第三辑 卷之四

第二十七回 左母二郎夜夺新人
寂寞道人火定圆冢

网乾左母二郎那日夜晚在神宫河受了风寒,从翌晨就有些发烧。第二天,他把习字的孩子们早早打发回去,没吃晚饭就睡了。到了次日中午才见好转,心里感觉清爽了些。稍微整理一下卧室,先漱漱口,然后便到外边去散步。忽听到庄头家有响动,好似年终的扫尘,感到奇怪。离开自己的门旁到其附近去探听,见个庄客,右手拿着镐,左手提着五六个夏萝卜,从田地走来。原来不是别人,却是蟆六的老仆背介,不觉往这边回头看看,互相点头致意。左母二郎说:"请您回来!"招手将他拦住说,"您为何这样匆忙,今天是入伏后晾衣服的日子吗?和平常不一样有很大的打扫声音,那是做什么?"背介听到他问,就站在他身边说:"不,不是晾衣服,是今晚庄头招婿入赘,打扫顶棚的蜘蛛网,敲打草席上的灰尘和修理门窗、糊窗户等等,忙得不知如何是好。再加上厨房里的忙乱,你看,这萝卜是做醋拌萝卜丝的材料,拔了拿去配菜,好作为日常关照的谢礼。"他说罢笑了。左母二郎听了甚感吃惊,忙问道:"庄头的女婿莫非是那个犬冢信乃吗？听说那个人昨天清晨就启程了。原来是推迟动身，突然结婚吗？""不对，不对！信乃昨天破晓就去下总了。今晚来的女婿不是犬冢……"听了半截，左母二郎神色大变，忙问："那个女婿是谁？以前订过婚吗？"背介挂着镐说："当然订婚了，这个话谁也不敢讲，我也不大清楚。姑爷是阵代簸上大人。大媒是其僚属军木大人，许多聘礼不知何时送来的，在客厅摆着。是秘密结婚，今晚亥时，姑爷自己来接新娘一起走。这是听别人说的。可怜的是信乃，在心地不好的姑母夫妇家待了八九年，到紧要时候被撵走了。他们尽害人，得不了好报。我不是贪别人好处的人，听着真生气。他们的为人你以后打听一下，会把你气死。现在的人哪个不趋炎附势，说了些没用的，时间长了会被叱责的。晚上来呀！"他把镐把儿往肩上一扛，往后门走了。

左母二郎听后面有愠色，强作镇静地回答一声，但怒气难消。他站在小眼儿的田井旁，胸中的怒火在燃烧，连打上来的水都烫手。提着小水桶进到屋内，喘着粗气抑制不住愤怒，不断地嗟叹，但却束手无策。他仔细想："听说滨路从小就是信乃的未婚妻，如果现在嫁给他没的可说，可是不久前龟篠把她许给了我，为何又攀附阵代的权势，背弃前言，置委以密事的我于不顾？原来往日龟篠所说的，完全是以滨路为诱饵，为了让我骗取他的那把刀。作为报复，今晚等他的女婿簸上来时闯入宴会席上，揭露蟆六所做的坏事，好好羞辱他一番，扰乱其婚礼。"可又一想："不行，如果这样，我也逃脱不了骗取那口刀的从犯之罪。再说信乃的刀现在秘藏在我的手中，此事暴露，只有加重我的罪，此计万万不可。另外，若隐瞒换刀之事，只说出其母将滨路许给我的事情，则又没有确切的证据。即使去控告，决定此案的也还是阵代。若果真如此，尽管我有理，但不仅徒劳无功,而且簸上必然恨我,那就要歪曲是非,将我入狱,使我受尽折磨而死。这个计策也不妙。可以说那个老奸婆已预料到这一点,只为托我办那件密事,才假意把滨路许我为妻。我彻底被她骗了,虽然我的机智似乎不足,但是那天晚间,倘如蟆六看到这口刀的奇异,就不会轻易放过去的。蟆六得了我的那口刀,我没吃亏。直到今天他什么也没说,他是把我的刀看作是信乃的刀了,将它秘藏起来,这一点我很高兴。但我也是个男子汉,每天朝思暮想,即使是假话,她母亲说把滨路嫁给我,现在又让别人娶去,乡里的议论也使我抬不起头来,在这里没法住了。索性今晚见宫六等来了,血染婚宴,将其翁婿和在座的都杀死,立即远走他乡。不行,不行,这也是下策。他们人多势众,如事办不成被捕的话,就后悔莫及了。与其铤而走险,莫如悄悄夺取滨路,然后逃走。以前滨路对我无动于衷,是因为有信乃在身边,现今信乃已经远走,她不一定愿嫁那个丑男人。也许一时不愿跟我,领她离开家乡,何愁她不从。如果还为信乃守着贞操,而不应允我的话,就把她卖到京都或镰仓做娼妓,可换一笔钱。另外听说这口刀是持氏朝臣的无上至宝。如将此宝献给故主扇谷将军,就定能成为重仕旧主的阶梯。但如问起它的来历,则又不无担心之处。如献给成氏朝臣,便将被信乃控告。莫如带到京师献给室町将军,定会被起用。只有这个想法才是十全之策。”于是就这样决定了。他自问自答地反复思考后,觉得有了十二分把握,便在心中窃自欢喜。他一人独居,没一般人那么多的用具。就说有事他去,很快将家具衣物变卖一空当作盘缠。又悄悄地收拾行装,准备好斗笠、绑腿、草鞋等,似乎万事俱备,只欠美人尚未到手。这夜天黑后的策略,是从后门进去,但又怎样将那个姑娘引诱出来呢? 是这样抢走吗? 等完全想好了天还没有黑。仰望天空去向不定的浮云,为使他的不义奸计精益求精,脑子里无片刻休息。

　　却说滨路虽已下定一死的决心,但却不露声色。由于有点病和天气炎热,头发蓬乱,这样死后也是种耻辱,应梳妆打扮一下,最少也应梳梳头。她尚未出卧房,但她父母看到这种情况,却心想滨路是不会推辞今晚的婚事了,所以略放宽心。到了黄昏,他们就更加忙碌,也顾不得去看她,天很快就黑了。将近初更时,滨路在黑暗中走出卧房,悄悄顺着卧室的走廊往外走,但出不去,因为后门也有许多人出出进进,自己到哪里去死呢? 走近土墙间的篱笆,左拐右转地碰了一脸蜘蛛网,就好像用极薄的吉野纸包着个女娃娃。这是卧房的后院,有倒塌的假山,夏树茂密,杂草也未除掉,是无人的去处,在漆黑的夜晚,是个寻死的好地方,就赶快动手。在走出卧房时,她已把灯吹灭了,好像在蚊帐内睡着一般,枕头上盖了件睡衣。看看四下没人,他拉开准备好的腰带,挂在土墙旁边的松树枝上,将待自缢,可是因心乱天暗,垂下来的腰带,摸也摸不着哪是头。心想我有何恶报,虽听说有生父和同胞兄弟,但连他们的名字都不知道。自己知道对养父母的多年养育之恩不报是不孝,可又不能违背一女不二嫁应守贞操这个教导。虽然狠心的养父母撕毁婚约,贪图不义的富贵,自己才寻死。但人的生命有限,死也要爱惜死后的名声。自己身为女流恨也没用。此地距那里①听说不远,但天各一方身无双翅,为之奈何? 你我虽然尚未同床,但是父母许配的夫妻,情深似海,难舍难离。今已到临终之时,也未能告诉你,早知道如此,那天夜里本来还有话对你说,可恨鸡叫没能把话说完就分别了。更悲惨的是现已打过初更,等不到亥中就得死去,在此月夜中乌鸦将为我

―――――――――――

① 指信乃所去的浒我。

啼叫。若能和你再谈上一宵，我也就死而无恨了。如能通过梦境将我的死告诉你，知道我的心未变，等你回来，请看这棵树就是为妻的墓石。你如能亲自为我阿伽灌顶①，在坟前献上一滴清水，那就胜似高僧为我诵经，而使我成佛。在弥留之际她本打算什么都不想，但怎么也忘不了自己的丈夫和生父以及同胞兄弟，悲痛难忍。在这悄悄的行动中，却不知不觉地发出了自言自语的呜咽抽泣声。眼泪润湿了衣袖，落在夏草上，犹如深秋之寒露，使草叶不住地摇动。

　　且说左母二郎算计着时刻，想潜入蟆六的后门，不料那里也是有提着灯笼的人出出进进的。因不大方便，便退了回来。在墙外悄悄地到处打转。站在主房的背后，从墙缝往里看，土墙剥蚀，墙根有狗可以出入的坍塌地方。此处甚好，窃自欢喜。他轻轻跳过小水沟，从坍塌的地方往里爬，墙的蚀土随着他爬也相继而落。在小树下站起身来，掸掸手脚上的土，想想这家院内的情况，因十分黑暗，难以辨识出来，只有左边的白墙在黑暗中才能模糊看得出。这里原是卧房的背后，从那个土墙之间转过去，距滨路居住的小房不远。那里的路不太熟，摸着走却没多大困难。于是就顺着树丛从树下穿行，将到假山附近，听到前边有女子的哭声。他惊讶地从树缝看，又蹲下一听，竟是滨路，真是天遂人愿，非常高兴。但他没有粗暴地向前靠近，听到她在自言自语，心想：“原来滨路似乎嫌恶今晚来的簸上宫六，想要自缢。她究竟是为信乃守贞操，还是为我呢？听不太清楚，大概是为我吧。不管为谁，掉到手心里的美玉也不能让它碎了。”于是踮着脚往前摸。恰好这时滨路抓住了挂在松树枝上的腰带，哭得泪流满面地念了十遍佛，正待自缢。他一声不响地从后面

_____

① 在修行佛教者的头上浇注香水，证明其修行功德的仪式。

抱住拉了过来。滨路叫了一声,他急忙用手捂住她的口说:"不必惊慌,我是左母二郎。想不到你为了今天的婚事想寻短见,对你这种心肠,我十分钦佩和感谢。你父母那样不关心你,连我都很气愤,何不让我将你带走呢? 切莫辜负我的这番好意。虽未同你商量,可是救你不死就是缘分,何必再难过。"滨路对他的安慰根本没听,好歹挣开身子说:"你这个无礼的坏蛋,我若能跟随别的男人,那还从卧房跑出来在此寻短见干什么? 不要说废话,赶快滚开!"她厉声斥责,又抓住挂的带子。左母二郎挡着冷笑说:"这样说就更不让你死了。几个月来我朝思暮想,你母亲又偷偷将你许给我,你嫌恶簸上,就是为我守贞节。不忘掉那个一去是否还能回来的信乃,只有死路一条。不管你答应与否,我也要把你带走,赶快走!"说着就去拉她,她犹如被劲风吹的玉柳,蓬松的翠鬓也左右飘拂,便以缠绕春藤的松树为盾,往这边跑,那边钻,借着天黑想躲起来。可是她如同围场中的山鸡,离开了雄鸡藏在草丛中不敢出声,窝也回不去,内外夹攻,进退两难,被追得忽然跌倒哭了起来。"你真急死人了。"左母二郎说着,抓住领子把她拉起来,用手巾堵住嘴,使劲挟在腋下。滨路病后的纤弱身躯,就好像被鸥鹑捉住的夜蝉,声也不敢出,十分可怜。左母二郎既在腋下挟了个女人,从原来的洞出不去,那又从什么地方逃脱呢? 回头看时,滨路准备自缢的腰带碰到他左脸,有这个正好就用左手抓住,轻轻登上老松树,顺着树枝好歹越过土墙,到了外边,跨过水沟,鞋一只也没丢,穿好草鞋带着她去了。

这时,厨房里的酒席都准备就绪。蟆六正在客厅的壁龛里插花,挂画。已响过初更的钟声,时刻日益迫近,他召唤龟筱说:"距姑爷来已不到一个时辰了,夏季夜短,快来了,还不同她去说等到什么时候。就如此这般同滨路说,让她穿好衣裳。"龟筱听了点头说:"我也这样想。要操持许多事情，很忙，天黑后还没到她卧房去过。奴婢们说应该给她点水泡饭吃，既已自己梳了头，让她穿衣裳还不容易吗？忙的什么？"说着往卧房去了，不久跑来喊道："出事了，出事了！"蟆六吃惊地回头瞪着眼睛问："这样大喊大叫的，有什么事？""糟啦，糟啦！别若无其事的啦。滨路从蚊帐里跑出去，不知到哪去了，已不见踪影。心想也许上厕所了，去找了没有，连浴室的各处都找遍了，也没有，一定是跑啦！"蟆六听后，不觉把手里拿的花瓶掉了，用裙子襟擦擦流的水，起身说："这真出了大事，但不要惊慌，出去看看。"说着拿了纸灯到庭院去。龟筱也跟了出去，从树丛的缝四处寻找，过了卧室的墙往后院去，一看似乎是由这里走的。松树上挂着腰带，蹬着它跳过了墙，蹬掉的泥土还历历可见。寻找的线索断了，就如同岸边断了缆绳的小船，不知漂向何方。蟆六的面色比水还青，茫然不知所措，龟筱也叹息说："被她梳头给骗了。天黑了没有人看着，让纱笼里的萤火虫飞了。大概滨路事先约会好，让信乃那个小子给拐跑了。"蟆六沉思片刻说："信乃有多年和他不和的额藏跟着，如有这种事情，就会在途中一齐回来，岂会让他得逞。可恨的是左母二郎那小子，快来！"他在前边跑又回到客厅，找来个心眼儿伶俐的小厮说："你去看看左母二郎是否在家？提着灯笼仔细看看，快去快来！"他十分着急地吩咐。小厮答应一声，飞也似地跑了。过了一会儿，小厮喘息着跑回来说："到左母二郎家，敲门没人答应。推开门一看，不但人，连东西都没了，是个空房。根据这个情况推断，定是逃跑了。"听到这样回报，夫妻俩都悔恨莫及，急忙召集众童仆说："发生了如此这般的事情，其奸夫是左母二郎。可能尚未跑远，火速去追，把他拖回来。如果你等捉不到他，那也不能让滨路跑掉，若拿着灯笼被那个家伙发觉，就更捉不住了，追人还是摸黑好。背介腿脚不好,今晚要多留神,谁有功就多给谁赏钱。谁和谁往东,谁和谁往西,不能让他跑了,快去! 快去!"两三个人一组已经向四方分派好,立即全体出动,夫妻二人还是放心不下。龟筿常患头疼,自己按摩着前额,抬起头来说:"万没想到会出现如此情况。为阻挡信乃才把左母二郎拉进来,又错误地估计滨路会一条道跑到黑不会有二心,给偷儿留了机会,都怪我疏忽大意,做了件悔恨莫及之事。"她恨别人也怨自己。蟆六也嗟叹道:"过去之事悔也没用。先说今晚的婚事吧。姑爷就要来了,那时滨路找不回来,将何言以对?"愁得他也头疼起来。

却说土太郎前几天听蟆六的话,在神宫河想人不知鬼不觉地把信乃害死,然而斗不过信乃的水性,其谋不成,徒劳而无功。蟆六对此感到不满,没给他多少辛苦钱。土太郎昨夜赌博手气不好,输得手里一文无有。本来他是个厚脸皮的无赖,想到庄头那去敲诈几个酒钱,就装作乘凉去串门,从后门走了进去。蟆六一眼看见,立即高兴地说:"这不是土太郎么? 你来得正好。"赶忙起来迎接。土太郎说:"不,有什么好的,那天夜间的辛苦钱,给得太少,没有几个钱,想请您再多赏几个酒钱。"蟆六赶忙制止说:"好了,现在不要再提那件事了。另有事想托你,今晚发生一件意外的麻烦。是因为如此这般的缘故。"他说得很快,然后接着说,"将我女儿拐走的奸夫你也认识,就是在神宫河上一起乘船的网乾左母二郎。全家老弱都去追赶了,但只靠他们,我还是不放心。你现在不找自来,能得到你的帮助,实感荣幸。这样看来还算我走运,赶快去追,如能将他拖回来,辛苦钱多少好说,拜托了。"蟆六央告着对他说,龟筿也附和着。土太郎听了,点头道:"适才来这里的路上,遇到相识的轿夫加太郎、井太郎等,轿子里坐着人也没抬起来,在吵吵嚷嚷地争论脚钱。夜黑看不清楚只和井太郎等说句话,没停脚走过来了。那个旅客一定是左母二郎,轿子里坐着的大概是小姐。没错,准是往砾川、本乡坂那边去了,赶快去追。"说着撩起衣襟就要往外走。蟆六急忙把他叫回来说:"左母二郎是武士中的浪人,其本领莫测,徒手追赶恐有差错,把它拿去。"说着把佩刀拿出来递给他。土太郎接过去插在腰间说:"有它就更有仗恃了,眨眼间就将那对男女带回来,烫好酒,等着我。""那太好了,赶快,赶快!"他也没顾得回头看看这对夫妇,就像闪电一般消失在黑夜中。

话分两头,有个叫寂寞道人肩柳的怪僧人,不知是哪国人氏,去夏在陆奥出羽待够了,今年赴上野和下总,终于云游至武藏,受到乡民的尊敬和信仰。他的法术是积薪踏烈火,泰然自若,手脚不伤。据说用此法卜人之吉凶祸福,或祈禳病灾,无不灵验。几年来多次攀登吉野、葛城、三熊野和骏河的富士、肥后的阿苏山、萨摩的雾降、下野的二荒山、出羽的羽黑山等灵山胜地,邂逅神仙异物,得了长生不老之术。现在是乌发长髯,仍与壮年无异。然而问他百年前之事,对答则如亲眼所见,无不知晓,人皆钦佩信服。其次,这位肩柳僧人,左肩头有个瘤子,因此身体倾斜。有人问及此事,肩柳答道:"我的一身常有诸佛菩萨寄宿,左边是登天的顺路,肩是肢体至高无上之所。因此可说是东方的天照皇大神,西方的释迦牟尼佛,莫不寄宿于此。"这年夏月,肩柳在丰岛郡鸣锡,告知乡民说:"夫三界乃是火宅,立于秽土而不知其为秽土。耽于嗜欲,而不知是嗜欲。由于留恋这些而遭轮回之报,因好恶而多烦恼。四大①原自何处而来?细想万事皆空。十恶由何处而至? 回想只是一念之差。因此诸佛

---

① 构成万物的四大元素,即:地、水、火、风。

出现于地狱虽不暇超度,然而凡夫则无边无数。无佛缘者生于无佛的世界,无佛性者堕入畜生道,不得普遍有缘。所以佛教导要入涅槃之境,寂灭为乐。凡有生之物必有死,有形之物无不灭亡。机缘既满,即如日落冰溶,孰能制止。故尽快回归天堂,进入彼岸的禅定之门。因此我将在六月十九日申时三刻进入火定。其地在丰岛本乡附近的圆冢山麓,深信有缘的道俗,各布施一束干柴来会。"乡里人平素对他都十分敬仰,听到这个消息无不赞叹。从前入定的人都是活着入土,火定是很少见的。不看看佛的化身圆寂,就再没有机会了,人们无不期待着这一天。于是众人按照肩柳的指教,从六月十五就在圆冢山麓,割倒野草,筑起一座土坛。以原木为柱,坛下掘一大穴,宽约三丈,深一丈有余,投入许多烧柴,装得满满的。

　　且说这个圆冢山在丰岛本乡之西,东南是苍茫的大海,可看到安房、上总的尽处。西面连山嵯峨,可看到箱根、足柄、富士之雪,夏日也令人倍感寒意。虽非镰仓海道,却是去木曾路的顺道,赴上总、下总经过这里是捷径。很快到了那一天,寂寞道入肩柳以白布包头,身穿白色僧衣,盘腿坐在坛的中央,手里挥动一个金铃,胸前挂一面明镜,背上垂着一条袈裟,故意地没戴头巾。他打扮得非同一般,紧闭着悟彻的双眼,也许在念什么经。从朝到晚声音清澈,不嘶不哑,时而环视众人,目光锐利,十分可怕。坛下四方的男女老幼观众环绕,直到萝卜山田的附近,人都站得满满的。夏日的骄阳火辣辣地照在头上,有的嘴里不干不净地骂着:"我们也是在入火定。"许多人都挤在树下。这样已将近黄昏,事先安排好的人,将烧柴点燃,熊熊燃烧的烈火,在暑天更展示出其灼热的淫威。坛下附近的人,吵嚷着往后退。当下肩柳已诵完经文,手里唰啦唰啦地搓着扁平形的金珠,暂且祷告片刻,然后看着坛下高声赞道:

昔日如来佛的表兄弟阿难陀，离开摩揭陀国，赴吠舍厘城。诸王各慕其德，竞相欢迎。一王迎之于南岸营军，一王迎之恭候于北岸。阿难尊者，恐二王为此相互厮杀，自船上升入虚空，立地示寂，自身中出火，骸焚中拆。一堕南岸，一堕北岸，制止其争斗，功德无量。其他道德自焚，或献给三世诸佛，或为普济众生之方便，载于圣经，其效灼然。贫道虽有幸从事三宝，勤行多年，然尚未普及自他利益。爰顾愚痴之薄德，欲速解脱臭骸，到无垢之净土。希有缘道俗，捐弃身灭不随之财宝，修未来永劫之善根。设夫舍一二钱者，可乘一劫二尊之慈航；舍三四钱者，可自得三藏，易度四难；舍五六钱者，方可感通五觉，扫除六尘；舍七八钱者可脱离七难八苦，得遇顿生菩提之机缘；舍九十钱者，可托生九品净土，成为十界能化之菩萨。如是善男善女，如是舍财，即使身仍未脱苦海，亦是圆寂之同行者。为何不烧掉五欲之财物，以之代身，播殖无量德本，以生清果。劝化随缘不惓，无疑平等得利。

在说教声中，群集的男女老幼，看着火坑，稀里哗啦地掷钱，如随风之落花，拂窗之风雪，不知有几十几百。钱既投毕，肩柳方引导自葬，高声念偈语曰：

西方葬释尊年，击然兴发石火。
东土烧道昭时，闪闪巨焰扬播。
言静相眸十眼，看灰里结清果。

吟诵三遍,投身于熊熊烈火之中,火苗勃然升起,油沸肉焦,尸骨无存,倏然化作灰烬。观看的众人无不感动得潸然泪下。异口同声念佛,经久不息。山寺传来晚钟的音响,使人格外感到诸行无常。人们自动归去,散向四方。只剩下燃烧着的火化坑,除了几许闪闪发光的萤虫,别无他物。

这时初更已过,没有月光,在轿子的侧窗边提着小灯笼,步履匆忙地走来一个人。不是别人,正是网乾左母二郎。适才他抢了滨路,在途中雇顶轿子,从小路逃走,想通过木曾路入京。从道路弯曲的由美村路经这里的圆冢。两个轿夫借着尚未熄灭的火定的余光,靠近火坑落下轿子,对左母二郎说:"老爷,到了说好的地方了,请下去步行,付钱吧!"轿夫从左右伸出手来。左母二郎回头看看,冷笑说:"你们怎么没喝酒就醉了。说好了是过驹达的建场到板桥,怎么在这里换轿? 这是不能同意的,但是你们既然这样怕累,就不雇你们了。"把轿子里的女人扶出来说:"拿这个去吧!"从怀里掏出两串铜钱递过去。两人没有接,跺脚大笑说:"为了二三百文零碎钱,谁大老远地黑夜到这来。绑着的那个妖艳的赃物,还堵着嘴,你说是疯女人,我们在灯光下已经看得清清楚楚。你插着两把刀,看着是武士打扮,实际是个拐子手。好事都让你得了,让我们两手空空的,休想! 我靠一根歇脚杖①、一杯酒在轿行中是有势力的井太郎,他是加太郎,人们都知道我们是赚黑心钱的,从不含糊。这就像夏夜遇到冲进蜘蛛网里的飞虫,怎能让它落到别人之手。不用说那个女人腰里的盘缠,身上的衣服都得脱下来留下。"他们嘶哑着嗓子,从左右大声咆哮。左母二郎毫不惊慌地说:"你们这些豹脚蚊子在耳边

_____

① 轿夫用以支撑轿子歇脚的支棍。

乱嗡嗡,想勒索东西,就等死了以后到下辈子去拿!"他冷不防抽出刀来,寒光闪闪,站在右边的加太郎肩头被砍了一刀,仰面朝天倒下。与此同时,躲过了井太郎打来的歇脚杖。战了二三回合,加太郎爬起来,同井太郎一起左右夹攻,以野火为烛,一来一往,互相喊杀。井太郎等虽逞血气之勇,拼死厮杀,但是击剑、枪棒、拳法一点不通,常因腿脚不灵而受伤,或因蛮打不顾脚下,而使夏草被染成了秋天的红叶。左母二郎虽非精通武艺的高手,但他拿着著名的村雨宝刀,挥舞起来水珠向八方飞散,落在四处蔓延已燃着的草上,火光即灭,落在火化坑里,火光减弱,脚下光线暗淡,削铁劈石的宝刀,更发挥了它的威力。加太郎一胆怯,左母二郎乘虚逼近,斜着从肩上砍下,又使他挨了一刀,倒在血泊之中。井太郎乘机踉踉跄跄地从后面把左母二郎拦腰抱住,被左母二郎挣脱后飞起一脚踢倒在地,躺着打滚,想起也起不来了,左母二郎手起刀落,人头落地。他提着刀正在喘息之际,土太郎追来了。来人借着尚未熄灭的火光一看,没出声就从他背后抢起刀来,只见刀光一闪,左母二郎眼快,"啊!"地惊叫一声转过身来,把土太郎砍来的刀拨开了。于是他瞪着眼睛说:"本以为只有两个贼,原来你也是他们一伙的强盗。"土太郎听了,把刀抽回来说:"那天夜间,在神宫河的渔船上,见过你这个瘦浪人。你还记得在户田河上有名的土田土太郎吗?你骂我是强盗,真是乌鸦落在猪身上,只知说人家而不知自己黑。对你这个不要脑袋的偷儿,没的好说。受庄头的委托,来追回被你掠走的赃物。谚语说:'大蛇走的路被小蛇知道了',若想人不知,除非己莫为。夜间同我说话的那两个轿夫是赌博的伙伴。那时看见他们抬着可疑的旅客抄小路走,不料他们在圆冢的火化场先死了。你是井、加二太郎的仇人,是拐骗女子的大罪人,这有抓你的绳索,我想你是跑不掉的,就莫如将手背过去,束手就擒。不然就在这像切西瓜一样将你脑袋切下来,给庄头作礼物。你是跑呢还是斗?"他骂得虽然比那两个人还凶,但是对手也是胆大包天的歹徒,举起刀来未立即进攻说:"你这个蠢材!还敢自称为追捕者。一个桨、三块板,下边就是地狱,站在浪花上,不知哪天被水淹死,还骂人呢!你还没看到我的本领。欺负我带个女子走黑路,想进行抢劫的那两个贼人的下场,你已经看见了,你也是他们阴曹地府的伙伴。想同乘三途河的船,就吃我这一刀。"太刀寒光闪闪,冷气逼人,想刺对方的咽喉,两刃相击,发出剧烈的响声,震荡夏夜的山谷。山中并无他人,草虫的叫声也被脚踏草丛声淹没。二人猛烈地厮杀,一上一下,都使出了全身的解数,还是胜负难分。然而左母二郎二次交锋已稍有疲劳,受了点轻伤,觉得难以抵挡,便心生一计,拖刀逃走。土太郎说:"好卑鄙,滚回来!"立即乘胜追击。左母二郎看好距离,赶忙拾起颗石子,回身砍去,石子很准,恰好击中凶猛的土太郎的前额,鲜血迸出,惨叫一声仰面倒下。左母二郎飞快跑过去,踩住前胸,一刀刺了进去,名副其实是刺穿了泥土做的土太郎,仅手脚动了动,就全身成个大字,断气了。

　　且说这土太郎、加太郎、井太郎等是被称为丰岛的三太郎,水陆的恶棍。多年来屡次害人,屡次抢劫。出入于淫乐酗酒赌博的场所,上无国法,下不惧县吏。有钱时大摆邓通鼎,饱食而无厌,无钱时如丧家之犬,虽饿而不以为耻。这三凶被世人所厌恶,终于天网恢恢疏而不漏,只是他们被这个奸恶淫邪的歹徒网乾左母二郎所杀,实是以毒制毒,上天的安排岂不是非常玄妙么?

　　闲话休提,左母二郎总算杀了土太郎,想擦擦刀上的血,可是并未沾血,而是沾满了水珠。这就使他更惊叹这口刀的奇异了。方才在生死存亡的关头并没注意到这点，现在才知道，衣服的湿润，野火的熄灭，也都是由于从村雨的刀刃滴下来的水珠。他再次见到此刀的威力，感谢它将是升官的阶梯，把它举到额前，然后纳入刀鞘。撕下三尺布带把手腕的伤绑好，把剩下的柴火投入将要熄灭的火坑中，火又熊熊燃烧起来。随风一吹，引燃了野草，亮如白昼。于是左母二郎将趴在轿内痛哭的滨路轻轻扶出来，解去其绑绳，她又潸潸落泪哭了起来。左母二郎坐在旁边的残株上说："滨路，总之我俩有难解之缘，哭也无法挽回啦。从由美村越过这个山岭，杀了三个大敌，都是为了谁？还不是为了你吗？结果只负了一点伤，仍安然无恙，这太好了。如果我死了，你就要受很大的苦。要是这样想就不要那么冷酷地对待我了。为了把心交给你，就把你父母和我密议之事告诉你吧。那天晚间，去神宫河捕鱼，是想悄悄将信乃干掉才引诱他去的。因此蟆六庄头的自动落水实是想把信乃诳下水去，在水中杀之。然而信乃的水性很好，连土太郎都敌不过他。庄头被他老老实实地紧紧抱着登上对岸，其谋未成。在前一天你母偷偷到我家去，说出信乃去浒我的内中机密。她说：'当初由乡亲们做媒，把滨路许给信乃为妻时，庄头把秘藏的宝刀作为礼物赠给了信乃。现在很明显，想要回来，他是不会答应的。因此才设下如此这般的计策。那时我在船中，用庄头的刀把信乃的那口刀换过来。如将他的那口刀调换了，那么他就是在此安然无恙，去了浒我也什么都干不成。还要追查其欺君之罪而被逮捕斩首，你要能与我们合作的话，把滨路许你为妻，把职禄也让给你。'她这样一说，我难以推辞，遂参与密谋，在船上调换了那口刀。这都是想娶你为妻。如无此事，为什么参与那种伤天害理之事？在调换那两口刀时，从信乃那口刀的柄脚滴出水珠来，虽在夏季还是寒光闪闪，真是口难得的宝刀。认真地看后,我细想,前管领持氏朝臣有件宝物——村雨宝刀。据说那把刀一出鞘就能自动滴出水珠,如含着杀气挥刀,会从刀尖出水,如喷雾一般,大概就是这口刀吧。但说是蟆六庄头将它给了信乃,便甚是可疑。信乃的父亲番作,与其父匠作共同侍奉春王、安王,曾在结城被围。这口刀一定是由持氏传给了二亲王,在春王、安王死后番作偷偷把它带到大冢。他死了,现在就由信乃佩带。这样难得的名刀,落入庄头之手,实是俗语所说,投珠与豕,毫无用处。他们夫妇所希望的,不是喜欢我,而是想让我把那口刀调换过来。为得到它,才装作喜欢我的样子。甜言蜜语是不能信从的。俗语说,一不做二不休,今晚之事正是如此。信乃的刀已纳入我的刀鞘,我的刀装进了庄头的刀鞘,三口刀换得很顺利。再看看庄头夫妇的态度,许婚的诺言,嘴唇尚未干,没过几天就又和阵代簸上宫六订婚,听说在今晚就入赘,实令人气愤、嫉妒、悔恨,使我感到人生真没意思。想把他杀了,自己也决心一死,但还不知道你的心,爱情是用生命换不来的,所以干脆把你带走。对我恨的那些人,就应以其人之道还治其人之身。你碍于和信乃是青梅竹马,便钟情于他,但是落花有意,流水无情,他对你毫无情义,是不会回来的。我再次试了一下这口宝刀,在杀土太郎时,熄灭野火就是村雨宝刀所喷出的水珠。进京后将此刀献给室町将军,一定会因此发迹,领取数百贯俸禄。那时你就是夫人,有许多人伺候着。不要难过了,赶快越过这座山吧。我是背着你,还是拉着你?"走到身边抚摸她后背,拉着手花言巧语地安慰。

第二十八回 滨路骂仇死节
忠与认族谈故

滨路禁不住泪水夺眶而出。听到养父母的丧尽天良，和网乾的诡计多端，更加愤恨，五内俱焚。世事变幻无常，从昨日起丈夫已远去他乡，想到丈夫的苦难，真是悲痛欲绝。心想无论如何也要将宝刀夺回来，即使是做梦，也要想办法，把这些告诉丈夫，并把刀还给他。在这一梦想的鼓舞下，才收住眼泪，说："方才无故被捆绑，被劫走，我只是对这种耻辱十分气愤，然而被不爱之人所爱，并一起逃走，恐怕也是来自前世不可解脱的缘分。有关犬冢的太刀之事我也曾耳闻目睹。那个人很谨慎，即使在十分紧急之际，也不会上当的。你说很容易就将刀换到手，如非谎言我就难以置信了。起初是出于感情上不愿与你结合，可是既知你是掠刀之人，却又跟着你逃跑，父母定会生疑，因此无法回家，更何况信乃是个性情耿直的人，岂能相容？你先把刀给我看看！"左母二郎听着屡屡点头说："你想的有理。信乃虽不粗心大意，但是为救他姑父，跟着下水时，船里只有我一个人，换了那口刀他是不知道的。这口村雨宝刀不仅是我发迹的阶梯，而且也是缔结你我姻缘的月下老人。拔出刀来立即出现水珠，就证明我不是说谎，而是这口刀的奇迹。看后你就不要怀疑了。"说罢轻轻拔出刀来递过去。滨路用右手接住，好似反复在看，突然大喝一声："好个丈夫的仇人！"说时迟，那时快，一刀刺过去。闪闪寒光使左母二郎大吃一惊，左躲右闪沉着地避开，滨路跳过去再刺，左母二郎又钻过来。她返身又追，即便身体纤弱，由于有烈女的意志，刀尖也是不含糊的。因此激怒了左母二郎，他拔出短刀铿锵地对砍，他躲过一刀，又刺过来，砍中了滨路的乳下，她惨叫一声，接着刀被踢落。左母二郎跳过去抓住她，把发髻按到膝盖上，瞪着眼睛看了看，厉声说："你这只母狗！现在总该知道了，因为我爱你才这样耐心地劝你，哄你，然而你还是执迷不悟，一心想杀我，说我是仇人。我不是好欺侮的，你既这样念念不忘信乃，就让你到来世去跟他。我心想如不肯从我，就把你卖到妓院，还可得点身价，也不白费功夫了。但不得已把出卖的东西伤了，也就无法出售了。如果始终对我那么冷酷，眼前就让你遭报应。我不早杀你，想让你受够了罪，把你活活折磨死，暂且在旅途给我解解闷儿，把你那热心肠凉一凉。让你先多活一会儿，愿哭就哭，愿说就说，到月亮出来我洗耳恭听。"拖起来把她推出很远，跌倒在地上。然后拾起村雨宝刀纳入鞘中带在腰间。他把短刀插在地上，坐在旁边的残株上，从怀纸中摸出镊子，摸着下巴在拔胡子。

且说滨路已在致命处受了重伤，虽已不久于人世，但是仍惦记着丈夫，强挣扎着坐起来，抖抖挡着脸颊的乱头发说："可恨的左母二郎，你明知道我是有夫之人，不仅无理地要霸占我，而且干坏事还心安理得，与我养父母合谋，盗取宝刀，想置我丈夫于死地。狡诈奸恶，恨不得一刀将你杀死，但没有刺杀成功。我即将死在你这狠毒人的刀下，是日月没长眼睛，还是前世的报应？我所不放心的是丈夫的去向,再也没有见面的机会了,我死后谁能把我是怎么死的告诉他呢? 多么无情的世界呀! 最可怜的是我,从小双亲许配的夫妻只是徒有其名,未曾共枕同床。只模糊听说生父和同胞兄弟是炼马大人的亲戚,但既不知名字,也未见过面,多年苦苦思念。传说去年炼马家灭亡,其老少家臣均遇难身亡。如此无限悲伤,使我腰身瘦损衣带宽松,也未能父女相逢,却不幸与圆冢的野火一同灭亡,并且还得独自奔赴黄泉。这虽然是由于养父母的不仁不义,但同时也是因为你为虎作伥所致。我九世脱生也忘不了这深仇大恨,你早晚会得到报应的。痛恨别人,慨叹自己薄命,都是由于上述原因造成的。使我痛苦万分的是,我那狠心的养父、养母,和令我难以忘怀的犬冢。愿我的魂灵化作山脚下湖中的水鸟,瞬息飞到浒我告诉丈夫。我的命并不足惜,我所珍惜的是为了恩爱和节义,希望能再见到丈夫,知道生父的存亡。另外,难道在这深夜里,就没人过山来救我吗? 神仙也不来搭救我吗?"她非常难过地述说着,从这脆弱的女人心中,倾吐出句句珠玉。

左母二郎打了个哈欠,擦擦挂在镊子上的胡须说:"唠叨了这么长时间,我听了十分钦佩。对父母是孝女,对信乃是节妇,可对我没什么好处。你之所以惜命是为了丈夫,这就更不能饶你的命了。即使是无辜杀生,也都是由于你的死心眼造成的。你看着很脆弱,生命力却还是很强的,要害处受了重伤,还说了这么长时间的话,佩服,佩服! 作为奖赏,我想请你回老家。出来! 出来!"他把拿着的镊子急忙放在怀里,拔出地上插着的短刀,对她晃了一下,但又拿回来了。本想用这把沾了血的刀顺便结果她,但他又一想:"等一等,还是用滨路始终惦着的村雨为她引路吧,她一定很高兴。"奸笑着把短刀擦擦纳入鞘中带在腰上,又提着村雨刀走上前去说:"你等死吧!"滨路毫不惊慌,抬起头来说:"纵然死在仇人之手,用的也是丈夫的刀,这是我的宿愿,快快杀吧!左母二郎,你也和我一样,为期不远了。"左母二郎听了,圆瞪双眼说:"你这个可恨的女人,胡说些什么?"拉过来想结果她的性命,挥刀将待向她胸前刺去。这时不知是谁熟练地掷来一只袖箭将左母二郎的乳下刺穿。他要害处受了重伤,忍受不住,太刀落地,惨叫一声仰面跌倒。

说也奇怪,从坑旁突然出现一个人。这人不是别人,正是火定圆寂的寂寞道人肩柳,他和起初的打扮不同,到底是如何打扮的呢?但见:

> 身缠南蛮铁锁腹甲,无半点空隙,犹如蹲在网上的蜘蛛。上罩唐织彩色横条花纹宽袖短襟单褂,如同流着红叶的飞泉。腰挎朱鞘太刀,脚蹬厚底草鞋。系着太平金细密的护臂和十王头的护腿。深紫的圆腰带在臀后高高绾起。年纪很轻,约莫二十左右,眉清目秀,白脸朱唇,耳厚齿细。剃成半月形的前额,后边留着长长的乌发,青须衬着白脸。其心地是善是恶,其作为是正是邪,虽尚且难辨,从那与众不同的相貌看来,似非凡庸。

当下寂寞道人肩柳,环顾左右,缓步向前。这时左母二郎已经苏醒,见敌人靠近身前,拔出扎着的袖箭,挂着刀站起身来,摇摇晃晃地迎上去还击。道人只是看着,并不惊慌,先暂且左右躲闪,与他周旋,突然扑过去,猛然夺取太刀,纵身一刀砍下,左母二郎一头栽倒。肩柳对他不屑一顾,却把频频升起水气的刀竖起来,目不转睛地从刀尖到护手仔细地看着,赞许道:"真是名不虚传的宝刀,拔出来刀光闪闪,滴水如露,奇哉! 妙哉! 宝刀所向之处,如同天空挂着彩虹,地下流淌着清泉。此刀有如丰城的三尺冰,吴宫的一函霜,实是稀世的至宝。神龙为之啸吟,鬼魅因而夜哭。今天不料得此名刀,岂不是实现复仇宿志的时机来到了吗? 奇哉! 奇哉!"他把刀从右手移到左手,然后又移回右手,久看不厌,赞叹不已。

这且按下不提。再说额藏,这天早晨别了信乃,虽是急忙赶路,然而心被后边扯着,行动迟缓,而且又时值盛夏,遇到有树荫处便在那里小憩,边歇边走。过了千住河已经日暮,路途很暗,他自以为不致迷路,便好歹摸着走,一直到了驹达村,才发觉路走错了。再返回去要多走路,于是就想横过本乡坂,从砾川走。又一想自己要弄点假伤,就莫如绕点路,还是等到月亮出来后回去好。心里这样盘算着,过了初更,越过圆冢山。在路上就听说有火定,火化坑还没熄灭,到达后,果然那里附近很亮。只见有一男一女浑身是血躺在那里,还有个手持白刃的歹徒,在旁边站着。额藏吃了一惊,心想,竟有这等事情! 他就躲在松树荫下窥探动静。

这时,肩柳拿起刀鞘将刀纳入,跪在一动不动的滨路身旁,轻轻将她扶起,急忙取出药来给她填入口中,呼唤这个女子。药似乎起了作用,女子睁开眼睛看看,对这个陌生人的护理感到吃惊,使劲摆脱。但无论怎样挣扎,肩柳也不撒手,说:"因为还没告诉你其中的缘故和姓名,所以你疑惑我是仇人或是敌人,而使你吃惊害怕。你虽然受了重伤但不是要害,安静点,听我的话,就会好的。"滨路听了,长出一口气,看着他的脸问道:"那么说你是何人?"这个人也看着她叹息说:"我虽有顾虑不肯报名,但夜间深山无人,说出来也无妨。不料你我在此相遇。我是你的异母之兄犬山道松忠与,因故从去秋就变装改名,世人称为寂寞道人肩柳,被视作修验道①假行者,所到之处便表演火定,收敛愚民之钱作为军用,以给君父报仇。我的主君炼马平左卫门尉倍盛朝臣与丰岛、平冢的一族在池袋被击败。我父犬山贞与入道道策大人和其他老臣全都战死,陪主君共赴黄泉,炼马的宅邸被焚,无一人幸存。我也并非惜命,因未遇到可拼死的敌人,而奇迹般地杀离现场,遂打算尽复仇的大义。因此施展家传的隐身术,即隐形五遁中的第二法火遁,化装成修验道的行者,有时踏烈火以取得愚民的信仰,有时又用火定表示圆寂,以敛钱聚财,备作军用。看着像跳入火中,实未投火,似乎已全身烧毁,而是在火外隐身,此名之曰火遁。大约隐形有五法,第一是木遁,即倚在树上隐身而不显。第二是火遁,即遇火隐形,不为人所知。第三是土遁,即其足踏地时人即不见其形,入壁而没,入穴而隐,都是土遁的一种方法。第四是金遁,即通过金银铜铁等五金而隐其形。第五是水遁,即久在水中而不苦,仅得一勺水也能隐其形。这就叫作隐形五遁。原是张道陵的法术,在中国从汉末到现今的明朝,还有能擅此术者。在我朝于六条院的仁安年间(1166~1169),伊豆的修禅寺有一中国僧人独得木遁之术,后偷偷传给兵卫佐源赖朝。据说在石桥山兵败时,赖朝藏在一棵倒下的大树的树穴中脱离了虎口,就是运用了木遁之术。还有吉冈纪一法眼②曾得火遁之术,然而没有传授他人。源牛若丸(即源义经)偷阅其秘书,亦得火遁之术。在文治年间高馆城陷之日,义经已打得筋疲力尽,在城上放火自焚,逃去塞外,大概就是靠火遁之术。此后便没听说有传授此术者。独我家

---

① 修验道是以役小角为开山主的密教的一派,在山里修行,以念咒祈祷为主。
② 法眼是和尚的职位,仅次于法印。

祖传火遁一书,然而书中的奇字隐语,无人晓得。我十五岁时开始
阅读此书,略有领悟,从此不分日夜,诵读了三年,终于得到了它的
奥秘。然而这个法术近似左道旁门的幻术,非勇士之所为。所以既
未告诉父亲和传授别人,也未试过。今想杀君父的仇敌管领扇谷定
正等,然而无有帮手。而收揽人心莫过于金钱,因此想用此虚幻的
火遁之术,诡作火行火定欺骗愚民,在各处得些钱财后,便赶快离开
那里。今年从下野,下总,到了武藏的丰岛。在那里用火定进行欺
骗,虽然也得了一些钱,但仔细想想表面上似乎是为忠孝,而实际是
做贼。即使得了很多资助,灭了敌人,做这等不道德之事,欺人掠
物,也将留下莫大的污名。为干坏事而煞费心机,实在愚蠢,令人汗
颜。于是回到隐居处,丢掉假发,恢复了原来的面貌,即使我一个人
也要去刺杀定正。越过圆冢山时,见有行人争斗,想看看,便躲起来
观看胜负。那同伙的三个恶棍被击毙,剩下的这个歹徒拐了个非常
妖艳的女子,先用色情利欲进行逼迫,不从便乘怒将那个女子刺伤。
这时通过窃听彼此的怒骂和哀鸣,才知道那女子是大冢的村长蟆六
的养女现名叫滨路。心想:'我有个异母的妹妹乳名叫正月。在她
两岁、我六岁时,因如此这般缘故,和丰岛郡大冢村的村长蟆六订立
了终生断绝关系的契约给他作养女。曾听父亲告诉过我,大概就是
她吧。'怎能见死不救呢? 便掷出一只袖箭,杀死了妹妹的仇人。适
才听说你自幼已有了结发之夫,为他而守节,舍命痛骂仇人,同时又
深深怀念亲生的父亲和同胞,这种心田既贞又孝。然而你未能遂心
如愿,我虽在身边,却未能及时救你,以致发展到如此地步。这虽是
天鉴地知的疏忽,然而无论善恶,恐怕都是轮回之所致,难逃的因
果。虽然话长了,请你忍着点痛苦,好解除你的迷惑。你的母亲叫
黑白,是我父之妾。我母叫阿是非,也是父亲的侧室,然而因产了男

孩而成为嫡妻。父亲道策大人的内室虽早已去世,却未娶后妻。为了子孙后嗣,娶侧室婚配,过一二年亦未生子,又娶一妾。先来的侧室叫黑白,后来的是阿是非。当时我父曾戏对二妾说:'汝等二人,谁生男儿谁就是我的后妻。'于是阿是非有孕,于长禄三年九月戊戌日产下男儿,那就是我。我生下来左肩头有个大瘤子,其状如松球,故叫道松。十五岁元服命名忠与。父亲的喜悦心情是可想而知的,因此如约将我母晋升为正妻。我出生后,黑白很妒忌,但未露声色。宽正三年春,她生了个女孩,因在早春临盆,所以这个女孩取名正月。正月就是妹妹你。黑白认为自己比阿是非早进门,她先生个男孩,我后生个女孩,还不如六日之菖蒲,十日之菊①,感到实难忍受。于是便在宽正四年春末,趁我父作为炼马大人的使者去京都将军家请安之际,秘密与今坂锭庵医生合谋,将我母毒死,将我缢死。事后诡称我母子因得瘟疫暴卒,葬于菩提寺。那月下旬,我父在京都办完公务,归途中在旅店做了不少噩梦,因此每日心内焦急不安,昼夜兼程回到炼马。一问情况,妻和子骤亡,据说已有二十一二天。既吃惊又悲痛,次日诣寺,向坟上献香花。在临时殡葬处的地下,有小儿哭声,深感到震惊,便告知住持。召集人发掘一看,我已经苏醒,啼哭益甚。抱出来看看与以往无异,只在肩头的瘤子上部生了块黑痣,状似牡丹花。悲惨的是我母亲,已全部腐烂,毫无办法,就原样埋上了。父亲带着我先禀告主君,然后召集奴婢等,欲告之这件事。我那年六岁,奴婢等到齐后,对父亲讲:'由于如此这般的原因,母亲死于非命,我也被合葬,仇人是黑白,帮凶是锭庵。'父亲听了,再度十分惊异,立即将黑白绑来,亲自审问。然而她总是辩解,就好似鬼

① 菖蒲用于五月端午节;菊花在重阳节时为贵。六日菖蒲十日菊,是说没有逢时。

迷心窍一般,怎能说实话? 我虽是孩童,却控诉得清清楚楚,她终于无法抵赖,便低头认罪。于是我父又禀告主君,命人逮捕锭庵严加拷问,其供述与黑白无异。便将彼等一同绳之以法,斩首示众。然而父亲怒气未消,认为正月虽仅两岁,但其母大逆不道,非吾之子。便让某人领去,答应此人的请求,父亲与你终生脱离关系。为避免外传,就说是世人所忌讳的四十二岁的两岁之子。作为养育费给他永乐钱七贯。据说是由大冢的村长有个叫蟆六的收养去了。这是在我十二岁,正值母亲的七周年忌辰时,父亲才告诉我的。我仅六岁就揭发了黑白所干的坏事,但现在一点儿也不记得了。那时才知道母亲的横死,和关于你的一些事情,思念亲人不禁泫然泪下。我仔细想,两个母亲虽是怨家仇人,我和正月却是同父之子,虽被父亲抛弃,这个妹妹我岂能置之不顾? 就默默记在心里,再没问父亲,父亲也没再提起你。岁月已久,好似全然忘记了,不期今宵在此相会。刚才我躲着窃听,知道你的心忠贞孝顺,不似生母。可是竟如此薄命,侍奉狠毒的养父母,怀念的丈夫也不得见面。身受残酷歹徒的逼迫,并因而被害。若以轮回解说,则必然说是身受生母黑白大逆不道的余殃。然而你是父亲之女,虽被豪夺而不受污,至死也不变节,直到现在还思念父母,其贞其孝没有徒劳,不意遇到为兄,立即杀了仇人。是善有善报,恶有恶报。今生之薄命似乎是生母之故所致,来世以自身之功德定得佛果。你的孝心也无法向父亲禀告,他是炼马家的第一老臣,因后妻之横死自愧德薄,遂奏请主君削发为僧,但仍任家老之职,在去年池袋之战中发挥了重大作用,被管领定正的家臣灶门三宝平杀害,享年六十二岁。如我的复仇之志不成,则将死于仇人之手。因为暂且乔装为修验道的行者,又模仿隐世的乌发入道父亲的法名,叫作犬山道节忠与。无论杀了敌人,还是为敌人所杀,都将不久于人世。虽然有先有后,但终究是同归冥途,请在父亲的灵前为我赔罪,待我死后我们父子再见面。就以这些话作为我们这次见面的纪念吧！妹妹,妹妹!"他那亲切的解释,热情沉着的劝慰,既展现出勇士对负伤妹妹熟练护理的才干,同时又表达了无比勇猛之忠和诚挚骨肉之情。一番冗长的谈话,不觉十九日的月亮已经升起,代替野火分外明亮。夜已渐深,将近午夜子时。

第三辑 卷之五

第二十九回 **双珠相换额藏识类**
两敌相遇义奴报冤

滨路听了这番话，悲痛的是没见过面，父母就死了。由于哥哥道节的亲切话语，使她挣扎着垂危的身体，暂时忘记了痛苦。虽然一个愿望实现了，但是思念中的丈夫，由于自己的前世报应终于不得见面，生母所造之孽使自己得到恶报，即将死于非命并曝尸在这旷野荒郊。领悟因果之理的窗户虽已打开，但心中依然十分苦闷，犹如夹在烦恼的山中，泪流如注，滚滚而下。现在见到亲骨肉的家兄，既感到可耻、可叹，又可悲。自己已生命垂危，死神就在眼前，怎能不留下一点遗言。于是她挣扎着抬起头来，痛苦地喘息着说："原来你就是我的家兄？为我杀死了仇人，并欣慰地得到你的护理。这次见面即将是永别，实感到惭愧难当，不可言喻。多年怀念的家事今天才得知，可怜的家尊阵亡了，如果他知道我的冤枉也一定为我担心。养育之恩天高地厚，一辈子不知道亲生父母，枉在世上为人，越想越悲伤，越令人怀念。曾向神佛合掌百般祷告，我既不胜感激神佛而又深感遗憾。在我还有口气的时候实现了这个愿望，这大概是神灵的冥助,或佛的慈悲。但在高兴之余又倍增哀伤。由于我的因果报应,母亲是家兄和其母的仇人,罪孽深重。家尊发怒将我抛弃,不知道这是格外慈悲,反而恨父亲和胞兄狠心为什么不来看我。这个迷惑现在明白了,但还是心情沉重,别人会说有其母必有其女,死后也是耻辱的。活在世间为养父母的贪婪狠毒所不容,不知受尽多少折磨。偶然结成的姻缘被中途拆散,跟着仇人来到这旷野荒郊,世人定会谣传是情死。我之所以不能瞑目,还不仅如此,还有不放心之事:我的丈夫是已故的管领持氏朝臣几代的近臣大冢匠作之孙,犬冢番作的独子,名叫犬冢信乃戌孝,年方弱冠。是我养母之侄,为人正派,能文善武,虽是名门出身的武士,因早年丧父寄居在姑父母身边。所领有的田园被霸占,十分落魄。然而他认为是时运不济,并不怨人。有一口家传的宝刀名叫村雨丸。他遵照父亲的遗训,想实现多年的宿愿,带着那口宝刀去觐见浒我将军。在其出走的前夜,黑心肠的姑父母,与这个左母二郎合谋,假借去神宫河捕鱼,令其调换和夺取了那口宝刀,可是左母二郎又施奸计,将刀据为己有带在腰间。还蒙在鼓里的丈夫到浒我后,怎能说清疏忽的原因呢?心想无论如何也得把宝刀夺回来。不料受了致命的重伤,现已不可挽救。我并不惜命,所惋惜的是丈夫的名誉。只希望你能帮助我,立即从此动身,打听他是否平安并将宝刀给他,则感恩不尽了。但想到生母之事,即便是哥哥,这等事也不好开口了。然而我别无亲人,就为我完成这件死后牵挂之事吧!感激你的大慈大悲和恩德无量。只求你这件事,就答应我吧,哥哥!"她苦苦地哀求相托,声音嘶哑微弱得如霜夜的秋虫,每说一句话就流血不止。

道节听了,叹息说:"我岂能因为母亲与母亲之间的缘故,而执拗地怨恨妹妹呢?你思念丈夫的最后托付我虽不该推辞,但那是家里的私事。不能将报君父之仇放在后边而先办私事。我几个月来为报君父之仇正想办法暗算扇谷定正，一刀雪此深仇大恨，然而无可乘之机。今奇迹般地得此宝刀，用以接近仇人，宿愿庶几可遂。如得以活命，那时再去打听你丈夫的安否，如安然无恙得以晤面，定当归还村雨丸。此事难以预料，所以也碍难作肯定答复。如果我死在仇人之手，这口刀也就归仇人所有。为了君父，连生命都不顾，岂能顾及妹夫之事呢？贞操节义是妇人之道，忠信孝义乃男子之道。勇士的心愿只得如此。"他据理解释说服。滨路大失所望地说："看来无论如何相求，也得等你报仇之后才能答应啦。"对哥哥的狠心回答，她感到心里极为难过，惨叫一声，立即断了气。

道节眨眨眼睛，对胞妹坚贞的节操，十分赞叹和惋惜，未能肯定答复她最后的委托也是由于武士的刚强意志。他想至少也要将其尸体收殓起来，以解救其冥府的苦恼。于是轻轻将她抱起来，丢到火定坑里。又投入烧剩下的柴火，在夜风中，埋在灰里的火又燃烧起来，闪闪发光。看到火化的黑烟在鸟部野①的傍晚闪耀不熄，更使他感到无限悲伤，于是暂且在旁守候，合掌祈祷冥福，默默念道：

> 泡影无常，弥陀方便。一念唱名，顿生菩提。阿弥陀佛！阿弥陀佛！

他怅然起身，彷徨站立而不肯离去，又叹息了几次，心里想："凡法师在圆寂时，堆柴自焚称之为火定。我朝信浓户隐山的长明法师

---

① 鸟部野是平安时代京都的火葬场。后来在诗歌等文艺作品中多用以说明人世之无常。

在鸟部野火定,还有纪国那智山的应照也以火定结束一生。此事在《元亨释书》第十二卷的《忍行篇》有所记载。我为了伸张大义,随便欺骗愚民,表演火定的报应就在眼前,妹妹被火化焚身,我也将不知死在何乡,埋在何处! 人生无常虽有先有后,终归是北邙山头的一片云烟。"想到这里更感到人生之无常。自己窃窃私语,仰天长叹,不知不觉已是深夜。

道节心想,赶快越过这座山吧。于是腰间挎上那口宝刀,将待动身,在后边偷看的额藏,窃听到滨路和道节的对话,对她的贞节义烈不胜钦佩和感叹。心想我如能到她身边,则对这个节妇的临终还可聊以安慰。然而他哥哥会怀疑自己,使我们不便于交谈,莫如躲在这里听着,所以没有及时走出来。又仔细听听,村雨宝刀被左母二郎夺去又落到道节之手,他想以那口宝刀作为接近仇人的手段,而没有接受滨路的遗言。额藏听了大吃一惊,不住地思量:"定正是个大敌,道节虽然拼死搏斗,想报仇也不易。他如果被杀,宝刀也就丢了。纵然他杀了仇人,不背弃诺言,有一天把宝刀还给犬冢,也救不了燃眉之急。辙鲋失去水养,以后就只能索之于枯鱼之肆,又有何用? 既然如此,对犬冢的安否也就更使我不放心。即使向他通名说明缘由,明确地向他要刀,也不会奏效,因为他对妹妹都没肯答应,岂能给我? 把他按倒夺回刀来。"这样下定决心后,便攥紧拳头目不转睛地窥伺,见他把滨路火葬后,往腰间插上村雨太刀想要离去,便喊道:"歹徒慢走!"从树荫飞身跑出来,一把攥住对手的刀鞘。道节后退了两三步,吃惊地向后一看,摆脱被攥住的刀鞘,将待拔刀,又被拦腰抱住。两个人的武功和力量不相上下,勇士之间的角斗,无懈可击。互相抓住对方的手谁也不放松,"嗨哟,嗨哟"地喊出声,犹如二虎在山上搏斗,荒鹫在争夺肉块,脚下用力蹬得山响,沙石飞起,小草被踩碎,不知何时才能见分晓。不知为何额藏多年贴身带着的护身囊的长带开了,左一圈右一圈地缠在道节的刀绦上,格斗中带子被扯断了。护身囊挂在道节的腰上,想拿过来,不料手一松,道节突然挣脱,拔出太刀要砍。额藏也不怠慢,拔刀迎击,刀声铿锵,火花四溅。双方熟练的刀法忽上忽下,刀尖从脚下扫来,二人都腾身闪过。你退我进,你进我挪,亚赛破鸿门之樊哙,过五关之关羽。天上明月高照,地下有火化之光,虽是深夜,却十分明亮。二人互相搏斗不止,不肯离开。道节悍然挥刀砍来,额藏从左边闪过,刀尖将他手腕划破流着鲜血也在所不顾,依然猛力还击。而道节肩部的铠甲也被锐利的刀尖刺透,砍伤了肩上的瘤子,黑血喷出,如蝗虫般飞散,瘤中有物,正中额藏的胸前。没等它落下来,便用左手紧紧攥住,右手挥刀,接连砍去,刀法不凡,道节接住后躲开,高声叫道:"且慢! 我有话说。你的武艺甚佳,我有复仇的大志,岂能与小敌决一死战,且退去!"额藏听了瞪眼说:"那么你知道我的本领了。如果惜命就把村雨宝刀给我,快快离去! 你知道我是谁? 我乃犬冢信乃的莫逆好友,犬川庄助义任。听说你的名字是犬山道松乌发入道道节忠与,把宝刀还我!"他气势汹汹地说完后,道节呵呵冷笑道:"我没完成大志,连妹妹的请求都没答应,怎能给你?"额藏说:"你不想给吗? 赶快给我!"又扑过去刺杀。道节左拨右挡,找机会跳入火坑,与突然升起的黑烟同时不知去向。额藏惊叫一声,已无法再追。他低头观看,又抬头张望,原来道节是用火遁之术逃之夭夭,额藏莫可奈何。可是从道节的伤口中飞出来的东西尚在额藏手中,不知是何物? 他出于好奇心,便靠近残余的火光仔细观看,说道:"真奇怪!与犬冢信乃和我所秘藏的一对孝义珠子一模一样,光泽、形状、大小都无所不同,只是这颗珠子上有个忠字。真乃怪事。"又重新细看,沉思片刻后,忽然醒悟,莞尔笑道:"彼此联系起来推想,那个犬山道节终归是我们一伙的人,我们有缘分。虽然如此,我藏在护身囊中的珠子,却被他缠在腰刀上带走,而他从身上飞出来的珠子,不料到我手中,这是何等微妙的怪事? 以此推断,我的珠子和他的宝刀,日后还能物归原主。犬冢在浒我的情况虽然十分令人担忧,但不管怎样,有此缘分,他在那里也会得到神的冥助。即使十分牵念信乃,从这到浒我有一百多里,也不能立刻告诉他。还是赶快回大冢,也许会有其他办法。早就想做点假伤,可巧有点擦伤,这也是不虞之幸。"他这样地自言自语,用手帕包扎好伤口,又怅然地回头看看火坑,心想:"滨路的贞烈节义连其夫都大为逊色,感到十分痛惜。在她活着的时候未能将我的内心告诉她,死后有灵必然会知道的。待与犬冢重逢时,一定将你弥留时的贞烈之心详细告诉他,以加深你们来世一莲托生的缘分。请受我一句诀别的赠言,快去解脱之境吧。"他口里念着"南无阿弥陀佛",将待离去,被左母二郎的尸体绊了一下。迎着月光看看,心想这是罪有应得,拔出刀来将左母二郎的头砍下挂在旁边的朴树上。削去树皮拿出带着的笔墨,挥毫疾书:

> 此人是恶棍网乾左母二郎,他掠夺某人秘藏之太刀,又拐骗少女滨路,怒其不从,随将烈女杀害。遵照天罚如是处之。

年月日时

书罢,将笔墨收入怀中说:"这样留书于此,庶几不会被人谬传是情死了。以此作为对节妇的追荐。"他自言自语地说着，加快步伐，往砾川横穿而去。驹达寺的钟敲了九下，额藏匆忙地奔向大冢村。

　　这且按下不提。再说蟆六和龟筱，派出所有的人去追赶滨路和左母二郎，把恰好前来拜见的土太郎也打发去追赶那一男一女，心想十有八九会追回来，等得十分焦急，坐立不安。心里七上八下犹如海滨汹涌的怒涛，头上的插花被一阵狂风刮跑，真是后悔莫及。在风去楼空的屋内，看到蜡烛流油，也催人泪下。当日晚间，一个时辰犹如千年，不住地祈祷。听到外边有人过来，心想也许是把滨路找回来了，一意地盲目盼望，便想出去看看，但又一想，也许是簸上宫六来了，就连看都不敢看，吓得提心吊胆。厨房里的热汤凉了也不觉，烤肉一半烧成炭也无暇顾及。心不在焉，不吃也不饿，手脚的一举一动都好似失去了知觉。竟忘记穿反了麻衣，裙子后边扭歪着也不知道。

　　时逢十九日的月亮高高升起，已是亥中时分。阵代簸上宫六带着媒人军木五倍二前来蟆六家。虽各自身着一套麻布礼服，却因是悄悄入赘，并未带多少仆从。一个奴仆提着灯笼走在前边，两个为青年侍卫，两个拿草鞋的下贱奴仆，上前去叩门。主人夫妇这时更加狼狈周章，不知如何是好。龟筱担心酒席没安排好，就忙去厨房呼唤在各处茫然待着的奴婢们，立即升火加炭，乱作一团。这时蟆六一边答应着，一边更换客厅的蜡烛，哆哆嗦嗦地手里拿着笤帚，把那里扫了一遍才到正门迎客台上，扑通跪倒迎接说："早在恭候。对您的光临，不胜惶恐。请进！"说完就在前边带路，让到客厅。宫六和五倍二点头致意，宾主落座后，互相道喜祝贺，问候暑中安否。寒暄已毕，但还无人献茶，在大眼瞪着小眼。蟆六击掌，催赶快上酒来,连连催促几遍,只有人答应却不见拿酒来。等了半晌,龟筱亲自捧着有花鸟装饰的洲滨托盘,恭恭敬敬地劝酒。两个小丫环摆上放汤碗的木制方盘,手里拿着酒壶。当下龟筱把身子扭过去,低头陈述对宫六等的万分感谢,说话的神色和词句一改常态,前言不搭后语。她满脸皱纹上涂着白粉,鼻子附近抹了不少锅底灰,尚不知自己的丑态。噘嘴弄眼,巧言拍马,十分好笑。宫六和五倍二装作看不见在偷偷乐。蟆六回头看着妻子的脸,心里想:"真丢人!"但也没法指给她,催:"快走开吧。"龟筱只当作耳旁风,还是一本正经地喋喋不休。主宾口头的应酬结束后,各自揭开碗盖,汤是大酱汤,肉是鲇鱼片加了点牛蒡的薄片,都是乡下菜,在婚礼的盛宴上甚是少见。比宫六晚拿起筷子的五倍二,喝了口汤,待去夹肉,真惨! 不是鲇鱼肉,而是盛了一个漆黑的炊帚。"这是什么?"用筷子夹出来丢在木盘边上。蟆六和龟筱大吃一惊地说:"这太对不起了,是下人们的莫大疏忽,真岂有此理,请饶恕。"一面赔礼道歉,一面将木盘换过,赶快把炊帚藏起来。虽把罪过一概推给做饭的,但汤是龟筱亲手盛的,也没法责备别人,在座的马上都察觉了。于是又进行劝酒,宾主一再推让,宫六才把酒杯接过去。龟筱在旁边侍候着,小丫环斟酒,宫六想把酒干了,可是喝了一半就呛得放下,扔掉手里的酒杯伏案了好一会儿,咳嗽得厉害,看样子十分痛苦。"怎么啦?"龟筱到身后去给他摩背,蟆六劝他喝水,五倍二也一同照料,宫六擦擦眼泪说:"不知道是什么规矩,给我喝热醋,太要命啦!"他十分不悦地抱怨着。蟆六和龟筱吓得不知如何是好,把酒壶拿过来闻闻,果然是醋,宴席上再三出现过错,他们羞愧难当,虽责骂奴婢们,但这也是龟筱亲自斟的酒,不能尽怪别人。夫妇流着冷汗,把前额贴在席子上叩头赔罪。五倍二也尴尬地帮助说情:"深夜的酒宴,厨房忙乱,难免出错,新娘如果病好了,不影响成婚,就远比酒席重要。把酒和醋弄错了,还都是一类的东西,颜色也很相近,比我的那个炊帚好多了。宽宏大量的簸上大人,这算作什么。喝了这一巡酒,就举行婚礼吧。"这样一调解,宫六才稍微消消气,又拿起了酒杯。主人夫妇很高兴,换了壶酒,又添几样酒菜,重新劝酒。

　　夏日夜短,已近午夜子时。然而还未见滨路出来,五倍二很着急,频频催促,使夫妇更加窘迫。于是把军木请到旁边,先由蟆六开口说:"婚姻之事虽无异议。然而滨路从晚间觉得胸口憋闷,没办法就让童仆们去请医生,但因是夜间,不但医生未请来,连派去的童仆们一个都没回来,心里十分着急。她只是稍有不适,我想不久会好的,因此想请等一等。"他一本正经地窃窃耳语。五倍二没有答应,说:"这毫无道理。新人有病是知道的,事先订好的婚礼,怎能等到明天? 你说的如非假话,就领我到新人的卧房看看她的病情,真荒唐!"怒气冲冲地自然提高了嗓门。龟筱在旁边听着很着急,事已至此,再没有逃避的办法了,就拉丈夫的袖子小声说:"现在已没法隐瞒,就明说了吧,只有低头认错别无良策。"蟆六听了,干咳一声,擦擦腋下的冷汗,一改方才的态度说:"军木大人! 请您回到原来座席,听我给您解释。"五倍二听后很不放心,但是又回到座位上。当下蟆六翻身再拜道:"二位贤公在上,小的怎敢欺骗大人,滨路晚间逃跑了。"未等说完,二人惊怒得暴跳如雷,大声说:"逃跑就能了事吗? 是你们为了让她给那个犬冢信乃为妻,把她放跑了,还是被那个小子抢走了? 赶快追回来! 说人没有了,我是不答应的,快追回来!"然而蟆六却壮大了胆子,把叩拜的脑袋抬起来说:"没等说明原因就发这么大脾气。即使是值得生气之事,也要等我详细地把话说完。关于信乃之事早已禀报过,为了把他打发走,我们夫妇悄悄地煞费苦心,绞尽了脑汁,是经过周密策划才使他远走高飞的。他怎能抢走滨路呢?最可疑的是近邻的浪人网乾左母二郎。听说他突然变卖了家财,已经先跑了,不难猜想,大概是他将滨路拐走的。因此当即派童仆们去追,但现在还没回来。我又雇了知道他底细的土田土太郎抄小路,从近路去追,多方派人不使他们漏网,我想到天亮会追回来的。如有半点谎话,就把我这白发苍苍的头割下来,绝无怨言。但请暂且等一等。"蟆六夫妇虽然费尽唇舌,披肝沥胆地吐露实情,恳切劝解,但宫六和五倍二还是狐疑难解,怒气不息地厉声道:"纯粹是一派胡言,就是你们能言善辩,我也不能轻信你们说左母二郎将滨路拐走,因为并无确切证据。不管谁是奸夫,你们已接受我的聘礼,竟让女儿跑了,其父母也该同罪,真是越描越黑。你等最初就贪图钱财,骗了我们。敢说不是这样吗?让我喝热酒虽可说是关照,但有让喝热醋的宴席吗?让人家嚼炊帚也是你们的热情款待吗?这都是你们的怠慢失礼,有这样戏弄上峰的村长吗?不仅如此,前些天诡称滨路因风寒卧病,今天又说胸口憋闷,前后矛盾,胡言乱语。总之,不把滨路交出来就给你点厉害尝尝。"身边的侍卫,手按刀把,那责骂威吓的气焰,使蟆六和龟筱吓得面色苍白,魂不附体,说:"大人说得有理,说得是。"牙齿不住地颤抖,只是这样来回重复地回答。斟酒的小丫环,也吓得躲开了。

过了一会儿,蟆六镇静一下,取过身后的短刀放在宫六等的身边说:"二位大人看了这把刀,就会消除怀疑。这是已故的管领持氏朝臣传给春王殿下的村雨宝刀。信乃之父犬冢番作在结城被围时盗取宝刀逃走,最后传给他的儿子。我知道此事,前几天用如此这般的计策,把信乃骗去神宫,调换了这把刀。原想献给管领家,现在先做抵押,等滨路回来再作为送给女婿的见面礼。请您看看,这是蟆六的一点诚意。"他实心实意地指着刀这样说。宫六神色变得稍加温和点说："说这把刀是村雨丸有确切证据吗？"蟆六微笑道："阵代还不知道吗？村雨丸的奇特是：拔出刀时，立即从刀尖滴出水珠，如含有杀气挥刀，水点四溅如降阵雨。我已试过，不必怀疑。"宫六听了点头道："略有耳闻，确是如此。那么就看看吧！"他说着拿过刀来。龟筱剪剪烛花，把蜡台往跟前拿一拿。五倍二也跪着往前凑身说："只听到过这口名刀，有机会开开眼也是我的福分。快拔出来看看。"宫六轻轻拔出刀来，拿到灯下。他和众人都目不转睛地看，可是一点水珠也没有，这是怎么回事儿？翻过来倒过去，怎么看也没水珠。宫六脾气大发，用力一挥，击中后边的柱子，刀尖立即有些弯了。五倍二早看出这种名实不副的情况，嘲笑说："珍贵的名刀村雨丸一滴水珠都没有，成了带有火气的燃烧丸了。"宫六气得满脸通红，瞪着蟆六说："你这个坏蛋，好大胆子。谁信这把铅刀是村雨宝刀？你这个老混蛋，不止一次欺骗我。等着瞧吧！"龟筱慌忙扯着嗓子喊叫说："无论怎么说，那天晚间都有水流出来，我在旁边看见了。"没等她说完，宫六把刀往席子上一插，刀弯过去了，像锅的提梁一样，又拔出来扔了。五倍二也带着几分醉意，攥着挂在腰间的腰刀，耀武扬威地逼问说："你们还敢争辩吗？"龟筱吓得浑身打颤，不知如何是好。蟆六也吓傻了，想赔礼又没词儿。原来被人家钻了空子，换了把假货。是信乃干的，还是左母二郎呢？反正是他们俩。然而事到如今，指责别人，开脱自己的错误也没用。又怕又羞，急忙起身想跑。宫六更加怒火难耐，恃血气之勇大喝一声："你这个偷儿哪里走？"刀光闪处，蟆六的后背被砍了一刀，仰面倒下。想再砍一刀，在刀光闪烁之下，龟筱打个滚儿，把宫六的小腿抱住。这个老婆子拼命地纠缠，五倍二看到，扑过去说："你敢打扰！"左手揪住龟筱

的发髻往后拖。但她死死不放,大喊来人。五倍二把刀拔出来想结
果她的性命,竟把她肩头砍进四五寸深。龟筴受了重伤,忍受不住,
惨叫一声被宫六一脚踢开。在这工夫,蟆六掷酒壶和盘子碗,虽暂
且抵抗,但他已负了重伤,动作很不灵便。宫六等正好乘其无力抵
抗,想将他们折磨致死。夫妇痛苦得喊不出声来,龟筴拖着血泥在
爬,蟆六不知往哪跑,然而还是惜命,像被蛇追着似的,连滚带叫。
正挣扎着还想逃脱之际,没追到滨路和左母二郎先回来的背介从后
门进来,看看厨房,又看看隔壁的房间都没人。只有宫六的四五个
随从,喝得酩酊大醉,熟睡在侍从者的房间。婢女们都被太刀砍杀
的声音吓跑了。背介哪里知晓,想禀告主人,便从走廊走进来拉开
拉门,眼前五倍二的刀光一闪,他"啊!"的一声没等叫出来,右边鬓
角被砍了一刀,向后跌倒就势躲在地板下边,忍着痛苦不敢出声。
这时,宫六乘怒又使蟆六负了几处重伤,将他尽情地折磨,五倍二也
砍了龟筴的肩膀,刺伤了她的臀部,使之受尽痛苦,然后将二人一起
砍倒,结果了性命。

　　却说额藏从圆冢格外加快步伐赶了回来,已是深夜。不知为何
大门还没锁,进门后里面又不像有人。在客厅那边有东西倒地的声
音和人的呻吟声。他非常惊奇,赶忙脱下草鞋,跑到那里一看,主人
夫妇已被砍杀。仇人是往日认识的阵代籤上宫六和其僚属军木五
倍二,正踏在死者胸上,把刺进去的刀拔出来,擦刀上的血迹,将待
离去。额藏大喝一声,把他们拦住说:"你们两个想往哪里跑? 虽说
我是你们的属民,但你们是主人的仇人,岂能放过?"两人听了,怒目
而视,厉声说:"不要命的蠢人! 阵代杀了无礼的村长,奴婢们也要
受牵连。奇怪,你竟然管我们叫仇人,你想和你的主人做伴吗?"他
们既蔑视又蛮横地说。额藏躲过砍来的刀,挥动左右拳头,紧紧抓

住两个人的右手,左右看看冷笑说:"庄头有过失应该在诉讼所问罪。你们并非因公视察,而是夜间到这来喝酒,佣人也有五常,杀了我们的主人,能够乖乖地看着把仇人放走么?我们就决一雌雄吧。我是庄头的小厮额藏,虽非你们的敌手,但愿领教领教!"说着松开他们的两只手。额藏的膂力过人,二人吓得心惊胆寒,被捉住的胳膊好像脉都停了,骨头要折,想跑又跑不掉。双方也不出声,便打了起来,额藏在二人的刀下躲躲闪闪,得机拔出腰刀,迎战二人。所用兵刃的好坏大有不同,现在额藏拿的刀是前夜龟篠给他杀信乃的,是大冢匠作三成屡经战斗的利刃。而他又是少见的豪杰,自己领悟的武艺很得要领,一经施展开绝招,便骁勇拼杀,使对方难以招架。还不到十个回合,就把想要逃跑的宫六,从肩头到九俞穴给劈开了。回刀又刺伤了五倍二的眉间,五倍二带伤惨叫逃跑。额藏正待追时,宫六和五倍二的侍从,被后面的刀声惊醒,从院门跑进来。看到簸上已被击毙,军木受了重伤,想往外跑被踏脚石绊了一跤,正在那边打滚,眼看也性命难保。这两个年轻卫士,不得已拔出刀跑过来把额藏挡住。在这工夫,二三个奴仆把五倍二背在肩上,有的帮着抬着脚,往外逃跑。额藏犹如愤怒的猛虎在驱赶羊群,转瞬间那两个年轻卫士也被砍倒在左右。跑出去想再追,在衡门①附近遇到追滨路和左母二郎没追到而归来的童仆们。这些人看到额藏提着把血刀,十分惊讶,把拿着的六尺棒一横,不让他出去。有人问他是怎么回事,也有人喊着要把他的刀打掉捆起来,但只是喧嚷,却没一个上前。额藏被这些不明真相的童仆们挡住,甚为焦急,但又不能杀害自己的伙伴,因此就被五倍二跑掉了。现在再追已经来不及,就

———————————

① 衡门,也叫冠木门,两根木柱上搭根横木的门。

把血刀擦擦收起来,并把主人夫妇横死之事告诉众人,说仇人簸上宫六等已被他杀了。然后领着他们到客厅一看,众人都吓傻了。勿论是非如何,杀了阵代就要受连累,大家都茫然不知所措。额藏又说:"我也是刚刚才从下总回到村里,虽不知事情的经过,回来时正遇到主人夫妇被杀害。五倍二逃脱了,天明就会从城里派来检察的士兵。我过会儿即到诉讼所去控告,详细说明报仇的情况。今晚之事与各位无关,好歹都由我额藏一人承担,你们不必惊慌。我想女婢们大概是因为害怕逃走了,要把她们找回来。如果缺一个,那她就会被怀疑。望你们明白这一点。"被他这一指点,众人都佩服他有胆有识,心里也有底儿了。

　　作者写罢此段,不禁独自赞曰:善恶终得报。龟筴不孝且淫乱,加之蟆六不义而异常残忍,神怒人怨,遂使奸恶与贪婪结为夫妻。是以家无子嗣,外无友助。二人淫欲无厌,故无时不至感烦恼,终于结此恶缘。煞费苦心,坑害良善,反遭他人暗算,终受莫大耻辱,为宫六等杀戮。然而幸有额藏,以其一人之义勇锄奸铲恶。吁!义哉额藏!虽侍奉于污吏之家,而清白如泥中之莲。且善补其主之过,为信乃谋划有方。以不仁之主为主,其母弃杀于雪中而无怨,又一饭救命之恩而永志不忘。今杀敌报仇所用之刀为龟筴所授,此刀为龟筴之父匠作之遗物,竭尽义仆之道,而不辞连累之咎。噫!贤哉额藏!宜哉,忠义之人也。

第三十回　芳流阁上信乃血战
坂东河原见八显勇

　　却说那天拂晓,邻近庄客和村翁等前来,询问事情的缘由,有的向诉讼所报告,有的看管额藏等人。这时太阳已高,已是六月二十日的巳时。簸上宫六之弟簸上社平、军木五倍二的同僚卒川庵八带领许多官兵来到庄头家,让庄客们带路,在客厅的上座放把椅子,先验看了尸体,然后召唤额藏等阖府的奴婢,询问事情的经过。额藏禀告说:"前天奉主人之命去下总的栗桥,昨夜深更回村。看到主人夫妇被杀害,不忍坐视,当即报仇。但可惜被年轻侍从阻挡,又被伙伴们截住,让军木漏网,深以为憾。"追滨路和左母二郎的童仆们述说了宫六和滨路的婚事,以及昨夜入赘之事,还说滨路在晚间逃跑,大家分头去追,没有追到,回来时在衡门附近碰见额藏提着血刀跑出来,大家便吃惊地将他截住,对蟆六夫妇被杀和额藏杀害阵代之事,一概不知。

　　当下社平大声喝道:"这样说来额藏的说法非常可疑。我早已掌握事实,他暗中帮助龟筱的侄儿犬冢信乃拐走了主人的女儿,又悄悄回来偷盗主人的金钱和衣物,被主人夫妇发觉受到斥责后,不得已将蟆六、龟筴杀死,正想逃走,这时我兄宫六及其属吏五倍二等由品川海滨郊游回来,因口渴讨茶偶来蟆六家,不料被袭击毙命。年轻卫士也遇害,只有五倍二一人逃脱。这是五倍二控诉的,全是事实。为何多年来在村里的户籍簿上没有记载犬冢信乃,这是可疑之一。其次说我兄宫六想娶滨路为妻,纯是胡言。阵代是现官,村长官卑职小,门不当户不对,况且又未得到城主的许可,岂能入赘?另外,昨夜在圆冢山里,网乾左母二郎等四人被杀害,并留了个奇怪的榜文,这也是信乃或额藏之所为。说滨路是被左母二郎杀害的,这里也有很大的阴谋。况且以一个下贱佣人的身份,竟杀了阵代,按律是大逆,怎能说是复仇?我现在将他千刀万剐为我兄报仇,易如反掌,但还没得到主君许可,不能报私恨。为收殓宫六的尸体和逮捕其仇人,我与卒川君同来,赶快将额藏捆起来!"军令如山,众官兵应声围过来,将额藏拦住。额藏不慌不忙地说:"这不像大人您说的话,犬冢信乃前天拂晓已去浒我,这是众人皆知的。难道是想掩盖眼前的难堪吗?即使是颠倒黑白,蟆六夫妇横死之事,女婢们也无不知晓。忠义无贵贱,报杀主之仇,反被说成是大逆,我不能就缚。置众多证人于不顾,而竟以臆断行事,这是我难以甘心的。这能说是公道吗?"他理直气壮地予以驳斥。众兵丁都不便下手,呆呆地看着。于是庵八就挨着个问女婢们所知的那天夜里的情况。她们都害怕社平的脸色,不敢明确回答。经一再询问,有一两个人说听到刀声就吓得从后门跑了,其他情况一概不知。社平听了冷笑说:"这么说蟆六等被害之事女婢们并无人看见,所以他们也就不能作为证人。如果不狠狠地用鞭子抽他,是不会吐实情的。赶快将额藏绑起来!"正在额藏危急之际,地板下有人在呻吟。众人皆感到十分惊奇。三四个人出去,一会儿工夫拉进来一个人,一看,不是别人,却是蟆六的老仆背介。昨夜被五倍二砍伤鬓角,滚到地板下边遂断过气去,现在逐渐苏醒,出了一点呻吟声。童仆们见状,无不惊讶说:"昨夜你没回来,以为被野狐狸迷住了。到那一带去找了一遍。你说说是怎么负的伤? 真可怕!"扶着他上了走廊,让他站在庵八身边说明情况。背介说:"昨夜我比伙伴们先回来,蟆六夫妇被杀之时,我毫不知道,从走廊拉开客厅的拉门,被五倍二砍伤鬓角,仰面滚下去,就势躲在地板下边。对额藏报仇之事我都知道。因刀疮疼痛,以后之事就不知道了。可是要说杀害主人夫妇是簸上大人和军木大人,那一定没错。"既然有了证人,按理说社平该无法诬陷了,可是他却对庵八说:"众人都不知道,只有背介从旁挨了一刀,说看见了打斗的情况,岂不是很可疑吗? 虚实须从多方了解,他一个人不能作证。据了解,背介这小子是额藏的同伙,尊意以为如何?"庵八说:"我完全同意,确有其事。先将额藏拘捕入狱,呈报镰仓,听候兵卫尉大人〔指大石兵卫尉,这时仍在镰仓〕的旨意。因此我们回去与长者商量,一定为令兄和其属下报仇雪耻。在这里议论是非,传出去有些不便。还是稳妥一点先回去吧。"他通过耳语安慰劝解社平,于是社平便用准备的轿子将其兄宫六的尸体抬着,将年轻卫士的尸体也一同抬回住所,同时给额藏上了绑,将背介装进竹笼,由庄客们抬着。社平和庵八也一同回到城里的诉讼所,众官兵拉着额藏,有的走在前边,有的在后面跟随,也陆续回去。

　　话分两头,却说犬冢信乃戍孝,十九日凌晨在栗桥驿与额藏惜别,走了二三十里至浒我,在城邑旅店住下,问明将军府的道路,先去执权横堀史在村官邸,说明出身,根据亡父犬冢番作的遗训,将昔日亲王之兄春王殿下留下的村雨宝刀带来求见。由传话的年轻卫士进去禀告,等了很久,在村出来接见说:"为察明汝父祖的出身和军功,亲王〔指成氏〕在镰仓时,曾召见持氏朝臣在结城死难的旧臣子孙,那时番作没来,更没提过宝刀之事,是何缘故?"信乃告知其父番作身受重伤,已成废人,和他姑父大冢蟆六之事,解释了未来拜见的原因,对答如流。但未敢吐露他姑父母的奸凶,却毫无保留地陈述了亡父的义气。言简意赅,有条有理,说得很详尽,没有含糊不清之处。在村惊叹其才干,虽心里有点妒忌,但也无可奈何,沉思片刻说:"你是这样的出身,若拿来的宝刀也没错的话,待与老臣们商议后,近日奏明亲王殿下,且回旅馆等待。"信乃听了略放宽心,唯唯领命,回到旅店,这时天已经黑了。

次日清晨,信乃忽然想到,村雨是口名刀,先父多年将其藏在一根大竹筒里挂在梁上,但是一点也未生锈。家父去世后我多年带在腰间,或放在枕边以防被盗,但从未拔出来看过。现今要献给浒我将军,不擦拭一下就好像毫无准备。在旅店无事可干,拭刀也是个消遣。于是便趁着左右无人轻轻关上拉窗,坐在壁龛的柱子旁边,用左手拿着那把太刀,先掸掸刀鞘丝绦的尘土,轻轻擦擦刀鞘,拔出刀来一看,竟不是村雨。"这究竟是怎回事?"他吃惊地又重新细看,长短虽然一样,但刀刃一点儿也不像。真是意想不到之事,心跳得十分厉害。他稳住心神又仔细回想:"这把刀一时也未离过我的身旁,也没有一天不带在腰上,如何竟被调换了? 如有可能只是在神宫河的船上。那时庄头蟆六被渔网挂住落到水中,蟆六不仅想害我,还和左母二郎合谋,趁我为救庄头跟着下水之际,左母二郎一个人在船上,定是那时调换的。对左母二郎的为人,自己一直认为他只喜好游艺歌曲,不好武器,因而疏忽大意,当时没拔刀看看。又因是夜间,忙着救落水的庄头,而未怀疑。从那天晚间到昨天,只考虑个人的出路,无暇顾及他事,以致落到如此地步。只知前门御虎,而不知后门进狼，我怎么这样糊涂。既已丧失宝刀，对父是不孝之子，对君是不忠之臣。这可如何是好?"愤怒的目光十分可怕，把刀啪哒一撇，肝肠寸断，后悔莫及，但只是懊悔也无济于事，他把刀纳入刀鞘，又叹息了一阵，心想："宝刀是假的，不知道也就罢了。现在既已知道，如等到浒我将军召见时再说，是我欺骗了贵人。还是及早禀告为是。"于是拿出梳子梳梳头，穿上裙子，佩带好长短两把刀，将待出门。忽然横堀在村从城中打发人来，信乃愈感不安。见面一看是两个年轻卫士，唤奴仆从柳条筐里取出一套衣服，交给信乃说："关于今天献上宝刀之事，老臣们想先过目一览，然后再去觐见将军，请立即上朝，因此赐朝服一套。我等奉横堀大人之命前来迎接，请赶快动身。"信乃听了答道："遵旨。某也有事启奏，想去见横堀大人，正待出门。因略有所思，所赐的衣服暂且拿着。请吧!"说着匆忙走出去。来的武士和奴仆，都有些莫名其妙，喘息着跟在后边。犬冢信乃急忙来到在村官邸，请求觐见。然而他已经上朝，不在寓所。无奈又由那两个武士领着去将军府。信乃心想，这时再不换衣裳，一定说我是不敬。于是在官员办公的房间附近换上礼服。谒者从这里领着他到中门旁的警卫室。这时不知在村在哪里，因此也无法禀告丢失宝刀之事，事情更严重了，心里更加焦急。等了一会儿，那个谒者又领信乃去浇见间，上座翠帘低垂，铺着成氏朝臣落座的褥垫。其下手有横堀史在村和其他老臣分列左右，许多近臣都在座。另在走廊那边，身着铠甲的武士数十人整齐地列队坐着，戒备森严，场面甚是庄重。

　　成氏既已就座，但并未揭开翠帘。当下横堀在村遥对信乃道："在结城战殁的旧臣，大冢匠作三成之孙，犬冢信乃，依其亡父番作的遗言，献上将军本家的宝物村雨刀之事，实令人钦佩。且让我等一观。请献上太刀!"信乃听了,虽事关一生的浮沉,但并未惊慌,抬起头来说:"那口宝刀多年来一直有人伺机盗取,所以我在今晨想擦擦刀,拔出来一看,可叹已非原来的宝刀,不知何时被人调换。事情过于意外,又惊又恨,但已悔之莫及。因此想赶快将此事禀告您,正待去参见,您已派人去。不胜惭愧,我的打算已落空。恳请宽限数日,去寻找失去的宝刀,我想是能够找回来的,请大人谅情。"在村听了勃然大怒,厉声说:"这是莫大的过失,说失去宝刀,又无证据,意欲何为?"信乃对在村的责问毫不畏惧地说:"大人的怀疑甚是有理,取来留在警卫室我带来的刀一看便知。刀虽不是村雨刀,护手、刀把的帽钉和把头都是原装的,这就是被调换的证据。"在村听了,冷笑说:"从嘉吉到如今,已将近四十年,不是六七十岁的老人,很少有识得这口刀的,其唯一的证据是刀滴出的水珠。我想你这小子一定是敌人派来的奸细。赶快将他拿下!"于是列坐在走廊的许多力士都站了起来。信乃心想,横堀在村擅自弄权,乱施刑罚,毫无容人的气度,我如束手就擒,必死于他手,得想法逃脱。便面对争先上前捉他的力士,左推右挡,前闪后踢,如飞鸟一般,无能近身者。翠帘内的成氏朝臣,是个性情暴躁的大将,踢开坐垫起身说:"将他杀了!"命令一下,众多近臣都各自拔刀,将他团团围住。信乃在白刃之下钻来钻去,踢起地板上的厚草席作盾牌,进行防守,同时伺机进攻。一个人靠近身前,被他夺过刀来砍倒,又向四面砍去,十余人受伤,八九人被砍倒。他跳到院中,顺着房檐下的松树飞身上房。有的长枪被他推开,枪杆被砍断,有的跟着也追上房去,负了重伤。一个人倒下,许多人都滚了下去。一时间,擒拿无成效,被信乃一个人杀得血浸涿鹿之野,尸累朝歌。这时信乃也负了轻伤,啜点鲜血润润嗓子。为了看清逃跑的路线,从这个房顶登到那个房顶。有座三层的楼阁,好似险要的瞭望塔。那是为望远方而建筑的,名叫芳流阁。
信乃好歹攀登到这座楼顶。鸟瞰楼下:以浩渺的大河为城濠,流至
阁下的水边,拴着一艘快船。这条河俗称坂东太郎,是八州的第一
条大河。其下游是葛饰行德的浦曲,为入海的咽喉。再回顾后方,
这里的广阔庭院中和那里的城门下屯兵数百,弓箭如林,进退两难。
如有劲敌登上楼来,就与之扭打同归于尽,除此之外什么也不想。
这时前管领成氏,见众多士卒被杀死,更加愤怒,聚集力士宣布:"有
能捉拿信乃者加赏千贯。"但力士们害怕他的武艺,没有应声的。

　　当下执权在村禀告成氏道:"狱吏犬饲见八信道,要辞去您所提
升的职务,并想以请长假为托辞,拒不受命,被问罪入狱,已有数月。
他是已故二阶松山城介授艺的高徒,特别善擒拿的拳法,在本藩是
无双的力士。请暂恕其罪,让他去捉拿信乃。如果成功,则可赦免
见八的死罪。即使被信乃杀死亦不足惜,您看此议如何?"经他的认
真推荐,成氏点头道:"你的意见甚好,快去,快去!"在村即时将那个
犬饲见八,从牢房中提出来,为他释缚,传达了君命。发给他太刀、
身甲、护肩、护腿和捕棍。见八毫不推辞,恭敬地接过去。赶忙穿起
铠甲,试了试久不活动的腿脚,辞了在村,跑着爬上三层楼高的梯
子,如同猿猴从这个树梢跳到那个树梢一样,从房檐的那边遥望提
着血刀站在芳流阁上的信乃,毫不犹豫地向凌云高阁的房顶爬去。
成氏带领在村等老臣和众多近侍,在广阔庭院中放好椅子,仰面观
看,主仆对他身临险境都极为担心。究竟犬冢、犬饲这两雄的胜负
如何,在续篇第四辑的首卷开端,即可见分晓。

图书在版编目（CIP）数据

八犬传.1,妖刀村雨/（日）曲亭马琴著;李树果译.—杭州：浙江文艺出版社,2017.10(2017.12 重印)

ISBN 978－7－5339－5010－1

Ⅰ.①八… Ⅱ.①曲… ②李… Ⅲ.①长篇小说－日本－现代 Ⅳ.①I313.45

中国版本图书馆 CIP 数据核字（2017）第 218762 号

责任编辑：吴剑文
封面设计：人马艺术设计·储平
责任印制：吴春娟

八犬传·壹　妖刀村雨

[日] 曲亭马琴　著

李树果　译

出版：浙江文艺出版社

地址：杭州市体育场路 347 号　邮编：310006

网址：www.zjwycbs.cn

经销：浙江省新华书店集团有限公司

印刷：上海中华商务联合印刷有限公司

开本：880 毫米×1230 毫米　1/32

字数：266 千字

印张：10.625

插页：8

版次：2017 年 10 月第 1 版　2017 年 12 月第 2 次印刷

书号：ISBN 978－7－5339－5010－1

定价：48.00 元（精）

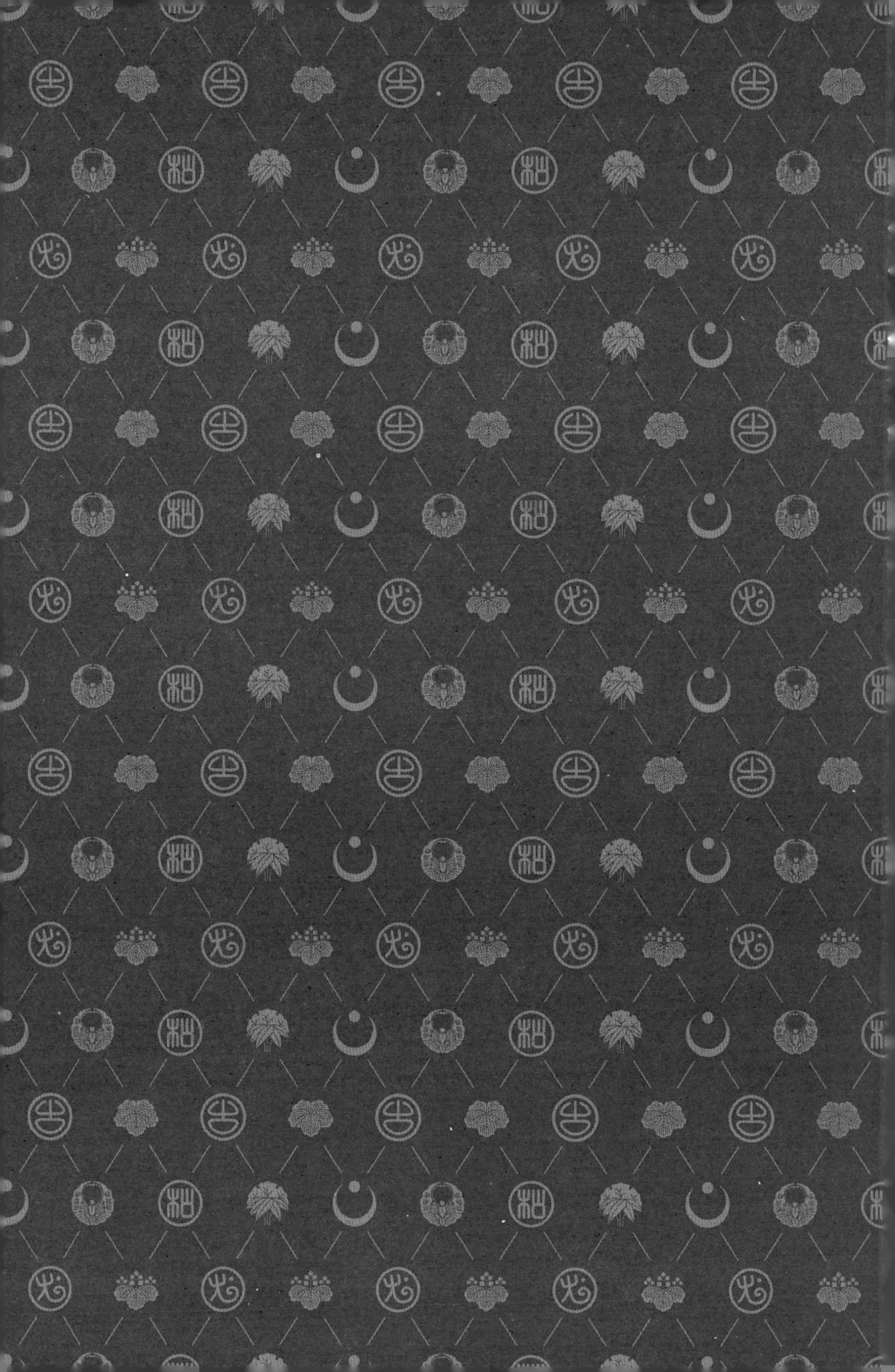